KB231810

헬즈벨

헬즈벨

새뮤얼 존슨 vs 허당 악마들 ROUND Ⅱ

존 코널리 장편소설 | 이상구 옮김

openHouse

차례

설령 지옥에 가게 된다 하더라도
잠시뿐이라면
다 나쁘지만은 않다

단연코 영원을 보내고 싶지 않은 곳. 잠깐의 방문도 꺼려지는 곳. '구천', '불의 왕국', '올드 닉스 플레이스(Old Nick's Place)'[1] 등으로 불리기도 하는 곳. 바로 그곳, '지옥'은 대혼란의 상태를 겪고 있었다.

지옥의 지도자인 어둠의 왕의 심기가 불편하다는 게 그 이유인데, 여기서 심기가 불편하다는 것은 발정기를 맞이한 3월의 토끼들이 벌이는 광기의 다른 표현이라고 보면 된다.

모든 악의 근원이자 오랜 세월 지옥의 가장 어두운 곳에 음습하게 도사리고 있는 그 형상에게는 숱한 이름이 있었다. 하지만 모든 추종자들은 그를 '대마왕'이라고 불렀다. 대마왕은 원하는 것이 많았다. 전 우주

---

[1] 북극을 뜻하는 '세인트 닉스 플레이스(Saint Nick's Place)와 혼동하지 않기를 바란다. 그런 실수를 저질렀다가는 영혼을 산타클로스에게 파는 결과를 불러올 수도 있다.

의 모든 별이 그의 손가락 사이에서 촛불처럼 힘없이 꺼져가기를 원했고, 존재하는 모든 아름다움이 사라져버리기를 원했으며, 추위와 암흑 그리고 절대적인 적막이 영원히 지속되기를 원했다.

하지만 무엇보다도 대마왕은 인간의 종말을 보고 싶어 했다. 일일이 하나씩 인간을 타락시키는 것은 이젠 더 이상 하고 싶지 않은, 시간 낭비에 맥만 풀리는 짓이라 생각했다. 게다가 품위와 친절함을 잃지 않고 꽤나 잘 버텨내는 인간도 눈에 띄기 시작한 터였다. 하지만 인류 멸망을 위한 사사로운 수고를 완전히 접어야 할지 말지 고민하는 대마왕의 고심이 무색하게도, 세상을 파괴하고 끝장내버리는 과업은 어쩐지 오히려 점점 더 쉬운 쪽으로 기우는 것 같았다. 그리하여 대마왕은 기어이 계획에 착수했다. 그때만 해도 그 계획은 꽤 훌륭해 보였고, 틀어질 기미라고는 조금도 없었다. 절대로, 일말의 여지도 없었다. 철통같이 단단하고 불길한 그림자라고는 조금도 허용치 않는 실패불가의 계획이었다.

하지만 당연하게도, 계획은 보기 좋게 틀어졌다.

이제 그간의 이야기에 익숙하지 않은 독자들을 위하여 따라잡을 기회를 제공할까 한다.[2] 지난번에 우리가 만났을 때, 대마왕은 바알이라고

---

2 그나저나 당신은 어떤 독자인가? 시리즈의 첫 책을 읽지도 않고 두 번째 책부터 읽는 독자인가? 그냥 하는 말이 아니라 진심으로 묻고 있다. 신발을 신기 전에는 양말부터 신는 게 정상 아닌가? 혹시 당신은 팬티를 입기도 전에 바지부터 입는 독자란 말인가? 자, 이제 그렇지 않은 나머지 독자 분들은 내가 특효약을 하나 처방하는 사이에, 또 그 얘기냐 다분히 따분하겠지만 휘파람이나 불면서, 손톱이라도 매만지며 기다려줬으면 한다. 어쨌든 그런 사람들이 있다. 영화가 거의 반이 지났는데 뒤늦게 도착해서 팝콘이나 흘리며 멀뚱하니 서서는 옆 사람의 어깨를 두드리며 이런 말을 하는 사람. "내가 뭐 놓친 거라도 있나요?" 당신은 이런 독자가 아니었으면 싶…….

알려진 악마의 도움을 받아 지옥문을 열고, 인간세계로 진입하기 위해 강입자 충돌기의 힘을 동력원으로 이용하려 했다. 강입자 충돌기란 우주의 시초가 되었던 빅뱅 직후의 상황을 재창조하려는 목적으로 스위스에 설치된 거대한 입자가속기이다. 다시 말해서 강입자 충돌기란 태초의 힘을 다루는 장치이며, 그 태초의 힘 어딘가에는 악마의 씨앗이 묻혀 있었다. 그것은 두 세계 사이에 균열을 만들어낼 수 있는 장치였으며, 대마왕은 그 장치에서 기회를 찾으려는 심산이었다.

대마왕에게 가장 신뢰받는 수하인 바알은 두 세계를 연결하는 지옥문을 통과해서 잉글랜드 비들컴에 사는 애버너시 부인을 살해한 뒤, 그녀의 모습으로 위장하여 살고 있었다. 그런데 대마왕과 바알의 군대가 지상을 접수하려는 결정적인 순간에 새뮤얼 존슨이라는 소년과 닥스훈트 종인 그의 강아지 보즈웰, 그리고 '다섯 신의 재앙'이라 불리는 악마 너드가 그들의 계획을 좌절시키고 말았다. 대마왕은 이 일의 책임을 물어 바알을 심하게 문책했으며, 그 후 바알과는 얼굴도 마주하지 않았다. 모든 종류의 면담을 거절했으며, 아무런 관심도 기울이지 않았다.

이제 말끔하게 정리됐는가? 좋다, 다시 돌아가보자.

대마왕은 어째서 계획이 실패로 돌아갔는지 아직도 모르고 있다. 차원과 차원 사이의 미세한 구멍, 즉 지옥을 탈출할 수 있는 가능성을 얼핏 엿보았고, 마침내 따분한 왕국을 뒤로 하고 출발하려는 순간, 그 문이 닫혀버리고 만 것이다. 피비린내가 물씬하게 배인 온갖 희망과 어두운 야심이 수포로 돌아가고, 승리를 목전에 두었다가 놓친 안타까움에 대마왕은 제정신이 아니었다.

그렇다고 해서 대마왕이 언제는 제정신이었다는 말은 또 아니다. 그의 광기는 가방 안에 가둬둔 오소리보다 흉포했으며, 쿠키 통 안에 잡아

둔 박쥐보다 날뛰었다. 하지만 지금의 대마왕은 완전히 다른 경지의 광기에 빠져들었다. 지상으로 향하는 지옥문이 점멸하듯 사라진 그때 이후, 지옥 온 사방이 그의 울부짖음으로 가득 찼다. 끔찍한 소리였다. 분노와 슬픔이 일정한 순서로 끊임없이 교차하며 분출되는 절규였다. 하물며 지옥의 기준으로 보아도 끔찍하게 거슬리는 소리였다. 절망의 산 깊숙이 자리 잡은 대마왕의 은신처에서 메아리치는 절규는 동굴과 미로를 지나고 지하 감옥과 외눈박이 용들의 거처를 통과해서 마침내 절망의 산 출입구에까지 이르렀다. 출입문은 대단히 인상적이었다. 시시각각 표정이 변하는 무시무시한 얼굴상과 뒤엉킨 몸체가 끔찍한 형태로 어지러이 조각되어 있는데, 마치 문 그 자체가 살아 움직이는 것처럼 보였다. 바로 이 순간에 출입문에서는 악마 둘이 물샐틈없이 경계를 서고 있었다. 어디를 가나 콤비란 게 그렇지 않은가. 그러니까 으레 그러하듯이 둘은 정반대였다. 하나는 키가 크고 말랐으며, 다소 과체중인 아이가 손으로 턱을 붙들고 시도 때도 없이 희롱해대는 바람에 얼굴이 아주 애절하게 변한 인상이었다. 그의 동료는 키가 작고 뚱뚱했다. 마치 동료 악마 경계병을 위해 그 귀찮기 짝이 없고 다소 과체중인 아이를 잡아먹기라도 한 모습이었다.

둘 중 마른 쪽인 브롬튼은 출입문 경계병으로 너무 오래 일한 나머지, 상상 가능한 가장 두려운 존재가 산중 깊숙한 곳에 버젓이 있는데도 자신이 무엇을 지키려고 경계를 서는지조차 가물가물했다. 창에 기대 서 있거나 꾸벅꾸벅 졸면서, 가령 공공장소에서 가려운 곳이나 가끔씩 긁어대는 짓, 예의 바른 악마라면 절대로 삼가야 할 짓을 하면서 수세기를 버텨온 것이다. 브롬튼의 기억에 자유 통행권을 부여받지 못한 자들의 무단 통행 시도가 최근처럼 빈번한 적은 없었다. 물론 이전에도 산 안쪽에서 바깥으로 탈출을 시도한 악마들이 아주 없지는 않았다. 대부분은 사지가 갈기갈기 찢기는 극악무도한 형벌을 피하기 위해서였지만, 가끔은 그냥 내기 차원의 탈출도 있었다. 하지만 그런 일을 제외하면, 지옥은 나름 오랫동안 별 소동 없이 매우 평온했다.

동료인 에지패스트는 신참이었다. 브롬튼은 투구 밑으로 그를 흘겨보면서 탐탁지 않은 눈초리를 연신 내비쳤다. 에지패스트는 브롬튼의 마음에 딱 드는 종자가 아니었다. 도통 땡땡이라도 치고 어디 가서 차 한 잔이나 낮잠을 즐겨보면 어떻겠느냐고 부추기는 법이 없었다. 그러기는커녕 에지패스트는 아주 꼿꼿하게 정자세 근무를 고집하며, 정말로 자신의 일을 좋아라 하는, 더 끔찍하게는 어떻게 하면 일을 최대치로 잘해낼 수 있을지 계획까지 세우며 골몰하는 그런 난처한 부류였다. 반대로 브롬튼은 좋아하거나 잘할 수 있는 일 따위가 어디 있겠느냐, 애초에 자신에게 딱 들어맞는 직업 따위는 존재할 리 없다고 생각하는 부류였다. 브롬튼에게 직업이란 딱히 할 일이 없을 때 누군가가 권해서 마지못해 하는 그런 일에 불과했다.

에지패스트가 브롬튼을 초조한 듯 흘금거렸다.

"왜 그렇게 쳐다보세요?" 그가 물었다.

"잘도 꼿꼿이 서 있네." 브롬튼이 말했다.

"네?"

"자세가 전혀 구부정하지 않다고. 그러니까 꼭 나만 나쁜 놈 같잖아. 너랑 비교돼서 내 자세가 삐딱해 보이잖아. 난 아무 신경도 안 쓰는 놈 같잖아."

"근데 아무 신경 안 쓰는 거 맞잖아요." 에지패스트가 지적했다. 누가 봐도 브롬튼은 아무짝에도 쓸모없는 놈이었다. 에지패스트도 그걸 모를

리 없었다.

"뭐, 그럴지도." 브롬튼이 대꾸했다. "하지만 그렇다고 사방팔방 소문 내고 다니지는 말라고. 그랬다가는 내가 잘리는 수가 있거든. 내가 이 일을 좋아하지 않을지도 모르지만, 나보다 더한 놈들도 수두룩하다는 걸 알아둬."

"저라고 그걸 모를까요." 에지패스트가 지옥에서 볼 법한 최악의 군상이라면 이미 본 적이 있다는 말투로 대꾸했다.

"그래?" 어느새 흥미가 동한 브롬튼이 물었다. "근데 넌 이 일 전에는 무슨 일을 했어?"

에지패스트가 길게 한숨을 내쉬며 대답했다. "코발 공작이 가장 아끼던 반지를 잃어버렸던 때 기억나요?"

기억나지 않을 리가 없었다. 악마의 군주들에 관해 얘기해보자면, 코발 공작은[3] 최악의 악마군에 속하는 악마는 아니었다. 다시 말해 날카로운 바늘로 육신을 찌르거나, 한 입에 거미가 얼마나 많이 들어가는지를 확인하려 들 때에도 구경꾼들을 위해 커피와 케이크를 준비하는 것

---

3 코발 공작은 코미디언 악마들의 공식 군주로서 크리스마스 크래커(영국에서 크리스마스 파티 때 쓰는 것으로, 두 사람이 양쪽 끝을 잡고 끌어당기면 폭죽 터지는 소리가 나게 만든 튜브 모양의 긴 꾸러미. 속에는 보통 종이 모자나 작은 선물 등이 들어 있다)의 농담을 책임지고도 있지만, 안타깝게도 전혀 웃기지 않다는 게 함정이다. 예를 들어 영어에서 가장 긴 단어는 무엇인가에 대한 정답은 스마일(Smiles)이다. 마일(mile)이란 단어가 들어가기 때문이다. 그렇다! 거리 단위인 마일 말이다. 안다, 안다. 그게 실제로는 1마일이 아니라는 것은 나도 안다. 아니, 난 종이 모자 따위는 쓰고 싶지 않다. 크리스마스라 해도 그렇다. 그런 모자를 쓰면 머리가 가렵다. 당신이 어떤 모자를 썼는지도 보고 싶지 않다. 진짜다. 농담 아니다. 좋다, 그럼, 그래 나침반 농담. 내가 나침반을 뺏어가면 당신은 길을 잃게 되겠지? 웃기지? 웃길 줄 알았다니까. 크리스마스, 코발 공작이 정말 좋아하는 게 크리스마스이다.

을 절대 잊지 않았다. 마지막 한 마리의 거미를 다른 악마의 입에 우겨 넣는 와중에도 이렇게까지 해서 자기도 얼마나 죄스러운지 모른다는 말을 꼭 잊지 않는, 그나마 덜 사악한 축에 속하는 악마였다. 그 코발 공작이 지옥 하수구에 자기가 가장 아끼던 해골 반지를 빠뜨려버렸고, 그 후 반지는 어디에서도 나타나지 않았다. 그 사건 이후 지옥의 모든 썩은 채소와 오래된 음식, 신원을 알 수 없는 신체 부위 및 악마의 배설물 찌꺼기 등은 '불쾌의 바다'로 배출하기 전에 반드시 손으로 직접 수색을 해서 귀중한 것이면 무엇이 됐든지 간에 엉뚱한 곳에 섞이지 않도록 대비해야 한다는 법이 생겼다.

"얘기는 들어봤죠?" 에지패스트가 말을 이었다. "그 지긋지긋하게 너저분했던 일."

"손발로 땅을 기며 똥 더미 속을 뒤져야 했다면서?"

"맞아요."

"코를 들이박고 뭐 하나 뒤섞여 휩쓸려 내려가는 게 없는지 킁킁대며 확인해야 했고?"

"맞아요."

"씻을 곳 하나 없다 보니까, 점심시간에 샌드위치 가장자리를 손톱 끝으로 쥐고서 떨어뜨리면 어쩌나 조마조마해가며 먹고?"

"그렇죠."

"근데 손에서 나는 냄새가 더 더러워서 샌드위치 맛이라고는 전혀 알 길이 없었고?"

"그래요."

"끔찍하군. 말도 못하게 끔찍해." 브롬튼이 몸서리쳤다. "생각조차 하기 싫다고. 지옥에서 가장 끔찍한 작업이었을걸. 어쨌든 계속 얘기해봐."

“제가 그 일을 했어요.”

“설마!”

“진짜예요. 몇 년이고 그 일을 했죠. 지금도 화장실에만 가면 변기에 손을 찔러 넣고 싶어 못 배기겠다니까요.”

“어째 악마 치고도 냄새가 좀 이상하다 싶었지.”

“그게 제 탓인가요? 온갖 수단을 다 써봤어요. 물, 비누, 염산. 그래도 도저히 없어지지 않는걸요.”

“참 안됐긴 하다만, 너만 보면 모두 다 바람 반대 방향으로 피하려 드는 게 이해가 가긴 해. 어쨌든 이 경계 근무가 대단한 승진인 건 틀림없겠군.”

“그렇고말고요!” 에지패스트가 잔뜩 신이 나서 말했다.

“누구 뒤를 봐주는 사람이라도 있는 거 아냐?”

브롬튼이 슬쩍 눈짓을 주었다. 에지패스트가 좋다고 히죽거렸다.

“그런가 봐요.”

“맞아, 넌 특별한 존재야. 대마왕님의 작고 귀여운 애완동물인 것이지!”

“나는 태어난 곳이 어딘지도 모르는 근본도 없는 악마였어요. 그 구렁텅이에서 빠져나오던 날이 내 인생에서 최고로 행복한 순간이었다고요.”

에지패스트가 환하게 웃었고, 브롬튼도 같이 환한 웃음을 보여주었다. 바로 그때, 그들의 머리 위로 거대한 개수구가 열리면서 한 시간마다 정기적으로 이루어지는 지옥의 하수구 배출이 시작되었다. 두 경계병은 상상하기조차 힘든 악취의 노폐물에 흠뻑 젖고 말았고, 산기슭의 냄새 고약한 커다란 구덩이 안으로 피신했다. 폐수의 마지막 한 방울이 떨어진 후 개수구가 닫혔고, 웰링턴 부츠를 신고 악취를 피하려고 집게로 코를 눌러 집은 쪼그마한 악마가 웅덩이로 들어와서 손으로 오물 더미를 뒤적이기 시작했다.

"제가 한때 저랬다고요." 에지패스트가 귀에서 썩은 채소를 살짝 걷어내며 말했다.

"재수 좋은 놈, 넌 억세게 재수가 좋은 놈이야."

브롬튼이 말했다.

둘은 입을 다물고 얼마간 악마를 지켜보았다.

"그나마 투구라도 내줬으니 다행이지." 에지패스트가 말했다.

"그거라도 없었다면 저 직업의 호감도가 반 토막이 났겠지." 브롬튼이 말했다.

"근데 궁금한 게 있어요. 내 바로 전임 경계병 놈한테는 무슨 일이 있었던 거죠?" 에지패스트가 물었다.

브롬튼은 채 대답할 시간이 없었다. 그들 뒤로는 웅덩이 너머에서부터 을씨년스러운 평야까지 길고 음산한 길이 펼쳐져 있었다. 에지패스트가 경계병 근무를 서려고 이곳에 온 다음부터는 개미 한 마리 비치지 않던 곳이었으나, 오늘은 아니었다. 누군가가 다가오고 있었다. 흐릿한 형체가 가까워질 무렵, 여자, 그도 아니면 그저 여자 같아 보인다고밖에 말할 수 없는 무엇인가가 다가왔다. 그 여자는 붉은색 꽃무늬로 장식된 흰 드레스를 입고 있었으며, 하얀색 리본이 달린 밀짚모자를 쓰고 있었다. 하얀색 구두는 돌길에 발을 디딜 때마다 또각또각 소리를 냈으며, 왼팔에는 황금 걸쇠가 달린 하얀색 가방을 걸치고 있었다. 여자의 표정은 아주 비장해 보였다. 여느 악마들이라면 흠칫하고 오금을 저릴 만한 표정이었다. 하지만 에지패스트가 어디 그대로 물러설 악마던가. 가장

손써볼 수 없는 자가 멍청하지만 가장 열심인 자라고 하지 않던가.

여자가 에지패스트 쪽으로 다가왔고, 가까이서 보니 드레스는 낡을 대로 낡은 상태였다. 그녀는 집에서 엉성한 바느질로 괴발개발 기워 만든 것 같은 옷에다, 검은색 가죽 위에 대충 하얀색을 덧칠하고 나서 힐을 뾰족하게 갈아 마감한 부츠를 신고 있었다. 가방은 살을 발라낸 뼈를 틀로 삼아 주근깨가 남아 있는 살가죽과 머리카락으로 마무리를 했다. 가만히 들여다보니 황금 걸쇠는 금이빨이었다.

이 요소들은 그 자체로는 딱히 별날 것도 없었다. 이 여인의 외양에서 가장 괴이하다 할 만한 부분은 따로 있었으니, 그것은 드레스보다도 더 조잡하게 바느질되어 있는 그녀 자신이었다. 얼굴이나 팔다리, 피부가 언젠가 한번 갈가리 뜯겨졌다가, 여자라면 대충 이렇게 생긴 거다 싶게 다시 기워진 것 같았다. 한쪽 눈구멍은 다른 쪽보다 작았으며, 입 왼쪽 끝이 오른쪽보다 높았고, 왼쪽 다리 아랫부분의 피부는 오래된 스타킹처럼 축 늘어져 있었다. 금발 머리는 새가 둥지를 짓느라 물어다 놓은 짚더미처럼 헝클어져 있었다. 에지패스트는 지금 보고 있는 것이 여자의 옷을 걸쳤다 뿐이지, 여자라 부를 만한 것은 못 된다고 생각했다. 도대체 저 몰골 밑에 뭐가 들어 있을지 잔뜩 궁금해졌다.

에지패스트는 본연의 임무를 떠올렸다. 브롬튼이 말릴 새도 없었다. 에지패스트는 앞으로 발걸음을 내딛고서는 살짝 위협적인 분위기를 풍기며 창끝으로 땅을 힘차게 내리쳤다.

"저기, 안 돼……." 브롬튼의 말이 끝나기도 전에 사단은 이미 벌어졌다.

"멈춰라." 에지패스트가 외쳤다. "어디를 가려는 건가?"

안타깝게도 여자에게서 대답을 듣지는 못했지만, 에지패스트는 전임 경계병 친구가 어찌 됐느냐고 자기가 브롬튼에게 던졌던 질문의 대답은 얻게 될 모양이었다. 그러니까 전임자의 운명이 남 일 같지 않게 될 판국이었다.

여자가 멈춰 서더니, 에지패스트를 쳐다보았다.

"이런." 브롬튼이 투구 끝을 내려 슬며시 눈을 가린 채, 잔뜩 몸을 움츠리며 읊조렸다. "이런, 어쩌나, 이런."

여자의 등에서 하얀 드레스를 뚫고, 끈적끈적한 물체가 뚝뚝 떨어지는 무시무시한 형태의 촉수가 솟아 나왔다. 크게 벌어진 입 사이로는 날카롭고 들쭉날쭉한 이빨의 행렬이 드러났다. 핏기 없는 손가락 끝에서 삐져나온 긴 손톱은 갈고리처럼 굽어 있었다. 여자는 촉수를 이용해 에지패스트를 낚아채 올리더니, 땅바닥에 거듭 내동댕이쳤다. 쉴 틈 없이 이어지는 극심한 고통과 함께, 한때 에지패스트라 불렸던 몸체는 갈가리 찢겨 허공에 흩뿌려졌다. 육신의 파편 일부가 브롬튼의 투구에 내려앉기도 했다. 브롬튼은 당혹스러운 눈빛에 빠진 에지패스트의 머리를 내려다보았다.

"귀띔이라도 좀 해주지 그랬어요." 에지패스트의 머리가 말했다.

브롬튼은 발을 땅에서 떼어 에지패스트의 입을 지그시 밟아주었다. 아까보다도 더 흐트러진 꼴이 된 여자는 머리를 매만지며 매무새를 정돈했다. 그리고 어디로 가느냐는 불쾌한 조사 따위에 이제 더는 시달릴 필요도 없이, 절망의 산으로 가는 출입구로 향했다.

여자가 지나갈 때 브롬튼이 투구에 살짝 경례를 붙이며 말했다.

"좋은 아침입니다……"

그는 또 적절하게 할 만한 말이 있나 찾아내려고 숨을 골랐다. 어둡게 실룩거리는 눈과 마주치자, 브롬튼은 오장육부까지 싸하게 스며드는 살기를 느꼈다. 그것은 누가 내 온몸을 조각내고는, 어디 가장 가까운 우물 속에 내 머리를 던져버릴 때 느낄 법한 살기였다.

"…… 아가씨." 브롬튼이 가까스로 말을 끝마쳤고, 여자는 '내에가 조옴 예에쁘긴 하아지. 알려줘서 고마워'라는 뜻을 담은 미소를 지어 보인 후, 산 중턱 흐릿한 안개 속으로 사라져갔다.

브롬튼은 안도의 한숨을 몰아쉬면서, 에지패스트의 입을 막았던 발을 떼었다.

"얼마나 아팠는지 몰라요."

에지패스트가 말했고, 브롬튼은 한때 에지패스트의 몸이었던 그 형상으로 혹시나 재조립이 가능할까 싶어 조각난 사지를 모아 정렬하기 시작했다.

"네가 자초한 일이야." 브롬튼이 말했다.

브롬튼이 팔짱을 끼려다가 보니까 에지패스트의 팔을 양손에 들고 있는 것이 아닌가. 그는 에지패스트의 잘려나간 손가락을 그의 머리에 대고 못마땅하다는 듯이 흔들었다. "숙녀에게 사생활을 건드리는 질문을 던지다니. 그건 아니지."

"하지만 난 경계병이잖아요. 게다가 어째서 그따위가 숙녀냐고요."

"조용히 해!" 브롬튼은 안절부절못하고 등 뒤를 두리번거렸다. 그 여자가 어디선가 다시 튀어나와, 이번에는 개미나 찾아낼 수 있을 만큼 둘을 모두 미세한 조각으로 만들어버릴까 두려웠기 때문이다.

"내 생각에 너는 경계병으로 제격은 아닌 거 같다." 브롬튼이 말했다. "넌 이런 일을 하기에는 지나치게 예민해."

"하지만 우리 임무가 뭔데요? 이 입구를 지키는 거잖아요. 그 일을 잘 해내려고 했던 것뿐인걸요." 에지패스트가 말했다.

"그래서 잘돼가?" 브롬튼은 세상에 믿을 게 뭐가 있느냐는 눈치였다.

“내가 뭘 잘 지키는 줄 알아?”

“알 바 아니지만, 뭔데요?”

“건강이지.”

그는 에지패스트에게 다시 투구를 씌워주고는 창을 들고 경계에 들어갔다. 누군가가 와서 이 조각들을 좀 치워줬으면 싶었다.

“그나저나…… 저 여잔 진짜 누구예요?” 에지패스트가 물었다.

“음, 그건……” 브롬튼이 말했다. “말하자면 참으로 긴 얘기이지.”

II
사랑에 빠진다는 것이
그 얼마나 고달픈 일인지를 배우게 되다

시간이란 재미있는 것이다. 시간 여행을 할 수 있다 치자. 아무나 붙잡고 과거로 가고 싶은지 미래로 가고 싶은지 물어보라. 이집트 쿠푸왕의 거대 피라미드가 건설되는 광경을 보고 싶어 하는 사람들, 백악기 시대로 가서 공룡 이름 맞히기를 하고 싶어 하는 사람들, 만화책에서나 가능했던 개인용 분사 추진 제트팩이나 레이저총 같은 것을 실제로 매장에서 구매할 수 있는 미래로 가고 싶어 하는 사람들 등으로 과거와 미래가 꽤 균등하게 갈릴 것이다.[4]

---

4 실제로 과거 혹은 미래의 어느 시간으로 가고 싶은가는 응답자에 대한 상당히 중요한 사실을 알려준다. 영국 작가 아놀드 베넷(1867~1931)은 다음과 같은 잠언을 남긴 것으로 유명하다. "과거를 살고자 하는 사람은 미래를 사는 사람에게 자리를 양보해야 한다. 그렇지 않으면 세계는 정반대로 돌기 시작할 테니까." 베넷의 의도는 과거를 보기보다는 미래를 보라는 말이다. 왜냐하면 그게 바로 진보가 만들어지는 과정이니까. 반대로 미국 작가 조지 산타야나(1863~1952)는 "과거를 기억하지 못하는 사람은 그 과거를 반복하게 마련이다"라는 말을 남겼다. 요컨대 이것은 균형의 문제다. 과거란 가끔 찾고픈 멋진 나라이지, 결코 머물러 살고 싶을 만한 곳은 아니다.

그러나 불운하게도, 과거로 시간 여행을 하고 싶은 사람들에게 좋지 않은 소식이 있다. 가정컨대, 내가 책을 쓰지 않을 때나 엉뚱한 시간에 비순 연습을 해서 이웃에게 피해를 주는 짓도 싫증나서, 우리 집 지하실에 타임머신을 만들어 환상적인 경험을 하고 싶어 하는 사람들에게 공짜 여행을 시켜줄 수 있다고 해보자. 엘리자베스 1세 여왕이 정말로 나무 이빨을 끼고 있었는지, 무능왕 에셀레드 왕이 정말로 무능하기 짝이 없었는지 궁금해했던 사람들의 실망감은 이루 말할 수 없으리라. 여왕의 치아는 그냥 썩어서 검어진 것뿐이었고, 얼굴에 두텁게 바른 수은 화장품에 차츰 중독되어서 아마도 재위 기간 내내 불쾌한 기분으로 지냈을 것이다. 또한 에셀레드 왕은 결코 무능한 왕이 아니었다. 그의 별명 무능왕(the Unready)은 나쁜 조언을 뜻하는 고대 영어 'unraed'의 오역으로 생겨난 것이다.

어째서 그렇게 실망감이 크겠냐고? 설령 타임머신이 가능하다 하더라도, 과거로 시간을 거스를 수는 없기 때문이다. 그것은 그저 할 수가 없는 일이다. 당신이 돌아올 수 있는 가장 빠른 시간은 타임머신이 생기는 바로 그 순간이기 때문이다. 어쩔 수 없다. 그건 법칙이지, 내가 그렇게 만든 게 아니다. 난 그냥 책에다 그렇게 기록할 뿐이다. 미래에서 방문자가 찾아오지 않는 이유는 우리 동시대에서 아무도 타임머신을 발명하지 못했기 때문이다. 그게 아니라면 누군가 타임머신을 완성하기는 했지만, 사람들이 자꾸 시간 여행을 시켜달라고 노크를 해대는 게 귀찮아 어딘가에 몰래 감춰두고 있는 것일 수도 있다. 사람들이 와서 계속 문을 두드려대면 이만저만 짜증스러운 게 아닐 테니까.[5]

만약 애버너시 부인에게 시간을 거슬러 과거로 돌아가는 게 허락된다면, 지상 침탈 과정에서 되돌려보고 싶은 일이 숱하게 많을 것이다. 하지만 그 무엇보다도 가슴에 사무치는 일은 새뮤얼 존슨이라는 소년과 그의 강아지 보즈웰을 과소평가했던 일이다. 도대체 그게 가당키나 한 일인가. 그토록 조그만 소년과 닥스훈트 강아지 한 마리가 자신의 대업을 실패에 이르게 할 줄이야. 애버너시 부인은 악마였지만, 그 이전에 성인 여성으로서, 모든 어른들이 그러하듯 조그마한 소년이나 닥스훈트 강아지 따위가 자기보다 우월하다고는 생각조차 할 수 없었다.

그래도 이 모든 문제의 원인을 제공했던 녀석인 새뮤얼 존슨이 루시 하이모어에게 데이트 신청을 했다가 거절과 굴욕과 모멸감을 한꺼번에 맛보았다는 사실이 애버너시 부인에게는 상당한 위안이 되었다.

새뮤얼은 비들컴 마을의 몬태규 로데스 제임스 중학교에 처음으로 등교하던 날 루시를 보고 첫눈에 사랑에 빠졌다. 새뮤얼의 눈에는 이렇게 보였다. 자그마한 파랑새가 루시의 머리 주위로 쉴 새 없이 날갯짓을 하면서 꽃잎을 흩뿌리며 세레나데를 부르고, 양옆에는 천사들이 혹여 루

5　또한 '할아버지 역설'로 알려진 사소한 문제도 있다. 만약 당신이 과거로 시간을 거슬러 가서 당신의 엄마나 아빠가 태어나기도 전에 할아버지를 죽인다면 어떻게 될 것인가? 그냥 당신의 존재는 딱 멈추게 되는 것이 아닌가? 논쟁은 이러하다. 당신은 이미 존재하는 개체이기 때문에, 당신이 과거로 여행을 떠나서 할아버지를 죽이려고 해봤자 그 시도는 수포로 돌아갈 수밖에 없는 운명이다. 하지만 그럼에도 어찌어찌해서 당신이 할아버지를 죽이는 데 성공했다면, 당신이라는 존재는 그냥 '펑' 하고 사라져버리게 되는 것일까? 그렇게는 되지 않는다. 그 가설은 두 가지 현실, 즉 당신이 존재한다는 현실과 존재하지 않는다는 현실을 동시에 내포하고 있기 때문이다. 저명한 물리학자인 스티븐 호킹이 시간순서보호가설이라는, 시간 여행에서의 일종의 가상 금기사항을 착안하게 된 것도 같은 이유에서이다. 호킹 박사는 어딘가에는 시간 여행을 불가능하게 하는 물리법칙이 존재한다고 믿었다. 그렇지 않다면, 미래에서의 방문자나 자신의 정당성을 주장하고자 할아버지를 죽이러 온 사람들이 여기저기서 튀어나와야 하기 때문이다. 자, 어쨌든 결론은 이렇다. 시간 여행을 처음 얘기할 때 언급했던 것처럼, 만약 당신이 할아버지를 죽일 가능성이 있는 사람이라면, 당신은 타임머신이나 당신의 할아버지 근처에는 얼씬해서도 안 된다.

시가 힘겹지는 않을까 가방을 들어주고 있다가, 어려운 수학 문제라도 나오면 정답을 귀에 속삭여주는 것처럼 말이다. 아니다. 가만 생각해보니, 그게 천사는 아니었다. 새뮤얼의 급우들이 다 그랬듯이, 루시 하이모어는 남자아이라면 누구나 결혼해서 자기 아이의 엄마로 삼고 싶고, 여자아이라면 가파른 계단에서 굴러서 고슴도치 둥지나 녹이 잔뜩 슨 농기계 위로 떨어져버렸으면 원이 없겠다 싶은 여자아이였다.

새뮤얼이 루시에게 데이트 신청을 하기까지는 거의 1년이란 시간이 걸렸다. 적당한 말을 찾으려고 몇 달을 보내고, 고백을 할 때 말을 더듬지 않도록 만반의 연습을 하기 위해 거울 앞에서 또 몇 달, 피트네 파이 가게에서 파이라도 같이 먹자고 하면 흔쾌히 따라줄 것 같다고 느끼면서도 왜 고백조차 하지 못하느냐고 자책하면서 또 몇 달, 용기 없는 자는 미녀를 얻지 못한다는 – 청천벽력 같은 거절에 가슴이 무너질 필요 역시 없는 일이지만 – 말을 되새기며 입을 앙다문 채 또래 건장한 녀석들의 눈치를 보면서 또 몇 달을 갉아먹었다.

새뮤얼 존슨은 용감했다. 지옥의 분노에 정면으로 맞섰던 소년의 용기는 따지고 말고 할 게 없었다. 하지만 아무리 그런 새뮤얼이라도 무관심이라는 칼에 찔려 상처를 입을 위험을 안고서 루시 하이모어에게 속내를 고백하는 것은 가슴이 요동치고 눈앞이 아찔해지는 짓이었다. 루시 하이모어에게 고백했다가 거절당하는 것과 아무 말도 하지 않아서 자신에 대한 소녀의 감정을 끝내 알지 못하는 것 중에서 어떤 게 더 나쁜 경우인지도 확실하게 판단이 서지 않았다. 만약 거절당한다면 그녀의 관심을 살 수 있는 가능성은 없다고 생각하면 되고, 그도 아니면 평생 꿈이 실현되기를 바라며 희망이나 품고 살면 될 일이었다. 숙고에 숙고를 거듭한 끝에, 새뮤얼은 그녀의 감정을 확인해보기로 마음먹었다.

새뮤얼은 안경을 꼈다. 공교롭게도 무척 두꺼운 안경이었고, 안경을 벗으면 세상이 온통 흐리멍덩하게만 보였다. 안경을 벗고 거울 앞에 서면, 꼭 물에 젖은 연필 데생 자화상을 보는 것 같았다. 그래도 그는 안경을 벗으면 좀 더 나아 보이지 않을까 싶었다. 새뮤얼은 확인할 길도 없는 주제에 루시 하이모어가 안경을 끼지 않은 모습을 더 좋아할 거라고 생각하며, 운명의 날에 안경을 벗어 조심스럽게 바지 주머니에 집어넣고 그녀에게 다가갔다. 머릿속으로는 여전히 이 말을 되뇌면서. "안녕, 너만 괜찮다면 메인 스트리트에 있는 피트네 파이 가게에서 내가 파이랑 오렌지 주스를 한 잔 사고 싶은데. 안녕, 너만 괜찮다면 메인 스트리트에 있는……."

그때 누군가가 새뮤얼에게 와서 부딪쳤다. 아니 새뮤얼이 누군가에게 부딪쳤는지도 모르겠다. 어느 쪽이었는지 확실치 않았지만, 그러거나 말거나 새뮤얼은 사과를 하고 가던 길을 가려 했다. 그런데 그 사람의 가방끈에 걸려 발을 헛디디는 바람에 거의 넘어질 뻔하고 말았다.

"뭐야, 똑바로 보고 다녀야지." 가방 주인이 말했다.

"죄송합니다." 새뮤얼이 재차 사과했다.

앞이 잘 보이지 않는 새뮤얼이 눈을 가늘게 찡그렸다. 앞에 루시 하이모어가 있었다. 그녀는 붉은색 코트를 입고 있었다. 아주 예쁜 코트였다. 루시 하이모어에 관해서라면 전부 다 예뻐 보였다. 제아무리 예쁜이 마을 예쁜이 거리에 사는 예쁜이 루시라는 이름을 가진 사람이라도 루시 하이모어보다 예쁠 도리는 없었다.

새뮤얼은 루시 앞에 섰다. 목청을 한 번 가다듬고, 장하게도 단 한 차례도 버벅대지 않고 말했다. "안녕, 너만 괜찮다면 메인 스트리트에 있는 피트네 파이 가게에서 내가 파이랑 오렌지 주스를 한 잔 사고 싶은데."

대답을 기다렸지만 웬걸, 아무 소리도 들리지 않았다. 그는 눈을 더 가늘게 뜨고 루시의 형상을 눈에 또렷하게 담기 위해 노력했다. 그녀가 감격에 겨워했을까? 감탄한 표정으로 새뮤얼을 쳐다봤던가? 그도 아니면 만화영화 캐릭터인 트위티 버드처럼 행복에 겨워 다이아몬드 같은 눈물을 뚝 하고 흘렸던가?

"너 지금 우체통한테 데이트 신청하는 거야?" 누군가가 다가오며 말했다. 목소리의 주인공은 새뮤얼의 절친한 친구인 토마스 홉스였다.

"뭐라고?" 새뮤얼은 호주머니에서 주섬주섬 안경을 찾아 썼다. 생판 잘못된 방향으로 걸어왔다. 딴에는 학교 정문을 나와서 원래 가고자 했던 거리를 걷고 있었다고 생각했지만, 사실은 붉은색 우체통에게 파이를 사겠다고 말을 붙인 것이었다. 이제 막 우체통을 비우려던 우체부가 딱하다는 눈빛으로 새뮤얼을 쳐다봤다. 뭔가 좀 모자라서 위험하고 안 되겠다 싶은 꼬마와 마주쳤을 때의 눈빛이었다.

"이건 파이는 말고 편지만 먹을 수 있단다." 우체부가 천천히 말했다.

"저도 그건 알아요." 새뮤얼이 대답했다.

"그렇구나." 우체부가 여전히 아주 천천히 얘기했다.

"왜 그렇게 천천히 얘기하시는 건데요?" 자기도 덩달아 천천히 얘기하고 있는 것을 깨달은 새뮤얼이 물었다.

"왜냐면 넌 미쳤으니까." 우체부가 이번에는 더 천천히 얘기했다.

"아하." 새뮤얼이 말했다.

"그리고 우체통은 너랑 파이를 먹으러 가지 못할 게다. 여기 자리를 가만히 지켜야 하거든. 왜냐하면 이건 우체통이잖아."

그가 우체통을 톡 하고 살짝 건드리며 새뮤얼에게 미소를 지어 보였다. 마치 이렇게 말하는 것 같았다. '봤지, 이건 사람이 아니라 우체통이

야. 알겠으면 저리 썩 꺼지려무나, 이 미친 녀석아.'

"제가 챙길게요." 학교로 돌아가기 위한 길잡이를 자처하며 톰이 말했다. "내가 교문 안까지 데려다 줄게. 가서 좀 쉬면 될 거야."

교문 주위에서 학생들이 새뮤얼을 바라보며 키득거리고 있었다.

봤지, 새뮤얼 존슨 저 녀석. 내가 이상하다고 했잖아.

그나마 루시가 학생들 틈에 끼어 있지 않았다. 루시는 향기만발한 아름다움을 사방팔방에 퍼뜨리려고 어딘가를 향해 이미 자리를 뜬 게 틀림없다고 새뮤얼은 생각했다.

"기분 나쁜 질문이 아니라면, 왜 우체통한테 파이를 사겠다고 했는지 물어봐도 돼?" 운동장 가운데로 발걸음을 옮기면서 톰이 물었다.

"루시 하이모어인 줄 알았어." 새뮤얼이 말했다.

"루시 하이모어는 우체통처럼 생기지 않았어. 게다가 네가 자기를 우체통처럼 생겼다고 생각하는 걸 알면, 절대로 기분 좋다고 덩실거리지는 않을걸?"

"붉은색 코트였어. 헷갈렸단 말이야."

"근데 루시 하이모어는 너랑은 리그가 다르지 않아?" 톰이 말했다.

새뮤얼은 안타까운 한숨을 몰아쉬었다. "리그야 당연히 다르지. 아마 종목조차 다를지도 몰라. 그래도 너무 예쁜 걸 어떡해."

"아주 콩깍지가 씌었구나." 톰이 말했다.

"누가 콩깍지가 씌었는데?"

새뮤얼의 또 다른 급우인 마리아 메이어가 껴들었다.

"새뮤얼이 우체통이 루시 하이모어인 줄 알고 데이트 신청을 했다잖아." 톰이 말했다.

"진짜야?" 마리아가 말했다. "루시 하이모어라. 그거 멋진데."

말하는 품새가 마치 커다란 빙산 하나가 떡하니 버티고 서 있는 것처럼 서늘했다. 마리아의 멋지다는 말에는 커다란 빙산이 루시 하이모어라는 증기선을 향해 서서히 접근해 가는 듯한 위기감이 숨어 있었다. 하지만 톰은 배꼽을 잡느라 정신이 없었고, 새뮤얼은 당혹스러움에 속이 쓰라려 마리아가 한 말의 속뜻을 전혀 눈치채지 못했다. 그녀가 얼마나 씁쓸한 기분을 표현했는지 전혀 알지 못했다.

바로 그때, 새뮤얼은 루시 하이모어가 어디 딴 곳으로 간 게 아니었음을 알게 되었다. 갑작스러운 순간에 그녀가 친구들 틈을 뚫고 뒤에서 나타난 것이다. 아이들은 여태 수군거리고 있었고, 새뮤얼은 루시가 지금까지 일어난 일을 모조리 목격했음을 알아차리고 맹렬하게 얼굴이 달아올랐다. 새뮤얼은 벌레처럼 작아진 채로 발걸음을 옮겼다. 루시와 그녀의 친구들 사이를 지나쳐 갈 때 그녀의 친구들이 키득대기 시작했고, 루시 역시 키득대는 소리가 들렸다.

만약 과거로 거슬러 갈 수 있다면, 루시 하이모어에게 데이트 신청을 하기 전으로 돌아갔으면 좋겠다고 새뮤얼은 생각했다. 과거를 바꿨으면 좋겠다. 죄다 바꿨으면 좋겠다.

더는 그 얼빠진 존슨 녀석이고 싶지 않았다.

좀 이상한 일이기는 해도, 사람들은 자신이 행복해지기 위해서라면 아주 기이한 현상마저도 재빨리 잊어버리곤 한다. 심지어는 15개월 전에 지옥문이 열리면서 가장 기분 나쁜 부류의 악마들이 통째로 튀어나와 비들컴라는 작은 마을에 진을 쳤던 믿지 못할 사건마저도 말이다. 적어도 그 정도 경험을 맛본 사람들이라면, 매일 아침 자리에서 일어나 미처 하품을 하고 머리를 긁기도 전에 공포에 휩싸여 두 눈을 부릅뜨고 이렇게 외쳐야 정상이 아닐까? "지옥문이 열렸었어! 악마들이 왔었잖아!

바로 여기 있었다고! 언젠가 또 돌아올 거야!"

하지만 꼭 그렇지만도 않은 게 사람들이다. 아마도 그건 좋은 현상일
것이다. 그렇지 않다면 사는 게 이만저만 팍팍한 일이 아닐 테니 말이
다. 모든 것은 시간이 해결해준다는 말이 모두 들어맞지야 않겠지만, 그
래도 고통의 기억을 둔화시켜주는 것은 맞다. 그렇지 않다면 한 번 치과
에 갔던 사람들이 또다시 치과에 갈 리가 있겠는가. 적어도 실질적인 위
안이나 안전이 보장되지 않는 한, 치과를 다시 찾는 일은 없어야 하는
게 정상이다.[6]

그렇게 몇 주가 흐르고 몇 달이 지나면서 비들컴에서 일어났던 일은
기억에서 점차 잊혀갔고, 그 후 또 얼마의 시간이 흐르자 사람들은 정말
그런 일이 일어났었는지, 기이함으로 온통 꿈은 아니었는지 의아해하
기 시작했다. 아니다. 맥락을 좀 더 정면으로 찔러보자면, 사람들은 이렇
게 생각하기 시작했다. 어차피 한 번 일어난 일이니까 또다시 같은 일이
반복되지는 않을 것 같고, 그러니 괜한 걱정은 접어두고 뭔가 더 중요한
일, 이를테면 축구나 리얼리티 쇼 프로그램, 이웃들의 가십거리 같은 것
을 고민하는 게 더 좋지 않을까 생각한 것이다. 적어도 그런 일들은 자
기들 얘기를 하는 것일 테니까. 그렇다고는 해도 어쩌다가 가끔씩 사람
들은 무시무시한 이빨을 하고 손톱에는 독을 묻힌 생명체를 맞닥뜨리는

---

6 무슨 뜻인가? 미약하지만 마취제를 놓겠다는 말인가? 그렇다면 아주 센 놈으로 부탁한
다. 코끼리 수술용 마취제 같은 게 있다면 그걸로 놔달라. 턱 조각이 깎여나가는데도 러시모
어 산의 돌조각이 떨어져 나가는 양 느껴졌으면 싶다. 일말의 통증도 느끼고 싶지 않다. 그
래야만 문제가 없다. 듣고 있는가? 어쩌자고 당신은 치과의사가 되었는가? 사람들에게 고통
을 주는 게 좋은가? 그런가? 당신은 괴물이다. 그게 바로 당신의 모습이다. 괴물! 미안한 소
리지만, 당신도 내 말뜻을 이해하리라…….

꿈을 꾸다가 깊고 어두운 밤의 한가운데서 눈을 뜨게 될 것이다. 자식들이 침대 밑에 뭔가가 있어서 잠을 이룰 수 없다고 얘기하러 오면, 그냥 아무것도 아니라고 말할 수만은 없을 것이다. 아니, 아마 몹시도 조심을 기울여 침대 밑을 살펴본 다음, 크리켓 방망이나 빗자루 몽둥이 아니면 부엌칼을 손에 쥐고 서 있게 되리라.

왜냐하면 결코 모를 일이기 때문이다…….

뭐가 뭔지 모를 기이한 식이기는 했는데, 새뮤얼 존슨은 사람들이 마을에 일어났던 일로 자신을 탓하고 있음을 감지했다. 새뮤얼은 단순히 심심하다는 이유로 집 지하실에 악마들을 모아놓는 아이도 아니었고, 이 세계와 지옥 사이의 문을 잘못하다 실수로라도 열어젖힐 수 있는 거대한 기계를 만든 것도 아니었다. 대마왕이 인간세계를 증오해서 모조리 파괴해버리고 싶어 하는 게 새뮤얼의 잘못도 아니었다. 하지만 마을에서 일어났던 일에 새뮤얼이 깊이 관여되어 있었던 만큼, 사람들은 새뮤얼이 눈앞에 있건 없건 상관없이 그 일을 떠올리게 되는 것이다. 사람들은 그 일을 잊고 싶어 했다. 설령 진실로는 결코 잊지 못한다고 해도, 잊었다고 스스로를 납득시키고 싶어 했다. 그들은 그냥 생각조차 하지 않으려고 했다. 조금이라도 그와 비슷한 일이라면 무조건 피했다.

하지만 새뮤얼은 잊을 수 없었다. 결코 잊을 수 없었다. 그는 가끔씩 흐릿한 여자의 형상을 보았다. 거울에서, 반사된 상점 창문에서, 혹은 버스 정류소의 통유리에서. 애버너시 부인이었다. 그녀의 눈은 기이한 푸른색 빛을 발산하고 있었는데, 새뮤얼에 대한 적개심으로 가득 차 있는 것처럼 보였다. 안타까운 일은, 새뮤얼을 제외하고는 그 누구도 그녀를 보지 못했다는 것이다. 새뮤얼은 과학자들에게 애버너시 부인의 존재를 설명하려고 했지만, 믿으려 하는 사람이 아무도 없었다. 그저 어린아이의 말이라고만 치부했다. 똑똑하고 용감하긴 하지만, 그래도 어쩔 수 없는 어린아이가 무시무시한 경험을 하고 나서 주절거리는 말이라고 여겼다.

새뮤얼은 똑똑히 알고 있었다. 애버너시 부인은 복수를 원했다. 새뮤얼에 대한 복수, 인간세계에 대한 복수, 걷고 헤엄치고 날아다니는 모든 살아 있는 생명체에 대한 복수를.

바로 그러한 이유에서라도 새뮤얼은 그 일을 잊을 수 없었다. 새뮤얼이 애버너시 부인과 지옥의 무리를 홀로 물리친 것은 아니었다. 재수가 좀 없긴 했지만, 그래도 꽤 봐줄 만한 악마인 너드의 도움을 받았다. 새뮤얼과 너드는 그 후 친구가 되었다. 하지만 너드는 지금 애버너시 부인을 피해 지옥 어느 언저리에 몸을 숨기고 있고 새뮤얼은 지구에 머무르고 있기에 이제는 서로 도울 수 있는 처지가 아니었다.

---

7 얘기를 꺼낸 김에 시간 여행에 대해 하나만 더 생각해보자. 양자론에 따르면, 아무리 기이한 사건이라고 해도 모든 사건은 발생할 수 있는 가능성을 가지며, 모든 사건의 모든 발생 가능한 결과는 온전히 제 세계에서만 존재한다. 다시 말해서, 모든 가능한 과거와 미래, 예를 들어 당신이 이 책을 집어 들지 않았기 때문에 대신 다른 책을 읽게 되는 것은 있을 수 있는 현실이며, 그 모든 가능성은 서로 나란히 공존한다. 자, 그렇다면 우리가 타임머신을 발명해서 시간대를 선택해 옮겨 다닐 수 있게 되었다고 가정해보자. 당신은 특정 시간대를 골라 과거로 이동해서 원없이 할아버지를 살해하고자 하는 계획에 착수할 수 있게 된 것이다. 하지만 도대체 무슨 이유로 할아버지에 대한 이해하기 힘든 살인충동에 빠져들었다가 다시 미래로 이동해야 하는지가 더 궁금해진다.
평행우주나 다른 차원 같은 개념이 전부 헛소리라고 생각한다면, 샌프란시스코에 기반을 둔 실험철학자 조나단 키츠가 시공간적으로 다른 차원에 있는 부동산을 이미 판매하기 시작했다는 사실에 주목하기 바란다. 실제로 그는 단 하루 만에 샌프란시스코 베이 지역에서만 172건이나 되는 초차원적인 부동산 거래를 성사시켰다. 사실 이게, 실제로 존재하지도 않는 것에 기꺼이 많은 돈을 지불하는 사람들이 샌프란시스코에 있다는 사실 이외에 무엇을 더 증명하는지는 잘 모르겠다. 과학 이론이 아니라 샌프란시스코 주민들에 대한 얘기나 더 해

새뮤얼은 너드가 어디에 있든 그저 무사하기를 바라는 수밖에 없
었다.[7]

야 하는지도 모른다. 하지만 나는 그 사람들이 광선총을 휘두르는 또 다른 차원에서 온 괴
물들과 마주했을 때, 그들의 재산권을 행사하려는 모습을 구경하는 데에는 기꺼이 많은 돈
을 지불할 계획이다. "자, 봐라! 여기 이만큼의 땅은 내가 샀……." 지이이이잉!

III
지옥을 뱃속까지 샅샅이 뒤지니
그곳에 아이들이 읽을까
부모들이 걱정하는 책 제목 중
하나가 있다

자, 그럼 잠시나마 지상에 머물면서 사랑과 삶에 대한 교훈, 사교에서 시력의 중요성, 할아버지를 살해하는 행위의 위험성 등을 배웠으니, 이제 다시 지옥으로 돌아가보자.

당신도 이미 눈치챘을 테지만, 심하게 얼기설기 기워 만든 꽃무늬 드레스를 입고서 어두침침한 절망의 산을 헤치고 성큼성큼 걸어가는 이 여자는 과거에 악마 바알로 알려져 있던 애버너시 부인이다. 애버너시 부인은 인간세계로 침투해 들어가려는 시도가 무산된 이후, 대마왕의 은신처를 찾아 하루도 빠짐없는 인고의 순례길에 올랐다. 부인은 자신의 주군이자 악마들의 제왕인 대마왕을 만나 무엇이 잘못됐는지를 얘기하고, 어떻게 해서든 다시 한 번 그의 환심을 얻어보고자 했다. 애버너시 부인은 대마왕 못지않게 오래되고 사악한 악마였으며, 그 둘은 잿더미와 쓰레기, 화염밖에 존재하지 않던 이 적막한 곳에서 영겁의 시간을 함께하며 왕국을 건설해온 관계였다.

하지만 비통함에 젖어 있던 대마왕은 자신의 오른팔이나 다름없었던 존재와의 대면을 계속해서 거부했고, 이 악마의 고민도 깊어져만 갔다. 아니, 이제는 두렵기까지 했다. 대마왕의 보호와 관용이 없는 애버너시 부인은 미약한 존재에 불과했으니까. 무언가 수를 내야만 했다. 그나마 다행인 점은 대마왕은, 군주란 존재가 그러하듯 싫어도 남의 이야기를 경청해야 하는 자리에 앉아 있다는 것이었다. 바로 그 이유 때문에 애버너시 부인이 그토록 집요하게 이곳을 찾는 것이었다. 사악한 생물들이 어둠 속에 몸을 숨긴 채, 지옥의 군대 지휘관이자 최고 악마 중 하나인 애버너시 부인이 거의 구걸에 가깝게 면담을 요청하고, 여자 복장을 해야 하는 번거로움까지 마다치 않은 채로 굴욕을 맛보는 광경을 키득대며 지켜보았다.

당연한 말이겠지만, 애버너시 부인은 애초에 꽃무늬 드레스를 입고서 헤어스타일을 신경 써야 하는 40대 여자의 모습을 영 마뜩치 않아 했다. 그런 연유로 최근까지도 애버너시 부인은 남성도 여성도 아니었다. 뭐랄까 성별을 알 수 없는 그냥 끔찍한 '그것'이었다. 하지만 이제는 그런 그녀에게도 정체성이 생겼는데, 단순히 이빨과 손톱, 촉수를 지닌 것을 넘어 온전한 형태를 갖춘 그 무엇이 되었다. 처음에는 바알이 애버너시 부인의 육신만을 탈취했지만, 그 뒤에 부인의 무엇인가가 바알을 감염시켰던 것이다. 부인은 처음으로 거울을 사용하게 되었고, 좋은 옷을 입고 화장도 하게 되었다. 외양에 대한 고민이 늘기 시작했다고나 할까. 좀 더 노골적으로 얘기하자면, 애버너시 부인에게도 허영이 찾아온 것이었다.[8] 그녀는 더 이상 자신을 바알이라고 생각하지 않았다. 바알은 과거였다. 애버너시 부인이 현재이며 미래였다.

점점 더 산속 깊숙이까지 내려가자, 애버너시 부인은 주위에 온통 키 득거리고 소곤대는 것들 천지임을 알 수 있었다. 부인이 걸어서 통과했던 다리는 거대한 절벽 사이에 위태롭게 걸쳐 있었는데, 절벽이 너무도 깊고 암담한 나머지 잘못하다가 그 밑으로 떨어지기라도 한다면 영원히 추락에 추락을 거듭해서 바닥에 닿기도 전에 늙어 죽게 되지 않을까 우려될 정도였다. 다리는 쇠막대와 쇠사슬로 산의 내벽에 고정되어 있었다. 내벽을 좀 더 자세히 들여다보면, 무수히 많은 암굴이 어둠 속에 도사리고 있었으며, 그 안에는 악마들이 한 자리씩을 차지하고 있었다. 암굴은 시야가 미치는 멀리까지 길게 뻗어 있었다. 어쩌다 암굴 벽에 달려 있는 불타오르는 횃불을 조명 삼아 앞을 볼 수 있었지만, 그마저도 별빛처럼 미약해서 금세 어둠에 삼켜져 영원히 사라지고 말았다. 여기저기서 괴수들이 몸을 내밀기 시작했다. 붉은 눈에 이빨을 드러내놓고 웃어대는 것들, 냉기를 뿜어대는 악령, 화염을 분사하는 마귀, 기형으로 창조된 피조물, 형태가 불분명한 생명체, 불길과 연기 속에서 두 눈만 이글거리는 무형체까지. 애버너시 부인의 등장에 혹시라도 분노를 살까 몸을 웅크리는 치들도 있었지만, 대부분 괴수들은 부인을 그저 조롱하기

8　여기저기 사방에서 여자를 대변하는 사람들의 집중포화를 피하기 위해서라도, 허영이란 여자에게만 국한되는 것은 아니라는 점을 강조하고 싶다. 시인이자 수필가였던 조나단 스위프트(1667~1745)는, "허영은 바보들을 위한 식량이지만 가끔은 지혜로운 자들도 자신을 낮춰서 한 입씩은 먹어줘야 하는 것이다"라고 했다. 허영에 대한 최선의 정의를 내려보자면, 스스로에 대한 자만심이 과한 상태라 할 수 있겠다. 자만심의 반대말은 겸손이다. 겸손이란 자신을 있는 그대로 보는 것이다. 다른 사람과 자신을 비교해서는 안 된다. 심지어 나쁜 놈들, 드레스를 입은 악마와도 비교해서는 안 된다. 당신이 드레스를 입은 악마가 되어야 하는 경우도 있을 수 있지 않겠는가.

에 바빴다. 주군의 대업에 실패를 안겨주었으니, 언젠가 통탄의 울부
짖음이 멈추는 그날에 대마왕이 기필코 그녀를 벌할 것이라는 조롱이
었다.

여전히 울부짖음은 계속되었다. 애버너시 부인이 가까이 다가가자 소
리가 더욱 커졌다. 악마들은 제 주인이 내뱉는 통탄의 신음소리를 차단
해보고자 갈탄으로 귀를 막았다. 이미 미칠 대로 미쳐서 아예 신음소리
에 맞춰 콧노래를 흥얼거리거나, 견디지 못하겠다는 표시로 머리를 벽
에 광적으로 찍어대는 악마들도 있었다.

마침내 기나긴 암굴을 통과하니 어두침침한 돌담이 나타났다. 뭔지
모를 형체가 어둠 속에서 분리되어 나왔다. 마치 누군가가 끈적끈적한
타르를 밟았다가 신발을 뗄 때와 비슷한 느낌의 모습이었다. 검은색 덩
굴손이 등에서 뻗쳐 나와 어둠 속에 섞여 있었는데, 어디까지가 어둠인
지 분간이 안 될 정도로 완연한 검은색이었다. 괴생물체가 가물거리는
횃불 아래로 걸음을 옮기며 그르렁대기 시작했다. 인간의 모양새를 하
고 있긴 했지만, 어떻게 보면 독수리 같아 보였다. 머리는 핏기 없는 분
홍색에 짧은 털 몇 가닥만 듬성듬성 흉하게 남겨진 채 벗겨져 있었다.
길고 두툼한 코는 툭 튀어나온 아랫입술에 맞닿아 꼭 맹금류의 부리를
연상케 했고, 작고 검은 눈은 칠흑 같은 악의를 품고서 번뜩이고 있었
다. 어깨에 두른 검은색 망토는 마치 검은 기름이 아래로 흘러내리는 것
같이 보였으며, 왼손에는 상단에 조그마한 해골이 달린 뼈지팡이를 쥐
고 있었다. 애버너시 부인이 앞으로 나아가려 하자 지팡이를 쥔 손이 진
로를 막았다.

그 괴생물체의 이름은 오지무스였으며, 다름 아닌 대마왕의 부관급
존재였다.[9] 오지무스는 원래부터 바알을 싫어했다. 바알이 스스로를 애

버너시 부인이라고 부르며 괴상한 옷이나 걸쳐 입고 다니기 훨씬 전부터 싫어했다. 오지무스의 힘은 그가 대마왕의 말을 들을 수 있는 위치에 있다는 사실에 기인했다. 만약 악마들이 대마왕에게 뭔가 청할 부탁이 있다거나 보다 높은 자리에 오르기를 갈망한다면, 오지무스를 통해서 대마왕에게 다가서는 수밖에 없었다. 그리하여 그들의 청이 받아들여지고 그들이 원했던 자리를 차지하게 된다면, 그 모든 것을 오지무스에게 빚지게 되는 셈이었다. 원래 세상이란 이렇게 움직이는 법이다. 지옥이라고 예외는 없다. 좋은 방식이 아니고, 그래서도 안 되지만 늘 그런 식이니 망각해서는 안 된다.

"지나갈 수 없다." 오지무스가 말했다. 기다란 혓바닥이 부리처럼 생긴 입에서 기어 나와 피부의 보이지 않는 구석을 핥아댔다.

"네가 뭔데 그런 말을 하는 것이냐?" 애버너시 부인이 혓바닥에서 염산을 뚝뚝 떨어뜨리며 업신여기는 투로 물었다.

---

9 부관이란 지도자나 왕의 비서실장이자 조언자이다. 이 직책은 상당히 위험한 자리이다. 권력자로서의 지도자는 종종 자신에게 어떤 행동을 취하라고 충고를 하는 사람이나 어떤 행동이 잘못되었다고 직언을 고하는 사람에게 격한 반응을 보이는 경향이 있기 때문이다. 영국 헨리 2세의 부관 역할을 수행했던 토마스 베켓(1118~1170) 대주교는 왕이 교회의 권한에 어느 정도까지 개입할 수 있는가에 대해 의견 충돌을 겪은 후에 왕의 측근 기사들에게 캔터베리 대성당에서 살해당한다. 영국의 아주 유명한 왕이었던 헨리 8세가 젊고 아름다운 앤 불린과 결혼하려고 첫 번째 아내인 캐서린과 이혼을 하려 하는데, 당시 대법관이었던 토마스 모어(1478~1535)가 이를 허락하지 않는다는 이유로 그를 참수시킨 일도 있었다. 하지만 헨리 8세는 결국에는 앤 불린마저도 참수형시키고 만다. 이 이야기의 교훈은 참수형을 좋아하는 헨리라는 이름을 가진 왕을 가까이 하지 말라는 게 아니다. 뜨거운 감자를 처리하는 권력자의 술수를 가만히 지켜보는 것도 하나의 좋은 방법이다. 만약 그 과정에서 너무도 흉포한 방법이 도출된다면, 당장 다른 일자리를 알아보는 것이 현명한 생각이라는 것이 여기에서 얻을 수 있는 교훈이다.

"넌 제왕의 개에 불과하다. 그 이상, 그 이하도 아니다. 내게 경의를 표하지 않으면 조각조각 세포단위로, 원자단위로 분해했다가 재차 결합을 하고 다시 그 짓을 반복해줄 것이다."

오지무스가 킬킬거렸다. "매번 여기를 잘도 찾아오고 있지만, 당신의 위협은 점점 더 공허해지고만 있다. 한때 당신은 대마왕님이 총애하는 신하였지만, 이제 그 좋은 시절은 다 지나갔다. 대마왕님을 기쁘게 해드릴 기회가 있었지만, 당신이 그 기회를 날려버린 거다. 내가 만약 당신이라면 어디 쥐구멍이라도 찾아 숨어 들어가, 대마왕님이 나라는 존재를 깡그리 잊기를 바라는 희망이나 품고 살겠다. 언젠가 슬픔이 찾아들고 대마왕님이 정신을 차려 당신이 끼쳤던 그 고통을 기억해내면 어찌 될지 상상해보아라. 아마도 사지가 조각조각 절단 나는 것 정도는 아주 기분 좋은 마사지에 불과하다는 것을 깨닫게 되겠지. 당신에게 영광의 시절은 끝났다. 당신의 모습을 봐라! 지금 당신이 어떤 꼴인지 보란 말이다!"

애버너시 부인의 눈에서 불꽃이 일었다. 부인은 으르렁대며 손을 들어 오지무스를 치려는 자세를 취했다. 오지무스는 몸을 웅크리며 얼굴을 망토 안으로 숨겼다. 잠시 동안 그들은 그 상태로 멈추어 있었다. 이 오랜 두 숙적 사이의 정적을 깬 것은 망토 속에서 새어 나오는 이상한 소리였다. 웃음소리였지만 웃음소리 같지 않은 소리였다. 프라이팬에서 베이컨이 타는 소리나 파이프에서 가스가 새는 소리와 유사한 치찰음(齒擦音)에 가까운 소리라고 할까.

"츠츠츠츠츠." 오지무스의 비웃음 소리였다. "츠츠츠츠츳. 당신이 여기서 그럴 힘이 어디 있다고? 여기서 나를 치기라도 하면, 그것은 곧 대마왕님에 대한 폭력이 될 것이야. 내가 누군데? 나는 대마왕님을 대변하면서 충언을 고하는 대마왕님의 오른팔이라고. 당장 여기를 떠나라. 도무지 아무짝에도 소용없는 순례길은 이제 그만 접어. 여기 다시 얼굴을 들이민다면, 그때는 내가 직접 쇠사슬로 포박할 것이다."

오지무스가 지팡이를 들어 올렸다. 지팡이 끝의 해골이 기분 나쁜 노란빛을 발하고 있었다. 그 뒤로 거대한 날개를 단 괴물 두 마리가 보였다. 어스레한 불빛 아래에서 보니 꼭 벽에 조각된 두 마리의 용 같아 보였다. 지금까지야 벽 속에 갇혀 있었지만, 이제는 너희 두 녀석보다 더 높은 곳에 있다고 뻐기기라도 하는 것 같았다. 그중 구부정한 몸에 파충류의 두상을 하고, 언청이처럼 말린 입술 뒤로 길고 날카로운 다이아몬드 이빨을 가진 놈이 그르렁거리며 애버너시 부인에게 위협을 가했다. 애버너시 부인은 즉각 가방을 휘둘러 코를 으깨주었다. 깨갱거리며 당혹스러운 표정을 짓던 용이 또 한 마리의 동료 용을 바라보았다. 마치 이런 말이라도 하는 것 같은 표정이었다. '봤지, 넌 좀 더 잘해내야 할 거야.' 또 한 마리의 용은 그저 어깨를 으쓱하면서 뭔가 흥미로운 거라도 찾으려는 듯 눈길을 돌렸다. 용은 보이는 것보다 꽤나 중량감이 있는 가방이구나 하고 생각했다.

"아직 내 마지막 말을 듣지 못했지, 오지무스?" 애버너시 부인이 말했다. "언젠가는 내 다시 부상할 것이다. 결코 오늘의 수모를 잊지 않겠다."

애버너시 부인이 발길을 돌려서 걷기 시작했다. 다시 한 번, 대마왕의 울부짖음과 악마들의 속삭임, 오지무스의 츠츠거리는 웃음소리가 들렸다. 애버너시 부인은 길고 긴 절망의 산을 고통과 굴욕을 견디며 걷고 또 걸었다. 출입문을 통과해서 지옥의 그 황량한 풍경으로 다시 발을 들여놓았을 때, 발목 높이 어디쯤에선가 낯설지 않은 목소리가 들렸다.

"좋은 하루 보내세요." 땅바닥에 홀로 뒹굴고 있던 에지패스트의 머리였다.

애버너시 부인은 못 들은 체하고 가던 길을 계속 갔다.

애버너시 부인의 모습이 사라져갔고, 오지무스의 웃음소리도 점차 멈춰갔다. 그리고 두 번째 형체가 어둠 속에서 모습을 드러냈다. 큰 키에 어울리는 군왕의 자태였다. 횃불이 그의 창백한 얼굴을 비추었다. 위압적이면서도 잔혹함을 머금은 분위기. 길게 늘어진 검은색 머리카락은 황금 장식으로 치장됐고, 군데군데 핏자국이 섞여 있긴 했지만 의복 역시 최고급 레드 벨벳이었다. 어깨 위에 걸친 붉은색 망토는 바람이 불어도 쉽사리 펄럭이지 않았다. 마치 몸과 합일을 이룬 듯 견고함을 보여주었다. 그는 보석으로 장식한 손을 뻗어 용 한 마리를 쓰다듬었다. 용은 더없이 만족한 듯 거대한 고양이처럼 그르렁거렸다.

"아비고르 공작님." 오지무스가 전적인 복종의 의미를 담아 머리를 숙이며 말했다. 아비고르 공작 앞에서 그와 같은 복종의 행동은 어찌 보면 아주 현명한 선택이라 할 수 있었다. 왜냐하면 종종 공작의 면전에서 머리를 조아리지 않았다가 거대한 칼에 머리가 내리 떨어져 제 발밑에 깔리는 참상을 맛본 녀석들이 적지 않았기 때문이다.

자연은 진공(眞空)을 싫어한다는 말이 있다. 하나가 없어지면 다른 것으로 대체되듯 빈자리는 채워지기 마련이라는 의미이다. 권력 역시 마찬가지이다. 누군가가 지도자의 총애를 잃으면 그 자리를 차지하려는 줄이 재빨리 형성된다. 애버너시 부인이 대마왕의 신뢰를 잃게 되었을 때, 숱한 힘 있는 악마들이 자신의 출세를 위해 그녀의 불운을 이용하고자 수를 쓰기 시작했다. 그중에서도 가장 야욕이 넘치고 음흉한 자가 바로 아비고르 공작이었다.

"뭐라 하였느냐, 오지무스?" 공작이 말했다.

"아주 완강한 자입니다."

"완강하면서도 위험한 인물이지. 하도 집요해서 나를 귀찮게 하는구나."

"대마왕님께서 그 여자를 만나는 일은 없을 것입니다. 그건 제가 보장하겠습니다. 기회가 날 때마다 그 여자에 대한 말을 전할 것입니다. 그 여자가 어떻게 대마왕님을 낭패에 빠뜨렸는지를 상기시켜 드릴 것입니다. 공작님께서 부탁하셨듯이, 때가 날 때마다 대마왕님의 광기를 북돋워줄 것입니다."

"참으로 충성스러우면서도 강직한 신하로다." 하지만 아비고르 공작의 말에는 빈정거림이 숨어 있었다. 공작은 일단 목적을 달성하기만 하면, 첫 번째로 오지무스를 제거할 생각이었다. 주군을 한 번 배반한 자가 또다시 배반하지 않으리라는 보장은 없는 것이니 말이다.

"저는 대마왕 주군님께 충성을 맹세합니다." 아비고르 공작이 자신의 의구심을 입 밖에 내자 오지무스가 대단히 신중하게 말했다. "부관씩이나 되는 자가 실망을 안긴다면 대마왕님의 위신이 말이 아니겠죠. 혹은 이상한 여자 옷 따위를 입고 나타난다거나 하면요."

오지무스는 강한 자에 약하고 약한 자에 강한 전형적인 포식성 군상이었다. 그런 연유에서라도 아비고르 공작은 가능한 한 빨리 오지무스를 처리하고 싶었다.

"내가 권좌를 차지하는 날, 너를 꼭 기억할 것이다." 아비고르가 말했다. 이중적인 의미를 내포하는 의미심장한 말이었다. "우리의 시대가 가까이 왔다. 얼마 안 남았다, 오지무스. 얼마 안 남았어……."

아비고르 공작이 뒤돌아서서 어둠 속으로 사라져갔다. 오지무스는 길고 거친 숨을 내뱉었다. 참으로 위험한 게임이라는 것을 오지무스도 알고 있었다. 하지만 아비고르 공작을 신뢰하지는 않는다고 해도, 애버너시 부인에 대한 증오심은 그 이상이었다. 그는 지팡이를 손에 쥐고 절망의 산 쪽으로 발걸음을 옮겼다. 순간 대마왕의 울부짖음이 커졌고, 오지무스는 몸을 움찔했다. 오지무스는 내실에 다다르자 걸음을 멈췄다. 칠흑 같은 어둠 속에서도 둥그렇게 몸을 말고 비통함에 젖어 있는 대마왕의 거대한 형체를 알아볼 수 있었다.

"오지무스, 대마왕님을 뵈옵니다." 한마디 한마디 할 때마다 오지무스의 입에서는 독이 뚝뚝 떨어졌다. "안타까운 소식입니다만, 대마왕님의 신뢰를 잃은 신하 애버너시 부인이 아직도 계속해서 주군님에 대한 험담을 하고 다닌다는……."

IV

진정 그 모든 것이

오해에서 비롯된 것이었으니

이제는 '다섯 신의 재앙 너드'로 알려져 있던

악마 너드를 다시 봐야 할 시간이다

볼 거 하나도 없는, 흥미로운 것이라고는 눈을 씻고 찾아도 뵈지 않는 산 중턱의 그다지 대단하지도 않은 동굴을 벗어나니, 어디선가 기계를 만지작거리는 소리가 들려왔다. 다들 알다시피 기계란 주로 남자들에게 친숙한 영역이다. 여자들은 대체로 기계를 싫어한다. 정원의 공구 창고나 차고를 만들어낸 사람이 남자인 이유도 그 때문이다. 남자들은 먹거나 마시거나 그도 아니면 텔레비전 리모컨을 손에 쥐고 채널 서핑하는 것조차 지겨워지면, 그 공간을 찾아가 뭐든 뚝딱거린다. 하지만 대부분 특별히 쓸모 있는 어떤 것을 만든다기보다는, 그저 손을 계속 놀리는 정도이다. 아주 가끔씩이지만, 꽤나 유용한 발명품이 탄생하기도 하는데, 그렇다고 해도 역시나 대부분은 이미 잘 작동하고 있는 기계의 성능을 개선해보겠다고 분해해서 만지작거리는 수준에 불과하다. 결과적으로 원래 해야 할 일도 하지 못하고, 아무 데도 쓸모없는 짓에 매진하게 되면서 고쳐야 할 부분은 더욱 늘어만 가고, 신경 쓸 게 중첩되면서 짜증도 불어나고, 손볼 부분은 더더욱 쌓여만 가고, 기타 등등. 결국에는 망가뜨린 전기주전자나 냉장고 부품으로 마누라한테 심하게 얻어터지기나 하면서, 그렇게 사내들은 늙어가고 세상과 작별을 고하게 되는 것이다.

동굴 안에는 차가 한 대 있었다. 한때 새뮤얼 존슨의 아버지가 뒷마당 차고에 보관하면서 완벽한 상태로 유지, 보수해온 애스턴 마틴이었다. 하지만 지금은 악마들이 비들컴 마을을 습격했을 때 도난당한 물건 중 하나일 뿐이었다. 악마들은 새뮤얼 아버지의 애스턴 마틴 말고도 비들컴 마을 주민들의 귀중품을 숱하게 빼앗았거나 파괴했다. 하지만 새뮤얼의 아버지는 그쪽에는 관심도 없었다. 누가 뭐래도 그저 자기 차가 사라졌을 뿐이었다.

"악마가 차를 훔쳐갔다 그 말이죠?" 최근까지도 자부심과 기쁨으로 충만했던 차고, 이제는 텅 비어버린 차고를 바라보며 새뮤얼이 물었다. 아버지는 오래된 페인트통 더미와 잔디 깎는 기계 사이를 뒤지고 있었다. 차가 하얀색 페인트통 뚜껑을 열고 "놀랐지!" 하며 튀어나오기를 기대라도 하는 듯한 눈치였다.

"맞아."

대답을 한 쪽은 새뮤얼의 엄마였다. 남편이 차를 잃어버리고 망연자실해 있는 모습이 어쩐지 아주 통쾌하다는 표정이었다. 새뮤얼의 아버지는 아내와 자식을 버리고 다른 여자와 나가 살았는데, 그 와중에도 차를 잘 보살펴달라고 부탁씩이나 하는 남자였기 때문이다. 존슨 부인은 남편을 이기적이다 못해 대책이 없는 남자라고 생각했다.

그런데 차를 도둑맞았다는 말이 완전한 사실은 아니었다. 악마 너드에게 그 차 열쇠를 준 게 바로 새뮤얼이었기 때문이다. 너드는 새뮤얼에게 차 열쇠를 받아 지옥과 비들컴 마을을 잇는 출입구를 향해 돌진했고, 너드가 지옥문을 붕괴시켰기 때문에 대마왕이 지옥을 빠져나와 지구로 오는 것을 막을 수 있었다. 물론 너드가 도둑으로 몰린 점은 미안하긴 했지만, 그래도 새뮤얼은 진실을 알고도 거짓말을 해준 엄마가 참으로 고맙게 느껴졌다.

바로 그 악마 너드가 팔짱을 끼고 한때 새뮤얼 아버지 소유였다가 이제는 자신의 물건이 된 애스턴 마틴을 바라보고 서 있었다. 너드는 애스턴 마틴이 지옥문을 통과한 것 치고는 아주 멀쩡하다는 사실에 꽤나 감탄하는 표정이었다. 그 정도 충격이면 자기는 물론이고 차량 역시 수백 조각으로 쪼개진다거나 하루살이 눈알만 한 크기로 뭉개졌어야 정상일 거라고 생각했기 때문이다. 또한 너드는 그 점액질 웅덩이를 발견할 수 있어서 천만다행이었다고 안도의 한숨을 내쉬었다. 지옥 여기저기에서 검은색 거품을 만들어내며 끓고 있는 그것은 탄화수소와 그 밖의 다른 유기 화합물로 이루어진 웅덩이였다. 다른 말로 표현해보자면, 그 모든 웅덩이는 누구라도 사용 가능한 소형 주유소라 할 수 있었다.

하지만 불행하게도 웅덩이의 유기 화합물은 원유 상태의 기름에 불과했다. 지옥이라는 곳이 빈티지 차를 염두에 두고 만들어진 곳은 아니지 않은가. 게다가 더더욱 불행한 것은 너드는 자동차의 내연 기관 엔진이 어떻게 작동하는지에 대해서는 완전한 문외한이어서, 향후 발생할 수 있는 문제에 어떤 대비도 되어 있지 않은 상태였다. 너드는 자신이 능숙한 운전사라고 생각했지만 지옥에서 운전을 한다는 것은 방향 지시등을 켜고, 가속페달을 밟고, 바위와 웅덩이를 피하는 것 이상을 요구했다. 너드는 스스로 생각하는 것만큼 능숙한 운전사는 아니었다.

하지만 행운은 가끔 전혀 호감이 가지 않는 외모를 향해서도 웃음을 짓곤 한다. 온통 녹색 피부에 초승달처럼 구부정한 모습을 한 너드는 단연코 비호감 중의 비호감이었다. 대마왕은 보기만 해도 아주 단단히 짜증이 난다는 이유로 너드를 지옥의 황무지로 추방했다. 그때 시중이라도 들게 하라고 붙여준 악마가 웜우드였는데, 그놈은 눈도 보이지 않는 바보가 무딘 가위를 양손에 들고 머리를 잘라준 게 아닌가 싶게 생긴 녀석이었다. 성가시고, 이상한 냄새나 풍기고, 멍청하기는 또 이루 말할 수 없는 웜우드였지만, 전혀 뜻밖에 웜우드에게도 구르는 재주가 있었으니, 그게 바로 기계를 다루는 놀라운 손재주였다. 그리하여 애스턴 마틴 트렁크에서 발견한 차량 매뉴얼의 도움을 받아, 웜우드는 차량의 수리와 유지를 담당하는 책무를 맡게 되었다. 놀랍게도 애스턴 마틴은 이전보다도 훨씬 더 빠르고 부드러워지는 등 성능이 기대 이상으로 개선되었다.

아, 그리고 차는 이제 꼭 거대한 바위 같아 보였다.

너드는 애버너시 부인과 그녀의 군주인 대마왕이 자신들의 지상 지옥을 창조하려 했던 계획이 실패로 돌아갔다는 사실을 알게 되면 결코 기뻐하지 않을 거라는 걸 잘 알고 있었다. 둘 다 관용을 베푸는 타입은 아닌 것 같아 보였고, 그 말인즉 그들은 누군가에게 책임을 물을 것이었다. 대마왕은 애버너시 부인에게 책임을 물었다. 책임 소재가 애버너시 부인에게 있는 것으로 보였기 때문이다. 애버너시 부인 역시 책임을 물을 대상을 찾고 있었다. 바로 그 대상이 마지막으로 목격되었던 때가 담요를 둘러쓰고 빈티지 차량을 몰고 지옥으로 돌진하던 그때였다. 너드는 애버너시 부인의 무시무시한 갈퀴손이 자신을 덮치면 어떻게 될지 확신할 수 없었지만, 상상컨대 몸 안의 모든 원자가 서로 분리되어 영원의 우주 속으로 폭발하듯 분출되는 상황 정도가 되지 않을까 싶었다. 어찌 됐든 정확하게는 알 수 없는 일이었다.

그래서 너드는 두 가지 결정을 내렸다. 그중 첫 번째는 한 곳에 머무르지 않고 계속해서 장소를 이동하자는 것이었다. 왜냐하면 움직이는 대상은 표적이 될 확률이 적으니까.[10] 두 번째로는 자신의 애스턴 마틴을 위장하는 게 좋겠다고 생각했다. 너드와 웜우드는 각재와 천, 금속 따위로 위장 틀을 만든 후 그냥 큰 바위처럼 보이도록 차에 페인트칠을 했다. 무려 제로백(차량이 출발해서 시속 100km에 도달하는 시간)이 7초에 불과한 바윗덩어리의 탄생이었다.

한편 웜우드는 애스턴 마틴의 보닛을 열고 엔진을 손보고 있었다. 너드는 웜우드가 만지작거리는 것이 무엇인지조차 알 수 없었다. 물론 알려고만 들면 알 수야 있겠지만, 딱히 알고 싶지 않았다. 어찌 됐든 자신은 두뇌 역할을 해야 하니까 자동차 부품 따위를 걱정하거나, 부러 손을 더럽히는 일 따위는 사양해도 무방하다고 보았다. 너드는 웜우드가 차량에 대한 지식이 상당하다고 해서 자신을 제치고 두뇌 역할을 해야 한

10　흥미롭게도 이 주장은 물리학 이론인 하이젠베르크의 불확정성 원리의 변주이다. 하이젠베르크의 불확정성 원리란 아원자와 같은 작은 입자에 대해 정확한 속도를 모르면 정확한 위치를 알 수 없으며, 정확한 위치를 알지 못하면 정확한 속도도 알 수 없다는 원리이다. 만약 어떤 물체가 현재 움직이고 있는 상태라면, 그 물체의 정확한 위치를 말하는 것은 불가능한 것임을 생각해보면 쉽게 이해가 될 것이다. 말을 하는 순간에도 물체는 끊임없이 위치 변동을 하기 때문이다. 같은 방식으로 속도를 안다고 해도 정확한 위치는 여전히 불분명하다. 실제로 하이젠베르크의 불확정성 원리는 이보다 좀 더 복잡한 이론이지만, 핵심은 바로 그것이다. 그래도 누군가 파티에서 하이젠베르크의 불확정성 원리를 이해하고 있느냐고 묻는다면, 당신은 이렇게 대답해야 한다. "불확정성의 원리를 누가 확실히 알 수 있겠어요?" 그나저나 이 원리를 창안했던 독일 물리학자인 베르너 하이젠베르크는 이 원리가 옳다고 확신했을까? 그랬다가는 확실한 불확정성에 대해 전혀 불확실해하지 않는 자가 되는데도?

다고는 생각하지 않았다. 그래서 그는 사람들이 종종 자신의 손을 더럽히고 싶지 않을 때 즐겨 쓰는 방식을 차용했을 뿐이다. 왕이 되기 위해서 똑똑할 필요까지는 없는 법이다. 그냥 똑똑한 사람을 곁에 두는 것만으로도 충분하다.[11]

"뭐가 문제인지 알아냈어?" 너드가 물었다.

"점화 코일이 문제였네요." 웜우드가 말했다.

"진짜야?" 정말 관심이라도 있는 양 말했지만, 그마저도 들통 난 너드가 대답했다.

"점화 코일이 뭔지도 모르잖아요." 웜우드가 말했다.

"점화와 관련된 코일 아냐?"

"음, 그거야 그렇지만."

"그렇다면 그런 거지. 너 혹시 정확히 얼마나 큰 몽둥이로 내려쳐야 네 머리에 혹이 생기는지 알아?"

"잘 모르겠는데요."

"확인해보고 싶으면, 계속 그렇게 말대꾸해."

웜우드는 보닛 아래에서 머리를 빼면서 전용 작업복에 손을 닦았다. 여기에도 사연이 있다. 애스턴 마틴 매뉴얼의 맨 앞 장을 보면 웬 남자가 작업복을 입고 다소 위협적인 태도로 손에 공구를 쥐고 있다. 왼쪽 가슴에는 '밥'이라고 이름이 박혀 있다. 웜우드는 엔진에 대해서 좀 안

---

11 게다가 그 똑똑한 사람이 너무 똑똑해서 자기라면 더 훌륭한 왕이 될 수 있겠다는 생각이라도 품으면, 고민할 필요 없다. 그냥 죽여버리면 된다. 왕의 법칙 첫 번째가 바로 그것 아닌가. 왕이 되는 첫 날에 꼭 배워야 할 법칙이다.

다 하는 사람들이 이런 전용 복장을 갖춰 입는다고 생각했는지, 이런저런 옷감을 그러모아 작업복을 하나 만들었다. 심지어는 비슷하게 명찰도 만들어 달았다. 역시 철자까지는 무리였지만. '왐우드'

"코일의 구리선 때문이었어요." 왐우드, 아니 웜우드가 말했다. "닳아서 납작해져 버렸네요. 뭔가 대체할 만한 게 있으면 좋겠는데."

너드는 고개를 돌려 동굴 바깥을 쳐다보았다. 동굴 전면에는 검은 화산암이 광활하게 펼쳐져 있었다. 너드와 웜우드가 이곳으로 추방되어 왔을 때만 해도 회색에 가까웠는데 어느덧 완연한 검은색으로 변해 있었다. 하늘은 구름에 덮여 어두침침했지만, 지옥의 들끓는 용암 때문에 늘 붉은 기운이 섞여 있었다.

"구리선을 구하기에는 너무 멀리까지 온 것 같아." 너드가 말했다.

"여기가 정확히 어디인지 아세요?" 웜우드가 주인의 말에 동참하며 물었다.

너드는 고개를 저었다. "나도 잘은 몰라. 하지만⋯⋯" 너드는 자신의 오른쪽을 가리켰다. 불꽃이 타오르면서 구름과 안개 속의 지평선이 살짝 보였다. "저 너머 어딘가에 절망의 산이 있으니까, 우리가 가야 할 곳은⋯⋯"

"어딘데요?" 웜우드가 물었다.

"어디라도 가야겠지." 너드가 대답했다.

"영원히 이렇게 도망 다녀야만 하는 거예요?" 너드는 웜우드의 이 말에 순간 울컥하는 게 있어서 하마터면 웜우드를 껴안을 뻔했지만, 자세를 고쳐 잡고 그냥 웜우드의 등을 토닥거려주는 것으로 대신했다. 꼭 껴안아준다고 해서 뭐가 달라질지도 확실치 않았지만, 어쨌든 그건 그다지 내키지 않았다.

"당분간은 계속 이동할 수밖에 없어." 그렇게 말한 후 뭔가를 더 얘기하려고 했지만, 그들 앞에 알 수 없는 어두운 그림자가 내렸다. 뭔지 모를 물체가 선회를 하다 급격하게 하강하기 시작했다.

"불을 꺼!" 너드의 외침에, 웜우드가 즉시 횃불을 껐다. 동굴은 어둠에 빠졌다.

붉은 형상이 동굴 바로 앞에 거대한 날개를 접으며 착륙했다. 3미터 가까운 키에 사람 형상을 했지만, 척추에서부터 뻗어 나온 끝이 갈라진 꼬리가 있고 머리에는 뿔이 두 개 달려 있었다. 갈퀴손으로 돌을 들어 올리면서 킁킁 냄새를 맡아댔고, 두 갈래로 갈라진 뱀의 혀로는 땅바닥을 핥아댔다.

"오, 이런." 웜우드가 말했다. 너드가 동굴 쪽으로 조금이라도 더 가깝게 차를 대겠다고 연료 호스로 가스를 막 넣어댄 흔적이 바위 위에 나 있었기 때문이다.

괴물은 아주 조용했다. 하물며 귀가 달려 있지도 않고 머리 양옆으로 구멍이 두 개 나 있을 뿐이었지만, 대단히 신중하게 소리를 듣고 있었다. 괴물이 고개를 돌렸다. 처음으로 어렴풋한 얼굴이 보였다.

괴물은 거대한 거미처럼 여덟 개의 검은 눈을 지니고 있었고 악어와 같은 턱을 달고 있었다. 날카로운 뼈끝에 그냥 구멍이 뚫린 것처럼 생긴 코는 끈적한 점액을 흘리면서 수축과 팽창을 반복하며 킁킁거리고 있었다. 순간 괴물이 너드와 웜우드가 숨어 있는 동굴 입구를 정면으로 쳐다보았다. 괴물의 다리 근육이 팽팽해지면서 튀어오를 준비를 하는 것 같았다. 아래턱에서는 끼룩끼룩거리는 소리가 점점 커져갔다. 하지만 괴물은 동굴 속을 수색하는 대신 접었던 날개를 크게 펼치며 공중으로 날아올랐다. 거대한 날개를 펼치는 소리가 허공을 뒤덮으며 괴물은 불꽃이 밝게 타오르는 북쪽 방향으로 천천히 사라져갔다.

"우리를 봤을까요?" 웜우드가 물었다.

"타이어 자국을 발견한 것 같아." 너드가 대답했다. "우리가 인근에 있는 걸 알아챘는지는 모르겠어. 만약 알아챘다면 왜 우리를 쫓아오지 않은 거지? 어쨌든 여길 떠야 해."

"저게 혹시……?"

"맞아." 너드가 말했다. "분명히 그 여자가 보낸 거야."

피곤하고 겁에 질린 목소리였다. 너드는 이렇게 오랫동안 도망치며 숨어 지내느니, 그냥 잡히는 게 더 낫지 않을까 생각했던 적도 있었다. 하지만 진짜로 붙잡혀서 원자 단위로 분해되어 죽을 수도 있다는 생각을 하게 된 이후부터는 포기하려는 마음 따위는 쑥 접었다. 그렇다 해도 언젠가는 너드와 웜우드가 치명적인 실수를 하게 될 날이 올 수도 있었다. 그토록 열심히 피해 다녔던 불운이 그들을 덮치는 날이 올 수도 있었다. 그날이 오면 애버너시 부인의 분노가 그들에게 폭포수처럼 떨어질 게 분명했다. 그나마 너드에게 위안이 되는 것은 새뮤얼 존슨이 지상에 멀쩡하게 살아 있다는 사실이었다. 너드는 친구가 몹시 보고 싶었다. 너드는 새뮤얼의 안전을 위해서라면 제 목숨을 던질 각오마저 되어 있었다. 너드는 그냥 바라고 희망했을 뿐이다. 제발 그런 날이 오지 않기를. 제 몸의 모든 원자가 원래대로 제자리에 붙어 있기를.

V

혹여 메리웨더 씨의

난쟁이 혹은 요정을 보게 된다면

그저 마주치지 않기만을 바랄 일이다

메리웨더 씨는 반항적인[12] 난쟁이 무리와 좁은 밴 차량 안에 갇혀 있는 것만큼 진이 빠지는 일도 없을 것이라고 결론 내렸다. 문제의 밴에는 '작은 고추가 맵다 – 메리웨더 씨의 요정들'이라는 문구가 적혀 있었고, 반대편에는 끝이 뾰족한 신발에 방울이 달린 모자를 쓴 자그마한 사람들의 사진이 붙어 있었다. 사진 속 작은 사람들은 행복하게 웃고 있었고 위협이라고는 조금도 찾아볼 수 없어서, 이들이 실제 밴 안에 타고 있는 녀석들과 동일인물이라고 믿을 사람은 거의 없어 보였다. 게다가 작은 고추, 요정 어쩌고저쩌고 써놓은 부분을 자세히 들여다보면, '요정들'

---

12 반항적이라는 단어는 사랑스러운 단어이다. 대단히 자기주장이 강하면서도 파괴적이라는 의미를 담고 있는 이 단어는 바이킹들에게 호전성이란 이런 것이다 하고 교훈을 남겼던 메리웨더 씨의 난쟁이들을 묘사하는 데 아주 완벽한 단어라고 생각한다.

이라는 글자가 '난쟁이'라는 글자를 덮어쓴 게 최근의 일임을 확인할 수 있었다.

추후에라도 혹여 오명의 책임을 질 일이 발생할 수도 있겠지만, 그래도 메리웨더 씨의 난쟁이들이 얼마나 골칫덩어리들인지 설명은 하고 지나가야겠다. 고속도로의 바로 옆 차선에는 아들 하나 딸 하나의 4인 가족을 태운 차량이 메리웨더 씨의 밴과 함께 달리고 있었고, 아이들은 혹시 요정이라도 볼 수 있을까 싶어 유리창에 코를 박고 무척이나 심심해하는 표정을 짓고 있었다. 그때 아이들 눈에 들어온 것은 옆 차선 밴 유리창에서 삐져나온, 말 그대로 난쟁이 똥구멍이었다.

"아빠, 저거 요정 똥구멍이야?" 사내아이가 물었다.

"요정 따위는 없다고 했지." 밴이나 난쟁이를 전혀 보지도 못한 아버지가 말했다. "그리고 똥구멍이 뭐야? 그런 말은 나쁜 말이랬지."

"근데 저 밴에 요정이라고 쓰여 있는데."

"아빠가 요정 같은 것은 절대 없다고 했잖아."

"근데 저 차에서 요정들이 똥구멍을 내밀고 있는걸."

"아빠가 말했지. 똥구멍 같은 말을……"

오른편으로 고개를 돌린 아이의 아버지가 본 광경은 창밖으로 바람을 맞고 있는 창백하고 푸른 엉덩짝과 자신을 쳐다보고 있는 키 작은 일련의 사람들이었다.

"에텔, 경찰에 전화해라." 아이의 아버지가 말했다. 그는 난쟁이들을 향해 주먹을 휘두르며 으르대기 시작했다. "이놈의 새끼들!"

"니아하하!" 난쟁이들이 속도를 올리는 밴의 엔진음에 맞춰 목소리를 높였다.

"내가 그랬잖아요." 사내아이가 말했다. "요정이라고 했잖아요. 똥구멍

맞잖아요."

반면 메리웨더 씨는 뒤에서 벌어지는 난리법석에 심드렁해하면서 오직 운전에만 집중하려 노력하고 있었다.

"날씨 참 겁나게 춥네." 난쟁이들의 리더인 졸리가 엉덩이를 창 안으로 집어넣으면서 말했다. 나머지 녀석들, 도지, 앵그리, 멈블스는 좌석에 앉아 스피깃스 올드 피큐리어 병을 따고 있었다. 차량 안의 공기가 원래도 그다지 상쾌한 편은 아니었지만, 이제는 꼭 양말 구린내와 썩은 생선 대가리를 생산하는 공장 냄새가 나는 것 같았다.[13] 기이하게도, 스피깃스 올드 피큐리어는 대단히 강하고 불쾌한 냄새가 나는 맥주인데도 난쟁이들은 그저 왁자지껄하게 기분이 좋아지는 정도밖에 영향을 받지 않았다. 말하자면 술이 거나해진 졸리(Jolly)는 원래도 쾌활하지만 더 쾌활해지고, 앵그리(Angry)는 더 화를 낼 뿐이고, 도지(Dozy)는 마냥 졸기만 하고, 멈블스(Mumbles)는…… 음, 애는 그냥 더더욱 멍청해질 뿐이었다.

"여, 메리웨더!" 앵그리가 말했다. "돈은 언제 줄 건데?"

메리웨더 씨는 여전히 운전대를 꽉 잡고 있었다. 연갈색 체크 셔츠를 입은 그는 늘 붉은색 나비넥타이를 매고 다니는 뚱뚱한 체격의 머리가 벗겨진 남성이었다. 생긴 것이 정말 꼭 의리 없는 난쟁이들의 매니저처

---

13 스피깃스 올드 피큐리어(Spiggit's Old Peculiar) 맥주는 최근까지도 일시적인 시력상실 및 청각소실, 손바닥에서 털이 자라는 현상 등과 같은 부작용으로 숱한 소송에 연루된 상태이지만, 법의 허점으로 여전히 시중에서 판매가 가능하다. 단, 본 주류의 음주로 야기되는 일체의 피해(사망 포함)에 관하여 어떠한 소송이나 고발도 하지 않는다는 전제하에 구매가 가능하다는 경고문을 부착하는 조건이 붙지만. 그러나 스피깃 사(社)는 이러한 점마저 광고에 적극적으로 활용하는 상술을 발휘한다. "스피깃스! 독극물 마크가 부착된 맥주를 찾으시면 됩니다!"

럼 보였다. 근데 원래 생긴 것 때문에 그렇게 보이는 것인지, 그렇게 보이다 보니 그렇게 생기게 된 것인지는 좀체 알 수 없는 노릇이었다.

"무슨 돈?" 메리웨더 씨가 되려 반문했다.

"오늘 일당. 언제 줄 거냐고?" 메리웨더 씨가 운전대를 살짝 놓쳤고, 그 바람에 밴이 옆으로 갸우뚱했다.

"일?" 메리웨더 씨가 말했다. "일이라고? 넌 일이 뭘 말하는지나 알고 하는 소리냐?"

"조심해!" 도지가 말했다. "내 맥주 다 쏟았잖아."

"상관없어!" 메리웨더 씨가 버럭 고함을 질렀다.

"뭐라 그러는 거야?" 졸리가 말했다. "누가 소리치는 바람에 아무 얘기도 못 들었잖아."

"상관없다는데." 도지가 말했다.

"그래, 거참 재밌는 말이네. 그렇게 죽도록 일했는데 상관이 없다고……."

갑자기 차량이 시끄러운 브레이크 소리를 내며 도로 옆에 멈춰 섰다. 메리웨더 씨가 운전석에서 일어서며 주먹을 불끈 쥐고 난쟁이들에게 외쳤다.

"죽도록 일했다고? 일을 했어? 죽도록? 죽도록 일을 했다고? 내가 말해주지. 너희들이 한 일은 내 인생을 비참하게 만든 것밖에 없어. 날 빈털터리로 만들었고 신경쇠약에 걸리게 만든 것밖에 없다고. 이 손을 좀 봐!"

메리웨더 씨는 심하게 떨고 있는 왼손을 펼쳐 보였다.

"그건 좀 안됐군." 졸리가 말했다.

"근데 이쪽은 그나마 양호하지." 메리웨더 씨가 오른손을 펼쳐 보이면서 말했다. 메리웨더 씨의 오른손은 떨림이 너무 심해서, 그 손으로 우유를 한 잔 들고 있으면 금세 아이스크림으로 만들 수 있을 것만 같았다.

"웅수나뺑날." 멈블스가 말했다.

"뭐라고?" 메리웨더 씨가 물었다.

"일진이 안 좋은 날이니까 진정하고 휴식을 좀 취하면 나아질 거라는데?" 졸리가 말했다.

메리웨더 씨는 치밀어 오르는 분노에 폭발하기 일보직전이었지만, 그래도 이상한 것은 이상한 것이었다.

"진짜 그렇게 말했다고?"

"그래."

"근데 내 귀에는 그냥 '웅수나뺑날'이라고 들렸는데?"

"긍레." 멈블스가 말했다.

"그 말이 맞대잖아." 졸리가 말했다. "일진이 안 좋은 날이……."

메리웨더 씨는 이놈을 당장 죽여버리기라도 할 기세로 졸리를 향해 손가락을 치켜 올렸다. 만약 메리웨더 씨의 손가락이 총이었다면 졸리의 머리통이 붙어 있던 자리에 하얀 연기만 남아 있을 것이었다.

"경고하겠어." 메리웨더 씨가 말했다. "확실히 경고하는데, 오늘이 마지막이야. 더 이상은 못 참아. 오늘이……."

오늘은 이러지 말았어야 했다. 몇 주, 아니 몇 달에 걸친 간곡한 설득 끝에 메리웨더 씨는 난쟁이들을 괜찮은 일거리에 끌고 올 수 있었다. 차량을 다시 도색하는 것은 물론이고, 아예 사업체 이름을 바꿀 수도 있는 건수였다. 죄다 바꿀 기회였다.

밴에 쓰여 있는 글자에서 알 수 있듯 메리웨더 씨의 요정들은 원래 메리웨더 씨의 난쟁이들이었다. 그러던 것이 몇 건의 민형사 소송을 포함한 일련의 불운한 사건들 때문에 메리웨더 씨 난쟁이들의 평판이 나빠졌고, 그 후 이름을 바꿀 수밖에 없게 된 것이었다. 일련의 불운한 사건들이란 이런 것이었다. 올더숏(영국 잉글랜드 햄프셔 주의 도시)에서의 팬터마임에서 '백설공주와 일곱 난쟁이'의 난쟁이 1, 2, 3, 4로 잠깐만 출연할 수밖에 없었던 사건, '개구리 왕자'에 출연했다 폭행에 연루되어 급작스럽게 그만둬야 했던 사건, '신데렐라'에서 이틀 밤을 꼬박 가발을 바꿔 써가며 쥐 역할과 마부 역할을 번갈아 맡을 수밖에 없었던 사건, '오즈의 마법사'에 출연했다 먼치킨 난쟁이들 사이에서 난동을 일으킨 사건, 미치광이 원숭이들에게 마취용 다트 화살을 쏴대다 에메랄드 시티 무대를 통째로 불살라버려 인근 세 개 마을 소방서 인력을 총동원했던 사건들이다.

그리하여 메리웨더 씨의 난쟁이들은 메리웨더 씨의 요정들로 새롭게 태어나게 되었다. 교활한 책략이긴 했다. 바보가 아닌 이상 누가 이 녀석들을 완전히 다른 집단으로 여길 수 있겠는가. 주정꾼에 방화범, 마취용 다트 화살로 원숭이를 쏴서 잉글랜드 팬터마임 시즌을 중단시켰던 난쟁이들이 요정으로 다시 태어났다는 걸 정상적인 사람이라면 누가 납득할 수 있겠는가. 하지만 어쨌든 새롭게 태어난 메리웨더 씨의 요정들은 기존 난쟁이들처럼 위협적으로 보이지는 않게 되었다. 메리웨더 씨가 가능한 한 버틸 수 있을 때까지 버티면서, 가능한 한 깨끗한 상태로, 가능한 한 술에 취하지 않도록 관리했는데, 그러다 보니 메리웨더 씨 자신도 이 속임수가 꽤나 잘 통하고 있다고 생각하게 되었다.

그날, 메리웨더 씨의 요정들은 여태껏 경험해보지 못한 대단히 짭짤한 일거리를 맡을 예정이었다. 바로 롤리모어 캐슬에서 상영될 최고의 인기 밴드 '보이스타즈'의 뮤직 비디오에 출연할 예정이었던 것이다. 예정대로만 진행됐더라면, 난쟁이들은 뮤직 비디오를 찍고 아마도 보이스타즈의 투어에도 낄 수 있었을 것이다. 티셔츠도 팔아 젖히고, 텔레비전 쇼에도 출연하고, 인기를 얻고, 알아보는 사람도 늘어만 가고, 그렇게만 된다면 얼마나 좋을까 하고 메리웨더 씨는 상상의 나래를 펼쳤었다.

그러나 대부분 그렇듯, 너무 좋아 보이는 일은 쉽사리 실현되지 않는 법이다.

무엇보다도 난쟁이들이 그 일을 하고 싶어 하지 않았다.

"일이 하나 있는데." 메리웨더 씨가 입을 열었다. "정말 좋은 거야."

"난쟁이만 할 수 있는 일 아니지?" 앵그리가 물었다.

"그게…… 맞아."

"내가 말했잖아. 우리가 이 모양으로 생겼다 해도 매일 아침 일어나서 '아, 우린 난쟁이였지'라고 확인할 필요까지는 없다고. '키가 좀 컸으면' 뭐 이런 것도 바라지 않아. 키가 작을 뿐이지 우리도 그냥 보통 사람이라고."

"그러니까 뭘 말하고 싶은 거야?" 메리웨더 씨가 시큰둥하게 물었다.

"요점은……" 졸리가 말했다. "우리도 꼭 난쟁이어서 할 수 있는 일 말고 다른 일을 좀 해보고 싶단 말이야. 예컨대, 왜 내가 햄릿 역을 맡으면 안 되는 거지?"

"넌 키가 1미터도 안 되잖아. 그게 이유가 아니고 뭐겠어? 아기 돼지 피글렛이라면 모를까 햄릿은 아니지."[14]

"그래, 그런 태도." 졸리가 말했다. "내가 말하려는 게 바로 그거야. 바로 그런 태도 때문에 우리가 기를 펴지 못하는 거라고."

그래서 그랬군. 메리웨더 씨는 생각했다. 그래서 그렇게 기를 못 펴고 살아서 그렇게 술을 마셔대고, 뭘 해도 도를 지나치지 않는 법이라곤 없고, 그저 따분하고 무료해서 소매치기나 해댄다는 것이었군.

"원래 세상은 그렇게 돌아가는 거야." 메리웨더 씨가 말했다. "난 잘못한 것 없어. 최선을 다하고 있는 중이잖아. 그런데 너희들, 그런 태도로는 안 돼. 너희들이 '도리스 스토트 부인의 위대한 난쟁이들'과 싸우는 바람에 세 명이 나가서 올해는 '백설공주와 일곱 난쟁이'의 난쟁이 역도 안 들어오잖아. 누가 '백설공주와 네 명의 난쟁이'를 보고 싶겠냐고. 말도 안 되지."

"저예산 제작이라고 말해보지." 앵그리가 말했다.

"두 명분은 해낼 수 있다고." 도지가 말했다.

"넌 한 명분도 해낼까 말까 하는 수준이야." 메리웨더 씨가 말했다.

"거, 서운한걸." 도지가 말했다.

그렇게 거의 또 삼십 분 이상을 싸우고 다투고 한 끝에 메리웨더 씨는 난쟁이들에게 무슨 일인지를 얘기했고, 난쟁이들도 마지못해서 돈벌이에 동의했다. 메리웨더 씨는 운전석에 오르며 생각했다. 뭐 처음 드는 생각도 아니었지만, 왜 서커스 같은 곳에 가면 사람들이 난쟁이들을 던지고 노는 것을 보고 그렇게 좋아라 하는지 이해가 갔다. 혹시 누군가를 잘 설득해서 이왕이면 까마득한 절벽 같은 곳에서 이 녀석들을 던져버리면 안 될지가 정말 궁금했.

그들이 롤리모어 캐슬에 도착한 것은 이른 아침이었다. 롤리모어 캐슬은 비들컴 마을에서 그다지 멀지 않은 곳에 있었다. 춥고 눅눅한 날씨

---

14 내가 그랬지? 완전 코미디라니까.

때문에 난쟁이들은 불만에 가득 차서 툴툴거리며 밴 밖으로 기어 나왔다. 난쟁이들은 밖으로 나와서도 한참을 뜨거운 차를 홀짝거리며 시간을 보냈다. 그 후 오늘을 위해 특별하게 준비된 철망을 두른 쪼그마한 갑옷으로 갈아입고 초경량 투구를 썼다.

그 후 난쟁이들에게 칼이나 철퇴 등의 도구가 전달됐는데, 그 순간 메리웨더 씨가 쏜살같이 밴에서 튀어나왔다. 지체하다가 난쟁이들끼리 서로 치고 받다 죽이기라도 하면 그야말로 큰일이었다.

"부탁입니다만, 이 녀석들에게 무기를 주지 마세요." 조감독의 머리를 박살이라도 낼 태세로 철퇴를 휘두르려는 졸리를 붙잡으며 메리웨더 씨가 말했다. "자해를 할 수도 있단 말입니다."

그는 졸리의 머리를 쓰다듬었다. "이 녀석들은 그저 조그만 친구들일 뿐이잖아요." 메리웨더 씨는 매우 사랑스러운 조카를 껴안는 삼촌 같은 태도로 졸리를 안았지만, 정강이를 한 대 차이고 말았다.

"비켜." 졸리가 말했다. "내 철퇴나 돌려주라고."

"절대 이걸로 사람을 치면 안 돼." 메리웨더 씨가 간곡하게 부탁했다.

"철퇴잖아. 사람을 안 치면 그걸로 뭘 하라고."

"그냥 흉내만 내야 하는 거야. 뮤직 비디오잖아."

"진짜처럼 보여야 하는 거 아냐?"

"그렇게까지 진짜처럼은 아니지. 사람이 죽거나 하면 안 되는 거잖아."

졸리는 메리웨더 씨의 말에 일리가 있다고 인정했고, 난쟁이들은 감독의 지시에 따라 뮤직 비디오를 촬영하는 동안 그들이 서 있어야 할 무대를 점검하기 위해 성 안으로 들어갔다.

"근데 우린 뭐 하는 거예요?" 앵그리가 물었다. "우리가 왜 여기 와 있는 거죠?”

“그게 무슨 소리야?” 감독이 말했다. “너희들이 성을 지키는 거잖아.”

“성을?”

“그래.”

“이게 우리 성이었어요?”

“당연하지, 너희들 성이잖아.”

“이거 이거 찬성하기 힘드네요. 계단이 너무 가파르잖아요. 올라가다 부상 입기 딱 좋겠네요. 자빠져서 구르기라도 하면 복부가 파열하겠어요. 우리가 이 성을 지었다면 계단을 이렇게 만들지는 않았을 거예요. 이게 우리 성이라고요? 말도 안 돼요.”

감독은 엄지와 검지 양 손가락으로 진하게 콧기름을 한번 닦아내며 눈을 지그시 감았다.

“그래, 그럼. 지키는 거 말고 뺏는 역할이 낫겠군.”

“무슨 역할요?” 졸리가 물었다.

“므승여칼?” 멈블스가 말했다.

“이것 보세요,” 앵그리가 말했다. “우리 같은 난쟁이들이 뭘 어떻게 해요. 너무 작아서 심지어 전장에서 보이지도 않는다고요. 이런 꼬꼬마 넷이서 어떻게 이 성을 뺏을 수 있다는 거죠? 뭘 어떻게 해요? 급습이라도 하란 말이에요?”

“버려진 성이라 하고 그냥 차지하는 것은 어떨까?”

“그러면 안 되지. 원래 주인이 잠시 우유를 구하러 외출했을 수도 있고 그냥 간단한 전투에 나갔을 수도 있는데, 허락도 없이 남의 성에 무작정 들어가서 이제 우리집이라고 말할 수야 없지. 그건 옳지 않아. 법정에 서게 될지도 몰라. 그건 무단침입이잖아. 6개월 형은 받을 거야. 절대 안 되지.”

감독이 눈을 뜨더니 앵그리의 갑옷을 양손으로 붙잡아 땅에서 들어 올렸다. 앵그리와 감독의 눈높이가 같아졌다.

“내 말 좀 들어보렴.” 감독이 말했다. “오늘 촬영은 아주 길고, 날은 끈적끈적할 거고, 난 할 수만 있다면 전투 장면에서 너를 빼내 본보기로 삼아볼까 싶어. 완벽한 치아와 금발을 지닌 보이 밴드가 플라스틱 갑옷을 입은 난쟁이들을 물리치고 성을 함락시키는 뮤직 비디오에 이러쿵저러쿵 까다롭게 질문이나 해대는 녀석에게 무슨 일이 일어나는지 네 친구들에게 보여주고 싶다고. 무슨 뜻인지 알아들었어?”

“당근 빠따 알아들었죠.” 앵그리가 말했다. “그냥 좀 도와 드릴까 싶어서 그랬던 거예요.”

감독은 앵그리를 바닥에 내려놓았다.

“좋아. 자 그럼, 이제 촬영을 시작했으면 하는데…… 가능하겠지?”

“물론이죠.” 앵그리와 도지와 졸리가 말했다.

“당근.” 멈블스도 대답했다.

감독은 진흙탕도 아랑곳하지 않고 성문을 향해 텀벙텀벙 걸음을 옮겼다.

“역시 예술가는 달라.” 앵그리가 말했다. “맞아, 저런 게 예술가의 모습이지. 사소한 것에도 최선을 다하는 모습이 보기 좋잖아.”

“근데 왜 우리한테 플라스틱 갑옷에 진짜 칼을 준 거지?” 도지가 물었다.

“몰라.” 앵그리가 말했다. “전술에 대해서는 잘 말해주지 않더라고.”

“그나저나 성 참 멋지네.”

“그러게. 멋진 장인의 솜씨야. 어떻게 이런 것을 만들 수 있었는지 정말 궁금하다니까." 앵그리가 아주 만족스럽다는 듯 칼로 성 바닥을 퉁 쳤다. 순간 돌덩어리가 삐끗하고 떨어져서 아래 있는 조명기사를 거의 맞힐 뻔했다.

"미안합니다요." 앵그리가 말했다.

감독이 째려보는 것이 느껴지자 앵그리는 칼을 살짝 흔들어주었다.

"조금 미끄러졌어요. 나중에 고쳐줄게요." 앵그리가 감독에게 큰 소리로 외쳤다. 그리고 난쟁이 친구들에게는 이렇게 덧붙였다. "끝내주게 조잡하군. 프랑스 놈들이 지은 건가? 영국인들이 지은 영국식 성이라면 천년만년을 갈 텐데 말이야. 괜히 대영제국이겠냐고."

그런데 다른 녀석들은 앵그리의 말에 귀를 기울이지 않고 있었다. 대신 녀석들은 드레스룸이자 대기실이자 촬영장의 숙소인 대형 천막에서 이제 막 걸어 나오는 보이스타즈의 모습에 벌어진 입을 다물지 못하고 있었다. 보이스타즈는 보이 그룹의 평균적인 수준 그 이상이었다. 헤어스타일은 완벽했으며, 피부는 흠이라고는 도무지 찾아볼 수 없었고, 치아는 순백의 아름다움을 자랑했다. 밴드 멤버들은 갑옷의 무게 때문에 다소 불편해하는 눈치였으며, 실제로 그 중 한 명은 자기 칼이 너무 무겁다고 불평하는 중이었다.

감독이 보이스타즈를 성벽 가까이로 인솔해서 오더니 난쟁이들에게 소개했다.

"자, 여기는 보이스타즈다." 감독이 말했다. 그룹 이름을 말하는 순간, 감독의 저 깊은 내면 한 구석에서 뭔가가 치밀어 오르는 듯 발길질을 해댔다. 치고 박고 뇌물에 협박에 어르고 달래기를 반복했던 몇 달간의 시련이 주마등처럼 눈앞을 스쳐갔기 때문이었다. 감독의 소개에 네 명의 사내 녀석이 음악에 몸을 싣듯 댄스 동작을 취했다.

"안녕. 난 스타라이트야." 첫 번째 녀석이 말했다.

"난 트윙클이야."

"나는 제미니."

"어, 난 필이야."

난쟁이들은 네 번째 멤버를 유심히 쳐다보았다. 다른 세 명과는 달리 얼굴이 그다지 핸섬해 보이지가 않아서 좀 당혹스러웠다.

"왜 이놈의 보이 밴드에는 꼭 어디 보일러나 고치러 다닐 것 같거나 아니면 학교에서 애들이나 괴롭히고 다닐 것 같이 생긴 망나니 멤버가 하나씩 끼어 있는 거지?" 졸리가 물었다.

"나야 모르지." 도지가 말했다. "근데, 못생기면 춤도 못 추는 게 맞겠지?"

사실이었다. 필의 춤 솜씨는 꼭 다리에 달라붙은 쥐를 털어내는 동작 같았다.

"우리의 이 아름다운 성을 저 녀석들한테 넘겨줘야 한다는 거야?" 앵그리가 말했다. "이거 완전 공주님들한테 항복하는 꼴이겠군."

"안 돼." 졸리가 가만히 말했다. "그럴 순 없어. 자긍심이나 품위가 있어야 해. 이렇게는 안 돼. 그냥 이럴 순 없어."

"쟤들 뭐라는 거예요?" 트윙클이 조심스럽게 감독에게 물었다. "뭔가 좀 화가 나 보이는데요."

"집에 가고 싶어." 스타라이트가 말했다. "이 쪼그만 사람들이 마음에 들지 않는다고요."

"땅이 이게 뭐야, 똥냄새가 나는 것 같잖아." 제미니가 말했다.

"그리고 난 필이라고요." 필이 말했다.

감독은 이미 꽁무니를 뺄 채비를 하고 있었다. 그는 이미 요정들의 눈빛을 읽었다. 아주 달갑지 않아 하는 녀석들의 눈빛이 맘에 들지 않았다.

감독은 생각했다. 이 녀석들은 요정이 아니다. 난쟁이다. 메리웨더 씨의 요정이라고? 천만에, 이 녀석들은 메리웨더 씨의…… 난쟁이였어!

감독은 이미 줄행랑치고 있었고, 겁에 질린 네 명의 보이 밴드 멤버도 감독의 뒤를 바짝 쫓았다. 첫 번째 돌이 그들의 머리 위로 날아든 순간이었다. 메리웨더 씨의 요정들은 롤리모어 캐슬을 지키기 위해서라면 성을 이루는 벽돌을 하나하나 떼어내는 수고까지도 기꺼이 감수해낼 기세였던 것이다.

VI
새뮤얼과 보즈웰이 재회하고
왜 거울을 신뢰하지 말아야 하는지
배우게 되다

발 없는 말이 천리를 간다는데, 당연하지 않겠는가. 새뮤얼 존슨이 우체통에 데이트 신청을 했다는 얘기는 하교종이 울리는 시점에는 이미 전교에 다 퍼져 있었다.

"여, 존슨!" 교문 쪽으로 걸어가는 새뮤얼 존슨을 향해 라이오넬 하심이 말했다. "셸리 로드에 아주 잘생긴 신호등이 있다던데 가서 영화라도 보자고 얘기해보지 그래? 그래도 키스는 절대 하지 마. 빨갛게 변하거든!"

웃기네. 정말 웃기다고 새뮤얼은 생각했다. 그의 가방과 가슴이 점점 더 무거워지는 느낌이었다.

교문 바깥에서는 새뮤얼의 닥스훈트 강아지인 보즈웰이 기다리고 있었다. 보즈웰은 나쁜 소식이 닥칠 것 같은 걱정스러운 분위기를 감지했다. 게다가 그 나쁜 소식이라는 게 그보다 더 나쁜 소식이 생기지 않으면 덮어지지 않을 것이라는 것도 잘 알고 있었다. 보즈웰이 이마를 찡그

리며 한숨을 쉬었다. 보즈웰은 비들컴 마을에서는 꽤나 유명한 강아지
였다. 더더욱 학교 근처에서는 오후 네 시 하교종이 울리면 주인을 맞
이하기 위해 모습을 드러내는 새뮤얼 존슨의 충직한 강아지 친구로 유
명했다.

　보즈웰은 매우 예민하고 생각이 깊은 강아지였다.[15] 심지어 어렸을 때
부터 공을 던져줘도 바로 물지 않고 신중하게 기다렸다 공의 진로와 운
동이 확실하게 판단되면 물어오곤 했다. 비록 그런 신중함 때문에 다른
강아지들한테 공을 뺏기는 일도 예사이긴 했지만 말이다. 또한 보즈웰
은 클래식 음악에도 조예가 깊어서 모차르트의 「레퀴엠」이 나오면 애처
로운 목소리로 구슬픈 울음을 자아내기도 했다.

　하지만 최근의 여러 사건을 겪으면서 보즈웰은 이 세상이 예전에 느
꼈던 것보다 훨씬 더 기이하고 걱정스러운 곳이라는 생각이 들기 시작
했다. 어쨌든 우주 공간의 구멍에서 괴물들이 튀어나왔고, 괴물들이 자
신의 주인을 낚아채가려는 시도를 저지하느라 기어코 부상을 입고 만

15　영국 작가인 호레이스 월폴(1717~1797)은 "이 세계는 생각하는 이에게는 희극이고, 느끼
는 이에게는 비극이다"라고 했다. 하지만 불행하게도 사람들은 대부분 생각하는 동시에 느
끼기도 하기 때문에, 우리는 웃어야 할지 울어야 할지 확신조차 하지 못하고 이 지상에서
대부분의 시간을 보내야 할 운명에 처해 있다. 아마도 웃는 게 더 나은 선택이겠지만, 그렇
다고 매번 웃고만 있는 사람이 되고 싶지도 않을 것이다. "와, 저 사람 벼랑에서 떨어져서 꼴
까닥했네. 우하하하하하!" 만약 이런 식이라면 무신경해 보이는 것은 물론이거니와 미친 사
람 취급을 당할 것이다. 마찬가지로, 매번 울고만 지낸다면 계집애 취급을 당한다거나 뭐 전
문 문상객 따위가 되어서 눈물바다에서 살게 될지도 모르는 일이다. 어쩌면 쓸쓸한 미소 정
도가 최선의 선택이 되겠지만, 그렇게 되면 슬픈 영화를 보거나 장례식장에서 조심스럽게
눈물을 흘리더라도 분노한 영혼들의 따가운 시선을 견뎌야 할 것이다. 그건 그렇고, 호레이
스 월폴은 꼭 가발을 쓴 말처럼 생겼었는데, 시인 채터톤을 자살로 몰고 간 혐의로 고소를
당하기도 했다. 그리하여 그가 '세계를 비극으로 보는' 사람이 됐는지도 모른다.

일 따위가 발생하지 않았는가. 보즈웰은 그때 한쪽 다리에 골절상을 입어서 지금도 살짝 다리를 절었다. 보즈웰이 개치고는 대단히 영민한 편이라고 해도 악마들의 침공에 대한 본질적인 부분은 전혀 알지 못했다. 그냥 아는 것이라고는 아주 안 좋은 일이 발생했으며, 다시는 그와 같은 일이 일어나지 않았으면 싶다는 것뿐이었다. 무엇보다도 자신을 그토록 사랑해주는 주인 새뮤얼에게 그런 일이 또다시 일어나지 않았으면 했다. 보즈웰은 비가 오나 눈이 오나 매일 아침마다 학교까지 새뮤얼을 따라가서 수업이 끝나고 새뮤얼이 교문 안에서 모습을 드러낼 때까지 기다리곤 했다. 교문이 활짝 열린다는 사실은 새뮤얼이 교문 안에서 모습을 드러낸다는 기쁨의 신호였다. 자신의 임무는 새뮤얼을 보호하는 것이었으며, 작고 보잘 것 없는 제 몸을 바쳐서 그 임무를 완수해야겠다는 다짐이 솟구쳤다.

그날 보즈웰은 새뮤얼의 평소 명랑한 성격에 뭔가 변화가 생겼음을 감지했다. 대부분의 강아지가 그런 경우에 꼬리를 흔들거나 코를 킁킁대서 미소를 안겨주는 방식으로 주인의 기분을 북돋아주는 반면, 보즈웰은 주인과 기분을 함께하는 방식을 택하는 강아지였다. 새뮤얼이 행복하다고 생각되면 자기도 역시 흡족했다. 하지만 새뮤얼이 슬퍼 보이면, 그저 가만히 친구로서 그의 곁을 지켰다. 이런 점으로 미루어 짐작해보아도 보즈웰은 웬만한 사람들보다도 똑똑한 편이었다.

그렇게 소년과 그의 강아지는 세상의 무게를 제 어깨 위에 나란히 짊어지고 집으로 걸어가고 있었다. 누구라도 그들을 자세히 들여다보았다면, 집으로 가는 내내 땅만 보며 걷고 있었음을 알아챌 수 있었으리라. 상점의 쇼윈도에도 눈길을 주지 않았으며, 물웅덩이는 일부러 피해 갔다. 그들은 자신의 모습을 보고 싶어 하지 않는 것처럼 보였다. 반사되어 비친 모습을 보는 걸 무척이나 두려워하는 것 같았다.

예전만큼 자주는 아니지만 지금도 종종 사람들은 새뮤얼과 보즈웰을 보면 이상야릇한 표정을 지어 보이곤 한다. 더 정확히 말하자면, '그냥 왠지, 기이한 아이와 보고 있으면 슬퍼지는 강아지'처럼 보다 보편적인 감정을 담은 표정인 것이다. 하지만 예전에는 뭐랄까 좀 더 직접적인 방식의 표정이었다. '그 왜 악마들 침탈 사건에 관련된 그 아이 새뮤얼과 강아지 보즈웰 말이야. 이제는 기억조차 하고 싶지 않지만 이렇게 다시 보게 된 김에 말하는데, 내가 좀 화가 나 있거든. 무슨 일이 일어났었는지 떠올리기 싫어서가 아니야. 이렇게 녀석들 얼굴을 보면 어쨌든 그 일이 생각나고, 그러다 보면 악마들이 아니라 이 녀석들한테 비난의 화살을 돌리게 되는 게 안타까워서 그래. 그렇지 않아? 조그마한 소년이나 순한 강아지에게 화풀이하는 게 더 쉽지 않겠는가 이 말이야. 갈기갈기 물어뜯기거나, 지옥불로 소용돌이쳐서 내쳐지거나 혹은 그와 비슷한 끔찍한 결과를 맞닥뜨릴 확률이 적은 것은 어쨌든 그 편이니까.' 예를 들자면 이런 식이었다.

새뮤얼은 사람들의 그런 표정에 이제는 거의 반응하지 않았다. 새뮤얼과 보즈웰 둘 다 머리를 숙이고 걷기 때문만은 아니었다. 알고 싶어 하지 않는 것도 아니었다. 보다 사실을 말하자면, 비들컴 주민들은 새뮤얼과 보즈웰에 대해 전혀 걱정하지 않았다. 걱정을 하는 자는 아주 먼 곳에 있었다.

아주아주 먼 곳, 이제는 닫혀버린 어딘가에.

우리들은 대부분 거울의 본질에 대해 그다지 깊게 생각하지 않는다. 유리에 비친 방의 일부분이나 자기 모습을 보며 생각한다. "어, 소파네",

"어, 나네. 난 내가 좀 더 마른 줄/ 뚱뚱한 줄/ 예쁜 줄/ 못생긴 줄 알았는데."[16] 하지만 그건 소파도 아니고 당신도 아니다. 당신의 다른 버전일 뿐이다. 화가 르네 마그리트가 담배 파이프를 그린 그림 밑에 '이것은 파이프가 아니다'라고 쓴 이유도 그것이다. 왜냐하면 그것은 파이프가 아니고 파이프의 이미지일 뿐이기 때문이다. 마그리트가 지적했다. "그림 속의 파이프를 채울 수 있는가? 없다. 그것은 묘사에 불과하기 때문이다. 그래서 그 그림 밑에 '이것은 파이프이다'라고 쓴다면, 나는 거짓말을 하게 되는 셈이다!"

1929년에 제작된 문제의 작품은 '이미지의 배반'이라 불린다(배반 treachery이란 기만 혹은 속임수를 나타내는 단어로서, 특히나 첫 번째 r을 혀 위에서 길게 굴려서 발음해보면 그 위대함을 알 수 있다. 칼을 휘두르거나 이웃에 위험을 알릴 때, 미친놈처럼 trrrrrrreachery라고 외쳐대는 것은 어떨까. 다시 말해서, 우리가 보고 있는 것은 본래의 사물인 척하는 이미지이기 때문에 우리는 그 이미지를 신뢰할 수 없다는 뜻이다).

새뮤얼은 원래 이러한 개념에 대단히 익숙했는데, 하지만 좋은 일로 익숙해진 것은 아니었다. 그는 언젠가부터 온갖 거울이 좀 이상하다고

---

16 심심하거나 부모님을 당혹스럽게 하고 싶다면 해보라.
1) 플라스틱 컵에 물을 조금 채워라.
2) 물을 마시는 것처럼 컵을 들어 올려라.
3) 컵을 입으로 가져가는 대신 이마에 대라.
4) 컵을 기울여서 얼굴에 물이 흐르게 하라.
5) 부모님한테 가서 키가 커진 줄 알았다고 말해라.
6) 정중하게 인사를 하고, 웨이트리스에게 팁을 주라고 관객들에게 요청하면서 한 주 내내 이곳에 있을 거라고 말해라.
7) 떠나라.

느꼈다. 왠지 거울이 이 세계를 반사하는 본래의 기능을 하지 않고, 실제 거울 본인들의 세계를 갖고 있는 것처럼 느껴졌다.[17] 새뮤얼이 이런 느낌을 갖게 된 이유는 거울에서, 상점 쇼윈도에서, 혹은 다른 반사되는 것들에서 상황과 장소에 어울리지 않는 이상한 형상이 보였기 때문이다. 그 형상은 꽃무늬 드레스를 입었으며 이제는 더 이상 조금도 아름답지 않은 여인의 모습이었다. 그것은 바로 애버너시 부인이었다.

새뮤얼은 애버너시 부인이 거울 속에 들어가 있다고 결론 내렸다. 이 세계로 돌아올 수 없기 때문에 그녀는 거울 속에서 움직이며 이곳을 들여다보고 있는 것이다. 새뮤얼은 욕실 거울 속에서 애버너시 부인의 어렴풋한 형상을 볼 수 있었다. 정문 거울에서도 마찬가지였다. 심지어는 숟가락에서 위아래가 뒤집힌 모습으로 나타날 때도 있었다. 애버너시 부인은 주로 어둠이 서린 유리창, 반사된 모습이 보다 선명하게 드러나는 야간에 등장하는 것을 선호하는 것 같았다.

그리고 거울 속 애버너시 부인의 눈동자는 푸른빛으로 발광하고 있었다. 새뮤얼에 대한 불타는 분노를 가득 담고서.

———

17 실제로 우리는 반사된 모습이 대단히 정상적으로 그럴듯하다고 믿지만, 사실은 그렇지 않다. 밤에 도시의 야경과 함께 유리창에 반사되어 비친 당신 모습의 95퍼센트는 그대로 투영되어 사라진 상태이고 나머지 5퍼센트만이 실제 모습을 반영한 것에 불과하다. 그리하여 거울에 반사된 당신의 모습은 유령 이미지에 다름 아니다. 빛의 입자적인 속성이라는 것은 우리가 납득할 수 있는 어떤 특정한 이유도 없이 선택된 5퍼센트의 에너지 혹은 광자 입자가 반사된 이미지를 결정짓는다는 것이다. 우주의 핵심이 무작위성을 띤다는 의미이기도 하다. 광자가 그대로 투사되어버리지 않고 어딘가에 반사될 확률은 1/20이라고 한다. 그 말인즉, 우리는 광자가 어떻게 운동할지를 전혀 예측할 수 없다는 것이다. 이러한 문제는 과학자들에게 대단히 골칫거리가 되었다. 혹 과학 선생님을 골머리 썩이게 하고 싶은 학생이 있다면, 왜 이런 일이 생기는지를 물어보면 좋을 것이다.

* * *

새뮤얼은 집에 도착해서 현관문을 열고 가방을 거실에 던졌다. 엄마가 부엌에서 인사를 했다.

"잘 다녀왔니, 새뮤얼? 그래, 오늘 학교에서 재밌게 보냈어?"

"재미있다는 게 어처구니없고 영혼이 파괴되는 거라면, 그래요, 참 재밌게 보냈어요."

새뮤얼이 대답했다.

"이런." 새뮤얼의 엄마가 말했다. "식탁에 앉아 따뜻한 차라도 한 잔 마시려무나."

도대체 엄마들이란 정말 이해하기 힘들다고 새뮤얼은 생각했다. 어떻게 세상의 모든 문제가 따뜻한 차 한 잔이면 죄다 풀린다고 생각하는 것인지. 새뮤얼은 머리를 쥐어뜯으면서, 목에는 핏기가 올라서, 등은 활처럼 구부린 채 걸어왔는데, 그의 엄마는 상처에 대한 치유책으로 따뜻한 차 한 잔만을 계속해서 권했다. 마치 골머리를 썩이는 문제가 두통이라면, 따뜻한 차가 담긴 머그잔을 새뮤얼의 이마에 대고 비벼댈 태세였다.

하지만 지금은 어쩐지 엄마가 타주는 차 한 잔과 위로의 말이 적어도 상황을 더 나쁘게 하지는 않을 것 같았다. 새뮤얼은 식탁 앞에 앉아서 뜨거운 김이 솟아오르는 머그잔을 기다리기로 했다. 정말 좋은 향기가 부엌에 가득해졌다. 새뮤얼은 아직 차가 나오기 전인데도 이미 목구멍까지 따뜻해진 느낌이었다. 오늘은 절망스러웠지만 내일은 행복할 것이다. 차 한 잔이 어려울 때는 좋은 친구가 될 수도 있다.

"이런, 세상에." 새뮤얼의 엄마가 말했다. "우유가 다 떨어졌네."

새뮤얼이 식탁에 머리를 쿵 하고 부딪쳤다.

"제가 갔다 올게요." 새뮤얼이 말했다.

"착하기도 하지." 새뮤얼의 엄마가 말했다. "엄마는 신선한 향기의 차를 준비하고 있을게. 간 김에 빵도 좀 사오려무나. 정말 모를 일이야. 네 아빠가 도망치고 없는데도 웬 놈의 먹을 것이 이리도 빨리 없어지는지."

당혹스러우면서도 놀라웠다. 새뮤얼은 아빠가 도망치고 없다는 사실에 엄마의 탄식이 날로 늘어나는 것과, 엄마가 저렇게 아무렇지도 않게 도망친 아빠 얘기를 늘어놓는 것 중에 어느 게 더 가슴 아픈 현실인지 궁금해졌다. 새뮤얼의 엄마는 새뮤얼의 그런 불편한 기미를 알아챈 것 같았다. 존슨 부인이 조용히 다가와서 그를 두 팔로 가만히 안았다.

"불쌍한 것." 머리카락에 입을 맞추며 그녀가 말했다. "네가 많이 먹는다고 뭐라 하는 게 아니야. 넌 한창 자랄 나이잖니. 네 아빠랑 엄마는 뭐가 중요한지 다 얘기했단다. 엄마는 예전처럼 네 아빠한테 화가 나 있지 않아. 물론 지금도 기회만 난다면 프라이팬으로 네 아빠 머리를 내리치고 싶은 맘이 굴뚝같지만 말이야. 그래도 우리 아들과 엄마 사이에는 아무 문제 없는 거야, 그렇지?"

새뮤얼은 고개를 끄덕거리면서 눈을 감고 엄마의 옷에서 나는 밀가루 냄새와 향수 냄새를 맡으며 안도감을 느꼈다.

"그래요, 아무 문제 없어요." 새뮤얼이 대답했다. 그러나 확신에 찬 대답은 아니었다. 새뮤얼의 엄마는 가볍게 새뮤얼을 밀어서 그를 안았던 팔을 풀고 아들을 진지한 눈빛으로 바라보았다.

"더 이상 이상한 것들은 없는 거지?" 존슨 부인이 물었다.

"악마 말이에요?"

엄마의 안색이 불편한 기색을 띠었다.

"그래, 네가 정 그렇게 부르고 싶다면."

"그렇게 부르고 싶은 게 아니라 그게 맞아요."

"그 얘기는 하고 싶지 않구나. 난 그냥 물어보는 것일 뿐이야."

엄마가 말했다.

"그래요, 엄마." 새뮤얼이 말했다. "더 이상 이상한 것들은 없어요." 조각조각 살을 잇댄 얼굴을 한 여인이 거울이나 상점 쇼윈도를 통해 새뮤얼을 쳐다보는 것을 이상한 것으로 치지 않는다면 말이다. "그래요, 이상한 것들은 더 이상, 전혀 없어요."

VII

애버너시 부인의 집을
방문하다. 잘된 일이다.
아니다

이 장을 시작하기 전에, 잠깐 악에 대한 얘기를 해보자.

악은 아주아주 오래전부터 존재했다. 우주의 탄생을 가져왔던 빅뱅 이후 만물의 탄생과 함께 해왔을 만큼 굉장히 오랫동안 존재했다. 하지만 불행하게도 빅뱅 직후에는 악이 그다지 제 역할을 수행할 만한 일이 없었다. 생명체도 별로 없었고, 그나마 존재했던 생명체는 목표라고는 다세포 유기체가 되기 위해 서로 어울려 결합하는 일이 전부인 단세포 유기체뿐이었다. 고맙다면 고마울 일이지만, 이런 단세포 유기체들이 정당한 이유 없이 서로에게 친절을 베풀지 않는다고 걱정할 이유 따위는 없는 것 아닌가. 그 후 단세포 유기체를 거쳐 다세포 유기체가 보다 복잡하게 진화하면서, 이를테면 상어니 독거미니 육식공룡이니 하는 존재가 탄생했지만, 그렇다고 해도 악의 관심을 끌지는 못했다. 이러한 야수들은 단지 본능에 근거해 움직였고, 그따위 본능이란 것은 기껏해야 단순히 먹고 살아남는 것에 불과했기 때문이다.

하지만 인간이 등장했고, 악은 제대로 신이 났다. 골라잡을 수 있는 창조물이라니, 정말이지 꽤나 흥미진진한 일이었다. 선이냐 악이냐는 수동적인 방식으로 이루어지지 않는다. 이거 아니면 저거 중에서 당신이 직접 선택해야 하는 것이다. 악은 사람들이 선을 멀리 하고 나쁜 짓을 택하도록 온갖 부추김을 넣었다. 악은 교묘했다. 나쁜 짓을 행하는 사람들은 명분과 예외를 둘러댔다. 사람들은 나쁜 짓을 하고서도 자신이 사실은 그렇게 나쁜 사람은 아니라고 스스로를 납득시켰다. 사람들은 행복해지기 위해 더 많은 돈을 원했다. 도둑질을 일삼고, 탈세했으며, 그들이 한 행동에 대해 거짓말을 했다. 자신들의 행동에 죄스러운 느낌이 없진 않았지만, 그렇다고 해서 자기들의 잘못을 인정하고 죄다 포기하고 그만둘 만큼은 아니었다. 궁극적으로 모든 것이 이기심으로 치닫기 시작했다. 하지만 악은 괘념치 않았다. 악은 그저 사람들이 나쁜 짓을 계속해주기만 한다면야 사람들이 자신의 행동을 뭐라고 부르며 정당화하는지는 전혀 상관할 바가 아니었다.

게다가 악이 분주함을 보이지 못하는 곳은 우리의 우주 한 곳만이 아니었다. 다른 우주도 마찬가지였다. 우리가 존재하는 우주는 다중우주로 불리는 시공간 속의 개별 우주이고, 그 개별 우주 안에서 빅뱅과 같은 폭발을 통해 행성과 별이 생성되고 존재하는 것이다. 그렇다면 이렇게 우주가 황망하게 넓다면, 악의 활동 범위도 자연스럽게 넓어지게 되면서 악의 분포 밀도 또한 낮아지지 않겠냐고 생각할 수도 있다. 하지만 악이 마음만 먹는다면 무엇을 못 하겠는가를 염두에 둔다면, 그것도 그다지 설득력 있는 얘기는 아니다. 반면에 이렇게도 생각해볼 수 있다. 제아무리 악이 창궐한다 하더라도, 악은 속성이 자기파괴적이기 때문에 결코 선과의 싸움에서 승리를 거두지 못한다고 말이다. 악은 사람들을 타락시킬 수 있지만, 그 과정에서 자신도 타락하게 된다. 악의 속성이란 그런 것이다. 악은 그렇게 탄생하고 성장하는 것이다. 모든 것을 고려해서, 심지어 악이 종종 선한 양의 모습이 된다고 해도 결론은 선의 편에 서는 것이 더 낫다.

＊ ＊ ＊

악하기로 따졌을 때 둘째가라면 서러워할 애버너시 부인은 궁궐 안 상좌에 앉아 유리 조각을 골똘히 응시하고 있었다. 궁궐은 빛나는 검은색 화산암 평판에 날카롭게 새긴 서슬 푸른 장식으로 둘러싸여 있었다. 유리 조각은 아주아주 오래전 대마왕님에게서 '빌려온' 물건이었다. 대마왕은 그런 조각을 아주 많이 가지고 있었고, 애버너시 부인은 그런 게 하나둘 정도 더 있거나 없다 해도 별 차이가 없을 것이라고 생각했다. 대마왕에게 유리 조각은 인간세계를 들여다보는 창문이었다. 개별 조각에는 대마왕이 자신의 내면 깊은 곳에 은밀하게 새겨놓은 다양한 증오의 양상이 담겨 있었다. 그는 유리 조각을 통해 일몰과 황금색으로 변해가는 호수를 바라보곤 했다. 아이들이 자라서 아이를 갖고, 그 아이들이 사랑하는 사람들의 관심 속에서 나이가 들어 그들도 역시 사랑하는 사람을 찾게 되는 과정을 보곤 했다. 남편과 부인, 형제자매, 애완동물, 개구리나 코끼리도 볼 수 있었다. 심지어는 어항 속 금붕어나 필사적으로 쳇바퀴를 돌리는 햄스터, 거미줄에 걸려 날개를 퍼덕거리는 파리를 보기도 했다. 대마왕은 그 모든 것들, 그 모든 살아 있는 것들의 자유를 부러워했다. 비록 죽을 자유에 불과했지만.

그토록 오랫동안이나 애버너시 부인은 지구를 지옥의 판박이로 변모시키려는 주군의 욕망과 함께해왔다. 하지만 무엇인가가 변했다. 무엇이 변했는지는 애버너시 부인의 궁궐 안 상좌에서 대마왕의 절망의 산을 바라보며 나 있는 창문을 보면 짐작할 수 있다. 조그맣지만 더할 나위 없이 좋은 전망을 자랑했던 창문에 거미줄로 엮어 만든 커튼이 드리워져 있었다. 거미줄 커튼은 검은색이었는데 좀 더 자세히 들여다보면, 한때 돌연변이 물고기를 포획하는 용도로 사용되었음을 쉽게 알 수 있었다. 몇몇 돌연변이 물고기가 오도 가도 못하게 꼼짝없이 묶여서 벗어나려는 헛수고를 하고 있었기 때문이다. 온전하게 비석만을 사용해서 만들어진 긴 테이블 중앙에는 잠자는 고양이 무늬가 그려진 커다란 노란색 화병이 놓여 있었다. 화병은 꽃잎 안으로 날카로운 이빨을 숨기고 있는 피 묻은 꽃으로 채워져 있었는데, 졸다가 실수로 화병 안으로 떨어지는 고양이를 순식간에 낚아챌 수 있는 능력이 있었다. 낚아채기만 하느냐고? 설마! 낚아채는 것은 돌연변이 물고기들이 거미줄 커튼에 걸리는 것처럼 단지 시작에 불과한 일이었다. 또한 궁궐 입구에는 '갈라진 발굽을 깨끗하게 닦으시오!'라는 문구가 적힌 도어 매트가 놓여 있었고, 독이 있는 딱정벌레의 껍질을 말려 만든 포푸리(향이 좋은 꽃과 잎 등을 넣어 두는 단지)에서는 물이 고여 썩은 냄새가 났다.

비록 스스로는 인정하기를 거부하고 있지만, 애버너시 부인은 깨달았다. 어느 곳인가를 변화시키기 위한 목적으로 그 장소를 찾아갔지만, 가끔은 그 장소가 자신을 변화시켜버리는 결과가 나올 때도 있다는 것을. 지옥으로 되돌아왔지만 그녀의 내면에는 인간세계가 여전히 잔존하고 있었으며, 이제 애버너시 부인은 본인조차도 이해할 수 없는 방식으로 변해가고 있었던 것이다.

잘 들어두시라. 애버너시 부인은 여전히 새뮤얼 존슨과 그의 강아지를 증오한다. 그녀가 자신의 소굴을 좀 더 예쁘게 치장하고 싶어 한다거나, 외출 전에 헝클어진 머리를 한 번 더 매만진다고 해서 그녀의 증오가 한풀 꺾였다는 의미는 아니다. 애버너시 부인은 지금도 새뮤얼과 보즈웰의 사지를 갈기갈기 찢어발기기 위해 호시탐탐 기회를 노리고 있었다. 그런 연유로 유리창을 통해 고개를 푹 숙이고 걷고 있는 새뮤얼과 그 뒤를 따르는 보즈웰을 지켜보고 있는 것이다. 애버너시 부인이 느끼기에 새뮤얼은 불행해하고 있었다. 좋은 일이었다. 새뮤얼이 행복하지 않다면 좋은 것이다. 그녀는 새뮤얼이 푹 처박은 고개를 들어 유리창에 어린 자신의 모습을 쳐다보기를 염원해 마지않았다. 아직은 애버너시 부인이 새뮤얼에게 실제 위해를 가할 수는 없지만, 그녀의 모습을 보고 공포에 절어 반응하는 새뮤얼의 모습은 애버너시 부인에게는 틀림없이 기쁨일 것이었다. 하지만 새뮤얼은 도통 눈을 마주치려 들지 않았다.

애버너시 부인은 창백한 손을 뻗어 손가락을 가만 쳐다보았다. 붉은 색깔의 손톱은 군데군데 색이 바래 있었다. 그녀는 조만간 다시 색을 칠해야겠다고 생각했다. 흡족할 만큼 손에 피를 적실 수 있기를 바라면서.

그녀의 머리 위로 날개가 펄럭이는 소리가 들렸다. 사방으로 높이 솟아 있는 첨탑을 지나쳐 거대한 그림자가 상좌를 향해 하강하기 시작했다. 순식간에 어둠에 휩싸인 궁궐 안으로 검은 형상이 성큼성큼 걸어 들어왔다. 왓처가 돌아온 것이다.

애버너시 부인이 대마왕의 눈 밖에 나서 추방당했을 때, 그녀에게 충성을 맹세했었던 수많은 악마들은 새로운 주군을 찾아 나서야만 했다. 대마왕을 그토록이나 절망적인 실망의 나락에 빠트렸는데, 그때부터 절대로 얼굴을 마주하지 않고 접촉을 완전히 끊겠다 정도의 처벌로는 끝날 수 없는 것이었다. 뭔가 조금 더 상상력을 요하는 처벌이 반드시 따라와야 했다. 대마왕과의 마지막 대면식이 그것이었다. 마지막 대면식에서 대마왕은 애버너시 부인의 면피를 벗겨내서 벽에 못 박는 행위를 서슴지 않을 것이며, 그 외의 다른 신체 부위는 흥미진진하고 독특한 방식으로 벗겨진 면피와 나란히 진열될 것이다. 그런 상황이 발생한다면 그녀를 따랐던 악마들 역시 똑같은 방식으로 애버너시 부인과 함께 목숨을 보존치 못하게 될 것임은 자명한 일이었다. 악마들로서는 애버너시 부인에게 등을 돌리지 않을 수 없는 것이다.

어떤 의미에서 악마란, 물질이란 창조되거나 파괴될 수 없으며 단지 하나의 상태에서 다른 상태로 변화할 뿐이라는 물질 불멸의 법칙의 전형을 보여준다 할 수 있다.[18] 이 법칙이 악마에게 적용되었다는 의미는, 악마란 절대로 죽을 수 없으며 단지 고통 받는 다른 종류의 존재로 대체

---

18 원자가 폭발할 때 물질이 에너지로 변화하고, 에너지가 물질로 변화한다는 사실을 발견한 사람은 위대한 과학자 알버트 아인슈타인이다. 아인슈타인의 발견은 1932년에 처음으로 인공 핵붕괴를 성공시켜서 강입자 충돌기의 개발에 기여한 물리학자 존 콕크로프트와 어니스트 월턴의 연구에 기반을 두고 있다. 그렇게 에너지 및 물질의 보존 법칙은 탄생할 수 있었다. 하지만 이 시대의 선구자들 중 잊힌 사람이 있는데, 그가 바로 프랑스 과학자인 앙투안 로랑 라부아지에(1743~1794)이다. 라부아지에는 지상의 모든 것들―사자, 호랑이, 녹색 잉꼬, 나무, 민달팽이, 철―이 사실은 유기적으로 연결된 총합의 부분일 수도 있다는 가능성에 매료되었다. 라부아지에와 그의 아내 마리안느는 밀봉된 기구 안에 넣은 금속에 녹이 슬면 무게가 어떻게 변하는지 실험해보았다. 그들은 녹슨 실험 금속의 무게가 가벼워지지 않고 오히려 무거워지는 것을 발견했다. 공기 중의 산소분자가 금속에 들러붙은 것이다. 다시 말해서, 물질은 한 형태에서 다른 형태로 변화하는 것이지 결코 사라지는 것이 아니다. 라부아지에는 아주 끔찍한 최후를 맞이했다. 그는 불만에 가득 찬 극단주의 과학자 장 폴 마라의 공격을 받는 바람에 프랑스 혁명 이후의 공포 정치(1793~1794) 기간에 단두대의 이슬로 사라졌다. 그에 대한 자비를 요청하는 탄원이 접수되었을 때, 판사는 이렇게 대답했다. "공화국에 천재는 필요 없다." 성냥불을 켜는 당신, 이제 라부아지에를 잠시 동안 추모할지어다.

될 뿐이라는 것이다. 말인즉슨, 악마에게 있어서 고통이란 영원불멸의 상태로 지속된다는 의미이다. 그 누구도 얼굴은 벽에 못 박히고, 심하게 찢어발겨진 사지는 턱 밑에 붙은 흉측한 귀신의 모습으로 영원히 끝나지 않는 삶을 살고 싶지는 않을 것이다. 그리하여 지옥에서의 현명한 처세란 애버너시 부인에게는 이제 절대로 곁을 내주어서는 안 된다는 것이었다. 왜냐하면 애버너시 부인이야말로 그런 고통의 삶을 예약 받은 운명의 대상자였기 때문이다.

하지만 그런 애버너시 부인에게도 여전히 충성을 맹세하는 생명체들이 있었다. 그중 몇은 상황 판단이 안 되는 무식한 치기를 부리느라 그런 것이었고, 또 몇은 애버너시 부인이 작금의 상황을 타파하는 묘수를 생각해내리라 기대하고 있었고, 또 몇몇은 애버너시 부인이 잔인하고 포악스럽지만 그래도 이 지옥에서 그만한 고용주는 찾기 힘들다고 판단한 치들이었다. 왓처도 그중 하나였다. 최근 애버너시 부인의 외모에 변화가 생긴 것이 그를 약간 불안하게 하긴 했지만, 그래도 왓처는 강인하고 결코 지치지 않을뿐더러, 의심할 여지없이 애버너시 부인의 가장 충직한 신하였다. 왓처는 자신의 키만큼이나 엄청난 체구에다가 무지막지한 촉수를 지닌 괴물 악마들을 네 차례나 섬긴 몸이었다. 그런 왓처가 이제는 조그맣고 꽃무늬 드레스나 걸친 금발 머리 여자 애버너시 부인에게 충성을 맹세하는 것이다. 새로운 경험에는 항상 열린 자세를 유지해야 한다. 적어도 다른 누군가를 해한다는 점에 있어서 과거의 경험과 충분히 유사점을 보이는 새로운 경험이라면 그 철학을 존중해야 한다는 말이다.

왓처는 스스로에 대한 만족감이 대단했고, 조만간 애버너시 부인 역시 자신을 만족스럽게 여겨주리라 기대했다. 하지만 입을 떼기도 전에 애버너시 부인이 폭발했다. 양옆에서 두 팔이 뻗쳐 나왔고, 등은 활처럼 굽었다. 입이 크게 벌어졌으며 눈은 휘둥그레졌다. 턱과 귀, 그리고 두 눈동자에서 푸른색 광선이 뿜어져 나왔다. 모공 하나하나에서 뿜어져 나오는 듯한 에너지가 사방으로 퍼지더니 이내 부인의 몸은 푸른 태양처럼 공중에 떠 있었다.

왓처는 그런 애버너시 부인을 바라보며, 부인이 제대로 된 결정을 했구나 싶어 마음이 흡족해졌다.

애버너시 부인은 인내하고 또 인내했다. 사람들은 인내를 수행하는 과정에서 인내의 참된 가치를 깨닫게 된다. 진정한 가치를 깨닫지 않고 그저 참기만 하는 인내는 오래 가지 못한다. 그녀는 대마왕에게 거부당할 것을 알면서도 인내하며 고행의 순례길에 올랐다. 자신을 비웃는 악마들의 키득거림에도 절대 이대로 잊혀서 물러서지는 않을 것이라고 스스로 담금질했다. 자신의 궁과 주군인 대마왕의 거처를 타박타박 느리게 왔다갔다하면서 때를 기다렸다. 왓처가 모두를 다시 지옥으로 돌려보냈던 자동차의 흔적을 찾을 수 있을 때까지 기다렸다. 새뮤얼 존슨이 부주의하게 거울을 쳐다보다 자신의 모습을 발견하고 공포에 떨게 될 순간을 기다렸다. 복수하는 날이 오기만을 기다렸다. 하지만 애버너시 부인이 그 무엇보다도 애타게 기다렸던 것은 인간들의 그 한 번의, 한순간의 행동이었다.

그녀는 이루 헤아릴 길 없이 기다렸다. 인간들이 강입자 충돌기를 다시 한 번만 작동시켜주기를.

VIII
현명한 사람들이
어떤 때 정말로 현명한지 알아보다

과학자들은 참으로 웃기는 사람들이다. 물론 그들의 손에서 위대하고도 훌륭한 발명이 숱하게 생겨났다. 그들이 없었다면 현대의 쓸모 있는 많은 것들이 빛을 보지 못했으리라. 질병의 치료약이나 전구, 핵미사일, 치명적인 생화학전 같은 것들 말이다.

음, 뭐 그렇게까지 비꼴 것도 없다. 그냥 과학자들은 일반적으로 인간사에 애정이 넘치는 나머지 유익한 일을 많이 했으며, 그 과정에서 참으로 용감무쌍한 실험을 몸소 시도하는 일도 허다했다. 비록 현대의 그 누군가에게 그들이 하는 실험을 직접 지켜볼 기회가 주어졌을 때 "웃, 나

---

19 예를 들어, 소련 과학자인 알렉산더 보그다노프(1873~1928)는 영원히 젊게 사는 비밀을 발견하기 위해 직접 자신의 몸에 몇 차례씩이나 수혈을 감행했다. 불행하게도 그 과정에서 보그다노프는 말라리아와 결핵에 감염된 혈액 때문에 죽음에 이르게 되었다. 또한 텅스텐과 염소를 발견한 스웨덴 과학자 칼 셸레(1742~1786)는 여러 화학물질 사이에서 자신이 발견한 물질의 맛을 보는 행위를 즐겼다. 셸레는 시안화수소 중독에서는 살아남았지만 아뿔싸, 수은 중독에서는 영영 살아남지 못했다.

라면 그렇게 하지 않을 텐데"[19]하고 안타까움을 드러낼 사람이 없진 않겠지만. 그러나 그 점이 바로 우리 평범한 사람들이 과학자의 길을 걷지 못하는 이유이며, 온도계의 독성물질을 흡입하는 불상사를 면할 수는 있어도 대단히 흥미진진하면서도 인류에 유익한 무언가를 발견해내지는 못하는 이유이기도 하다.

그리하여 스위스 제네바 인근, 깊숙한 지하 터널에서 과학자들이 강입자 충돌기 주위에 모여 초조하게 스위치를 바라보면서 다시 한 번 대단히 중요하게 생각되는 일을 도모하고 있었다. 모르는 사람들을 위해서 말하자면 강입자 충돌기란, 두 개의 입자 빔을 광속의 99.9999991퍼센트에 가까운 속도로 충돌시킴으로써 137억 년 전에 일어난 빅뱅 직후의 상황을 재현하려는 의도로 만들어진 역사상 가장 거대한 입자가속기이다. 불행하게도 마지막으로 작동되었을 때, 강입자 충돌기의 에너지는 애버너시 부인으로 하여금 지상과 지옥을 연결하는 문을 열어젖히게 만든 동력원으로 활용되었다. 그 모든 문제의 시발점이 바로 이 물건이었다. 그때 이후로, 강입자 충돌기의 스위치는 꺼짐 상태를 유지했고, 과학자들은 지옥문이 열리는 무시무시한 일이 다시는 절대로, 결단코 일어나지 않을 것이라 확신하고 안전하다고 단언했던 것이다. 약속했다. 확실하게. 손가락 걸고, 도장 찍고, 복사하고 코팅까지 해서 약속했다.[20]

"뭐 달라진 거 있어요?" 유럽 원자핵 공동 연구소의 소립자 물리학 과장인 스테판 교수가 말했다. 그의 목소리는 초조하게 들리면서도 뭐라도 어서 결판이 나기를 재촉하는 분위기였다. 스테판 교수는 악마와 관련된 그 모든 일이 발생했을 당시 자리를 지키고 있었던 인물이다. 많은 사람들이 재앙의 책임 당사자로 스테판 교수를 지목했다. 그는 그 일이 너무도 불공평하다고 생각했다. 자신은 그저 깔끔하면서도 우아한 공정으로 입자가속기를 매끄럽게 작동시켰을 뿐인데, 그 때문에 지옥문이 열리고 악마가 이 세계에 침입할지 무슨 수로 알 수 있었던 말인가. 하지만 그가 알았더라면…….

음, 그건 한번 생각해볼 문제다. 스테판 교수는 설령 사전에 알았을지언정, 아마도 강입자 충돌기의 스위치를 돌리는 행위를 주저하진 않았을 것이다. 그 기계를 완성하기 위해 감수해야 했던 그 숱한 수고에, 소요된 경비만도 70억 달러가 넘는다는 사실을 감안해야 한다 생각했던 것이다. 그저 문단속을 잘 못했던 것일 뿐이었다. 열쇠를 현관의 도어매트 밑에 숨겨두고 메모를 남겨놓는 그런 부주의에 다름 아니었다. 그냥 어리석었을 뿐이었다. 설령 알았다고 해도 진짜로 지옥문이 열린다고 누가 믿었을 것이며, 설마 지옥문이 존재한다고 진심으로 믿는 사람이 있었겠냐 말이다. 이런 말이나 다름없지 않겠는가. '스위치를 돌리지 마세요. 부활절 토끼가 튀어나옵니다!' 또는 '그랬다가는 요정의 날개가 떨어질 수도 있습니다!' 그도 아니면 '절대 하지 마세요. 유니콘이 나자빠지면 큰일 납니다!' 같은 문구. 그건 결단코 과학이 아니다. 헛소리에 불과하다.

하지만 한편으로 과학자들은 벌어진 일로 다음과 같은 사실을 알게

---

20 실제로 강입자 충돌기 연구는 과학자와 악마 사이의 충돌 말고도 전혀 예기치 못했던 숱한 고난에 부닥쳤다. 한 가지 예로 새가 물고 온 바게트 빵 조각이 우연찮게 기계 안으로 떨어진 일이 있었다. 이 사고를 두고 전도유망한 한 과학자는 강입자 충돌기가 작동해서 지구가 거대한 블랙홀에 빠지거나 재로 변하는 불상사를 막기 위해 미래에서 운명의 저지자가 온 것이라고 주장했다. 그런데 그런 상상력의 세계에 빠져 늘 고민하며 지내는 과학자들에게 익숙해 있지 않은 일반인이라면, 이런 논리, 즉 미래로부터의 방해공작이라는 생각이 가끔은 그럴 듯하게 들릴 수도 있을 것이다. 정말, 과학자들이란.

되었다. (a)지옥, 또는 그와 비슷한 그 무엇인가가 정말로 존재하고 있었으며, (b)그곳은 그들을 그다지 좋아하지 않는(과학자들은 물론이거니와 지구상의 모든 인간을 죄다 좋아하지 않는다고 말하는 편이 더 정확하겠지만) 괴물들로 꽉 차 있으며, (c)어찌된 영문인지 강입자 충돌기가 이 괴물들이 인간세계를 무작정 침탈하고 들어와서 사람들을 잡아먹도록 하는 기회를 제공했다는. 끔찍했던 대재앙에 유럽 원자핵 공동 연구소가 개입되었다는 사실을 알고 있는 많은 과학자들의 합치된 의견은 강입자 충돌기를 재작동시키는 행위는 좋은 생각이 아니라는 쪽이었다. 악마들에게 물어 뜯겨 죽을 수는 없는 일 아니겠는가. 하지만 반대 의견도 만만치 않았다. 일련의 과학자들은 이미 문제가 무엇인지(어느 정도는 판단했겠지) 알아냈으며, 이전에 일어났던 일은 오차범위 내에서는 절대로 다시 일어나지 않는다고 확신에 찬(뭐 나름 확신하겠지) 주장을 펼쳤다(오차범위라고? 어느 정도의 오차범위인가? 아주 근소하다고? 조금도 신경 쓸 필요조차 없는 오차범위라고? 그 계산을 적은 종이를 보고 싶다고? 무슨 종이? 오, 계산 수식을 적어 놓은 종이. 그건 불가능하지. 왜냐하면 내가 방금 아작아작 씹어 먹었기 때문이지. 그러니 단념하시지).

결국 과학자들은 강입자 충돌기를 재작동시켜도 별일 없을 것이라고 결론 내렸다. 하지만 꽤나 주의 깊게 신경을 곤두세워야 할 것이며, 발톱과 송곳니로 무장한 사악하고 나쁜 생명체의 기운이 조금이라도 느껴진다면, 그 순간 당장 강입자 충돌기의 전원을 내리고 책임자에게 그 사실을 통보해야 할 것임을 분명히 했다. 하지만 과학자들이 그 과정조차 필요하지 않을 것이라고 장담하는 이유 역시 있었다. 잠재적인 취약점으로 분류되었던 곳의 보완작업을 완료했기 때문이다. 강입자 충돌기의 구리안전장치 연결부위가 그것이었다. 제곱미터당 5천 톤, 다시 말해 제곱미터당 다섯 대의 점보제트기 최고 속도에 해당하는 힘을 견딜 수 있어야 하는데, 그 부분에 대한 대책이 미흡했다는 사실을 발견한 것이었다.

하지만 과학자들이 강입자 충돌기에 적용한 오류 수정은 의도치 않게 에너지 수치를 높이는 결과를 가져왔다. 충돌 시 발생하는 에너지는 테라볼트 또는 테라전자볼트(TeV)로 표시되며, 1테라전자볼트는 몇천억 전자볼트에 해당하는 에너지를 갖고 있다. 첫 번째 '사건'이 발생했을 때, 강입자 충돌기는 빛줄기 하나에 1.18테라전자볼트씩 총 2.36테라전자볼트에 해당하는 에너지를 발산했다. 새롭게 개선된 강입자 충돌기는 원래 수치의 두 배에 해당하는 7테라전자볼트의 에너지를 생산할 수 있도록 변경되었으며, 이 수치는 통상적인 수용 능력의 한계에 해당하는 14테라전자볼트를 향한 거대한 도약이기도 했다.

그리하여 그렇게 된 것이었다. 한 손에는 행운의 토끼 발을 쥐고 다른 한 손은 스위치에 올린 채로 과학자들이 모여 서 있는 상황은 그렇게 시작된 것이었다. 스테판 교수는 뭐 달라진 게 있느냐고 조수인 힐버트 교수에게 질문했다. 힐버트 교수는 지옥과 악마들에 관련된 사건에 지대한 관심을 갖고 있었다. 그 사건은 우리가 사는 우주 말고도 다른 우주가 존재한다는 자신의 이론을 증명하는 사건이었다. 힐버트 교수는 지난번 사건을 놓쳐서 꽤나 안타까운 심정이었다. 그는 지금이 지옥문이 열리는 그 사건이 다시 한 번 발생하기를 본인은 바라고 있음을 털어놓아야 할 때인가를 고민하며 연필을 잘근잘근 씹어댔다.

"뭐 특별한 것은 없습니다." 힐버트 교수가 실망스러운 기분을 애써 감추며 대답했다.

스테판 교수는 안도의 한숨을 내쉬었다. "천만다행이군요." 스테판 교수가 말했다. "이제부터는 모든 게 다 잘될 거예요."

다른 과학자들이 모두 스테판 교수를 바라보았다. 왜냐하면 지난번에도 사람들이 그런 말을 하자 지붕이 무너지고 바닥이 꺼지면서 모든 것이 지옥으로 사라져버렸기 때문이다. 그러나 스테판 교수는 낌새조차 알아채지 못했었다. 그뿐 아니라 그는 힐버트 교수가 슬그머니 자리를 떠서 '청소도구실 – 관리자 외 출입금지'라고 적혀 있는 조그만 방으로 사라지는 것도 눈치채지 못했다.

"제가 그랬죠?" 운명과 맞서는 무모함을 언제 멈춰야 할지 감도 못 잡고 있는 스테판 교수가 말했다. "걱정할 것은 아무것도 없다니까요."

힐버트 교수가 들어간 청소도구실에 사실은 더 이상 청소도구는 없었다. 대신 모니터용 스크린이 가지런하게 배치되어 있었고, 두 명의 전문요원이 스크린을 주시하고 있었다. 스크린 사이에는 스피커가 놓여 있었는데, 현재는 아무 소리도 들리지 않았다.

"자, 그래서?" 힐버트 교수가 말했다.

"모두 정상적으로 작동하고 있습니다." 에드라는 이름의 첫 번째 요원이 대답했다. 그는 튜브 전선 안에 들어 있는 거미와 같은 형상이 움직이는 것을 바라보고 있었다.

"제 생각도 같습니다." 에드의 동료인 빅터가 말했다. 그들 뒤로는 힐버트 교수는 못 본 척했지만, 컴퓨터 배틀십 게임이 미처 종료되지 못한 채로 돌고 있었다. "경미한 에너지 손실이 있었지만 다시 복구될 것입니다. 어쨌든 모든 게 진공상태의 내부 공간에 적절하게 유지되고 있습니다."

"확실한가?"

"확실하다고 대답하기는 어렵지만, 어쨌든 그래야만 합니다. 아니면 어디로 가겠습니까? 강입자 충돌기의 아주 세밀한 부위까지 조사했습니다. 기계에는 아무런 이상도 없습니다.”

“정말 그럴까?” 힐버트 교수가 말했다. “내 기억에는 지난번에도 그렇게 말했었던 것 같은데.”

“그때는 저희 실수가 있었습니다.” 에드가 말했다. 에드는 그 와중에도 배틀십 게임으로 돌아가면 상대방이 숨겨둔 잠수함과 항공모함의 정확한 위치를 찾아낼 수 있다고 확신하고 있었다. “하지만 이번에는 저희가 결단코 옳습니다.”

에드는 온화한 미소를 지어 보였다. 힐버트 교수는 미소에 화답하지 않았다.

“계속 주시하도록.” 문으로 향하면서 힐버트 교수가 말했다. “그리고 배틀십 게임하는 게 다시 한 번 더 눈에 띄면, 자네들 그때는 침몰하는 항공모함에 올라타 있는 꼴과 다름없게 될 걸세.”

애버너시 부인은 털썩 무릎을 꿇었다. 푸른색 광선은 몸속으로 다시 빨려 들어갔다. 하지만 두 눈에는 여전히 푸른색 광채가 남아 있었다. 눈 속에서 이글거리는 그 광채는 지옥문이 무너지던 때 이후 계속되던 것이었지만, 지금은 그 격렬함이 더욱더 강해졌다. 부인은 맹렬하게 몸을 떨더니 이내 잠잠해졌다. 천천히, 애버너시 부인의 얼굴에 미소가 깃들기 시작했다.

왓처는 움직이지 않았다. 그는 마침내 이해했다. 그렇다. 애버너시 부인은 인간세계에 내려가 있는 동안 변모된 모습을 하고 있었으며, 그 모습 그대로 지옥으로 되돌아온 것이었다. 커튼과 화병, 도어 매트, 꽃무늬 드레스에 금발 머리 그리고 피 묻은 손톱.

하지만 강입자 충돌기 실험의 중요성을 처음으로 인지한 것도 애버너시 부인이었다. 우주가 창조될 때 나타났던 태곳적의 원초적 힘은 고대 악마의 출현과 밀접한 관련이 있었다. 지상에 그 힘을 재현하고자 하는 행위는 그녀와 대마왕이 한때 부당하게 이용했던 우주 사이의 연결점을 찾을 수 있게 해줄 것이었다. 지옥문의 붕괴로 지상 침탈이 실패로 돌아가면서 그 연결점이 영원히 사라진 것처럼 보였지만, 이제는 또 꼭 그렇지만도 않아 보였다. 지상과의 연결점은 여전히 잔존하고 있었다. 하지만 오직 애버너시 부인을 통해서만이다. 지옥문을 통과했던 최초 인물도 그녀였고, 그 문을 열어젖힐 순수한 힘의 가능성을 지니고 있는 것도 그녀였다. 애버너시 부인은 강입자 충돌기의 아주 미세한 에너지 일부분을 여전히 통제하고 있었다. 그녀는 그 에너지를 아주 조심스럽고 신중하게 이용해야만 했다. 강입자 충돌기를 책임지고 있는 인간들이 그 형질을 변경하기라도 하는 순간에는 모든 것이 수포로 돌아갈 것이기 때문이었다. 언젠가는 시도해야겠지만, 또 다른 침탈을 계획하기에는 시간이 충분하지 않았다. 애버너시 부인이 직접 지옥에서 인간세계로 이동하는 것도 여의치 않았다. 아무리 강력한 힘을 지닌 악마라고 해도 우주를 뛰어넘으려면 아주 막강한 에너지가 필요한 까닭이었다. 하지만 그 에너지는 인간 하나를 그들의 세계에서 이쪽으로 데려오기에는 충분했으며, 애버너시 부인은 정확히 누구를 데려와야 하는지 잘 알고 있었다. 새뮤얼 존슨을 지옥으로 끌고 와서 자신의 주군에게 가져다 바치면 되는 것이다. 그러면 주군은 푸른색 광선에 깃든 분노의 비밀을 깨닫게 될 것이고, 다시 자신을 사랑하게 될 것이다.

애버너시 부인이 몸을 일으키자 왓처가 입을 열었다. 왓처는 부인에게 흙 위로 끌린 이상한 자국이 있었고, 바위 위에는 검은색 물질이 있었으며, 공기 중에 연기가 있었고 타는 냄새가 났다고 보고했다. 왓처의 보고가 끝나자 애버너시 부인은 잘했다는 의미로 왓처의 머리를 쓰다듬어주었고, 왓처는 고마워하며 머리를 낮게 숙였다.

"인내하고 기다리는 자만이 큰일을 도모한다 했지." 애버너시 부인이 말했다. "인내하고 기다리는 자만이……."

부인은 큰 소리로 웃기 시작했다. 끔찍한 소리였다. 부인의 웃음소리는 사방팔방으로 메아리치기 시작해서, 구릉과 산등선을 넘어 그녀를 멸시했던 악마들의 귀에까지 흘러갔다. 몇몇은 애버너시 부인의 복수가 두려워 줄행랑을 쳤지만, 대부분은 그녀에게 돌아갈 태세를 갖추었다. 애버너시 부인이 그런 웃음소리로 웃었다는 것은 상황이 완전히 바뀌었다는 것이었고, 그렇다면 이제는 애버너시 부인에게서 얻어낼 것이 생겼다는 의미였다. 동굴과 산속 깊은 은신처, 불 끓는 구덩이와 연기 속온 사방에서 악마들이 튀어나왔다. 몸을 숨기고 있었던 수많은 괴물이 징그러운 소리를 내며 스멀스멀 기어 나와 애버너시 부인에게 모습을 드러냈다.

왕국의 괴물, 지옥의 악마들이 전쟁을 부르는 소리에 화답을 보냈다.

iX
메리웨더 씨의 요정들이
새로운 모험을 시작하다

메리웨더 씨의 요정들은 고속도로에서 꽤나 흥겨운 시간을 보내고 있었다. 원래 난쟁이들이 밴 차량을 운전하는 데는 근본적으로 애로사항이 있었다. 난쟁이들 중에서 오직 졸리에게만 운전면허가 있었는데, 졸리는 동료 난쟁이들보다도 다리가 더 짧았기 때문에 브레이크나 액셀을 밟는다는 것은 거의 불가능에 가까운 일이었다. 하지만 이 문제점은 울트라 슈퍼 강력 접착제를 이용해서 페달에 스피깃스 올드 피큐리어 병을 붙이는 것으로 해결되었다. 속도를 올리거나 줄이기 위해서는 아무리 졸리라도 그저 단순히 병뚜껑에 발을 올리는 것만으로도 충분했다.

난쟁이들은 굉장히 우울해하고 있었다. 메리웨더 씨가 쿵쿵거리며 걸어오더니 뭐라고 중얼중얼대며 미친놈처럼 팔을 휘두르고, 의자에 앉을 생각도 없이 자기 눈을 똑바로 쳐다보지 않으면 앞으로 다시는 네놈들과 일하지 않겠다고 고래고래 소리를 질러댔기 때문이다. 메리웨더 씨에 대해 얘기해보자. 물론 난쟁이들은 마음속으로는 메리웨더 씨에 대해 도저히 입에 담을 수 없는 온갖 욕설을 해댔다. 하지만 대놓고 진짜

욕할 수는 없는 노릇이었다. 적어도 그들에게 일을 물어다주는 사람이 바로 메리웨더 씨였고, 난쟁이들을 향한 온갖 비난 및 방화 사건을 포함한 각종 난동, 합법적으로 선출된 민주 정부를 전복시키려는 음모설 연루 들에도 불구하고 그들을 변함없이 지지해준 사람 역시 메리웨더 씨였기 때문이다. 메리웨더 씨가 없다면 일거리를 얻느라 고생길을 걸을 게 불 보듯 뻔했고, 사고를 쳤다 하면 꼼짝없이 잡혀갈 것도 역시 불 보듯 뻔했다.

멈블스와 도지는 슬픈 눈빛으로 스피깃스 병을 쳐다보았다. 밴 차량의 서스펜션(노면의 충격을 흡수하는 장치) 상태가 의심스러워 술을 컵에 따라 마시기는 어려웠지만, 어찌 됐든 스피깃스를 병째로 마시는 것은 일반적으로 현명하지 못한 무모한 행위로 알려져 있다.[21] 첫 번째 이유로 술이란 잔에 따라 마셔야 하는 것이기 때문에 그런 행동 자체가 문명화되지 못한 행위로 간주되기 때문이고, 두 번째 이유로는 스피깃스 병에는 이상하고 야릇한 침전물이 생기는 경향이 있기 때문인데, 뭐랄까 꼭 지나가는 부주의한 선원들을 낚아채 잡아먹는 심해의 괴물이 도사리고 있는 듯한 느낌을 풍긴다고나 할까. 언젠가 한번 졸리가 그 침전물을 실험 삼아 마셔본 적이 있었는데,[22] 마시는 즉시 효과가 발휘되어서 졸리는 당분간 화장실 신세를 벗어나지 못했다. 어쨌든 졸리에게는 그 후 화

---

21 사실 스피깃스 같은 음료를 마시는 행위 자체가 현명하지 못한 행위이다.
22 '실험'이라고 말은 했지만, 다른 난쟁이들은 졸리 옆에 둥그렇게 모여 앉아 강제로 그의 목구멍에 스피깃스를 쏟아부은 후에 뒤로 물러서서 가만히 지켜보았다는 것을 고백해야 하겠다. 물론 따지고 보면 '실험'이 맞는 표현이겠지만, 스피깃스 올드 피큐리어를 쏟아붓는 행위는 '고문'이라고 해도 무방할 것이다.

장실이 그 어떤 공간보다도 편안하고 아늑하고 친숙한 장소가 되었다. 그 사건 이후 3개월이 지났지만, 졸리는 만나는 사람마다 붙들고 아직도 자기는 속이 좋지 않다고, 방사선에 노출된 맥주가 수명이 오래 가듯, 위장관 어디에선가 스피깃스 올드 피큐리어가 꿈틀대며 유쾌하게 발효하고 있는 것 같다고 하소연을 해댔다. 졸리는 지금도 일시적 시력상실이나, 어떤 때는 자기 이름도 기억하지 못하는 간헐적 기억력 장애를 앓고 있다. 또한 후유증의 하나인 급작스러운 트림 폭발과 관련해 가리개도 없이 노출된 불꽃에 너무 가깝게 트림을 폭발시켜서 화재를 일으킨 장본인이 되기도 했다.

그리하여 멈블스, 앵그리 그리고 도지는 술병을 손으로 아주 꽉 쥐고 (특히나 스피깃스의 경우, 피부나 옷에 흘린 상태에서 5초 이상 지나면 화상을 입을 수 있기 때문에라도) 앞으로 메리웨더 씨의 도움 없이 어떻게 하면 먹고 마시고 생활을 영위해 나갈 수 있을지 고민하기 시작했다. 이 고민이야말로 어쩌면 일종의 응급상황이라고 해도 과언이 아니었다. 밴 차량에 남아 있는 스피깃스라고는 고작 열두 상자뿐이고, 먹을 것도 감자칩 몇 상자와 놔둬 봤자 곧 상할 게 뻔한 샌드위치 몇 상자뿐이었다. 일전에 술을 실을 공간을 확보하기 위해서 감자칩을 두 상자 정도 버리는 게 어떻겠냐는 의견이 나왔었는데, 회의 결과 감자칩은 한 상자만 버리고 샌드위치를 남겨두기로 했던 것이다.

"이제 끝이야." 앵그리가 말했다. "이제 옛날 일로 다시 돌아가야겠어."

"옛날 일이 뭔데?" 도지가 말했다.

"아무 일도 하지 않는 것."

"일이란 게 시간을 참 잘도 잡아먹었지, 안 그래?"

"하루 종일 잡아먹었어. 그래도 난 주말에는 쉬었다고."

"당연히 그랬겠지. 안 그랬으면 놀 힘이 남아 있지 않았을 테니까."

"넌 어때?"

도지가 몸서리치며 말했다. "생각조차 하기 싫어. 그 애들 텔레비전 프로 따위는."

"말도 꺼내지 마!"

"그거 기억나지? '비피와 누들스'?"

"그 수프 그릇 세트장 말이야?"

"맞아, 난 완두콩 퍼시였잖아."

"말이 별로 없는 캐릭터였던 것 같은데."

"난 완두콩이었다고 했잖아. 완두콩은 콩깍지 속에 숨 쉴 공간이 별로 없는 관계로 아주 조용한 채소에 속하거든. 난 완두콩이 싫었어. 그 의상이란 게 냄새가 아주 지독했다고. 나 전에 완두콩 퍼시 역할을 했던 사람은 그 안에서 빠져 죽었잖아."

"정말?"

"수프 속에서 병에 걸렸던 거야. 우리도 수프 그릇에서 몇 시간을 보냈는데 정말 끔찍했어. 어쨌든 그 사람이 그 수프 그릇 속에서 병에 걸려서 죽었는데, 사람들이 주말이 다 지나가도록 그가 죽은 줄도 몰랐다잖아. 그냥 완두콩 옷이 벗겨진 줄 알고 그 사람을 콩깍지 속에 밀어 넣고 그대로 놔뒀대. 그 후 그 옷에서는 다시는 그전과 같은 냄새가 나지 않았지."

"말도 안 돼, 그게 진짜야?" 앵그리가 말했다. "어떻게 완두콩 복장을 한 사람을 주말 내내 그대로 방치할 수가 있고, 그렇게 놔뒀는데 아무 냄새도 안 날 수가 있어? 말도 안 돼. 하루 정도면 모르겠다. 하루 정도면 냄새를 어떻게든 없앨 수 있을지 모르겠지만, 주말 내내는 아니지.

넌 어때? 멈블스, 넌 무슨 역할을 했어?"

"보보스." 멈블스가 말했다.

"오호." 앵그리가 말했다.

"그걸 못 봤다니." 도지가 말했다.

"얘 말은 보이스오버를 했다는 거야." 앵그리가 말했다. "왜 그 광고나 영화 예고편 같은 데서 나오는 내레이션 그런 것 말이야."

이 상황을 받아들이느라 난쟁이들 사이에서는 잠시 정적이 흘렀다.

"할 수만 있다면 좋은 거지, 뭐." 드디어 도지가 입을 열었다.

"뜻밖에 소질이 있을 수도 있는 거지." 멈블스의 정확한 직업 궤도를 머릿속으로 그려보다 보니 당연히 이마를 찡그릴 수밖에 없었던 앵그리가 말했다.

"맞으어." 멈블스가 동의하는 표현을 보냈다.

"그래, 그래." 앵그리가 중도적인 대답을 했다. "물론 관건은 발음이겠지만."

"넌 어때, 졸리?" 도지가 말했다. "넌 무슨 일을 할 거야?"

"무슨 일을 할 거냐고?" 졸리가 말했다. "할 거냐니, 그게 무슨 말이야? 잘 들어. 우린 아직 끝난 게 아니야. 이보다 더한 상황도 숱하게 겪었어. 체포도 당해봤고, 추방도 당해봤고, 노예로 팔려갈 뻔한 상황도 있었잖아. 상황을 낙관적으로 봐야지. 한 고비만 넘기면 기회가 기다리고 있을 거라고 확신해."

졸리의 말이 너무도 확고부동해서 난쟁이들은 모두 술병을 높이 들어 올리며 건배를 하고 파이팅을 외쳤다.

하지만, 사실 한 고비를 넘긴다고 기회가 기다리고 있을 리는 만무했다. 그들을 기다리고 있는 것은 경찰 표시를 붙이지 않은 경찰차였고, 그 안에는 비들컴 경찰서의 필 순경과 로언 경사가 과속 운전을 단속하면서 보온병 안의 차를 홀짝이고 있었다.

"이 차, 향이 참 좋네." 로언 경사가 말했다. "이렇게 맛있는 차는 어디서 난 거야?"

"경사님?" 필 순경이 말했다.

"정말 끝내주는군. 도대체 어떻게 이런 맛있는 차를 만들 수 있지?"

"경사님?" 필 순경이 계속해서 말했다. "난쟁이들이 맥주병을……."

로언 경사는 차 향취에 연신 코를 묻고 있었다. "난쟁이니 맥주병이니 그런 힌트는 건너뛰고, 이 차 어디서 났느냐니까?"

"아니, 그 말이 아니고요. 밴에 난쟁이들이 타고 있고, 전부 맥주병을 손에 들고 있어요"

로언 경사는 눈을 찡그려서 스쳐 지나가는 밴을 쳐다보았다. 맥주병을 쥔 조그마한 손들이 보였다. "메리웨더 씨의 요정들이라," 로언 경사가 큰 소리로 읽었다. 그리고 잠시 동안 생각했다. 아니, 그럴 리가 없어. 완전히 다르잖아. 근데 바로 그 차량 같아 보이잖아. 심지어 난쟁이들마저도 똑같아 보이는걸. 그 난쟁이들이다.

"순경, 난쟁이들을 멈춰 세워!"

"어디서 좀 멈추면 안 될까? 화장실에 가야겠어." 도지가 말했다.

"그래, 난 뭐 좀 먹었으면 좋겠어." 앵그리가 말했다. "배고파 죽겠다고."

"근방에 휴게소 그림자도 안 보이네." 졸리가 말했다. "비들컴으로 나가는 출구밖에 없는데, 그럼 거기서 뭐라도 찾아보자고."

졸리는 차선을 바꿨다. 비들컴 마을로 이어지는 셜리 잭슨 거리로 들어섰지만, 경찰차가 그들 뒤를 쫓고 있다는 사실은 눈치채지 못했다. 길가에는 아이스크림 트럭이 있었고, 닥스훈트 강아지와 함께 서 있는 조그마한 소년이 보였다. 졸리는 작은 개들을 좋아했다. 그 옆에 서 있으면 기분 좋은 승리감이 느껴졌기 때문이다.

사이드미러에 푸른색 불빛이 보였다. 아니 백미러에도 불빛이 보였다. 이상하네, 사방이 푸른색 불빛 천지였다. 그건…….

"놓쳤어!" 애버너시 부인이 외쳤다. "놓쳐버렸잖아."

애버너시 부인은 새뮤얼 존슨과 그의 짤닥막한 애완견의 동향을 감시하는 유리 조각을 뚫어져라 쳐다보고 있었다. 새뮤얼 존슨을 잡아오기 위해 모든 정신과 에너지를 집중하고 있던 차였다. 부인은 재차 정신을 집중해서 에너지를 모았다. 하지만 이미 에너지는 썰물처럼 빠져나간 후였다.

"신중해야 해." 애버너시 부인이 나직이 속삭였다. "신중해야……."

애버너시 부인은 마치 새뮤얼 존슨이 바로 앞에 있기라도 한 듯 푸른 빛을 뿜는 양손을 뻗어 그의 목을 조르는 시늉을 했다. 푸른빛의 광선이 유리 조각을 통해 인간세계를 관통이라도 할 태세였다. 새뮤얼 존슨은 아직도 비들컴 마을에 있었다. 하지만 이번에는 걸음을 멈추고 어리둥절한 표정으로 주위를 둘러보고 있었다.

새뮤얼은 의아했다. 확신까지는 하지 못하지만, 방금 작은 사람들을 태운 밴 차량이 자신을 지나쳤는데, 다시 보니 어디론가 사라져버린 것이었다. 그러고는 경찰차가 그 뒤를 쫓더니, 역시 어디론가 휙 하고 사라져버렸다. 그리고 웬 아이스크림 트럭이 서 있었다. 새뮤얼은 바깥 날씨가 여전히 차지만 아이스크림이나 하나 사 먹을까 생각하던 참이었다. 아마도 너무 열심히 공부를 해서 이상한 게 보였거나, 아니면 이제 안경을 바꿀 때가 되었나 하는 생각이 들었다.

새뮤얼은 저 앞 도로에서 뭔가가 빙글빙글 돌고 있는 것을 보았다. 확인하려고 가까이 다가갔을 때도 여전히 빙글빙글 돌고 있었다. 그건 스피깃스 올드 피큐리어 병이었다. 희미한 푸른 광선 비슷한 무언가가 병목 주위에 남아 있었는데, 아마도 그 광선 때문에 병이 폭발해서 온 사방이 맥주 천지가 된 것 같았다. 도로 옆에 멈춰 선 밴 차량에는 좀 더 많은 푸른빛이 감돌고 있었다. 그 왼쪽 옆으로는 기름이 새서 만들어진 기름 웅덩이가 있었는데, 기름 위로 새뮤얼과 보즈웰의 얼굴이 반사되어 비쳤다.

그리고 애버너시 부인의 얼굴도.

"안 돼!" 애버너시 부인이 두 손을 뻗어 자신을 잡으려는 순간 새뮤얼이 소리쳤다. 부인의 손끝에서 뿜어져 나온 푸른색 광선이 기름 웅덩이 속에서 튀어나와 새뮤얼과 보즈웰을 덮쳤다. 순식간에 사방이 얼음장 같은 냉기에 휩싸이며, 새뮤얼은 자신의 몸이 원자가 서로 분리되면서 끝도 없는 어둠의 심연으로 추락하고 또 추락하는 느낌이 들었다.

X
메리웨더 씨의 난쟁이들이
못마땅한 발견을 하다

가장 먼저 깨어난 것은 도지였다. 도지가 도지라고 불리는 이유는 어디서고 시간만 나면 잠을 자는 신통력 때문이다. 롤러코스터를 타고도 잠을 잘 수 있고, 침몰하는 원양어선에서도 잘 수 있었다. 아마도 활활 타는 불침대에 발을 붙이고도 잠을 잘 수 있을 것이며, 아닌 게 아니라 놀랍게도 실제로도 그랬다. 심지어 도지는 이미 자고 있는 꿈속에서 또 잠을 잘 수 있을 것이라고 난쟁이들은 확신했다.

도지는 두 팔로 기지개를 켜며 하품을 해댔다. 사지를 각각 분해해서 선반 위에 올려놓고 보관했다가, 요소요소 제대로 결합되는지는 딱히 신경 쓰지 않는 사람이 자신의 몸을 재조립한 느낌이었다. 보통 사람들은 그와 같은 상황이라면 몸이 왜 그럴까 하고 궁금해하겠지만, 도지는 스피깃스 올드 피큐리어를 너무 많이 마셔서 그런 기분으로 일어나는 것 정도는 일상이다시피 했다.

도지는 고개를 들어 창문 너머를 바라보았다. 거대한 백사장이 펼쳐져 있었다. 머리를 긁적거리면서 자신들이 어디로 가고 있었는지를 기

억해내려 애썼지만, 도무지 어디에 와 있는 건지 알 수 없었다. 우리 일
정에 바다가 포함되어 있었던가? 물론 도지는 바다를 좋아하기는 했
다. 도지는 잠들어 있는 다른 난쟁이들은 그냥 두고 밖으로 나가보기
로 했다.

머리 위의 하늘은 붉은색 기운이 넘실대는 어두침침한 구름으로 가득
차 있었다. 도지는 일몰이나 일출이겠거니 생각했다. 아마도 비가 올 모
양이거니 추측하기도 했다. 도지는 얼굴을 내밀고 크게 숨을 들이쉬어
보았다. 하지만 바다 내음은 어디서도 맡을 수 없었다. 파도 소리도 전
혀 들리지 않았다. 도지는 비들컴 마을 인근에 사막지대가 있었나 잠시
생각했다가 이내 그런 것은 결단코 없었다고 확신했다. 둔스테드 인근
에 해변이 있긴 했지만 거의 자갈밭에 가까웠고, 오래되어 녹슨 쇼핑 카
트나 굴러다니는 곳이어서 지금 눈앞에 펼쳐지는 풍경과는 딴판이었다.
이곳의 모래는 하얗고 아주 부드러웠다. 하늘은 정말이지 너무 이상했
다. 구름은 지속적으로 모양과 색을 바꾸고 있어서, 벽난로의 오렌지색
과 굴뚝의 붉은색이 서로 섞여 움직이는 것 같았다. 뭐가 뭔지 전혀 분
간이 안 되는 정신없는 상황이었다면, 딱 불이 났구나 싶은 광경이었다.
그런데 실제로 공기 중에 불타는 냄새가 나기도 했다. 썩 좋은 냄새는
아니었다. 바비큐 불판에 스테이크를 한꺼번에 너무 많이 올려놓았다가,
먹고 남아 방치된 고기가 썩어 문드러져 가는 냄새에 가까웠다.

도지는 좀 더 정확한 사태 파악을 위해 휘파람을 불며 제일 가까이 있
는 모래 언덕을 기어올랐다. 앞에 또 다른 모래 언덕이 보였다. 마저 넘
었다. 또 다른 모래 언덕이 보였고, 이번에도 기어올랐다. 도지는 세 번
째 모래 언덕의 꼭대기에 다다랐고, 그만 휘파람을 멈추었다. 아니, 그저
멍하니 눈앞에 펼쳐진 광경을 쳐다보는 것 외에는 그 어떤 행동도 해볼

도리가 없었다.

도지 앞에 펼쳐진 광경은 불타는 지평선과 거대한 상판이 달린 수많은 책상이었다. 책상들은 머리 위에 뿔이 달린 조그맣고 붉은 남자들의 관리하에 있었다. 개별 상판에는 한쪽에 구멍이 뚫려 있었고, 그 구멍으로 붉은 남자들이 무언가 하얀 조각을 집어넣고 있었다. 그것들은 책상 반대편에서 하얗고 고운 모래가 되어 나타났다. 세 번째 그룹의 붉은 남자들은 상판 사이를 앞뒤로 움직이면서 바구니에 모래를 퍼 담아 나르고 있었다. 그러는 동안 자리에 앉은 조그만 남자는 신중하고도 치밀하게 그 모든 과정을 커다란 책에 기록하고 있었다.

그의 오른편에는 보다 더 큰 상판이 딸린 책상이 놓여 있었고, 주홍색 안감을 덧댄 검은색 망토를 두른 키가 큰 남자가 앉아 있었다. 아래편의 작은 남자들과는 달리 그의 피부는 대단히 창백했으며, 뿔도 훨씬 더 큰데다가 일부러 광택을 내기라도 한 것처럼 환하게 빛이 났다. 남자의 입술 위에는 가느다랗고 기다란 콧수염이 나 있었으며, 턱에도 덥수룩한 수염이 나 있었다. 못된 짓을 골라 하는 사내에게서 흔히 볼 수 있는 그런 종류의 수염이었다. "그래, 나 못돼 처먹었다, 어쩔 건데"라고 윽박지르는 것 같은 수염.

상판 위에는 수염을 기른 사내가 검고 끝이 뾰족한 부츠를 서로 엇갈리게 해서 다리를 꼬고 앉아 있었고, '악마 담당관 A. 보드킨'이라는 명판이 놓여 있었다.

악마 담당관 A. 보드킨은 지옥일보[23]라 불리는 신문을 읽고 있었다. 헤드라인은 다음과 같았다.

대마왕의 다음 행보

"승리는 우리의 것이다." 오지무스가 말했다. "이 명제에 의심을
다는 자는 죽음을 맞이한 후 그 주검마저 멸해질 것이다."

그 아래에는 다음과 같은 말도 덧붙여 있었다.

애버너시 부인에 대한 신속한 조치 촉구

"누군가 지상 침탈의 실패에 대한 책임을 져야 한다면,
그 대상은 애버너시 부인이다." 오지무스가 말했다.

이 오지무스라는 자가 무슨 일인가 분주하게 꾸미고 있구나 하고 도
지는 생각했다. 도지가 난쟁이들 중에 가장 영리한 편은 아닐지 몰라도,
그 정도는 이 상황에서 충분히 추측 가능했다.

"좋은 아침이네요." 도지가 말했다. 그리고 나서 잠깐 머뭇거리며 생
각하더니 다시 말했다. "낮인가요? 아님 저녁인가요?"

A. 보드킨이 도지가 서 있는 곳을 쳐다보았다. 그는 양 볼을 씰룩거리
더니 세상 어느 곳에서나 흔히 볼 수 있는 중간 관리자들의 이 따분하고
지리멸렬한 삶에 뭐 재밌는 게 있겠냐 하는 표정으로 입을 열었다.

---

23 보통 지옥일보에는 읽을 만한 거리라고는 거의 없다고 봐도 무방하다. 불덩이가 여기
저기로 날리고 있으니 날씨야 늘 후덥지근하고, 그곳에 있는 이들은 대부분 비참한 꼴을 한
채 성을 내거나 고통에 절어 있으며, 좋아하는 축구팀이라고 해봤자 매번 승리와는 전혀 인
연이 없기 때문이다. 왜냐하면 지옥의 스포츠 규칙에 따르면, 양 팀 모두 모든 경기에서 매
번 져야 하고, 페널티를 부과할 상황이 되면 추가 시간이 주어지고, 그 추가 시간마저 영원
히 반복되기 때문이다.

“그래서?” A. 보드킨이 말했다. “용건이 뭐야?”

“저 꼬꼬마들이 다 뭣들 하는지가 그냥 궁금해서요.”

A. 보드킨은 신문을 내렸다.

“꼬꼬마? 꼬꼬마들이라고? 아니지. 저 녀석들은 그냥 도시락이나 싸들고 출퇴근을 반복하는 아무짝에도 쓸모없는 것들이 아니라 고도로 훈련받은 악마 기술자들이라고. 꼬꼬마들이라고? 그건 아니지!”

A. 보드킨은 신문으로 다시 눈길을 돌렸다. 노동조합에 대해 불만을 드러내고, 휴식 시간이 너무 길다느니, 악마 주제에 직장을 잡고 운도 좋다느니 따위의 말을 중얼거렸다.

“알겠습니다만, 근데 뭘 하는 거냐고요?” 도지가 다시 물었다.

A. 보드킨이 신문을 바스락거렸다. 흡사 난 아주 바쁘신 몸이니 방해할 생각은 꿈에도 하지 말라는 엄포를 담은 바스락거림 같았다. 하지만 이 조그만 녀석이 이대로 호락호락 물러날 것 같지는 않다는 생각이 들었는지, 그는 다시 신문에 시선을 고정한 후 단호하면서도 나지막한 목소리로 말했다.

“뭐, 뻔하지 않겠어. 죽은 자들의 시체를 갈고 있는 거겠지.”

“간다고요?” 도지가 말했다.

“그래.”

“뼈를요?”

“그래, 그래.”

“죽은 사람의 뼈를요?”

“그래. 산 사람의 뼈를 가는 것은 쉽지 않잖아. 그랬다가는 난장판이 될 테니까.”

“물론 그렇겠죠.” 도지가 말했다. 도지는 주머니에 손을 넣은 채 모래를 발로 툭툭 파헤쳐보았다. 그리고 깨달았다. 그것은 모래가 아니었다.

도지는 아랫입술을 깨물고 잠시 생각에 빠졌다.

"도대체 여기가 정확히 어디죠?" 도지가 물었다.

"길을 잃은 것은 아니니까 걱정 마." A. 보드킨이 말했다. "내 말은 여기까지 오느라 얼마나 힘들었겠어. 안됐지만 넌 죽었고, 그래서 지옥에 오게 된 거야. 절차가 그런 거야. 지금은 내가 너무 바빠서 널 도와줄 수가 없네."

그는 내가 얼마나 바쁜지 봐라 하는 모양새로 왼팔을 뻗어서 손목에 매달아 놓은 모래시계를 살폈다. A. 보드킨이 모래시계를 뒤집어서 상단의 모래를 하단으로 쏟아부었지만, 신기하게도 상단의 모래 수위는 낮아지지 않았고, 하단의 모래 수위 또한 높아지지 않았다.

"작은 거 하나만 물어볼게요." 도지가 말했다. "아니 사실대로 말하면, 작은 거 두 개만요. 아주 사소한 거요. 사실, 작은 것은 아니네요. 솔직히 큰 거네요."

도지가 초조한 웃음을 지었다.

"그래, 얘기해봐라." A. 보드킨이 말했다. "하지만 이번이 마지막이다. 너 때문에 통 일에 집중하지 못하겠잖아. 우리가 이렇게 얘기하느라 벌써부터 생산량이 떨어지고 있어. 내가 이 녀석들한테 두 눈을 부라리고 있지 않으면 항의에, 이의 제기에, 시위에, 커피 타임을 요구하고, 친인척 방문이다, 치과 예약이다 하며 휴가를 달라 아우성칠 게 뻔하거든. 봐, 벌써 저렇게 한쪽에 모여 봉기라도 할 기세잖아!"

도지는 A. 보드킨이 말하는 녀석들을 쳐다보았다. 정말로 딱 반란을 꾀하려 작당하는 것 같아 보이긴 했다.

"아까 한 얘기, 뭐 죽었다 어쨌다 한 그 말." 도지가 말했다. "정확히 그게 뭘 말하는 거죠?”

“아, 미안.” 전혀 미안한 것 같지 않은 표정의 A. 보드킨이 대답했다. “그러니까 도무지 모르겠다 이 말이지? 안타깝네, 안타까워.” A. 보드킨이 조롱의 웃음을 집어삼키는 분위기가 역력했다. “솔직히 말하면 넌 죽은 거야. 더 이상 살아 있지 않은 거지. 아주 떠나온 거라고. 목을 매달기 위해서 바구니에 올라섰는데, 이제는 그 바구니를 걷어 찬 상태야. 네가 앵무새였다면 꼴까닥 가서 횃대에서 팩 하고 떨어진 게지. 그럼 다음 수순이 무엇이겠나?”

“엥?” 아직도 뭐가 뭔지 종잡을 수 없었던 도지는 A. 보드킨이 처음에 말했던 그 단어, 입에 담기에도 머리에 떠올리기에도 두려운 그 단어가 자꾸 거슬렸다.

“지옥 어쩌고 하지 않았어요?”

“그래서?”

“왜 그런 소리를 한 거죠?”

“네가 있는 곳이 바로 그곳이니까. 지옥 말이야, 지옥.”

“지옥이라고요?”

“뭐 지옥이라는 말에 네가 아는 다른 의미라도 있어?”

“아뇨, 근데 실제 지옥이 있다고는 생각하지 않았거든요.”

“이제 확실히 알았겠네. 됐냐?”

“아뇨, 전 여기 있고 싶지 않아요. 내가 왜 죽었냐고요?”

도지는 스스로를 아주 세게 꼬집었다. 아팠다.

별 이상한 놈 다 봤다는 눈빛으로 A. 보드킨이 도지를 쳐다보고 있었다.

“그래, 사실 너도 죽은 것처럼은 안 보이긴 하네.” A. 보드킨이 말했다.

"대부분의 사람들은 어디 한 쪽이 손상된 채로 지옥에 나타나긴 하지. 멍이 심하게 들었거나, 손발이 하나둘 잘린 채로, 혹은 총알구멍이 났다거나 피를 질질 흘리면서 말이야." 두 갈래로 갈라진 뱀 혓바닥을 날름거리던 A. 보드킨은 눈을 깜빡깜빡하며 흰자위를 드러냈다 감췄다를 반복했다. 좋은 시절은 다 갔으니, 내일 아침에 일어나서 이를 닦는 일 따위는 이제 그만 걱정해도 되지 않겠냐는 표정이었다. "근데, 정말로 그렇게는 안 보이네. 꽤 말짱해 보인단 말이야."

도지는 이미 뒷걸음질 치며 A. 보드킨에게서 물러나고 있었다. "얘기 나눠서 즐거웠어요." 도지가 말했다. "하시는 일이 다 잘 되길 바래요. 또 봐요, 안녕히 계세요."

도지는 빠르게 모래 언덕을 내려왔다. 그는 어깨 너머로 뒤를 돌아봤다. A. 보드킨이 턱수염을 매만지면서 뭔가 골똘히 생각에 빠져 있었다. 누군가에게는 좋지 않은 징조였다.

도지는 뛰기 시작했다.

XI
새뮤얼이 도착하고
너드가 출발하다

새뮤얼은 보즈웰이 자기 얼굴을 핥고 있는 것을 느꼈다. 그만 핥으라고 손으로 물리쳤지만, 보즈웰은 주인이 어서 깨어나기를 바라면서 핥는 동작을 멈추지 않았다. 하지만 새뮤얼은 도무지 일어나고 싶은 생각이 들지 않았다. 팔다리가 아프고, 머리가 지끈거렸다. 혹시 무슨 병에라도 걸린 건 아닌지 의심스러웠다.

그러다 기억이 떠올랐다. 사라져버린 밴 차량, 푸른색 광선, 그리고 웅덩이에 비친 애버너시 부인의 얼굴…….

애버너시 부인이었다.

새뮤얼은 두 눈을 떴다. 그가 누워 있는 곳은 구부러진 나무들의 숲을 향해 끈적끈적한 진흙물이 흐르는 강기슭이었다. 뺨 아래로는 단단한 지면이 느껴졌는데, 듬성듬성 검은색 유리 조각도 있었다. 새뮤얼은 무릎을 펴서 몸을 일으켰고, 보즈웰은 안도한 모습을 보였다. 새뮤얼은 보즈웰을 두 팔로 안고 머리를 쓰다듬으면서 지금 자기가 어디에 있는지를 알아내려고 계속해서 두리번거렸다. 뭔가, 어디론가 떨어진 후 추락에 추락을 거듭한 느낌. 멈춰보려 애썼지만 오히려 추락의 속도는 더 빨라졌다는 기억뿐이었다. 잠수함에 들어설 때와 같이 몸이 압축되는 느낌과 그에 뒤따른 극심한 고통. 그 후로는 전혀 기억나지 않았다.

머리 위로는 동맥에서 뿜어져 나오는 듯한 붉은색 구름이 이글거리고 있었다. 꼭 화산의 중심부를 들여다보는 듯한 아찔한 느낌이었다. 새뮤얼은 순간적으로 어지러움이 온몸을 휘감는 기분이 들었다. 흡사 용광로 속에 매달려 있는 거대한 구 속에 무릎을 꿇고 앉아 있는 듯한 느낌이었다. 그는 자기도 모르게 움칫하며 뒤로 물러서야 할 것 같은 두려움을 느꼈다. 하지만 새뮤얼은 뒤로 물러서는 대신에 보즈웰을 더더욱 세차게 껴안으며 말했다. "괜찮아, 다 괜찮을 거야." 하지만 말 못하는 동물인 보즈웰만큼이나 새뮤얼 자신도 이 말에 확신을 담을 길이 없었다.

애버너시 부인 짓이다. 새뮤얼은 생각했다. 이 얘기인즉 지금 자신이 있는 곳은 단 한 군데일 수밖에 없었다. 지옥. 어떻게 했는지는 몰라도 애버너시 부인이 자기와 보즈웰을 지옥으로 끌고 온 것이다. 이유라면 뻔했다. 복수. 그녀가 그토록 찾아 헤매던 복수 아닌가.

새뮤얼은 이제 나이도 열세 살이 된 마당에 스스로 더 이상 어린아이가 아니라고 생각했지만, 그래도 터져 나오는 울음은 어찌해볼 도리가 없었다. 엄마가 보고 싶었고, 친구들이 보고 싶었다. 비들컴 마을에서는 애버너시 부인과 맞닥뜨렸을지라도 그 모든 장소와 공간이 익숙한 곳이었고, 그가 사랑하는 사람들, 그리고 그를 사랑했던 사람들의 도움을 받을 수 있었다. 하지만 여기에는 보즈웰을 빼고는 아무도 없었다. 새뮤얼은 공포와 절망에 빠진 와중에도 보즈웰이 왜 여기 와 있는 것인지 안타까움을 감출 길이 없었다. 공간 이동되는 그 아찔한 순간에 자기란 사람은 이 사랑스럽고 충직한 강아지를 끌고 오지 않기 위해 당연히 목줄을 놓았을 것이라고 생각했기 때문이다. 착한 강아지 보즈웰은 아무 잘못이 없었다. 이 일과는 아무 관련이 없다. 물론 보즈웰이 이곳까지 따라와준 것은 대단히 듬직하고 고마운 일이었다. 이 끔찍한 장소에서 자기 자신 말고 다른 존재가 함께한다는 것은 그 자체로 큰 힘이 되기 때문이다.

하지만 어떤 면에서는 그 말이 전적으로 사실은 아니었다. 새뮤얼을 염려하는 존재가 보즈웰 하나만이 아니었기 때문이다. 다른 존재가 또 있었다. 질문은 이거다. 도대체 어떻게 하면 새뮤얼이 그를 찾을 수 있단 말인가?

윔우드가 너드의 어깨를 두드렸다.
"주인님, 왜 멈췄어요?"

여전히 바위로 위장 중인 윔우드와 너드의 차량은 원만하게 달리고 달려서 그들이 숨어 지냈던 동굴에서 멀찌감치 떨어진 '결실 없는 여행의 계곡'에 이르렀다. 계곡은 거대하고도 납작한 갈색 돌밭으로 된 지형이라 바퀴 자국이 전혀 남지 않았다. 서쪽으로 가면(아니 어쩌면 남쪽일지도 모르겠는데, 어쨌거나 방향이니 거리니 같은 개념은 현실이 도무지 현실 같지 않은 이런 장소에서는 거의 무의미한 개념일 것이다) 윔우드와 너드의 최종 종착지는 '부러진 형체들의 숲'이 될 것이었다. 그곳은 외모에 자신 있는 자들과 보기에 예쁘다거나 아름다운 것과는 전혀 관계 없는 자들이 서로 누가 더 추한 나무일 것 같느냐고 자웅을 겨루는 한심한 곳이었다. 하지만 그곳은 너드가 좋아하지 않는 절망의 산과 너무 가까웠다. 그래서 그들은 반대 방향으로 달리고, 달리고, 쉬지 않고 또 달렸던 것이다. 궁극적으로 그들이 가고자 하는 목적지는 허니컴 힐이었다. 그곳이라면 왓처나 애버너시 부인 혹은 그보다 더한 그 무엇으로부터도 효과적으로 몸을 숨길 수 있을 것이라고 믿었기 때문이다.

그런데 너드가 차를 멈춰 세운 것이었다. 그리고 집에 가스레인지도 없는 마당에 이거 집에 가스 불을 켜놓고 나온 것 같은데 하고 고민하는 듯한 당혹스러운 눈빛으로 먼 곳을 응시했다.

"주인님?" 이제 슬슬 걱정이 되기 시작한 웜우드가 너드를 불렀다.

너드의 이마에 깊은 고랑 같은 주름이 생기더니, 한 방울의 눈물이 그의 뺨을 타고 흘러내렸다. 너드가 나지막한 목소리로 말했다.

"새뮤얼?"

지옥에서 인간세계와의 직접적인 접촉을 통해 변화를 겪은 자는 애버너시 부인만이 아니었다. 너드 또한 변했다. 나열해보자면, 우선 이전보다 웜우드에게 친절해졌다. 그건 단순히 웜우드가 차에 대해 빠삭하기 때문만은 아니었다. 그 오랜 유배생활 동안 너드는 많은 시간을 맥이 풀린 채로, 불평불만에 가득 차서 자신의 인생사에 대해 연신 투덜대며 살았다. 그 외에는 주로 웜우드의 머리통을 습관적으로 쥐어박으면서 그를 괴롭히는 일이 전부였다고 해도 과언이 아니다. 하지만 지옥으로 되돌아온 후에는 뭐랄까, 너드는 웜우드를 일종의 친구로 대하기 시작했다. 솔직히 말해서 습관적으로 코나 파서 그 안의 내용물을 손가락으로 돌돌 말아 튕겨대는 버릇을 지닌 자가 좋은 친구의 후보가 되지는 못하지만 말이다.

또한 너드는 세계를 정복해본다거나 꽤 만만찮은 악마가 되고 싶다는 생각도 접었다. 아니, 너드가 그런 생각에 아주 열중했었다는 게 아니라, 이제는 스스로 부여한 타이틀인 '다섯 신의 재앙'을 독점할 생각이 없어졌으며, 다른 악마들의 자리를[24] 탐하지 않겠다고 마음먹었다는 표현이 맞을 것이다. 여하튼 너드는 다른 사람을 괴롭히지 않음으로써 자신이 더 행복해질 수 있음을 깨우친 것 같았다.

하지만 너드가 지옥으로 돌아온 후 이전보다 친절해진 결정적인 이유는 새뮤얼 존슨과 깊은 감정을 공유했기 때문이었다. 새뮤얼은 너드에게 친절을 베풀었던 최초의 사람이었고, 너드에게는 최초의 친구였다. 그들이 같은 세계에 살고 있었다면 떼려야 뗄 수 없는 사이가 되었을 것이다. 하지만 그들은 시간과 공간, 나아가서 차원을 넘나들어야 하는 고충을 겪으며 살고 있다. 그렇지만 그 모든 장애물에도 불구하고 그들은 서로 가슴 깊이 추억을 간직하고 있었다. 너드와 새뮤얼은 함께 잠자리에 누워 서로의 꿈을 얘기했었다. 단 하루도 서로에 대한 생각을 멈춘 적이 없었으며, 서로에 대한 그런 끔찍함이 삶이 사람들의 인생에 걸쳐 놓은 장애물을 뛰어넘을 수 있게 해주었다. 소년과 악마 사이는 끈끈한 애정을 공유하는 사람들에게서 흔히 볼 수 있는 보이지 않는 에너지로 연결되어 있었고, 그 에너지가 어느 순간 너드를 바뀌게 한 것이다. 너드는 그 에너지가 어느 때보다도 격렬하게 반응하는 것을 느꼈다. 새뮤얼이 가까이 있는 게 확실했다. 새뮤얼이 이 세계에 와 있다. 희망의 끝

---

24 물론 다음과 같은 하찮은 악마들의 자리까지 다 포함해서이다. 저녁을 먹으려고 할 때마다 문 앞에 나타나서 초인종을 눌러대는 절름발이 악마 워치타워, 연고 안에서 발견되는 파리에 대한 책임이 있는 것은 물론이거니와 먹는 수프에서도 종종 발견되는 악마 유우, 제발 눈에 띄지 말았으면 싶을 때 꼭 수면 위로 떠올라서 돌아다니는 악마 밥, 물을 콸콸 쏟아 흩뿌리는 악마 글러그, 완벽하게 쥐를 잡는 능력이 있는 악마 갱과 애글리 들이다. 쥐들은 갱과 애글리를 정말 증오한다. 그들만 아니었다면 쥐가 세상을 지배했을 거라고 생각하기 때문이다.

자락에 위치한 이 사악한 세계에 새뮤얼이 있다.

하지만 새뮤얼이 여기에 있다면, 그건 스스로의 의지로 행한 일은 아닐 것이었다. 지옥에 스스로 원해서 오는 자는 없다. 지옥에 갇힌 모든 독립체들은 다른 곳을 꿈꾸거나 아예 그냥 존재의 행위 자체를 멈추고 싶어 한다. 지옥에서 영원을 보낼 바에는 그냥 존재하지 않는 편이 훨씬 더 낫기 때문이다.

애버너시 부인은 남몰래 너드를 수색하고 있었다. 제 주군의 지옥 탈출 희망에 재를 뿌린 그 정체불명의 차량 운전사를 쫓고 있었다. 하지만 너드도 자신보다는 새뮤얼이 그녀에게 더 큰 목표물이라는 것을 모르지 않았다. 어떤 방법을 썼는지는 모를 일이지만, 애버너시 부인이 새뮤얼을 이곳으로 끌고 온 것이다. 너드의 생각대로 새뮤얼은 이미 애버너시 부인의 포로가 됐을지 모른다. 너드는 새뮤얼이 쇠사슬에 꽁꽁 묶인 채 대마왕 앞에 무릎 꿇고 처벌을 기다리고 있는 상상을 했다. 하지만 새뮤얼이 애버너시 부인에게 잡혀 있지 않다고 하더라도, 지옥에는 인간 아이를 사냥감으로 삼고자 호시탐탐 기회를 노리는 괴물이 숱하게 널려 있었다. 누구든 새뮤얼을 구해야 한다. 그 누군가가 자기 말고는 없을 거라고 너드는 생각했다.

너드가 누군가를 위험에서 구출해낸 경험이 많지 않음은 차치하더라도, 애버너시 부인이 추적하고 있는 사냥감을 보호한다는 것은 쉬운 일이 아니었다. 하물며 이미 애버너시 부인의 손아귀에 들어가 있는 포로를 구출한다는 것은 더더욱 쉽지 않은 일이었다. 게다가 너드는 자기 스스로 그다지 영리하지도, 용감하지도, 계략이 뛰어나다고도 생각하지 않았다. 그러나 많은 사람들의 생각과 달리 너드는 상당히 똑똑하고 용감 무쌍한 지략가였다. 단지 스스로에게 혹은 다른 이들에게 그 점을 부각

시킬 기회가 충분하지 않았을 뿐이었다.

"주인님?" 세 번째로 웜우드가 너드를 불렀다. 하지만 이번에는 대답을 들었다.

"새뮤얼이 여기 있어." 너드가 말했다. "그를 찾아야 해."

웜우드는 전혀 놀라는 기색이 없었다. 한 번도 만나보지 못했지만 너무도 많이 들었던 그 이름, 새뮤얼이 여기 지옥 어딘가에 있다고 자신의 주인이 말했으면, 그냥 그렇다고 믿으면 되는 것이었기 때문이다. 하지만 웜우드는 너드가 차량을 180도 돌려서 그들이 떠나온 곳을 정면으로 향해 가려 할 때에는 다소 놀란 눈빛을 보였다.

"주인님." 웜우드가 말했다. "그 방향에는 고통과 고문, 끔찍한 음식이 놓여 있고, 애버너시 부인에게 능지처참당하기 딱 좋은 곳이 있다고 하지 않았나요?"

"그랬지. 하지만 새뮤얼이 여기 왔다면 그건 애버너시 부인 짓이 분명하고, 그렇다면 애버너시 부인이 있는 곳이 새뮤얼이 있는 곳이야." 너드는 페달로 발을 옮기고 시동을 걸었다. 긴 레이스를 앞둔 말의 포효처럼 엔진음이 울려 퍼졌다. 너드가 브레이크를 밟았던 발을 떼자, 그들을 태운 차량이 서서히 움직이기 시작했다.

웜우드는 경외감에 찬 눈빛으로 자신의 주인을 바라보았다. 과거의 너드는 겁쟁이에 자기밖에 모르고 제 목숨을 부지하기 위해서라면 어떤 비겁한 짓도 마다하지 않는 속물이었다. 하지만 지금의 너드는 용기가 넘치고 이타적이며 사지가 동강동강 분해되는 것도 두려워하지 않는 것처럼 보였다.

그렇지만 지금 운명을 향해 나아가는 속도를 봤을 때, 오히려 옛날의 너드가 더 낫지 않나 싶은 게 웜우드의 솔직한 심정이기도 했다.

XII
도지가 나쁜 소식을
듣고 오다

졸리가 깨어난 것은 도지가 밴으로 막 돌아왔을 때였다. "아이고, 머리야." 졸리가 아파 죽겠다는 듯 이마를 비비며 말했다. "도대체 뭐에 부딪힌 거야?"

뒷좌석에서 여태 꿈나라를 헤매다 중얼거림 그리고 하품 소리와 함께 이제 막 깨어난 앵그리와 멈블스가 뒤척거리는 소리가 들렸다.

"내 말 잘 들어." 도지가 말했다. "고속도로에서 도대체 어떤 출구로 나온 거야?"

"에? 비들컴 아니었나? 모두 그렇게 하기로 동의했었잖아."

"출구에 그렇게 쓰여 있었다고? 비들컴이라고?"

"그래, 비들컴."

"혹시 '지옥'이라고 쓰여 있지는 않았고?"

졸리는 어이가 없다는 표정으로 도지를 쳐다보았다. "벌써부터 술 마신 거야? 잠자는 데 도움이 된다면 한 병이건 열 병이건 마셔도 좋아. 하지만 콘플레이크라도 먹고 마셔야지 아침부터 그렇게 퍼부어대면 간이

구두밑창처럼 너덜너덜해질 거라고. 내 말 명심해.”

“술은 마시지 않았어.” 도지가 말했다. “뭔가가 아주 대단히 잘못됐다고.” 도지는 차량 앞유리를 통해 광활하게 펼쳐진 창백한 모래 언덕을 가리켰다.

졸리는 전면의 풍경을 잠시 쳐다본 후 밴에서 기어 나왔다. 도지와 앵그리, 멈블스가 뒤따랐다. 졸리는 입을 앙다물고 혹시 주위에 교회 십자가나 튀김 가게, 혹은 술집이라도 보이지 않을까 싶어 차량 주위를 뱅그르 돌았다.

“아냐, 이럴 수는 없지.” 졸리가 말했다. “출구를 잘못 나온 거겠지.”

“아냐, 그게 아니야.” 도지가 말했다.

“뭐가 아냐? 그럼 여기가 달리 어디란 말이야?”

“모래 아냐” 멈블스가 땅 위에서 한 줌 가루를 움켜쥐더니 코를 킁킁거리며 말했다.

“그래.” 도지가 말했다. “모래에서 이런 냄새가 나겠어? 이건 모래가 아냐.”

“그럼 뭔데?” 졸리가 물었다.

도지가 난쟁이들을 향해 손가락을 까딱거리며 따라오라는 신호를 했고, 난쟁이들은 모두 도지의 뒤를 따랐다.

네 명의 난쟁이는 모래 언덕 꼭대기에서 몸을 숨기고 악마들이 책상 상판 구멍으로 뼈를 집어넣는 장면을 지켜보았다.

“이게 뼈였어?” 앵그리가 말했다. “우리가 뼈 위에 누워 있는 거였잖아. 근데 생각보다 아주 쾌적해. 이건 누구 생각이었을까?”

“이게 다 누구 뼈야?” 졸리가 물었다.

"모르지." 도지가 말했다. "저기 저 녀석이 책임자인 것 같은데, 근데 저 녀석도 아는 건 없는 것 같아."

난쟁이들은 A. 보드킨을 호기심에 차서 바라보았다. A. 보드킨은 구형 다이얼식 전화기에 대고 말을 하고 있었다.

"순 또라이네." 졸리가 말했다. "선도 연결되지 않은 전화기를 들고 뭐 하는 거야."

"그게 중요한 게 아닌 것 같아." 도지가 말했다. "그런 일반적인 규칙이 여기서는 적용되지 않는 것 같으니까."

난쟁이들은 계속해서 A. 보드킨을 지켜보았다. A. 보드킨의 행동이 꽤 분주해지기 시작했다. 비록 난쟁이들이 있는 곳에서는 A. 보드킨이 하는 말이 전혀 들리지 않았지만, 도지의 급작스러웠던 출현과 도지가 죽지 않았다는 사실에 그는 당혹스러워하는 것 같았다.

"저자가 악마라는 것이군." 앵그리가 말했다.

"맞아." 도지가 말했다.

"그러니까 저 녀석들이 모두 악마라는 말이군."

"꼭 도깨비같이 생기긴 했지만, 그게 그거라고 생각해."

"그럼 여기가 지옥이라는 거야?"

"내가 묻고 싶었던 것도 바로 그거야."

"우리가 어쩌다 지옥에 떨어지게 된 거지? 우리가 무슨 잘못을 저질렀다고 여기 오게 된 거야?"

세 명의 난쟁이가 일제히 앵그리의 입을 쳐다보면서 다음 말을 기다렸다.

"아아하하하." 앵그리가 드디어 이유를 알아내기라도 했다는 듯한 표정으로 입을 열었다. 만조에 물이 밀려오듯 깨달음이 온 모양이었다. "맞아, 괜찮네. 죽는 순간은 전혀 기억나지 않지만, 그것도 거래의 일부분인가 봐."

"졸리가 말했던 것처럼 운전 중에 뭔가를 쳤고, 그 사고로 우리가 죽게 된 것 같아." 도지가 말했다.

"근데 뭔가를 친 것 같지가 않거든." 졸리가 말했다. "밴은 멀쩡해 보이잖아. 게다가 더 이상한 것은 내 몸이 멀쩡하다는 거야. 만약 죽었다면 상태가 꽤 안 좋지 않겠어? 냄새가 나. 뭔가 냄새가 난다고."

"그럼 우린 죽지 않았다는 것이군." 앵그리가 말했다. "그럼 죽지 않았으면, 여긴 지옥이 아니겠네."

"잘 모르겠어." 도지가 말했다. "저기 저 A. 보드킨 녀석은 확실히 지옥이라고 했거든."

"그냥 널 놀리는 거겠지." 앵그리가 말했다. "그런 고약한 장난이 재미있다고 생각하는 그런 놈 아니겠냐고."

갑자기 창백한 빛깔의 거대한 불기둥이 A. 보드킨의 책상 옆 모래 지반에서 뿜어져 나와 검은색 구름을 향해 하늘 높이 솟구쳤다. 너무도 급작스럽고 예기치 못한 일이어서 뼈를 갈고 있던 작은 악마들마저 깜짝 놀라 하던 일을 멈추고 그 광경을 지켜보았다.

불길 속에서 푸른빛으로 이글거리는 두 눈을 부릅뜬 여자의 얼굴이 나타났다.

"어디서 많이 본 얼굴인데." 졸리가 말했다. "꼭 전에 어디선가 본 것 같아."

"맞아, A. 보드킨 저 녀석이 보던 신문 1면에 나왔었어." 도지가 말했다. "뭔가 곤란에 처한 것 같았는데."

"무슨 신문, 난 못 봤는데." 졸리가 말했다.

"조용히 좀 해봐." 앵그리가 말했다. "무슨 소리 하는지 좀 들어보자."

하지만 여자의 목소리를 듣는 데는 귀를 기울이고 할 것도 없었다. 그녀의 목소리는 천둥소리처럼 쩌렁쩌렁했기 때문이다. 소리가 너무 커서 난쟁이들의 고막을 터뜨리기라도 할 것 같았다.

"A. 보드킨." 여자가 말했다. "**무엇을 발견했느냐?**"

"아줌마, 소리 좀 줄여주시지." 졸리가 말했다. "바로 옆에 있는데 왜 고함을 치고 난리인지 모르겠군."

A. 보드킨은 우왕좌왕하는 모습을 감추지 못했다. "애버너시 부인." A. 보드킨이 말했다. "이렇게 직접 뵙게 될 줄은 몰랐습니다요."

"**당연히 그렇겠지.**" 애버너시 부인이 말했다. "**하지만 내 이렇게 나타날 수밖에 없었다. 침입자가 있다고 했는데, 소년이냐? 대답해보아라.**"

"솔직히 말씀드리자면, 저도 돕고 싶은 마음이 간절합니다만 그 질문에는 대답을 할 수 있을지 모르겠습니다요. 공식적인 채널을 통해서만 말씀드릴 수 있사옵니다."

애버너시 부인의 표정이 어두워졌다. 난쟁이들이 보기에는 앙다문 입속에서 이빨이 점점 더 길어지고 날카로워지고 있는 듯했다. 그녀의 얼굴이 부풀어 오르더니 여자도 괴물도 아닌 모습으로 변해갔다. 물론, 둘 중 더 두려운 존재를 고르라 하면 당연히 여자이긴 했다.

"이런 이러언, 그건 정답이 아니지." 졸리가 말했다. "저러다 다음번에는 그건 여자가 상관할 바가 아니니 그 조그맣고 예쁜 머리로 신경이나 끄고 사는 게 좋겠다는 말이 튀어나오겠군."

"아니, 그렇게까지 멍청하진 않을 거야." 앵그리가 말했다.

"애버너시 부인." A. 보드킨이 말했다. "정중하게 요청하는바, 이 일은 고위 당직자 회의에서 결정할 사안이옵니다. 음, 그 말인즉, 음, 이 일에서 가능한 한 여자는 배제시켜야……."

"취소해, 취소해." 앵그리가 말했다. "이만저만 멍청한 녀석이 아니군."

하지만 본의 아니게 실언한 것을 깨달은 A. 보드킨은 이왕 이렇게 된 거 보다 강건하게 할 말을 계속하는 쪽으로 방향을 굳힌 기색이었다. "음, 부인이 그렇게 되고 나서 윗선에서 부인은 더 이상 결정권자가 아니라는 통보를 해왔습니다." A. 보드킨은 애버너시 부인을 업신여기는 듯한 미소를 지었다. "부인께서는 이것 말고도 신경 써야 할 일이 많지 않을까요? 예를 들어서……."

"터진다, 터져." 앵그리가 말했다.

"세상에." 졸리가 손으로 두 눈을 가리며 말했다. "이거 차마 눈 뜨고는 볼 수 없는 광경이군."

"예컨대, 치장에 열을 좀 더 올린다거나 외모를 가꾸기 위해……." A. 보드킨이 말했다.

외모를 가꾸니 뭐니 하는 말이 떨어지기가 무섭게 애버너시 부인에게서 발사된 급류처럼 넘실대는 하얀색 광선이 A. 보드킨을 감쌌다. A. 보드킨이 서 있던 자리에 남은 것은 연기를 피우고 있는 검은색 부츠뿐이었다.

거대한 불기둥은 이제 자리를 이동해서 멍하니 땅바닥에 주저앉아 있는 조그마한 악마들을 향했다.

"자, 어디 또 네 일에나 신경 쓰라고 말해볼 녀석이 있는지 궁금하구나." 애버너시 부인이 말했다.

수천 명의 악마가 일제히 고개를 저었다.

"그럼 누가 소년을 보았는지 얘기해줄 수 있겠느냐? 개와 함께 있는 소년을?"

맨 앞줄에서 두 번째에 앉아 있던 악마가 손을 들었다.

"말해보아라."

"키는 딱 고만했지만, 소년은 아니었습니다요." 악마가 말했다.

"저런, 저런 고자질쟁이." 도지가 말했다. "저놈이 혼자였으면 당장 뛰어가서 때려눕히는 건데."

"그게 무슨 소리냐?"

"키가 작은 남자였습니다. A. 보드킨은 그놈이 죽은 자라는 생각이 들지 않아서 보고를 했던 것 같습니다요."

"잘했다. 내 네게 상을 내리마. 이제부터 죽은 A. 보드킨의 자리는 네 차지가 될 것이다."

"감사합니다요. 열심히 하겠습니다. 충성을 다하겠습니다요."

악마는 자신의 책상에서 일어나서 A. 보드킨이 앉아 일하던 책상으로 자리를 옮겼고, 불기둥은 점점 작아지더니 곧 완전히 사라져버렸다. 악마는 A. 보드킨의 연기 나는 부츠 속으로 발을 집어넣었다. 악마의 키가 점점 커지면서 전체적으로 모습이 변하기 시작했다. 곧이어 그 악마는 원래의 A. 보드킨을 꼭 닮은 B. 보드킨으로 재탄생했다.

"자리로 돌아가서 일해라." 새로 태어난 B. 보드킨이 말했다. "쇼는 다 끝났다."

그는 새 의자에 몸을 파묻고, 책상에 다리를 올린 채 신문을 집어 들었다. 좀 멋쩍은지 어깨를 한번 들썩거렸을 뿐, 아무렇지도 않아 보이는 자연스러운 모습에 다른 악마들은 원래 자리로 돌아가서 뼈를 갈고 나르고 숫자를 기록하는 일을 계속했다.

"봤어?" 앵그리가 말했다. "이곳에서 필요한 것은 선량한 노동자들의 혁명이야."

"대중 선동은 나중에 하고." 모래 언덕을 미끄러져 내려와 밴으로 돌아가면서 졸리가 말했다. "집에 돌아갈 방법을 찾아야겠어. 저 여자를 어디서 봤는지 이제야 기억났어. 바로 비들컴 마을이야. 밴 차량의 앞유리에서 저 얼굴이 나타난 순간 푸른 광선이 보였고, 그 후 우리가 여기로 오게 된 것 같아." 졸리는 턱을 북적북적 긁으며 잠시 얘기를 멈추었다. "그리고 닥스훈트를 데리고 있던 소년이 있었지."

앵그리는 그들이 걸어왔던 모래 언덕을 뒤돌아보며, 그 무시무시하게 생긴 여자가 머리 위로 거대한 불기둥을 솟구며 소년과 그의 강아지에 대해 묻던 장면을 생각했다. 졸리는 조금씩 퍼즐의 조각이 맞아떨어지는 느낌이 들었다.

"혹시." 졸리가 말했다. "혹시, 혹시……."

XIII
양을 만나게 되고
옛 친구들이 다시 뭉치다

두려움에서 깨어난 새뮤얼은 보즈웰의 목줄을 움켜쥐고, 몸을 숨길 곳을 찾아야겠다고 결심했다. 가장 가까운 피신처는 잎사귀 하나 없는 구부러진 나무들의 숲이었다. 그곳이 그가 보즈웰을 데리고 향해야 할 곳이었다. 숲에 가까이 다가서자, 갑자기 보즈웰이 바들바들 떨면서 몸을 바닥에 단단하게 붙인 채 움직이려 들지 않았다. 보즈웰이 느끼기에 이 지역은 냄새도 좋지 않았고, 소리도 풍경도 기분 좋은 구석이 하나도 없었다. 하지만 이 숲으로 말하자면, 그중에서도 유별나게 불쾌했다.

"가자, 보즈웰." 새뮤얼이 말했다. "나도 이 숲이 그다지 마음에 들지는 않지만, 누구라도 우리를 찾아낼 수 있는 이런 확 트인 장소에 있는 건 좋은 생각이 아닌 것 같아. 물론 누구나가 누구를 의미하는지는 너도 잘 알겠지만."

보즈웰은 귀를 쫑긋하면서 머리를 숙였다. 보즈웰은 평범하기 그지없었던 자신의 인생을 반추했다. 일어나면 밖에 나가서 킁킁거리며 오줌을 싸고, 먹을 만한 게 있으면 물어 오고, 놀다가 자고, 또 일어나고 그렇게 물 흐르듯 반복되었던 일상을 되돌아보았다. '개 팔자가 상팔자'라고 인간들이 신세 한탄할 때, 골라잡기 딱 안성맞춤인 개가 있다면 그게 바로 보즈웰이었다. 보즈웰의 생각마냥 개의 인생이란 참으로 완벽한 것이었다. 일을 복잡하게 만든 당사자는 인간이었다. 인간들과 머리에 뿔이 달리고 커다란 이빨을 지닌 끔찍한 생명체들, 그리고 그 시체들이 불탈 때의 고약한 냄새. 보즈웰의 후각은 이미 그 끔찍한 생명체들을 세포 하나하나까지 각인한 상태였다. 이곳은 그자들의 영역이었다. 보즈웰은 그 사실을 끔찍이도 인정하고 싶지 않았다.

새뮤얼이 목줄을 당기자 보즈웰은 체념한 듯한 걸음으로 주인을 따르기 시작했다. 굽은 나뭇가지들은 외로움에 몸부림치다 서로 부둥켜안은 것처럼 끈끈하게 뒤엉켜 있었다. 나무껍질에는 여기저기 구멍이 나 있었는데, 꼭 고통에 얼굴이 일그러진 사람의 눈과 입같이 보였다. 새뮤얼은 마치 산들바람이 나무 사이를 지나갈 때처럼 나뭇잎들이 서로 속삭이는 소리를 들은 것 같았다.

하지만 바람이라고는 전혀 없었다. 나무에는 잎사귀 하나 달려 있지 않았다.

"꼬마야." 나지막한 소리가 들렸다. "꼬마야, 도와줘."

"꼬마야." 이번에는 여자의 목소리가 들렸다. "날 좀 풀어줘."

"꼬마야……."

"꼬마야……."

"도와줘."

"아니, 나부터 도와줘."

"꼬마야, 내가 여기 얼마나 오래 있었는지 알아? 얼마나 오래……."

여기저기서 나무의 입이 열렸다. 나뭇가지가 움직여 새뮤얼을 향해 다가왔다. 나뭇가지가 새뮤얼의 재킷을 잡았다. 또 다른 나뭇가지는 보즈웰의 목줄을 잡아당기려 했다.

"꼬마야, 우릴 버리지 마."

"꼬마야, 내 말 좀 들어봐."

새뮤얼의 뒤로 숲길이 닫히면서, 도망칠 수 없는 벽이 형성되었다. 새뮤얼은 보즈웰을 안아 올려 재킷으로 감싼 후 속력을 내서 달리기 시작했다. 나뭇가지들이 얼굴을 때리고 바지를 찢고 다리를 걸어 넘어뜨리려고 했다. 이곳에 들어오지 말았어야 했다. 실수였다. 하지만 되돌아갈 수 없었다. 새뮤얼은 겨우 앞만 분간할 수 있을 정도로 머리를 숙인 채 쉬지 않고 달렸다. 새뮤얼을 부르는 소리가 끊임없이 들렸다. 간청하고, 위협하고, 애원하는 소리가 들려왔다. 그 고통의 울부짖음을 멈추게만 할 수 있다면, 무슨 짓이라도 할 수 있을 것만 같았다.

그 순간 정면에서 무언가가 나타나서 소리쳤다. "물러서라!"

모든 나무들이 그 즉시 소리를 잃고 침묵에 빠져들었다. 고개를 들어 보니 입은 일그러지고, 이빨은 뭉툭하며, 머리에는 오래돼서 휘어진 뿔이 달린, 하얀색 턱수염이 텁수룩하게 나고 등은 휘어진 동물의 모습이 보였다. 새뮤얼은 양이나 뭐 그런 동물인가 하고 생각했지만, 이내 두 발로 걷는 모습을 보며 생각이 바뀌었다. 그것은 상반신이 돌연변이가 된 올드 램이었다. 올드 램은 손가락이 뼈만 남아 앙상한 채 더러운 털로 뒤덮여 악취가 나고 불쾌할 정도로 눅눅한 모습이었다.

숲 속 깊은 곳에서 또 다른 목소리가 들려왔다. 차갑고 사악한 남성의 목소리였다.

"무슨 권리로 그를 요구하는 것인가?" 목소리가 말했다.

나뭇가지들이 왕을 보필하는 조신들처럼 양옆으로 갈라졌고, 새뮤얼

앞에 등장한 것은 뿌리가 아주 심하게 꼬인 그레이트 오크였다. 꼭 불쾌한 뱀의 움직임을 보는 것 같았다. 깊은 숲 속에서 들리는 소리는 이 나무의 목소리였다. 눈이 있을 자리에 구멍이 두 개 나 있고, 갈라진 상처 자국이 입을 대신하고 있었는데, 그레이트 오크가 말할 때마다 상처 자국에서 가스가 새어나왔다. 그것은 썩어 문드러진 식물의 냄새를 풍겼고, 냄새는 더욱더 고약해져 갔다. 부패 과정에 있는 식물이 모양은 잃어도 냄새만 소중히 간직하면 그런 냄새가 축적되지 않을까 싶은 냄새였다.

"무슨 권리냐고?" 올드 램이 질문에 답하였다. "개는 그냥 꼬마일 뿐이다."

"그 꼬마는 우리를 도울 수 있다. 우리를 자유롭게 해줄 수 있다."

"어떻게 도울 수 있다는 거지? 당신들은 그저 고통 받는 존재일 뿐이다. 소년이 당신들을 도울 수는 없다."

"소년에게 도끼를 쥐여 줘라. 그러면 우리를 베어 넘어뜨리고 잘게 잘게 쪼개서 톱밥으로 만들 수 있을 것이다."

"그런 다음에는? 당신은 아직도 죽음이 유한하다고 생각하는가? 죽으면 끝이라고 생각하나? 지옥에서는 그 규칙이 적용되지 않는다는 것을 모르나? 대마왕님이 마음만 먹으면, 그저 재미삼아 당신을 더욱더 끔찍한 모습으로 복원하실걸. 소년한테 애걸복걸해봤자 당신의 고통은 끝나지 않는다. 고통이 더욱더 커지기만 할 뿐이다."

"그렇다면 소년을 우리에게 달라. 소년은 우리를 친구로 여길 것이다. 우리는 소년의 선함을 안다. 소년은 우리의 과거 모습을 기억할 것이다."

올드 램이 낮게 매애 하며 울었다. "소년을 당신한테 건넸다가는 그가 당신들 내부에서 천천히 썩어 들어가, 당신들의 분노가 그에게 전이되고 말 것이다. 소년은 길을 잃었을 뿐이지 버림받은 게 아니다. 그는 이 곳에 속하지 않을 뿐더러, 당신이 이래라 저래라 할 상대도 아니다."

그레이트 오크가 분노의 목소리로 으르렁거렸다. 고통에 짓이겨진 영혼의 내부를 들여다보는 것 같았다.

"오늘을 절대 잊지 않겠다, 올드 램이여." 그레이트 오크가 말했다. "우리의 뿌리는 더 깊숙이 파고들어 갈 것이고, 우리의 가지는 더 날카롭게 자랄 것이다. 조금씩 조금씩 너에게 다가설 것이며, 어느 날 너는 우리에게 포위된 상태로 잠에서 깨는 순간을 맞이할 것이다. 그때가 되면 널 끌고 와서, 너의 몸을 재미삼아 짓눌러 터뜨려버릴 것이다."

"그래, 그래, 그래." 올드 램이 경멸을 담아 말했다. "그런 말이야 예전에도 숱하게 들었지. 당신들은 나무에 불과해서 들어보지 못했을 수도 있겠다만. 나무들은 너무 늦게 자라서 심지어는 대마왕님마저도 지겹게 여길지도 모르겠군. 오랫동안 고여 썩은 물이나 마시면서 당신들의 처지에 대해 잘 고민해보시게나. 자, 이제 소년은 더 이상 당신들과 볼일이 없다."

그는 새뮤얼을 막대기로 툭 쳤다.

"이리 오너라, 소년이여." 올드 램이 말했다. "나무들은 불평이나 하라고 그냥 내버려두려무나."

새뮤얼은 그의 말대로 했다. 하지만 그레이트 오크를 돌아보게 되는 것까지는 어쩔 수 없었다. 잠깐이지만 확실히 그레이트 오크의 뿌리가 땅을 뚫고 움직이는 것이 보였다. 그 후 숲이 닫히고, 더 이상은 오래된 나무들을 볼 수 없었다.

그동안에, 메리웨더 씨의 요정들 혹은 난쟁이들, 뭐 어쨌거나 이제는 뭐라고 불러도 그만인 그 녀석들은 아주 심각한 문제에 봉착하고 말았다.

누군가가 밴 차량을 훔쳐가버린 것이었다.

"그러니까 여기에 차를 놔뒀던 게 확실하다 이거지?" 앵그리가 말했다. "너도 알겠지만, 모래 언덕이 다 그게 그 모양 같아서 말이지."

"나한테 그런 식으로 윽박지르지 말지." 졸리가 말했다. "여기가 맞아. 그리고 나 혼자가 아니라 우리 모두 여기에 차를 남겨둔 거야. 타이어 자국도 있잖아."

"차 열쇠를 꽂아놓고 갔던가? 차 열쇠를 그대로 꽂아놓고 자리를 비운다는 것은 절대 현명한 짓이 아니지. '그냥 훔쳐가세요'라고 도둑한테 메모를 남겨놓는 셈이니까."

만약 화산이 가장 울화통이 치미는 형태로 그 폭발 모습을 보여줄 수 있어서, 그 장면을 사진으로 찍는다면 졸리의 모습이 선명하게 담겨 있을지도 모른다. 하지만 그는 말할 때는 몹시도 차분했다. 정말이지 진정 위험한 녀석은 바로 이런 부류가 아닐까.

"응." 졸리가 말했다. "열쇠는 그대로 꽂아놓고 갔는데."

"그러니까 부주의하기 짝이 없었군, 안 그래?"

"음, 그렇다고 볼 수도 있겠지. 만약 누군가가 차를 훔쳐서 그대로 몰고 가버렸다면야!"

난쟁이들은 몇 시간 전까지만 해도 지금 그 자리에 아무 이상 없이 주차되어 있었던 밴의 타이어 자국을 황망하게 바라보았다. 대단히 기분 좋아 죽을 것 같을 때도 지금의 그들과는 전혀, 조금도 닮아 보이지 않는 유쾌한 작은 사람들의 모습으로 치장되어 있었던 밴, 아주 밝은 노란색 밴 차량이 서 있었던 곳을 쳐다보고 있었다. 흙먼지 위에는 네 개의 타이어 자국이 그대로 남아 있었지만 차량이 어느 방향으로 이동했는지를 짐작케 하는 흔적은 전혀 남아 있지 않았다. 네 명의 난쟁이는 동시에 고개를 들어 손차양을 했다. 혹시라도 저 음울한 하늘 어딘가에서 차의 흔적을 찾아낼 수 있기를 바란다는 듯이.

"차를 이렇게 도둑맞다니, 도무지 믿기지가 않는군." 도지가 말했다. "그러니까 우리가 무슨 슬럼가에서 차 문을 활짝 열어둔 채로 자리를 비운 것도 아니잖아. 여기는 사막이잖아. 도대체 이런 데서 차 도둑놈들이 활개칠 이유가 뭐가 있느냐고, 안 그래?"

"여기는 지옥이잖아." 앵그리가 우울하다는 듯 말했다. "걸어 다닐 다리 짝이 없으면 네 다리라도 떼어 갈 녀석들이 가득한 곳이라고."

"나도 그렇게 생각해." 도지가 말했다. "그래서 이곳 지옥이 관광객들에게 그렇게나 환영받지 못하는 곳이 되었겠지."

"치안부재야." 멈블스가 말했다.

"네 말이 맞아." 졸리가 말했다. "정작 필요할 때 경찰이라고는 눈을 씻고 찾아봐도 없단 말이지."

근데 이 말이 약간 아이러니한 이유는 (a)메리웨더 씨의 난쟁이들은 단 한순간도 경찰에게 잘 보인다느니 하는 짓은 결코 하지 않을 부류이고, (b)일반적으로 경찰의 도움이 필요한 쪽은 메리웨더 씨의 난쟁이들이 아니라 그들로부터 자기 자신을 보호해야 할 사람들일 것이기 때문이다.

이즈음에, 대단히 신기하고도 경이롭게 딱 때맞추어 경찰차가 푸른빛을 번쩍이며 모래 언덕 위로 모습을 드러냈다.

"세상에." 졸리가 말했다. "이렇게나 유능한 경찰이 있다니."

앵그리는 눈을 가늘게 뜨고 모래 언덕을 조심스럽게 내려오는 경찰차를 쳐다보았다.

"있잖아, 내 생각이 틀렸을 수도 있는데, 저 경찰들은 정말 너무 낯이 익은걸."

경찰차가 멈추었다. 차 문이 열렸고, 운전석에는 필 순경이, 조수석에는 로언 경사가 앉아 있었다. 난쟁이들을 쏘아보던 두 경찰의 얼굴에 이내 지난 사건 사고의 숱한 기억이 아로새겨지기 시작했다. 폭행, 음주, 앰뷸런스와 버스를 포함한 차량 절도와 방화, 비들컴 마을 동물원에 무단 침입해 펭귄과 족제비 두 마리를 훔쳐서 못된 무기로 이용해먹은 일 따위였다. 그리고 무엇보다도 그들이 '필 순경'이라고 쓰여 있는 경찰 헬멧을 훔쳐서 펭귄과 족제비 오줌통으로 사용한 일이 떠올랐다. 로언 경사와 필 순경은 이 모든 사건의 용의자로 난쟁이들을 주목하고 있었다. 그러니까 어느 정도 의심이 들었달까, 아니 의심 그 이상, 아니 그냥 그것이 맞았다. 로언 경사와 필 순경은 그 모든 사건의 혐의가 바로 이 메리웨더 씨의 난쟁이들에게 있다고 확신하고 있었던 것이다.

"안 돼!" 졸리가 본능적으로 두 명의 경찰관을 기억해냈고, 그들과 연관된 그 모든 불운했던 추억이 생각나기 시작했다. 그렇다. 그 말이 참말이었다. 이곳은 틀림없이 지옥이었다.

로언 경사와 필 순경은 정말이지 참으로 불행했다. 우선 차원을 넘어서 끌려온지라 여기저기가 쿡쿡 쑤시고 아팠다. 그들이 가까스로 정신을 차렸을 때는, 머리가 셋 달리고 눈은 셀 수도 없고, 입은 배 한가운데에 달린 분홍색 피부의 악마가 경찰차 위에 달린 확성기를 떼어서 가운데 머리에 쓰고 도망치는 장면을 목격했다. 그리고 땅꼬마 악마가 하얀색 모래가 담긴 양동이를 그들에게 쥐여주고, 손을 흔들며 모래 언덕 너머로 사라졌다. 자세히 보니 제각각 특색을 지닌 악마들이 나란히 줄서서 하얀색 모래가 담긴 양동이를 들고 일률적으로 걷고 있었다. 어떻게 대화라도 좀 해볼 요량으로 "당신들은 누구죠?", "여기가 어디죠?", "그 양동이를 들고 뭘 하는 중이죠?"와 같은 말을 던져보았지만, 돌아오는 것은 침묵뿐이었다.

"순경, 자네 그거 알아?" 로언 경사가 말했다. 악마들은 끝도 없이 계속되는 행진 속에서도 로언 경사와 필 순경을 볼 때마다 반갑게 손을 흔들며 인사했다.

"그게 뭔지 알고 싶지 않습니다, 경사님."

"뭐라고?"

"제 말은 말씀하시고자 하는 게 뭔지 알고 싶지 않다고요. 무슨 말을 하시려는지 다 알겠으니까요. 말하자면 제가 그 말을 듣고 싶지 않다는 걸 알겠다고요. 그래도 정 말씀하시겠다면, 저는 그냥 손가락으로 귀를 틀어막고 제가 좋아하는 노래나 흥얼대고 있겠습니다."

필 순경은 정말로 그렇게 했고, 로언 경사가 그를 멈췄다.

"자네, 그런 식으로 징징대기만 하다가는 아무것도 달라질 게 없을 거야." 로언 경사가 말했다. "이제는 현실을 직시해야 할 때라고."

"전 현실을 직시하고 싶지 않습니다. 현실은 구질구질해요. 현실이라는 건 양동이를 들고 저 모래 언덕을 걸어가는 거잖아요. 머리가 셋 달린 괴물이 우리 확성기를 훔쳐간 게 현실이잖아요."

"그래서?"

필 순경은 거의 울 것 같은 표정을 지었다.

"지옥문이 다시 열렸고, 그놈의 무시무시하고 끔찍한 괴물들이 다시 튀어나왔다는 것을 말하려는 거잖아요."

로언 경사가 미소를 지으며 말했다. "난 그 말을 하려던 게 아니었거든."

"그래요?"

"그래, 여기서 일어난 일은 그게 아냐."

"확실해요?"

"당근 확실하지."

"세상에!" 필 순경이 안도의 한숨을 내쉬며 말했다. "하느님 아버지, 감사합니다. 제가 너무 미련하게 굴었죠?"

"나라도 그랬을 거야."

"지옥문이 열리면서 괴물들이 튀어나와 우리를 먹어버리면 어떻게 하나, 죽은 자가 다시 살아나서 걸어 다니면 어떻게 하나, 뭐 그런 생각을 했거든요. 참 멍청한 생각이었죠. 안 그런가요, 경사님?"

"별말을 다 한다." 로언 경사가 말했다. "괴물들이 지옥문으로 튀어나오는 일은 없을 거네."

"이제야 안심이 되네요." 필 순경이 말했다. 동시에 그는 의문에 휩싸였다. "그럼 우리 확성기를 훔쳐간 놈이나, 양동이를 들고 있던 그놈들은 뭐죠?"

"그놈들은 지옥문에서 튀어나온 게 아냐. 그들 중 누구도 해당사항이 없다고."

"그래요?"

"당연하지. 그놈들은 이미 여기 있던 놈들이거든. 지옥문을 통과한 것은 바로 자네와 나야. 우리는 지금 지옥에 와 있는 거지."

모든 점을 면밀하게 다 고려해보자고 로언 경사는 생각했다. 필 순경은 일단 마음을 추스르고 난 후에는 이곳이 지옥이라는 사실을 놀랍도록 잘 받아들였다. 그들은 예의바르긴 했지만 상대적으로 소통이라고는 전혀 되지 않는 양동이 행렬 악마들에게서 벗어나 자신들의 질문에 대답해줄 누군가를 찾아보기로 결정했다. 그렇게 해서 그들은 모래 언덕에 서서 머리를 긁적이며 하늘을 쳐다보고 있는 난쟁이 넷과 조우하게 된 것이었다. 그들은 즉시 난쟁이들을 알아봤고, 기분이 상당히 좋아졌다. 설령 자신들이 있는 곳이 지옥일지라도 우선 그들만 외롭게 있지 않다는 게 첫 번째 이유였고, 메리웨더 씨의 난쟁이들로 말할 것 같으면 로언 경사와 필 순경이 지옥으로 보내버리고 싶은 네 명을 선택한다고 할 때 머릿속에 가장 먼저 떠올릴 놈들이었기 때문이다.

"안녕, 안녕, 안녕들 하신가?" 로언 경사가 도망쳐도 전혀 소용없다는, 기쁨에 가득 찬 표정으로 네 명의 난쟁이들을 쳐다보며 말했다.

"이런 이런, 이게 다 뭐지?"

"왜 제 눈에는 이것들이 전설의 메리웨더 씨 난쟁이들로 보이는 거지요, 경사님?" 필 순경이 말했다.

"정말? 내가 잘못 알고 있으면 정정해주면 좋겠네만, 저 녀석들이 자네 헬멧을 훔쳐서 족제비 두 마리의 오줌통으로 썼던 바로 그 난쟁이들이란 말이지?"

"족제비 두 마리와 펭귄 한 마리이지요." 필 순경이 정정해줬다.

"맞아, 맞아, 펭귄이 있었지. 펭귄을 까먹을 뻔했구만 그래."

"맞아요, 펭귄. 내 헬멧을 훔쳐갔으니 순경 필 펭귄이려나?" 그는 제 농담에 제가 만족스럽다는 듯 웃음을 지었다. 메리웨더 씨의 난쟁이들에게 복수할 수 있다는 생각에 유쾌해지면서 웃음이 멈추지 않았다.

로언 경사는 주위를 둘러보았다. "근데 난쟁이들은 여기 있는데, 메리웨더 씨는 어디 있는 거지?" 그는 시선을 다시 난쟁이들에게 돌리더니 졸리를 가리키며 물었다. "너 졸리, 네가 이 깽깽이 집단의 대장이잖아. 너희 무대감독은 어디 간 거냐?"

"우리를 버리고 떠났어요." 졸리가 말했다.

"그거야 분명 이유가 있었겠지." 로언 경사가 말했다.

"버렸으여." 멈블스가 말했다.

"어쨌거나." 로언 경사가 말했다.

"우리는 그저 작디작은 사람들일 뿐이에요." 앵그리가 말했다. 앵그리는 더없이 불쌍한 표정을 지으며 눈을 동그랗게 떠서 억지로 눈물을 뽑아내려고 무던히도 애를 썼다. "이렇게 조그마한 저희들이, 이제 완전히 이곳에 홀로 남았잖아요." 나머지 난쟁이가 고개를 끄덕거리면서 울음을 터뜨리려 하고 있었다.

"아니, 왜 너희들이 이곳에서 혼자인데?" 로언 경사가 말했다. 그의 말은 위로와 위안으로 가득했다. 그는 앵그리의 어깨에 손을 올리며 말했다. "여기서 이렇게 우리를 만났잖아. 자, 이제 너희들을 체포하겠다."

XV
이 세계의 본성이 무엇인지
올드 램이 폭로하다

올드 램은 지팡이로 척척 길을 만들어서 새뮤얼과 보즈웰이 잡초와 들장미가 우거진 숲을 통과하도록 도왔다. 숲 끝에 다다르니 나무들이 전에 보았던 것보다 크기가 많이 작았다. 올드 램의 표현에 따르면 '신생아들'이라고 했다. 이 조그만 나무들도 몸통에 얼굴을 지니고 있었지만 분노와 증오라기보다는 당혹스러움에 가까운 표정을 짓고 있었고, 나뭇가지는 너무 작고 연약해서 조금도 위협의 수단이 되지 못했다.

"여기서는 추악한 것들이 빨리 자라지." 올드 램이 궁금증에 답이라도 하듯 설명했다. "올드 램이 걸어갈 때마다, 올드 램은 스스로 길을 내지. 제아무리 숲이 저항한다 한들, 올드 램은 절대 굴하지 않아."

꼭 벌집처럼 생긴 돌로 만들어진 집이 눈에 들어왔다. 그곳에는 돌로 된 창문이 달려 있었고, 출입구는 크고 작은 나뭇가지를 엮어 만든 문으로 막혀 있었다. 지붕에서는 가느다란 연기가 흘러나왔다. 그 위로는 먹구름이 충돌하고 흩어지며 하양, 빨강, 주황의 빛깔로 하늘을 수놓고 있었다. 숲 속에서 느꼈듯, 하늘의 구름에서 확실히 얼굴 표정이 보인다는 사실을 확인했다. 구름은 볼을 부풀리기도 하고, 입으로 천둥과 번개와 연기를 뿜어내며 시끌벅적한 소리와 빛을 만들어내고 있었다.

올드 램은 새뮤얼의 시선을 좇았다.

"한때 그들도 나무들이 그랬듯 모두 인간이었단다." 올드 램이 말했다. "하늘은 분노한 자들의 영혼으로 가득 차 있는데, 대마왕에 의해 먹구름으로 변해서 영원의 시간 동안 서로 싸우며 격노를 드러내는 셈이지."

"그럼 나무들은요?"

"나무들은 허영에 가득 찬 자들의 영혼이야. 여기 지옥의 모든 것에는 다 목적이 주어지지. 일종의 역할극이라 할 수 있단다. 대마왕은 모든 영혼에게 선택의 기회를 주었지. 그의 수하에 들어와서 악마가 되거나, 아니면 이 세계의 본질을 이루는 일부가 되거나. 대부분은 그의 밑으로 들어가는 것을 선택했지만, 하늘의 저 사람들이나 숲 속의 저자들은 분노가 너무 세거나 아니면 수하로 들어가기에는 자존심이 너무 강했던 나머지, 대마왕이 손수 그들에게 적합한 처벌을 내리게 되었던 거야."

"불쌍한 사람들이군요." 새뮤얼이 말했다. 보즈웰 역시 동의하는 분위기였다.

올드 램은 고개를 가로저었다. "가장 최악의 군상들이 여기서 최후를 맞이한다는 사실을 알아야 해. 그들은 분노로 가득 차서 스스로를 망가뜨리거나 그러한 행동 후에도 슬픔이나 죄책감을 느끼지 않는 사람들이야. 자신에 대한 망상에 사로잡혀 있는 부류 역시 다른 사람의 고충에는 등을 돌리고, 그들이 고통에 빠져 죽어가도록 방치하곤 하지. 바로 그런 영혼들이 여기에 있는 것이란다. 다른 어떤 곳에서도 받아들여지지 않기 때문에. 이곳은 도리어 그들이 인정받는 곳이야. 이곳은 그들의 과오가 의미를 띠는 곳이란다. 그들은 이곳 말고는 아무 곳에도 속할 수 없어."

올드 램은 문을 열어 새뮤얼을 집 안으로 들게 했다. 새뮤얼은 문턱에서 머뭇거렸다. 아무리 어리다고는 해도 낯선 사람을 무작정 믿으면 안 된다는 것쯤은 아는 나이였고, 올드 램이 낯설고도 남을 사람임은 분명했다. 그렇지만 올드 램은 새뮤얼과 보즈웰을 나무들에게서 구해준데다가, 그들이 애버너시 부인의 추적을 피해 집으로 돌아갈 방법을 찾으려면 누군가의 도움이 필요한 상황이기도 했다.

새뮤얼이 안으로 들어섰다. 가구도 액자도 하나 없는 실내, 누군가 살고 있다고 확신하기 힘든 곳이었다. 흔적이라고는 올드 램의 몸에서 났던 그 칙칙한 냄새와 먼지투성이의 불구덩이뿐이었다. 불구덩이 옆에는 검은색 나뭇더미가 언제라도 제 몸을 내던져 활활 타오를 각오로 놓여 있었다.

"좋은…… 곳이네요." 새뮤얼이 말했다.

"그렇진 않지." 올드 램이 말했다. "하지만 그렇게 말해주니 참 예의가 바르기도 하구나. 불의 왕국에 꼼짝없이 붙잡힌 사람이 이런 말을 하면 이상하게 보일지도 모르지만 올드 램은 언제나 춥단다. 올드 램은 배가 고프지도, 갈증이 나지도, 결코 피곤하지도 않아. 하지만 추위만은 항상 느끼기 때문에 늘 불을 피워놓는 거란다. 올드 램은 숲에서 주워온 나뭇가지로 연명하지. 땅에 떨어진 나뭇가지가 없으면, 올드 램은 어린 나무에서 가지를 꺾어오지. 올드 램은 어린 나무의 온기가 필요하단다."

"그 때문에 나무들이 당신을 그렇게 싫어하는 거예요?" 새뮤얼이 물었다. "당신이 나뭇가지를 꺾어가서요?"

"그들은 모든 것을 다 싫어한다." 올드 램이 말했다. "하지만 그들이 가장 싫어하는 것은 바로 그들 자신이란다. 그래도 이 올드 램이 나무들의 성질을 좀 긁어놓기야 했지. 적어도 그 녀석들을 괴롭히는 것은 단조로운 삶에 활기를 불어넣어 주거든.”

올드 램은 불구덩이 옆에 앉아 뒷다리를 꼬고, 발굽을 따뜻하게 해주고자 앞다리를 쭈욱 폈다. 새뮤얼과 보즈웰은 반대편에 앉아서 올드 램의 행동을 불꽃 너머로 지켜봤다.

“실례가 되지 않는다면, 당신이 이 지옥에서 영원불멸토록 지고 가야 할 죄가 무엇인지 여쭤봐도 될까요?”

올드 램이 고개를 떨구며 말했다. “올드 램은 나쁜 양치기였어. 올드 램은 순한 양들을 배신했어.”

그리고 더 이상 아무 말도 하지 않았다.[25]

새뮤얼은 피곤하고 배가 고팠다. 호주머니에 손을 넣어보았지만, 집히는 것이라고는 초콜릿 바 하나와 사과 하나뿐이었다. 그것으로는 충분치 않았다. 올드 램은 입맛이 없다고 했다. 그래도 새뮤얼은 한 입이

-----

25 말을 곰곰이 풀어보면, 올드 램이 어쩌면 문자 그대로 양치기가 아닌 신부나 목사였을지도 모른다고 추정해볼 수 있다. 아니, 어쩌면 숱한 과오와 부정으로 기록된 교황들의 역사를 감안해볼 때, 어쩌면 올드 램은 교황이었는지도 모른다. 가장 악명 높은 전제군주였다가 1492년부터 1503년까지 교황을 역임했던 알렉산더 6세는 적어도 일곱 명의 자식을 둔 굶주린 늑대로 불렸다. 베네딕트 9세는 자신의 대부에게 연금을 받고 교황권을 팔았다가 다시 로마에 돌아와 재차 교황 자리에 오르는 등 1032년부터 1048년까지 총 세 번이나 교황을 해먹은 인물이었다. 마지막으로, 896년부터 897년까지 재위했던 교황 스테파노 6세는 전임 교황 포르모소가 너무 마음에 안 들어서 그의 시체를 파내고 옷을 입혀 재판을 받도록 했다. 결국 전임 교황에게 유죄를 선고한 스테파노 6세는 의복을 벗기고 손가락 두 개를 잘라낸 후 그를 테레베강에 던져버렸다고 한다. 만약 스테파노 6세가 몇 달 뒤 폭동에 휘말려 감옥에서 교살당하는 일이 없었다면, 그는 잠수부를 시켜 포르모소의 시체를 다시 꺼내 또 다른 짓을 저질렀을지도 모를 일이다.

라도 먹어보라고 권했지만, 올드 램은 초콜릿 바는 아예 무시하고 사과
만 킁킁거렸다.

"사과의 맛을 기억하지." 올드 램이 말했다. 눈빛과 말투에 슬픔이 잔
뜩 묻어 있었다. "올드 램은 배 맛도 기억하고, 자두, 석류 맛도 기억하
지. 올드 램은…… 모든 것을 기억하지."

"원하시면 조금 드셔보세요." 새뮤얼이 말했다.

올드 램은 유혹에 굴복하는 것처럼 움찔했다가 이내 다시 뒤로 물러
섰다. 마치 새뮤얼이 독사과라도 건넨 것처럼 의심하는 표정이었다.

"아니, 올드 램은 아무것도 원하지 않아. 올드 램은 배고프지 않아. 너
랑 작은 강아지나 먹도록 해."

올드 램은 팔짱을 끼고 불을 쳐다보았다. 뭔가 생각에 몰두하는 것 같
았다. 새뮤얼은 보즈웰에게 초콜릿을 나눠주고, 사과는 그냥 혼자서 먹
었다. 보즈웰이 과일을 그다지 좋아하는 편이 아니었기 때문이다.

"제가 있던 세계로 어떻게 하면 다시 돌아갈 수 있죠?" 사과를 다 먹
을 때까지 침묵이 이어지고 마침내 새뮤얼이 입을 열었다. 보즈웰은 새
뮤얼의 무릎에 머리를 올리고 잠을 자고 있었다. 새뮤얼이 머리를 쓰다
듬자, 보즈웰은 잠깐 눈을 떴다가 이내 다시 잠에 빠져 들었다.

"돌아갈 수 없다." 올드 램이 말했다. "그 누구도 이곳을 떠나지 못했
어. 심지어는 대마왕 자신도 그토록 노력했지만 이곳을 벗어날 수 없었
지."

"하지만 어떻게 했는지는 몰라도 그들은 우리 세계에 쳐들어왔었잖아
요. 한 번 가능했는데, 또다시 가능하지 않으리란 법이 어디 있어요?"

올드 램의 입술이 동그랗게 말리는 게 꼭 웃음을 짓는 것 같았다.

"애버너시 부인." 올드 램이 애써 웃음을 참는 표정으로 입을 열었다.

"인간이 되려는 열망에 사로잡힌 악마는 더 이상 악마가 아니다. 애버너시 부인은 권력에서 밀려났지. 만약 자신의 실패를 벌충할 수단을 찾아내지 못한다면, 다른 누군가가 그녀의 자리를 차지하게 될 것이야." 올드 램은 교활한 눈빛으로 새뮤얼을 쳐다보았다. "근데, 넌 어떻게 여기 오게 되었지?"

새뮤얼은 모든 것을 말하기 시작했고, 그러다 말을 멈추었다. "불빛이 있었어요. 푸른색 광선이요. 보즈웰과 함께 집에 가고 있었는데 그 불빛이 번쩍였고, 그 후 이곳이었어요."

"다른 것은 뭐 없었나? 그 불빛이 전부였나?"

"그게 다였어요." 새뮤얼은 거짓말을 했다. 그는 자신이 애버너시 부인을 알고 있다는 사실을 올드 램에게 숨기기로 마음먹었다. 왜 그래야 하는지는 알 수 없었지만, 어쩐지 그러는 게 낫겠다는 생각이 들었다.

올드 램은 고개를 끄덕였고, 다시 침묵이 이어졌다. 돌로 된 집은 불편할 정도로 온기가 넘쳤고, 연기 때문에라도 몸이 몹시 나른해지고 있었다. 새뮤얼의 눈꺼풀은 이미 거의 덮인 상태였다. 자신을 향한 올드 램의 호기심이 어느 때보다도 고조되고 있음이 느껴졌다. 하지만 너무 피곤했다. 새뮤얼은 바닥에 몸을 눕히고 눈을 감았다. 그리고 곧 잠에 빠져들었다.

새뮤얼은 꿈을 꾸었다. 옆에는 올드 램이 서서 장작불에 재를 뿌리고 있었다. 시고 톡 쏘는 냄새가 났고, 그때 검은색 눈에 곤충의 집게턱을 지닌 괴생물체의 얼굴이 불꽃 속에서 나타났다. 올드 램이 꿈속에서 말했다. "너의 여왕은 어디 있느냐?" 괴생물체는 틱틱거리는 소리와 파충류가 혓바닥을 날름거리는 소리를 냈고, 올드 램은 그가 무슨 말을 하는지 알아듣는 모양이었다.

"너의 주인이 돌아오면, 올드 램이 선물을 가져왔다고 말씀드려라. 올드 램은 이 유배생활에 진절머리가 난다. 올드 램도 이제 안락한 지위를 보장받았으면 좋겠다. 너의 주인이 돌아오면, 올드 램은 그렇게 될 것이다. 가서 이 말을 전하거라."

불꽃 속의 얼굴이 사라졌고, 올드 램은 다시 자리에 앉았다. 새뮤얼의 꿈이었다. 하지만 눈을 떴을 때도 시고 톡 쏘는 냄새는 여전히 남아 있었고, 올드 램은 잠들기 전에 봤던 그 자리에 그대로 앉아 있지 않았다.

"더 쉬려무나." 올드 램이 말했다. "체력을 보충해야지. 올드 램이 널 도움이 될 만한 사람에게 데려다줄까 해. 하지만 그전에 기다려야 한다."

"왜 기다려야 하는 거죠?"

"길을 나서기에 지금은 너무 위험하거든. 좀 기다려야 안전해진단다."

새뮤얼이 일어섰고, 보즈웰도 따라 일어났다.

"보즈웰과 전 떠나야 할 것 같아요." 새뮤얼이 말했다. "여기에서 너무 오래 지체한 것 같아요."

"아냐, 아냐." 올드 램이 말했다. "올드 램이 할 말이 있단다. 중요한 말이야. 꼭 들어야 한단다."

올드 램을 완전히 등진 상태는 아니었지만, 보즈웰은 이미 문을 열어 달라고 보채고 있었다. 올드 램은 재빨리 몸을 일으켰고, 불빛 속에서 그의 눈이 빨갛게 변하는 게 보였다.

"여기 있어야 해!" 올드 램이 말했다. "올드 램은 다시 일어서야 해!"

하늘에서 천둥이 치고, 번개가 번쩍였다. 마치 분노한 영혼들이 올드 램의 외침을 듣기라도 한 것 같았다. 하지만 새뮤얼은 하늘의 소리보다 지상에서 나는 어떤 소리에 더 신경이 쓰였다. 강력한 어떤 힘이 신음을 하는 듯한 중저음의 울림이었다.

"아무도 떠날 수 없어!" 올드 램이 소리쳤다. "어둠의 마녀가 도착할 때까지는 아무도 떠날 수 없어!"

올드 램이 새뮤얼을 향해 지팡이를 휘둘렀고, 새뮤얼은 뒤로 넘어지며 바닥에 엉덩방아를 찧었다. 보즈웰이 으르렁거리며 짖었으나 올드 램은 넘어진 새뮤얼과 으르렁대는 보즈웰을 위에서 내려다보며 이번에는 지팡이를 높게 들어 올렸다. 새뮤얼의 두개골을 박살이라도 낼 기세였다.

바로 그 순간, 나무로 된 뱀 같은 그 무엇인가가 나타나서 올드 램이 손에 쥐고 있던 지팡이를 낚아채더니 지붕 위로 사라졌다. 지붕이 무너져내리기 시작했다. 천장에서 돌덩어리가 떨어졌고, 벽은 소리를 내며 길게 갈라졌다. 검은 뿌리와 줄기가 사방에서 뻗쳐 나오더니, 올드 램의 사지와 목을 사정없이 감아댔다. 안쪽에서 문이 파괴되었고, 그 틈을 통해 새뮤얼은 그레이트 오크가 웃고 있는 모습을 보았다.

"올드 램이여, 내가 이미 경고했다. 네가 굳이 우리에게 불행을 더해 주지 않아도 우리는 이미 충분히 불행을 맛보았다. 이제 우리가 네게 불행을 보태주겠다."

올드 램은 있는 힘을 다해 빠져나오려 애썼지만, 거대한 나무의 힘은 너무도 강했다. 돌무더기가 무너지면서 새뮤얼이 누워 있는 곳 가까이에 밖으로 나갈 수 있는 공간이 생겼다. 새뮤얼은 재빨리 왼팔에 보즈웰을 끼고 구멍을 통해 몸을 바깥으로 빼냈다. 밖으로 나온 새뮤얼은 몸을 일으켜서 앞을 향해 내달리기 시작했다. 전방에 커다란 바위가 보였다. 새뮤얼은 바위 뒤로 몸을 숨겼다. 그리고 그제야 뒤돌아 올드 램의 집을 바라보았다.

그레이트 오크는 올드 램의 집 주위에 흩어진 돌 위에 높이 서서 나뭇가지를 거칠게 휘두르고, 뿌리를 이용해서 온갖 것들을 휘감고 있었다. 올드 램은 그레이트 오크의 손아귀에 잡혀서 땅에서 높이 솟구쳐 있었고, 그의 잔뜩 겁먹은 얼굴이 그레이트 오크를 공중에서 마주보고 있었다. 그레이트 오크는 올드 램을 비웃으며 희롱하고 있었다. 그 뒤로 구불구불 휘어진 나무들이 손을 흔들고 고함을 질러대면서, 전투의 포로를 잡고 의기양양하게 숲으로 귀환하는 그레이트 오크를 찬양했다. 폐허가 된 올드 램의 집에서는 불타던 장작이 재로 변하면서 마지막 숨을 다하고 있었다.

XVI
지옥이 이방인을 맞이하고
과학자들의 호기심은 점점 더 늘어만 가다

처음 있는 일도 아니었지만, 메리웨더 씨의 난쟁이들이 법과 질서의
위력에 순순히 굴복하는 일 따위란 있을 수 없는 일이었다.

"우리를 체포하면 안 되죠." 졸리가 말했다.

"난 그렇게 생각하지 않아." 로언 경사가 말했다. "난 너희들을 체포할
수도 있고, 그리고 이미 체포했다고 생각하는걸."

"근데 누군가가 우리 차를 훔쳐갔어요. 저기 어딘가에서 범죄자가 도
난 차량을 몰고 다니는데 우리를 체포한다는 것은 공평한 일이 아니죠."

"하지만 여기 이렇게 범죄자가 네 명이나 있는걸." 로언 경사가 말했
다. "내 손 안의 난쟁이 하나가 밴에 타고 있는 난쟁이 둘보다 더 좋은
게 아니겠어?"

"어, 경사님?" 필 순경이 말했다.

"잠깐, 지금 말고. 난 지금 승리의 순간을 맛보고 있거든."

"중요한 말입니다, 경사님."

"이 일도 중요하지."

"아뇨, 정말 중요한 말입니다."

졸리를 체포하고 있던 로언 경사가 필 순경에게 고개를 돌리며 말했다. "좋아, 중요한 일이 아니면……."

그는 하던 말을 멈추고 주위를 둘러보았다.

"순경, 우리 차가 어디 갔지?" 로언 경사가 말했다.

"그러니까요, 경사님. 차가 없어졌어요. 누가 훔쳐갔나 봐요."

로언 경사는 반사적으로 난쟁이들에게 시선을 돌렸다. 난쟁이들은 태어나서 처음으로 정말로 죄가 없었기 때문에, 자신들은 정말로 아무 죄가 없다는 표정으로 어깨를 으쓱했다.

"우리는 몰라요." 앵그리가 말했다.

"참말로 안타깝네요." 졸리가 말했다. "거봐요. 제가 도둑이 있다고 말했잖아요."

"정말 아무 짓도 하지 않았어?" 로언 경사가 말했다.

"체포당하느라 정신이 없었다고요." 도지가 말했다. "우린 심각한 권리 침해를 당했거든요."

"마으자." 멈블스가 말했다.

"당연하지." 앵그리가 말했다. "여기 지옥은 당신들 관할권도 아니잖아요. 우리를 체포하는 순간, 그건 이미 폭행죄에 해당한다고요. 고소할 거예요."

로언 경사는 주먹을 높이 치켜들었다. 고소할 테면 해봐라, 그렇다면 특수폭행죄에 따른 가중처벌까지 마다하지 않겠다는 결연한 각오를 암시하는 행동이었다.

"진정들 해요, 진정들." 졸리가 말했다. "이건 누구한테도 도움이 되지 않는다고요. 보세요, 우린 모두 같은 처지잖아요. 우린 모두 차를 찾아서 집에 가기를 바라는 거잖아요."

갑자기 도지의 얼굴이 국가적 대손실이라도 본 것 같은 표정으로 변했다. "술!" 도지가 외쳤다.

"뭐라고?" 필 순경이 말했다.

"마지막 남은 스피깃스가 밴 안에 있었다고요. 그게 없어졌잖아요. 세상에 이런 암담한 일이!"

도지는 얼굴을 양 무릎 사이에 박고 흐느끼기 시작했고, 필 순경이 도지의 등을 두들기며 화장지를 건넸다.

"괜찮아, 오히려 잘됐어." 순경이 말했다. "널 미친놈에 눈까지 멀게 하는 그놈의 것 잘도 없어졌다고."

도지는 기운이 좀 나는 것 같기도 했다. 필 순경은 도지가 일어나는 것을 도왔다. 둘의 귀에 패티 페이지의 노래 「창가에 놓인 강아지는 얼마인가요?(How Much Is That Doggie In The Window?)」가 들려왔다. 마치 자전거 벨로 연주하는 듯한 조악한 멜로디였다.

"그놈의 맥주를 하도 처먹었더니 나도 귀가 이상해졌나 봐요, 순경님." 도지가 말했다.

"아니, 나도 들리는걸. 난 스피깃스라고는 지금껏 입에 댄 적도 없는데 말이야." 필 순경이 말했다.

"모두에게 들려." 모래 언덕 뒤쪽에서 아이스크림 트럭이 나타났을 때 로언 경사가 말했다. 아이스크림 트럭 위에는 모자를 쓰고 플라스틱 아이스크림을 손에 쥔 채 마치 조울증 환자처럼 웃고 있는 플라스틱 마네킹이 달려 있었다. 모자에 적힌 '미스터 해피 휩'이라는 붉은 글씨로 마네킹이 뭐라 불리는지 짐작할 수 있었다.

아이스크림 트럭 운전사가 창문을 내렸다. 두껍고 검은 선글라스를 끼고 있어서 꼭 하얀 깃털의 부엉이를 보는 것 같았다.

"안녕!" 운전사가 말했다. "바다로 가려면 어느 쪽으로 가야 하지?"

"뭐라고?" 앵그리가 말했다.

"바다, 바다가 어느 방향이냐고?" 운전사가 앵그리를 쳐다보며 말했다. "근데 꼬마야, 너 아이스크림 좋아하니? 1파운드면 돼. 스프링클을 가득 덮으면 2파운드."

자신을 애 취급하는 운전사를 쥐어패버릴까 고민하던 앵그리는 분노를 다른 식으로 분출하기로 마음을 고쳐먹었다.

"스프링클을 추가하면 2파운드라고? 웃기고 자빠졌네. 뭘로 만들었길래? 금가루로 만든 스프링클이라도 되는 건가?"

"최고급 초콜릿으로 만든 거란다, 꼬마야. 최고 중의 최고지."

"좋아요, 거기에 1파운드 더 보태겠으니 초콜릿으로 목욕시켜줄 정도의 아이스크림을 기대해보죠. 그리고 '꼬마야'라고 부르는 것 좀 그만두시지. 난 난쟁이라고요."

"그래, 알았다, 꼬마야. 어쨌든 바다가 어느 쪽이지, 젊은이?"

앵그리는 고개를 뒤로 돌려 난쟁이 동지들을 쳐다보았다. "내가 처리하지." 앵그리가 말했다. "진짜야. 날 한 번만 더 젊은이나 꼬마라고 부르면 면상에 스프링클을 직접 뿌려주겠어."

나머지 세 난쟁이와 필 순경, 로언 경사가 아이스크림 트럭 주위로 다가갔다.

"초콜릿 아이스크림 주세요." 필 순경이 말했다.

"지금은 그럴 때가 아니지, 순경." 로언 경사가 말했다. "이보시오, 음, 이름이……?"

"댄이요." 아이스크림 트럭 운전사가 말했다. "댄, 아이스크림맨 댄이라고 합니다. 이 차를 구입했을 때 법적으로도 이름을 바꿨거든요. 이 이름으로 대박을 터뜨려보겠다는 의도에서요."

"좋아요, 댄. 혹시 여기가 어딘지 아는 바 있나요?"

"해변 아닌가요?"

"아뇨, 여긴 해변은 아닙니다."

"그래요? 난 썰물 때인 줄 알았는데요." 댄이 말했다.

"어디, 사하라 사막에서요?" 졸리가 말했다.

"해변치고는 좀 크다 싶긴 했지." 댄이 마지못해 인정했다.

"당신은 지옥에 있는 거요." 로언 경사가 말했다.

"아뇨." 댄이 말했다. "난 비들컴 마을 어디쯤인가에 있는 걸요."

"더 이상은 아니오. 푸른색 광선 기억나요? 당신 몸의 모든 원자가 분열되는 듯한 그 느낌 기억나요?"

"뭐, 비슷한 느낌이었어요." 댄이 말했다. "난 기절했다 깬 줄 알았는데."

"기절했다 깬 거 맞죠. 지옥에서요. 우리한테도 전부 같은 일이 일어났답니다."

댄은 잠시 동안 생각에 잠겼다. "지옥은 뜨겁잖아요, 맞죠?"

"따뜻하죠. 그게 다 와전된 말이에요." 도지가 말했다.

"그럼 아이스크림을 팔기에는 딱 좋은 곳이군." 댄이 기쁜 표정으로 말했다.

난쟁이들과 경찰관들이 어이가 없다는 듯 댄을 쳐다보았다. 댄, 아이스크림맨 댄은 구제불능의 낙천주의자임이 틀림없었다. 누군가 그에게 신발에 불이 붙었다고 말하면, 신발에다 마시멜로를 구워 먹을 사람이었다.

154

“아이스크림을 팔기 전에는 무슨 일을 했나요?” 앵그리가 질문했다.

“장의사였단다.” 댄이 말했다.

“오, 그렇다면 꽤나 드라마틱한 업종 전환이었군요.”

“끝내줬지. 지하에서 튀어나와 사람을 만나게 됐지. 물론 장의사 일을 하면서도 사람을 만나기야 했지만 그때는 대화란 게 일방통행이었거든.” 그는 아주 즐겁다는 듯이 떠들어댔다. “자, 아이스크림 살 사람이 없으면 그만 떠나야겠다.”

“잠깐만요, 잠깐만.” 로언 경사가 말했다. “지금 상황의 심각성을 잘 모르는 것 같은데. 당신은 지금 지옥에 있어요. 필 순경이나 내가 이런 문제에 대해 경험이 좀 있는데, 아이스크림 장사 같은 것은 여기서는 오래 하지 못해요. 거대한 무언가가 막대 아이스크림 빨아먹듯 당신을 야금야금 갉아먹을 거라고요.”

“그런 것을 좋아하지는 않겠죠?” 필 순경이 심각하게 말했다. “꽤 아플 거예요.”

“거기에 보태서 필 순경이랑 내가 집도 절도 차도 없이 오도 가도 못하게 됐다는 사실을 알았을 테니, 우린 당신의 아이스크림 트럭을 조난 구조용 차량으로 강제 징발할 계획이오.”

“좋죠.” 댄이 말했다. “친구야 많을수록 좋은 법이니까요.”

“우리는 어떻게 해요?” 졸리가 물었다.

“너희는 너희대로 아이스크림 트럭을 따로 징발하면 되잖아.” 필 순경이 말했다.

“그래요? 근데 정말로 조만간 또 다른 아이스크림 트럭이 지나갈 거라고 생각하는 거예요?”

“그럴 가능성이야 아주 희박하지.” 가능성이고 나발이고 별로 신경 쓰지 않는다는 투로 필 순경이 말했다.

"왜 이러세요? 우리를 이런 곳에 버리고 떠나시면 안 되죠. 무슨 일이 일어날지 어떻게 알아요?"

"그게 바로 내가 원하는 바지."

"이런 이런, 그렇게 나오시면 곤란하죠."

"그런 생각은 펭귄 필이 내 헬멧에 오줌을 갈기도록 내버려두기 전에 했었어야지."

로언 경사가 끼어들며 말했다. "순경, 나 역시 자네의 생각에 심히 동감하는 바이지만, 우리는 민간인의 안전을 책임지는 경찰관으로서의 책무 역시 망각해서는 안 된다고 생각하네. 아무리 끔찍하고 못된 범죄자 마인드의 녀석들이라 해도 예외가 될 수는 없네. 좋아, 모두 뒷좌석에 탄다. 나는 여기 댄과 함께 앞에 타겠다. 다 같이 집에 돌아갈 방법을 찾아낼 것이다. 다들 알아들었나?"

모두 로언 경사가 하자는 대로 했다. 그냥 로언 경사가 그렇게 하자고 했기 때문이다. 이곳으로 말하자면, 어느 외딴 지역에 고립된다고 했을 때 가장 마지막으로 떠올릴 만한 곳이 아닌가. 어디로 어떻게 가야 할지 종잡을 수 없는 곳이고, 하물며 어떻게 다시 집으로 되돌아갈 수 있을지는 더더욱 알 수 없는 곳이었기 때문이다. 그냥 로언 경사가 하자는 대로 따를 수밖에 없었다. 로언 경사가 그렇게 하자고 딱 부러지게 말했으니까. 그에게는 권위가 있었다. 우왕좌왕 무엇을 해야 할지 모르는 자들에게서는 보기 힘든 진중함이라는 자질을 지닌 사람이었다.

또한 로언 경사에게는 난쟁이들이 옳은 결정을 할 수 있도록 강제할 수 있는 유의미한 장치인 거대한 경찰봉이 있었다. 매가 약이라는 말은 그 어떤 상황에서보다도 난쟁이들에게 정확하게 어울리는 말이라는 사실을 로언 경사는 잘 알고 있었다.

자, 이제 청소도구나 세제 따위를 보관하는 그 작은 방으로 다시 돌아가보자. 힐버트 교수는 빅터, 에드와 함께 총천연색 다이내믹한 대화를 하고 있었다. 그는 강입자 충돌기를 재가동시킨 직후에 발생하는 극소량의 에너지 손실이 가져올 결과에 대해서 스테판 교수와 막 얘기를 끝낸 상태였다. 힐버트 교수는 스테판 교수가 얘기하는 그 모든 가능성이 다소 신경질적인 반응이라고 생각했다. 사실 스테판 교수는 괴물들에게 자신이 잡혀 먹히는 끔찍한 상황을 어떻게든 모면해보고자 악마가 튀어나오느니 어쩌니 하고 말하는 것이겠지만, 어찌 됐든 지옥문이 잠시라도 열리는 일이 발생하면 누가 됐든 스테판 교수에게 책임을 묻게 될 것은 자명한 일이었다. 자, 여하튼 스테판 교수가 강입자 충돌기를 재차(혹은 아직까지는) 폐쇄조치시키지 않은 것은 힐버트 교수의 외교적 수완이 빛을 발한 덕분이었다. 이제 힐버트 교수는 빅터와 에드가 있는 청소도구실에서 또 다른 수완을 발휘하려 하고 있었다. 자신의 목적을 달성하기 위해 온화한 미소와 나긋나긋한 목소리로 직원들을 살살 달래고 협박하면서.

힐버트 교수는 우리의 지각 영역 너머 어딘가에 우리의 우주 말고 다른 우주가 있다는 '숨겨진 세계' 이론을 신봉하고 있었다. 또한 그는 소립자 물리학자들이 원자의 속성이나 빛의 굴절과 같은, 실제로 존재하는 이 세계와 관련된 상대적으로 전혀 재미없는 문제에만 너무 몰두하고, 저 너머 어딘가에 존재할 세계의 본질에 대한 고찰에는 소홀하다고 생각했다.

자, 생각해보자. 우리 주위에서 볼 수 있는 모든 것은 소립자와, 중력 같은 여러 가지 힘으로 구성된다. 예를 들어 중력은 사람이 공중에 떠오르거나 원자가 자발적으로 뒤죽박죽되는 일 없이 존재의 모든 과정이 유연하게 움직이도록 도움을 준다. 하지만 그것 말고도 우리 주위를 따라다니는 다른 입자, 또 다른 힘이 존재하며, 그 힘은 우리 능력의 한계를 뛰어넘기 때문에 우리가 그 존재를 전혀 지각하지 못한다고 가정해보자. 그렇다면 우주는 우리가 그간 생각했던 것보다 훨씬 더 복잡다단하고 흥미진진한 대상이 될 수 있을 것이다.

한 가지 예로, 우리는 현재 우리가 존재하고 있는 우주에 숨겨진 힘이 있다는 사실을 잘 알고 있다. 우리가 물질이라고 부르는 것은 겨우 4퍼센트뿐이다. 대략 70퍼센트의 에너지가 '암흑 에너지'이고, 게다가 이 암흑 에너지는 시간이 지날수록 계속해서 팽창에 팽창을 거듭하고 있다. 그리고 나머지 25퍼센트는 소위 '암흑 물질'로서 전자기파로 관측되지 않고, 오로지 중력을 통해서만 존재를 인지할 수 있는 물질이다. 그러한 이유로 암흑 물질이 바로 숨겨진 세계가 될 수 있으며, 이론상으로 우리는 우주에 존재하는 힘을 모두 규합해 막강한 힘을 누리는 어둠의 삶을 영위할 수도 있는 것이다. 그렇다면 우리가 이 암흑 물질에 대해 아는 것은 무엇인가? 우선 그 암흑 물질은 서늘하지는 않을 것이다. 왜냐하면 암흑 물질이 서늘하다면 열을 방출하게 될 것인데, 그렇다면 우리가 그것을 감지해낼 수 있을 것이기 때문이다.

음, 숨겨진 세계라. 어둠의 삶, 그리고 열이라. 힐버트 교수가 앞으로 다뤄야 할 중요한 점들이었다. 에드와 빅터 역시 마찬가지였다. 혹시라도 그들이 의문을 제기할 경우를 대비해서, 힐버트 교수는 백지에 큰 글씨로 단어를 써서 에드와 빅터에게 내밀었다. 종이에는 다음과 같이 쓰여 있었다.

'지옥'

"잘 생각해보게나." 힐버트 교수가 말했다. "지옥문이란 우리를 지옥으로 연결하는 게 아니지. 왜냐하면 지옥이니 악마니 하는 모든 게 다 헛소리거든. 그냥 미신이야. 지옥은 존재하지 않고, '대마왕'이니 그런 것은 더더욱 존재하지 않지. 지옥 말고 우리가 접할 수 있는 것이 바로 어둠의 삶으로 채워진 암흑 물질인데, 이 물질에 접근하는 유일한 방법이 바로 강입자 충돌기인 게지. 만약 우리가 강입자 충돌기의 전원을 꺼버리면 암흑 물질을 발견해내는 위대한 과학적 발견에 등을 돌리는 셈이 되며, 또한 차세대 물리과학인 국제선형가속기(ILC)[26]의 미래에 위해를 가하는 꼴이 되는 것일세. 여기에 노벨상이 있네. 내 말 명심들 하게."

"저희도 노벨상을 받게 되는 것인가요?" 에드가 물었다.

"아니." 힐버트 교수가 말했다. "하지만 내가 받게 된다면, 하루 휴가와 머핀 바구니를 선물로 주겠네."

---

26 국제선형가속기(International Linear Collider)는 우주의 본성을 이해하려는 물리학자들의 차세대 시도이다. 국제선형가속기는 31킬로미터 길이의 직선 터널로서, 서로 반대쪽 끝을 향해 발사된 전자와 양전자가 빛의 속도의 99.999999998퍼센트의 속도로 충돌을 일으키도록 고안된 장치이다. 이 가속기는 강입자 충돌기보다도 훨씬 정교한 장치로서, 다음과 같은 다양한 과학적 질문에 대한 해답을 내려줄 것으로 기대되고 있다. 빅뱅이 일어날 때 무슨 일이 벌어졌는가? 우주에는 몇 개의 차원이 존재하는가? 서로 다른 아원자 입자의 목적과 본질은 무엇인가? 그리고 질량과 중력에 있어 아주 중대한 역할을 수행하는 이론적인 입자인 힉스 입자가 하는 일은 무엇이며 또 그것은 어떻게 생겼는가? 모두 훌륭하고 대단히 고무적인 일이다. 강입자 충돌기에 이미 70억 달러가 소요되었고, 국제선형가속기에도 또 그만큼의 비용이 소요될 것이라는 사실을 제외한다면야 뭐, 그렇다. 부모님은 아끼고 또 아껴서 어렵게 자식이 원하는 신형 게임기를 살 돈을 마련했는데, 당신이 부모님께 하는 말이라고는 6개월 후에 최신형 게임기가 나온다는 그 한 마디뿐이다.

"근데, 에너지 손실은 어떻게 하죠?" 힐버트 교수가 노벨상을 탈 가능성이 늘어나는 것도 좋지만, 일이 잘못되기라도 하면 내달에 참가하는 '아름다운 앵무새' 경연대회에서의 첫 수상 가능성이 사라지는 것을 짐짓 걱정하던 빅터가 물었다.

힐버트 교수가 미소를 지었다. 프랑켄슈타인 박사 같은 과학자가 번개를 끌어들여 죽은 사람에게 새 생명을 불어넣는 작업을 수행할 때 짓는 꼭 그런 미소였다.

"그게 바로 가장 중요한 과정이지." 힐버트 교수가 말했다. "우리는 에너지 손실을 일으켜야 해!"

"진공 상태의 충돌기 내부에서요?" 빅터는 이해가 가지 않는다는 표정으로 물었다.

"스테판 교수에게 얘기했던 것도 바로 그거야." 힐버트 교수가 말했다. "우리는 힉스 입자를 찾고 있어, 그렇지?"

"그렇죠." 빅터가 대답했다. 그는 생각을 하는 듯하면서도, 또 아무 생각도 없는 것 같은 표정을 지었다.

"그리고 힉스 입자는 이 세계와 숨겨진 우주 사이의 이론적인 연결점이 될 수 있지?"

"그렇죠." 완전히 아무 생각 없는 대답이었다.

"만약 힉스 입자가 존재한다면 충돌기 내부에서 폭발 후 어느 곳에선가 등장한다고 추정하고 있지?"

"완전 그렇죠." 이거 이거 이제는 완전히 정신이 나갔군.

"그렇다면 만약 에너지 손실이 자연스러운 것이라면? 충돌기 내부에서의 힉스 입자가 감쇠하지만, 감쇠된 힉스 입자가 다른 세계의 입자, 즉 암흑 물질로 변하는 것이라면 어떻게 될까? 강입자 충돌기는 감쇠

현상을 에너지 손실로 보게 되겠지. 사실, 그게 바로 입자들이 변화해온 자연법칙이지. 에너지 손실이란 없다는 게 내 이론이야. 왜냐하면 에너지는 여전히 그곳에 있기 때문이야. 단지 우리가 볼 수 없을 뿐이지."

빅터는 입을 딱 벌리고 아연실색해져 힐버트 교수를 바라보았다. 힐버트 교수가 미쳐도 정말 경이로운 천재 수준으로 미쳤다는 느낌이 들었다. 이건, 이건 정말 놀랍도록 흥미로운 주장이었으니까.

"스테판 교수님께도 다 말씀드린 겁니까?" 에드가 물었다. 에드 역시 빅터가 힐버트 교수의 야심에 대해 느끼는 것과 마찬가지의 의구심을 품고 있긴 했지만, 노벨상 수상을 향한 과정에 일익을 담당할 수 있다는 기쁨과 부분적으로는 머핀을 좋아하기 때문이라는 이유까지 더해져서 다소 흥분한 상태였다.

"대부분은." 힐버트 교수가 말했다.[27] 하지만 빅터와 에드 역시 힐버트 교수의 말뜻을 읽을 수 있었다. 노벨 위원회가 원하는 수상자는 단 한 명뿐인데, 자신의 생각을 너무 많이 공유해서 수상의 가능성을 위험에 빠뜨리는 그런 행동은 전혀 도움이 되지 않는다는 것을.

"그럼, 에너지 손실은 전혀 걱정하지 않아도 된다는 것이군요." 빅터가 말했다.

"전혀."

"그러면 그 지오……옥이 아니라 그 숨겨진 세계가 다시 열리는 위험도 없다는 것이죠?"

"에너지 손실은 지난번 일과 비교할 바가 아니지." 힐버트 교수가 질문에는 조금도 답이 되지 않는 대답을 들고 나왔다.

에드와 빅터는 서로의 얼굴을 쳐다보았다.

"머핀 바구니 두 개요." 에드가 말했다. "한 사람당 두 개씩!"

힐버트 교수가 상어의 미소를 지어 보였다. "그걸 흥정이라고 하고 있다니……."

27 거짓말을 진실로 옮겨보자면, 이 말은 다음과 같은 의미이다. "아니, 스테판 교수에게는 대부분 얘기하지 않았지. 내가 얘기한 것이라고는 내 목적을 지속시키기 위해 필요한 사항 정도였지. 또한 노벨상 시상식에 갈 때 어떤 복장을 해야 할지에 대한 고민도 덜어줬어. 그 사람이 시상식에 갈 일은 없을 테니까 말이야. 그곳에 갈 사람은 나 한 사람뿐이야. 거기에 무슨 불만 있나? 아니, 난 그렇게 생각하지 않아. 내 거야, 노벨상은 내 거라고. 하하하하하 하하하!" 웃음소리가 점점 작아지면서 정신병원이 등장한다. 하얀색 환자복을 입은 남자가 하얀색 패드를 댄 수용시설에 도착하고, 하루 세 끼는 알약으로 제공되며, 자해나 상해를 입힐 수 있는 날카로운 물체는 일체 소지가 금지된다.
이와 유사한 번역 사례를 일상생활의 영역에서 찾아보면 다음과 같다. "수표는 우체국에 있어요."(수표야 우체국에 있겠지만, 당신 수표가 아니고 당신 계좌도 아니라는 게 함정), "생각해볼게요."(생각해볼 필요도 없죠. 당연히 대답은 '아니요'이니까), "조금도 나이가 들지 않았네요."(정말 나이 들어 보이네요. 10년은 늙어 보여요. 그것도 어둑한 불빛 아래에서요), "조금 따끔할 거예요."(아예 죽는 게 더 나을지도 모를 것이다) 그리고 가장 유명한 예 중의 하나인 "완벽하게 안전해요. 심지어 스위치도 안 켰는……"이 있다. 감전 직전의 상황이나 재단기를 잘못 사용해서 팔다리가 잘려나가는 상황 또는 가스 오븐 폭발로 집이 날아가는 상황에서 주로 등장하는 말이다.

XVII
반역자들의 진상이 드러나니
모두 추악하기도 하다

애버너시 부인은 이제 기분이 다소 누그러진 상태였다. 그녀는 상좌에 앉아서 어떻게 하면 자기의 은총을 다시 한 번 입어볼까 고민하는 악마들의 온갖 아양과 아부를 지켜보고 있었다. 심지어는 거대한 거미 악마인 체롬이나 지상 침공 실패 이후 애버너시 부인을 떠났던, 빵빵한 배에 독이 가득 찬 두꺼비 악마인 나로스까지도 다시 그녀의 곁을 차지하고자 수단을 부렸다. 부인은 충성심에 대한 그들의 배반 행위를 처벌하고 싶었으나 분노를 억누르며 자제했다. 그렇게라도 되돌아온 것으로 일단은 화가 누그러졌고, 궁극적으로는 애버너시 부인 또한 그들이 필요했기 때문이다. 지금은 그들 모두가 필요했다. 자신을 배반했던 모든 자들을 사정없이 처단하는 일은 추후에 인내심이 바닥을 드러냈을 때 다시 생각해봐도 무방한 일이었다.

애버너시 부인의 원래 계획은 새뮤얼과 보즈웰을 곧바로 자기 처소로 데려오는 것이었다. 하지만 불행하게도 그녀는 다음과 같은 몇 가지 요소를 빠뜨리고 계산했다.

a) 차원을 넘나드는 과정에서의 목표물 획득의 어려움

b) 아이스크림 판매상

c) 경찰차

d) 정체를 알 수 없는 꼬마들로 가득 찬 밴 차량

또한 애버너시 부인은 그들을 모두 이곳 지옥으로 데려오느라 기진맥진한 상태였다. 실제로 잠시 동안 의식을 잃기도 했다. 깨어났을 때, 그녀는 새뮤얼이나 보즈웰 누구도 수중에 없음을 알아챘고, 단지 A. 보드킨이 자신의 상관에게 애버너시 부인이 끼어들었다고 보고를 올리는 참을 수 없는 무전 소리만이 들렸을 뿐이었다. 애버너시 부인은 이제는 그녀가 애초에 원했던 도착 지점과 그 반경 어디 즈음에서 새뮤얼 존슨을 찾아야 할지를 알고 있었다. 하지만 이곳은 지옥이었다. 전에도 말했지만 방향이니 지리니 하는 개념이 제멋대로 가장 들쑥날쑥한 곳이 바로 이곳이었다. 건초 더미 안에 바늘이 있는 것은 확실하지만, 건초 더미의 크기가 아주 압도적일 뿐더러 사방팔방 건초더미가 놓인 들판의 크기 또한 상상을 초월하는 곳이 바로 이 지옥인 것이었다. 앗, 참, 근데 그 들판 역시 길게 뻗어 있는 것은 기본에다, 오르락내리락 층층이 쌓여 있기까지 했다. 대각선? 그 역시 마찬가지였다.

그런 연유로 애버너시 부인이 새뮤얼을 찾기 위해서는 악마들의 도움이 필요했고, 자신에게 등을 돌린 자들에 대한 즉각적인 처단을 보류했던 것이다. 그 대신 애버너시 부인은 악마들을 새뮤얼 존슨 수색에 투입하기 전에, 그들의 간청과 용서를 받는 시간을 가졌다. 대부분 그다지 흥미로운 사항을 말하는 자는 없었지만, 단 하나의 예외가 지금 바로 그녀의 눈앞에 서 있었다. 사실 서 있다는 표현은 지금 이 악마가 하는 짓거리로 봤을 때 어쩐지 어울리지 않을지도 모른다. 애버너시 부인 앞에 선 악마는 그녀의 시선 아래에서 엄밀히 따지면 흘러내리고 있었다. 그리고 지금은 잠깐 흘러내리기를 멈췄는데, 또다시 흘러내리는 것은 단지 시간문제라는 듯 그것의 구멍들에서는 여전히 갖가지 물질이 흘러내렸다. 무언가 투명한 달팽이 비슷했는데, 젤리 같은 물질과 1미터도 안 되는 신장이 방해 요소가 되긴 했지만 언젠가는 꼭 흥미로운 그 무엇인가가 되리라 야망을 품고 있는 듯한 인상이었다. 깜빡거리지도 않는 눈알 두 개가 얼굴 전면부에 위치해 있었고, 그 아래에는 이빨이 없는 입이 있었다. 머리에는 검은색 모자를 달고 있었는데, 예의를 표하고자 할 경우에는 몸에서 촉수가 스멀스멀 기어나와 모자를 들어 올렸다가 제자리에 놓은 후에 다시 몸 안으로 기어들어가곤 했다.

"안녕하십니까, 부인." 달팽이가 말했다. "이렇게 다시 뵙게 되어서 영광입니다요."

"그러는 네 이름은?" 애버너시 부인이 물었다.

"크루포드라고 하옵니다, 부인. 절망의 산에서 일했지만 잘 맞지 않더군요. 제가 그렇게 절망적인 타입도 아닌지라. 전 늘 희망이 살아 있는 그런 삶을 살고 싶었거든요. 유리잔의 물이 반이나 남아 있네, 그게 제 삶의 모토랍니다. 몸은 젤리로 되어 있고, 가진 것이라고는 모자 하나뿐인데, 그렇다면야 이제 좋아질 일밖에 없지 않겠습니까?"

"누군가 네 모자를 빼앗아갈 수도 있지 않나?" 애버너시 부인이 말했다.

"맞아요, 맞습니다요. 하지만 일단 그 모자는 제 것이 아니었거든요. 어디선가 주운 것이니까 엄밀하게 따져보면 뭐 애시당초 변할 만한 게 별로 없네요."

"만약 내가 널 잡아서 강제로 이글이글 불타는 장작불에 처박기라도
한다면?"

크루포드가 이 질문에는 좀 고민했다. "그래도 저한테는 모자가 남네
요."

애버너시 부인은 긍정적인 사고방식 따위로 세상을 살겠다고 다짐하
는 부류들을 혼내주는 데 크루포드만큼 좋은 본보기도 없을 것이라고
생각했다.

"그럼, 넌 뭘 할 수 있다고 생각하느냐?" 애버너시 부인이 말했다.

"전 어디에도 스며들 수 있죠. 끝내주는 기술이죠. 작은 틈을 통과해
서 밖으로 흘러나올 수도 있죠. 아마도 완벽한 능력이라고 느끼시겠지
만, 전 그냥 대부분의 상황에서 적용 가능한 한정된 능력이라고만 평가
해주신다면 고맙겠습니다요."

"크루포드, 내가 만약 너를 짓밟는다면 꽤 아프지 않을까?"

"그렇기야 하겠지만 그래도 신발이 심하게 젖을 텐데요."

"내가 널 당장 없애지 말아야 할 그럴듯한 이유를 대지 않으면 그건
내가 기꺼이 감수해야 할 부분이다."

"제가 오지무스의 일거수일투족, 그가 무슨 꼼수를 생각하고 있는지
를 부인께 보고한다고 가정해보세요." 크루포드가 말했다. 애버너시 부
인의 표정이 일순간 온순하게 변했다.

"계속해보아라."

"그러니까, 지난번에 부인께서 대마왕님을 마지막으로 영접하러 오셨
을 때, 그때 있잖아요. 바로 그럴 때가 제 능력이 빛을 발하는 때죠. 상상
해보세요. 만약 부인께서 어디로든 스며들 수 있어서 아주 작은 틈에 스
며들고, 아무도 그걸 눈치채지 못한다고요. 어쨌든 그때 제가 거기 있었

166

고, 부인이 떠난 후에 무슨 일이 벌어졌는지를 다 봤답니다.”

“그 무슨 일이라는 건?”

“누군가 어둠 속에서 나왔는데, 바로 아비고르 공작이었습니다. 공작은 오지무스에게 부인이 대마왕님에게 다가서는 것을 사전에 잘 차단했으며, 또한 대마왕님에게 용의주도하게 부인의 험담을 잘 늘어놨다면서 치하에 치하를 거듭했습니다. 그 후 아비고르 공작이 사라졌는데, 그때야말로 제가 흘러내리는 것보다 더 좋은 것도 없었죠. 계속해서 지하 깊은 곳까지 공작을 따라갔고 드디어 회의실에 도착했는데, 그곳에는 그를 기다리는 자들이 있었습니다.”

“누구였느냐?”

“대부분 지옥의 대공(大公)들이었습니다. 큰 책상에 앉아 있었는데, 아비고르 공작이 제일 상석에 앉았답니다. 그들은 부인에 대한 이야기를 했는데, 재밌는 사실은 그들이 지금 다시 그곳에 모였다는 거죠. 부인께서 알고 싶으실 거라고 생각했습니다. 부인께서 명만 내리신다면 저는 기꺼이…….”

아비고르 공작은 화가 난 듯한 표정이었다. 평소 공작은 기분이 아주 좋은 상태에서도 그다지 표정을 풀지 않는데, 지금은 흡족한 성과라고는 전혀 없는 상태였기 때문이다.

“다시 말해보아라.” 아비고르 공작이 벌벌 떨고 있는 듀시아스 공작을 두고 말했다.

“애버너시 부인이 인간세계에 도달하는 방법을 찾은 것 같습니다.” 듀시아스 공작이 말했다. “인간세계에서 뭔가를 이곳으로 끌고 왔는데, 지금 그것을 찾고 있는 것 같습니다.”

아비고르 공작은 멍청하지 않았다. 멍청한 머리를 가지고서는 예순 명의 악마들을 통솔하지 못한다. 반면에 듀시아스는 멍청했다. 하지만 아비고르 공작을 위해서만 미련할 뿐이었다. 그리하여 듀시아스 공작의 스물아홉 명 부하 모두 아비고르 공작의 휘하에 있는 셈이었다.

"소년이다." 아비고르 공작이 말했다. "애버너시 부인이 대마왕님 몰래 지옥문을 여는 위험을 무릅쓰는 이유는 그것밖에 없다. 애버너시 부인이 소년을 손에 넣는다면 대마왕님께 그를 바칠 것이고, 그렇게 한다면 다시 대마왕님의 왼팔이 될 수 있기 때문이지. 그러면 애버너시 부인이 우리를 탄압하게 될 것이고, 우리가 지옥을 지배할 수 있는 가능성은 모두 사라지게 될 것이다."

"하지만 어떻게요?" 듀시아스 공작이 말했다. "애버너시 부인은 우리의 음모를 모르잖습니까. 비밀을 잘 유지했다고 생각합니다만."

"어찌 그리 미련한가. 누군가 그녀에게 고하지 않겠는가? 만약 애버너시 부인이 대마왕님의 신뢰를 다시 얻게 된다면 악마들은 자신의 출세를 위해 서로를 배신하게 될 것이 뻔하지 않은가?"

다른 얼굴들이 들어오기 시작했다. 모두들 검은색 두건으로 얼굴을 가리고 있었다. 서른 명의 수하를 거느린 구아레스 공작, 서른여섯 명의 부하를 두고 있는 도세르 공작, 역시 서른여섯 명 부하들의 수장인 보림 공작까지. 이들은 아비고르 공작이 대마왕의 전적인 신뢰를 바탕으로 애버너시 부인이 차지하고 있는 지옥의 군대 총사령관직을 빼앗을 수 있다는 데 자신들의 명성을 건 자들이었다. 이들이 걱정하는 문제는 공식적으로 애버너시 부인이 아직 사령관직에서 퇴출당하지 않았다는 것이었다. 대마왕은 그저 애버너시 부인의 면담 요청을 거부할 뿐이었고, 여전히 제정신을 차리지 못하고 있었기 때문이다. 그리하여 이들은 대마왕을 향한 위태로운 반역의 음모에 가담하게 된 것이다.

"애버너시 부인을 진작 체포했어야 했는데." 도세르 공작이 말했다. "아무 위해도 가하지 않고 그냥 놔뒀더니, 그 결과가 우리의 허를 찌르게 된 거잖아요."

"우리가 그녀를 체포할 수는 없었다." 아비고르 공작이 말했다. 억누를 수 있는 인내심을 최대한 억누른 상태에서 한 말이었다. 도세르 공작은 진정한 군인이었으며 간교한 술책 따위는 모르는 용맹한 인물이었다. 그는 순수한 의지로 전진에 전진만을 거듭하며 적을 제압하고 전투에서 승리를 거두었었다. 동맹을 배반하는 일이 있더라도 그를 흥분시킬 새로운 적을 만날 수만 있다면야 어떤 수고로움도 마다하지 않을 인물이었다.[28] 그는 설령 자신이 쓰러지더라도 전략 따위는 결코 신경 쓰지 않을 인물이었다. "아직 우리 쪽으로 끌어들이지 못한 자들이 너무 많습니다."

"하지만 지옥의 악마들은 애버너시 부인에게 애정이 없습니다." 페로스 공작이 말했다. "부인이 사라진다면 다들 기뻐할 것입니다."

"애버너시 부인에게 관심이 없다지만 나에 대한 애정 역시 전무하다는 게 문제다." 아비고르 공작이 말했다. "그들은 애버너시 부인을 두려워하고 증오한다. 그들에게 애버너시 부인은 눈에 보이는 두려움이다. 하지만 나는 아직 미지의 두려움일 뿐이다."

"우리에게는 이백 명 이상의 악마 군단이 있습니다." 도세르 공작이

---

[28] 악이란 선과는 달리 끊임없이 자신들과 같은 악과의 전쟁을 수행해야만 한다. 악의 야심이란 곧 전투에 대한 충동에 근거하고 있다.

말했다. "지옥의 모든 악마가 우리의 힘을 깨달아야 할 것입니다."

"그걸로는 충분치 않다!" 아비고르 공작이 말했다. "승리의 대한 완전한 확신이 없으면 우리는 전투에 들어가지 않을 것이다. 우리는 아직까지 대마왕님께서 근심걱정을 거두신 후 어떤 편을 지원하실지를 모르고 있다. 발을 잘못 내딛게 되면, 우리는 배신자로 낙인찍힐 것이다. 배신에 대한 처벌이 어떤 것인지는 따로 말하지 않아도 다들 잘 알 것이라 생각한다."

모든 공작들이 침묵을 유지했다. 그들 모두 배신자들이 영겁의 시간을 반복하며 얼어 죽는 북쪽 나라 코시투스를 본 적이 있다. 운이 좋다면 머리 정도는 빙벽 밖으로 꺼낼 수 있겠다만은, 왕국에 대한 배신뿐만 아니라 주군인 대마왕에 대한 배신은 냉기와 어둠의 빙벽 속에 그들을 완전히 가둘 것임이 분명했다.

"하지만 대마왕님이……" 구아레스 공작이 머뭇거리며 말을 이어나가지 못했다. "대마왕님 심기가 불편하신데. 근심걱정이 사그라지지 않고 지속된다면? 그렇다고 해서 왕국을 바위와 불로 쇠락과 다툼에 빠져들게 할 수는 없지 않겠습니까?"

아비고르 공작은 신중한 눈빛으로 구아레스 공작을 쳐다보았다. 구아레스 공작은 아비고르 공작 못지않게 현명한 인물이었고, 아비고르 공작은 구아레스 공작이 자신의 보다 웅대한 계획을 눈치채고 있지 않나 항상 의심하곤 했다. 지금은 대마왕이 그들의 안중에도 없는 게 사실이긴 했지만, 그래도 구아레스 공작 및 다른 공작들은 대마왕이 다시 제정신으로 돌아와서 지옥에 대한 지배력을 강화해주기를 희망했다. 단 한 명, 아비고르 공작만이 대마왕의 슬픔과 분노가 더욱더 깊어지고 우울하게 지속되어서 그 늪에서 헤어나오지 못하는 상황이 도래하기를 바라고 고대했다. 이것이 바로 아비고르 공작이 오지무스를 인근에 두는 이유였다. 오지무스만이 다른 모든 악마들의 접견을 잘라버릴 수 있었고, 대마왕에게 애버너시 부인의 실책을 계속해서 강조하고 또 강조해서 한탄의 강도를 높일 수 있었기 때문이다.

"우리는 애버너시 부인보다 앞서 그 소년, 새뮤얼 존슨을 찾아내도록 할 것이다." 아비고르 공작이 말했다. "소년을 발견해서 아무도 찾지 못하는 곳에 가둔 후, 소년의 소재와 행방에 대해서는 아무것도 모른다고 일체 부인할 것이다. 대마왕님의 신뢰를 되찾겠다는 애버너시 부인의 마지막 희망은 그렇게 사라질 것이며, 우리는 그녀가 지옥의 군대 총사령관으로서 부적합함을 따지며 우리의 주군께서 웃음을 되찾으실 때까지 임시 총사령관을 임명할 것을 건의할 것이다. 그러면 그대들이 누구보다도 바로 나, 아비고르 공작을 우선적으로 후보자로 천거하게 될 것이고, 우리의 반대자들이 의견을 모으기도 전에 일사천리로 일이 마무리될 것이다. 만약 그들이 의견을 내고자 한다면, 그때 그들을 없애버리면 된다."

"그러면 애버너시 부인은요?" 구아레스 공작이 말했다.

아비고르 공작이 미소를 지었다. 하지만 여전히 만족을 모르는 악마의 불만스러운 미소였다.

"그녀는 반역자 아닌가. 인간세계를 정복하고자 했던 우리의 목표 달성에 실패를 안겨준 반역자, 패배의 원인을 제공했던 소년을 우리 영토에 들였다가 또 놓쳐버린 반역자. 그녀는 재판 후에 유죄 선고를 받게 될 것이다. 우리는 애버너시 부인을 코시투스로 끌고 갈 것이며, 목에 쇠사슬을 채워 빙벽 속에 영원히 가둬둘 것이다. 우리에게 신세계를 약속했다가 실망만을 안긴 것에 대한 처벌로 그녀는 얼음 속에서 얼어 죽는 과정을 영원히 반복하게 될 것이다."

아비고르 공작은 공모자들을 쳐다보았고, 모두들 고개를 끄덕거려서 동의의 표시를 교환했다. 그 후 한 명씩 차례로 회의실 문밖으로 나섰다. 마지막은 아비고르 공작이었고, 곧 침묵이 찾아왔다.

침묵을 깬 것은 기분 나쁘게 질척거리는 찐득한 소리였다.

"미안하지만 내가 이렇게 숨어들어 있었지."

"깨끗하게 치우도록 해라." 애버너시 부인이 말했다. 그녀는 바위벽의 틈 사이에서 모든 것을 보고 들었다. 애버너시 부인은 무슨 생각을 하는지 알 수 없는 표정이었지만, 감정 해독에 능숙한 크루포드는 그녀의 얼굴에서 두려움과 놀라움, 그리고 유감의 표정을 감지할 수 있었다.

그리고 분노. 온전하면서도 통제된, 지배적인 분노.

"어째 제가 맘에 좀 드시나요, 부인?" 크루포드가 물었다.

"아주 잘했다." 애버너시 부인이 말했다. "이번 일로, 네게 새 모자를 하나 마련해주마."

크루포드의 끈적끈적한 얼굴에서 미소가 만들어졌다. 새로운 모자라니. 생각했던 것보다 훨씬 더 맘에 드는 보상이었다.

XVIII
새뮤얼을 향한 도움의 손길이
하나둘 모이기 시작하다

왓처는 조용한 동굴을 찾아서 올드 램이 말했던 것에 대해 곰곰이 생각해보았다. 충분한 숙고 끝에 왓처는 애버너시 부인에게 그에 대한 보고를 올릴 생각이었다. 하지만 애버너시 부인의 처소에 도착했을 때, 수많은 악마가 자신들의 부족했던 신뢰를 어떻게든 보상해보고자 부인 주위에 북적대고 있었다. 악마들의 아부성 짙은 말은 애버너시 부인의 상처받은 자존심에 상당한 위로를 안겨주었다. 왓처는 그 썩어빠진 몸뚱이들을 헤치고 애버너시 부인에게 다가갈 수도 있었지만 그렇게 하지 않았다. 왜냐하면 자기 앞에 납작하게 엎드린 악마들의 온갖 찬양에 부인의 기분이 최고조에 달해 있다는 이유도 있었지만, 왓처는 소년이, 그리고 애버너시 부인이 그를 지옥에 끌고 온 방법이 몹시도 궁금했다.

게다가 그을린 타이어 자국을 발견하게 되면서 곧 소년을 찾을 수 있을 것이라는 생각이 머릿속에 꽉 차 있는 상태이기도 했다. 거의 다 됐다. 하지만 아직 완전하지는 않았다. 왓처는 그간 바위틈에서 맡은 냄새를 자신의 머릿속에 있는 낯설고 이국적인 희미한 냄새와 비교하는 생활을 계속해왔었다. 왓처는 지옥에 사는 수많은 악마 사이에서도 홀로 독립적인 생활을 하는 타입이었다. 왓처는 지옥이 생겨난 직후부터 자신의 주군인 애버너시 부인에게 곁을 주고 있지만, 왓처가 어떻게 생겨난 생물체인지, 왓처의 진짜 정체가 무엇인지는 아무도 몰랐다. 심지어 애버너시 부인조차도 정확히는 모르고 있었다. 단지 그가 자신에게 복종하는 존재이며, 수많은 악마가 등을 돌렸을 때도 왓처만이 충성을 다짐하며 남았다는 사실 정도가 다였다.

하지만 왓처가 충성을 다짐하는 존재는 애버너시 부인만이 아니었다. 왓처는 지옥에 존재했던 그 모든 기간 동안 대마왕에게 보고를 올리는 일을 수행해왔다. 대마왕은 아무도, 그 무엇도 신뢰하지 않았기 때문에 그 모든 막강한 능력을 지녔음에도 주위의 모든 자들을 의심하고 있었던 것이다.[29] 하지만 왓처는 애버너시 부인과도 수많은 시간을 보내왔기 때문에 대마왕에 대한 충성심이 조금은 혼란스러운 상태이기도 했다. 왓처는 여전히 대마왕에게 보고를 하고 있긴 했지만 모든 것을 보고하는 것은 아니었다. 왜 그러는지는 말할 수 없다. 그냥 본능적으로 아는 것이 힘, 즉 비밀을 쥐고 있는 자가 힘을 차지한다는 진리를 행하고 있을 뿐이었다. 그렇게 해서 왓처는 자신의 독자적인 판단에 따라 대마왕

---

29 스코틀랜드 속담에 이런 말이 있다. "나쁜 짓을 하는 자는 나쁜 짓을 두려워한다." 다시 말해서 악행을 저지르거나, 다른 사람을 나쁘게 보는 사람들은 다른 사람들도 자신에게 마찬가지로 악행을 저지를 거라고 생각한다는 것이다. 나쁜 짓을 하고서는 그렇게 두 발 편히 뻗고 잘 수가 없는 법이다. 자신의 마음속에서나 감옥에서 평생을 전전긍긍하며 살아야 하기 때문에 오히려 애처롭게 여겨질 정도이다. 혹은 프랑스 작가인 볼테르는 이렇게 이야기했다. "두려움은 범죄를 부르고, 범죄는 형벌을 동반한다."

에게 보고할 사항은 보고하고, 안전하게 자신의 머릿속에만 남겨둘 것은 누락시키곤 했던 것이다. 현재로서는 왓처가 두 명의 주군을 섬기고 있다 할 수 있었다. 결코 좋은 생각이 아님은 자명한 일이다.

하지만 대마왕이 탄식만 하고, 정신줄을 놓고 지내는 상황이 계속되면서 일이 다소 복잡해지고 말았다. 그 말인즉, 왓처가 보고를 하러 처소를 찾아 들더라도 전혀 보고할 수 있는 상황이 못되는 것이었다. 절망의 산을 가득 메우는 울부짖는 소리 때문에 왓처가 뭐라고 말한들 전부 묻혀버리는 상황이었고, 게다가 그 모든 과정을 오지무스가 신중하게 통제하고 있기도 했다. 어쨌든 지금까지는 보고할 사항이 거의 없기는 했다. 애버너시 부인이야 대부분의 시간을 대마왕을 뵈러 갔다 거절당하고 다시 되돌아온다거나, 자신을 인정해주지 않는 무리 사이에서 필사적으로 수하를 찾아 헤맨다거나, 그도 아니면 홀로 처소에서 자신의 행동을 곰곰이 되씹어보면서 보냈기 때문이다. 그런 행동을 제외하고 애버너시 부인이 행했던 유일한 일은 유리 조각을 통해 새뮤얼 존슨을 뚫어져라 보면서 새뮤얼이 듣지 못하는 저주를 퍼붓는 것이었다. 지옥문을 붕괴시켰던 차량의 흔적을 찾는 것은 왓처의 임무였다. 하지만 매번 왓처는 애버너시 부인의 흥미를 끌 만한 소식을 가지고 오지 못했다. 차량에 대한 애버너시 부인의 관심은 점점 줄어들었다. 아니 단지 왓처가 그렇게 생각했는지도 모른다. 그가 마침내 차량의 흔적을 발견해서 애버너시 부인 앞에 섰을 때, 왓처는 그녀가 새뮤얼 존슨을 인간세계에서 이곳 지옥으로 끌고 오기 위해 지옥문을 다시 열 음모를 꾸미고 있었다는 사실을 알고 아주 놀랐다. 변장을 한, 촉수를 지닌 악마라는 사실은 차지하고, 정말 대단한 여자라는 생각밖에 들지 않았다. 바로 그러한 이유 때문에 왓처가 대마왕과 애버너시 부인에게 공히 충성심을 양분하고 있는 것인지도 몰랐다.

왓처는 코를 킁킁거리며 자신이 찾아온 냄새를 다시 한 번 인식시켰다. 가까운 곳에서 직접 확인했다 하더라도, 바위 위의 검은색 물질이 그들과 확실하게 연계되어 있는지는 알 수 없는 일이었다. 왓처의 움푹 들어간 콧구멍이 다시 한 번 씰룩거렸다.

오래된 냄새였다. 거의 잊고 지내던 냄새였다. 하나 더 추가하자면 자극적이면서도 톡 쏘는 냄새였다. 익숙한 냄새였다. 왓처는 기억을 뒤지고 뒤져, 애버너시 부인 앞에 몸을 숙이고 앉아 있는 두 명의 존재를 기억해냈다. 애버너시 부인은 압도적인 권위로 그들에게 영원히 황무지로 떠날 것을 명하고 있었다.

왓처는 거의 놀라지 않았다. 놀라지도 못할 정도로 황당한 일이었기 때문이다. 지옥문의 붕괴에 대한 책임이 누구에게 있는지를 알게 된 그는 충격에 몸을 가누기 힘들 정도였다.

너드.

다섯 신의 재앙, 너드였다.

너드, 악마라는 단어를 갖다 붙이기도 힘든 놈, 행여 사악함과는 어울릴 생각도 못하는 녀석.

너드가 그 모든 배반의 중심이었다.

그사이에, 너드와 웜우드는 모래 언덕에 올라서서 조그만 트럭이 즐겁게 경적을 울리며 뼈의 사막을 지나가는 것을 보고 있었다. 밴에서는 「창가에 놓인 강아지는 얼마인가요?」 노래가 나오고 있었다. 너드와 웜우드는 그놈의 노래 제목이 「창가에 놓인 강아지는 얼마인가요?」라는 것을 어렵지 않게 짐작할 수 있었다. 최소 네 명이서 '얼마인가요?' 뒤에

'왈왈' 하고 개 짖는 소리를 내면서 함께 노래를 따라 부르고 있었기 때문이다.

"강아지가 뭐예요?" 웜우드가 물었다. "도대체 저 사람들은 왜 강아지라는 게 필요한 거죠?"

"강아지라는 것은 짖는 소리를 내는 작은 생명체야. 새뮤얼 존슨의 닥스훈트 같은 거 말이야." 너드가 말했다. "'왈왈' 하는 소리를 내는 이 강아지라는 것은 꼬리가 달려 있는데, 기분이 좋다거나 맘에 드는 일이 있으면 그 꼬리를 흔들곤 하지."

"그런데 지금 그 강아지를 저따위로 고함을 치며 달라고 하는 것 같은데요?"

"응, 근데 큰 소리로 외치는 것은 좋은 생각이 아닌 것 같아." 너드가 말했다. "여기 지옥에 사는 꼬리를 흔드는 괴물들은 꼬리뿐만 아니라 긴 팔과 날카로운 이빨도 사정없이 흔들어대는 놈들이거든."

"저게 인간세계에서 온 것이라면, 새뮤얼도 저기 있겠네요."

너드는 고개를 저었다. "아니, 새뮤얼이 가까이 있다면 내가 느낄 수 있어야 해." 너드가 힘겹게 트럭의 측면에 쓰여 있는 글씨를 읽어 나가기 시작했다. "아이스크림 어쩌고 쓰여 있는 것 같은데. 캔디 어쩌고도."

"캔디?" 웜우드가 말했다.

"캔디." 너드도 말했다.

너드와 웜우드는 서로 쳐다보았다. 그들의 얼굴이 밝아지면서, 둘이 동시에 입을 열었다. "젤리 빈!"

그들은 곧바로 아이스크림 트럭을 쫓기 시작했다.

필 순경은 정말 죽고 싶은 심정이었다. 죽고 싶을 뿐만 아니라 저놈의 난쟁이들과, 추가로 아이스크림 트럭 운전사까지 죄다 죽어버렸으면 싶은 심정이었다. 「창가에 놓인 강아지는 얼마인가요?」를 무려 네 시간째 듣고 있느라 정신이 돌아버릴 지경이었기 때문이다.

"노래 좀 그만해." 순경이 난쟁이들에게 말했다.

"싫어." 앵그리가 말했다.

"노래 좀 그만해."

"싫다고요."

"노래 좀 그만해."

"제발이라고 말해야죠."

"제발."

"그래도 싫어요."

필 순경은 아이스크림 트럭의 운전석을 구분하는 유리 칸막이를 두들기며, 운전석에 앉아 있는 로언 경사와 아이스크림맨 댄에게 말했다.

"마지막 부탁이에요." 순경은 거의 애원하다시피 말했다. "그놈의 음악을 끌 수 있는 방법이 어딘가에는 있을 거 아니에요?"

댄이 어깨를 으쓱하며 말했다. "말했잖아요. 엔진에서 자동으로 나오는 거라고요. 섣불리 끄려 했다가는 전선이 완전 꼬여서 엔진이 멈추는 일이 발생할지도 모른다고요."

"내 신경세포가 완전 꼬이겠다고요." 필 순경이 말했다. "그럼 최소한 앞자리에라도 앉아 갈 수 없을까요?"

"여긴 공간이 충분하지 않아." 결코 비좁게는 가고 싶지 않은 로언 경사가 말했다.

"아니면 잠깐만이라도 자리를 바꾸는 건 어때요? 경사님이 여기 뒤에 잠시 앉아 가시죠?"

"그놈의 노래를 바로 옆에서 들으면서? 그건 아니지. 여기서 듣는 것
으로도 충분하다고."

졸리는 아이스크림콘을 하나 더 떠먹었다. 벌써 열두 개째다. 하지만
울퉁불퉁한 도로 사정을 감안한다면, 아홉 개 정도밖에 먹지 않은 셈이
었다. 나머지 세 개 분량은 얼굴이나 옷 여기저기에 처박고 묻혀버렸기
때문이다.

"참말로 맛있는 아이스크림이네." 열세 개째 아이스크림콘을 빨면서
졸리가 말했다.

"계산은 당연히 해줄 거지?" 댄이 말했다.

"그냥 제 장부에 달아두세요."

"네 장부는 없는데?"

"아니, 그걸 이제 말해요? 이걸 다 먹기 전에 말했었어야죠. 이제는 늦
어버렸네요."

"말했으면 초콜릿도 안 먹었을 텐데요." 스프링클을 한주먹 떠먹던 도
지가 말했다. "하지만 정말 맛있군."

앵그리와 멈블스는 창가의 강아지 노래를 다시 부르기 시작했다. 아
니 적어도 앵그리는 그랬다. 멈블스는 공룡에 대한 노래를 부르고 있었
는데, 알아챈 사람이 아무도 없었을 뿐이었다. 인내심이 이제 거의 끝을
향해 치닫고 있던 필 순경이 팔을 뻗어 난쟁이 한둘을 휘둘러 내팽개치
려고 하는 순간 댄이 차을 멈췄다. 노래 말고도 그들이 신경 써야 할 게
등장했기 때문이다.

"이것 참 흥미로운걸." 도지가 말했다. 댄의 주요 생계수단을 행복하
게 먹어대던 도지와 나머지 세 명의 난쟁이가 아이스크림 트럭에서 뛰
어내렸고, 그 뒤를 바로 두 명의 경찰관과 댄이 따랐다.

그들 앞에 펼쳐진 광경은 수천수만 개의 자그마한 작업대와 각각의 작업대를 차지하고 있는 난쟁이 악마인 임프들의 모습이었다. 작업대 사이로는 또 다른 임프들이 양동이로 지저분한 뼛가루를 나르고 있었다. 임프들은 책상 한쪽 끝에 나 있는 구멍에 뼛가루를 쏟아부었고, 그 후 의자에 앉아 있는 임프들이 레버를 돌렸다. 그러면 뼈가 갈리는 소리가 나면서 다른 쪽 구멍에서 깨끗하고 온전한 뼈가 나왔고, 양동이를 든 악마들이 다시 뼈를 담아서 온 길을 되돌아가는 것이었다.

"저런 거였군." 졸리가 말했다. "뭐가 뭔지 이해가 좀 가는군."

그들 오른편 멀리에는 그보다 더 큰 책상이 놓여 있었다. 난쟁이들은 경찰관과 댄을 떠나서 그 큰 책상을 향해 걸어갔다. 얼마 전에 증발되어 사라져버렸던 A. 보드킨을 꼭 닮은 용모의 악마가 책상에 앉아 졸고 있었다. 그의 명판에는 이렇게 쓰여 있었다. '악마 담당관 D. 보드킨'

"실례합니다." 졸리가 D. 보드킨의 부츠를 툭 차며 말했다.

D. 보드킨이 천천히 눈을 뜨며 졸리를 쳐다보았다.

"뭐야, 무슨 일인데?"

"혹시 이 가루들이 어디서 오는 건지 아세요?"

"무슨 가루?"

"뼈를 만드는 저 가루요."

D. 보드킨은 마치 졸리가 왜 하늘이 보라색과 빨간색 불꽃을 머금은 채 저렇게 흐린 것인지를 물어온 것처럼 무슨 말을 해야 할지 몰랐다. 하늘이란 원래 저런 것인데 어쩌자고 그런 질문을 한단 말인가.

"너 어디 잘못된 거 아냐?" D. 보드킨이 말했다. "한번 둘러봐, 어디에도 가루밖에 없잖아. 고갈될 일은 없을걸, 안 그래?"

난쟁이들이 킥킥대며 웃었다. D. 보드킨은 자신만 눈치채지 못하는 어떤 농담의 희생양이라도 된 것 같아 기분 나쁜 눈빛으로 난쟁이들을 째려보았다.

"저쪽 좀 보세요." 앵그리가 말했다. "저 양동이를 든 작달막한 악마들이 어디서 오는지 알아요?"

"알지." D. 보드킨이 말했다.

"저쪽으로 한번 가보세요. 당신을 만나고 싶어 하는 사람이 있어요. 꼭 당신같이 생겼어요. 만나보면, 오래전에 헤어진 친척이라 말할지도 모르겠네요."

"정말로?"

"완전 맹세할 수 있어요. 둘이 만나면 할 말이 참 많을 거예요. 어떤 점에서는 둘 다 하는 일이 비슷하니까요."

"그럼 한번 가봐야겠군." D. 보드킨이 말했다. "오랜만에 다리나 한번 풀어볼까. 책상을 떠나본 지가 어언…… 윽!"

그는 손목에 매달고 있던 모래시계를 쳐다보았다. A. 보드킨이 갖고 있던 것과 비슷한 모델로서, 위쪽을 아래로 혹은 그 반대 방향으로 놓아도 위쪽에 모래가 모자라거나, 반대로 아래쪽에 모래가 넘치는 일 따위 없이 완벽히 균등하게 모래가 위아래로 이동하도록 만들어진 제품이었다. 하지만 이 완벽하다던 모래시계가 멈췄다. 아마도 뭔가가 막힌 모양이었다. D. 보드킨은 당황한 기색이 역력했다. 그는 모래시계를 검지 손톱으로 툭툭 쳤다.

"시계가 고장이라도 난 모양이군." D. 보드킨이 손목을 흔들면서 말했다. "아, 이러니 조금 낫군."

앵그리가 가만히 모래시계를 쳐다보았는데, 이번에는 아래쪽에서 위쪽으로 모래가 역류하고 있었다. 바로 전까지만 해도 위아래 어느 쪽도 비거나 꽉 차지 않았는데 말이다.

"당신 정말 이 책상에 너무 오래 붙어 있었군요." 앵그리가 동료 난쟁이를 뒤돌아보며, 누군가의 지적 능력을 의심할 때 일반적으로 사용하는 표시로 손가락 하나를 오른쪽 관자놀이에 대면서 말했다. "잠깐 쉬는 것도 좋을 거예요. 돌아올 때까지 이 자리는 우리가 두 눈 부릅뜨고 지키고 있을게요."

"아무것도 훔쳐가지 않을 거지?" D. 보드킨이 물었다. "뭐라도 사라지는 일이 발생하면, 난 아주 곤란한 입장에 처하게 된다고. 경비 절감 알잖아. 요즘은 클립 하나도 일일이 확인해야 한다고."

앵그리는 상처받은 순수한 영혼의 모습을 가장했다. "가슴이 아파요." 앵그리가 거짓 눈물을 떨어뜨리며 말했다. 앵그리는 호주머니를 뒤져 어디 코를 훔칠 손수건이 없나 찾아봤다. 하나를 찾아서 살펴봤는데, 이거 원 이 손수건보다 더 세균이 많은 존재는 실제 그 세균 말고는 없겠다 싶어 그냥 도로 집어넣었다. "그런 말을 하시다니, 너무 가슴이 아파 뭐라 할 말이 없네요."

"그건 중상모략이에요." 도지가 말했다.

"우린 그냥 기분전환이라도 시켜줄 의도밖에 없었다고요." 졸리가 말했다. "근데 당신은 우리를 그런 취급한단 말이에요?"

"우리야말로 도둑놈한테 피해를 입은 당사자들이라고요." 앵그리가 말했다. "말이 나와서 그런데, 혹시 밴 차량 하나 어디서 못 봤나요? 바퀴 네 개에, 측면에 우리처럼 잘생긴 훈훈한 미소의 신사 그림이 붙어 있는 차량인데요."

"못 봤는데." D. 보드킨이 말했다.

"그럼 경찰차는요? 바퀴 네 개에 푸른색 경광등이 달려 있는."

"못 봤어. 근데 나도 한번 봤으면 좋겠네. 왠지 멋진 차일 것 같아."

"흐음." 앵그리가 말했다. "쓸모없는 거라도 뭐 아는 거 없어요?"

앵그리와 나머지 난쟁이가 팔짱을 끼고 잔뜩 기대하는 눈으로 D. 보드킨을 바라보았다. 졸리는 조바심을 내며 발을 구르고 있었다.

"자……" 졸리가 말했다. "다들 기다리고 있잖아요."

마침내 D. 보드킨이 입을 열었다.

"아까 했던 말은 미안해." D. 보드킨이 말했다. 다소 어색해하는 모습이었다. 머리 위의 뿔이 부끄러운 듯 빨갛게 변했다. "훔쳐간다느니 그런 말은 하지 말았어야 했는데. 근데 아무리 조심해도 늘 부족한 법이잖아. 어쨌든 여기는 지옥이고 모든 썩어빠진 군상이 몰려드는 곳이잖아."

"사과는 받아들이죠." 앵그리가 말했다. "자, 그럼 떠나세요. 다른 친구들한테는 우리가 인사를 전해줄게요."

"오케바리." D. 보드킨은 기쁨의 말을 내뱉은 후 뼈를 나르는 양동이 운반자들 속으로 뛰어갔다.

난쟁이들은 손을 흔들어 D. 보드킨을 배웅했다.

"멋진 녀석이야." 졸리가 말했다.

"사랑스럽군." D. 보드킨이 모래 언덕 너머로 사라지는 것을 보며 앵그리가 말했다. "이곳에는 저 녀석 같은 악마들이 필요해."

"우리 밥들 말이지?" 졸리가 말했다.

"그렇지." 앵그리가 말했다. "아주 우리 밥들 말이지."

차량으로 돌아와서 졸리는 노획품을 세었다.

"전부 다해서 연필 열다섯 자루, 연필깎이 하나, 호치키스, 지우개, '꼭 슈퍼 악마가 될 필요는 없지만, 도움이 되긴 하죠'라고 적혀 있는 머그

컵 하나, 그리고 스탬프 몇 개군." 졸리가 말했다.

"책상을 빼먹었잖아." 도지가 말했다.

"그리고 책상 하나 추가." 졸리가 말했다. 졸리는 차량 옆유리로 몸을 빼서 댄의 비상용품함에서 발견한 로프로 밴 지붕에 묶어놓은 책상 상태를 점검했다.

"정말 가져가도 된다고 한 게 확실하지?" 심히 의심스럽기 짝이 없었지만, 적어도 난쟁이들이 잠시나마 노래를 멈춰서 다행이다 싶은 필 순경이 말했다.

"당연하죠. 우리한테 그만둔다고 말했어요. 이 일에는 미래가 없다면서요. 우리한테 아주 친절한 친구들이라고 했다고요."

"뭐 그렇다면야 믿을 수밖에 없지만⋯⋯. 근데 책상은 어디다 쓰려고 가져온 건데?"

"묻고 자시고 할 게 있나요?" 앵그리가 말했다. "쇠막대기에 단단히 고정돼 있지만 않으면 그냥 갖는 거고, 설령 그렇게 고정되어 있다고 해도, 막대기는 빼고 가져가면 그만 아니겠어요?"

필 순경이 이마를 찡그렸다. 먼지 구름이 그들을 따라오고 있는 것 같았다. 먼지 구름이 가까이 다가왔을 때, 그들의 눈에 빠르게 움직이는 바윗덩어리가 보였다.

"저것 좀 보게나." 필 순경이 말했다. 그는 운전석 뒷유리를 두들기며 말했다. "경사님, 바위가 쫓아오고 있어요."

"구르는 돌이 오르막을 오르는 것은 자주 보지 못하지." 앵그리가 말했다. "아주 드문 일이지."

"점점 가까워지는데." 도지가 말했다.

"차를 멈춰." 로언 경사가 말했다. 댄이 차를 멈췄고, 그들 모두 귀를 기울였다.

"엔진 소리입니다, 경사님." 필 순경이 말했다.

"정말 그렇군, 순경." 로언 경사가 그들 옆에 멈춰서는 바위를 보며 말했다. 바위 문이 열리자 무슨 족제비같이 생긴 것이 뛰어내렸고, 그 바로 뒤로 큰 부츠를 신고 망토를 두른 악마가 무슨 즐거운 일이라도 기대한다는 듯한 미소를 초록색 얼굴에 한가득 품고 따라 내렸다.

"젤리 빈 두 봉지 주세요." 너드가 말했다. "그리고 스프링클 뿌린 아이스크림콘도요."

너드는 조그마한 금화를 허공에 흔들어댔고, 그때 필 순경이 아이스크림 판매대에서 고개를 내밀었다.

"이거, 이거, 이거." 필 순경이 말했다.

너드는 너무 놀라 입이 딱 벌어지며 턱이 바닥으로 떨어졌고, 웜우드가 떨어진 턱을 주워서 너드의 입에 다시 붙여줬다.

"이런, 젠장." 너드가 말했다.

"아니지." 필 순경이 말했다. "우리한테는 젠장 말고 스프링클이 있어."

XiX
지옥의 불운한 군상과
조우하다

새뮤얼과 보즈웰은 잔뜩 겁에 질린 채로 혹은 피곤을 달고서 지옥을 거의 횡단하다시피 했다. 갈라진 틈 사이로 불길이 솟구치는 엄청난 규모의 절벽길도 있었고, 끔찍한 외형의 괴물들이 심연 깊은 곳에 숨어 있다가 가끔씩 수면 위로 지느러미와 꼬리를 드러내며 서로 잡아먹고 먹히기를 반복하는 칠흑의 호수도 있었다. 크고 작은 악마들이 가끔은 멀리서, 가끔은 아주 가까이서 보였다. 하지만 그들이 악마를 피해 도망치다 발이 걸려 넘어졌을 때조차, 악마들은 새뮤얼과 보즈웰에게 관심을 두지 않았다. 그냥 누가 있나 보다, 원래부터 저기에 저렇게 있는 것인가 보다, 그도 아니면 자기 일은 아니니까 뭐 다른 악마들의 관심사려니 생각하는 것 같았다.

하지만 다른 그 무엇보다 지옥은 새뮤얼과 보즈웰의 눈에 정말 꼭 생기다가 만 무언가처럼 온통 미완성의 모습에 불과했다. 사실이 그렇기도 했다. 머리 위의 하늘은 늘 화난 것처럼 으르렁대기만 했고, 가끔은 구름이 자신을 내려다보면서 놀려대는 것이 아닌가 생각됐다. 그러다 이내 결코 끝나지 않을 것 같은 소리와 빛의 갈등이 재개될 뿐, 끝도 없이 펼쳐지는 지옥의 장대한 풍광은 정말 볼 게 거의, 아니 전혀 없다고 해도 과언이 아니었다.[30] 지옥은 그저 더러운 흙먼지 속의, 으레 발에 밟히는 돌덩이나 단 한 포기의 초록 잡초도 찾아볼 수 없는 검은색 풀무더기 투성이의 구릉 천지일 뿐이었다.

잠시 후에 오르막길이 나타났고, 새뮤얼과 보즈웰은 조그마한 언덕을 오르게 되었다. 정상에 거의 도착한 그들의 눈에 들어온 것은 거대한 연회장의 모습이었다. 엄청난 수의 테이블이 끝도 없이 펼쳐져 있는 너무도 기묘한 광경. 어디까지인가 싶어 계속해서 시선을 뻗어봤지만, 지옥에서 절대 사라지지 않는 흐릿한 안개에 가려 끝을 확인할 수도 없는 압도적인 규모의 공간이었다. 상상할 수 있는 모든 음식이 테이블 위에 놓여 있었고, 음식 그릇과 접시 사이에는 먼지 묻은 최고급 와인이 질서정연하게 놓여 있었다. 그것은 더할 나위 없이 훌륭한 만찬이었다. 하지만 새뮤얼과 보즈웰은 꽤나 오랜 시간을 굶주렸는데도, 주체할 수 없는 식욕이 튀어나오지 않았다. 음식의 종류와는 상관없이, 놓여 있는 음식은 온통 흐릿한 회색에, 가까이 다가섰을 때 아무런 냄새도 나지 않았기 때

---

[30] 이유는 지옥의 광대한 크기에 비해 실거주지는 아주 조금밖에 되지 않을뿐더러, 대마왕은 지옥의 대부분 지역에 대한 관리나 개발을 애시당초 포기했기 때문이다. 그리하여 지옥의 관광객들이 볼 수 있는 것이라고는 안개가 긴 듯한 흐릿한 모습으로 협박하듯 서 있는 거대한 검은산이나 악마들이 화장실로 애용하는 불 끓는 웅덩이 정도밖에 없었다. 그리하여 지옥의 대부분은 꼭 당신 집에서 볼 수 있는 여분의 방 같은 모습을 하고 있다. 당신의 아버지가 멋진 서재 겸 오락실로 만들어주겠다고 약속했지만, 늘 결과는 안 읽은 책이나, 오래된 청구서, 뱃살을 빼겠다고 구입했다가, 진짜 이유는 운동이고 뭐고 다 귀찮아진 것이지만 둘러대는 이유는 고장이 나서 안 움직인다고 주장하는, 하지만 맘먹고 고치면 멀쩡하게 사용할 수 있는 헬스 자전거 따위를 처박아두는 장소 말이다.

문이었다.

혹은 연회장에 앉아 있는 사람들의 행동 때문이었는지도 모른다. 테이블 사면에 의자들이 꽉꽉 들어차 있어서 여유분의 자리라고는 전혀 찾아볼 수 없었고, 그 모든 자리에는 마르고 병약해 보이는 사람들이 앉아서 음식을 꾸역꾸역 입안으로 쑤셔 넣거나 와인을 목구멍에 쏟아붓고 있었다. 반쯤 씹다 만 고기와 흐릿한 회색 와인이 턱을 적시고 흘러내려 그들의 옷을 더럽히고 있었다.

새뮤얼과 보즈웰은 이제 가장 가까운 테이블에 앉아 있는 사내를 확인할 수 있는 거리까지 접근했다. 사내는 턱시도에 나비넥타이를 비딱하게 매고 있었다. 셔츠 단추가 모두 풀려 있었는데, 그 사이로 튀어나온 터질 듯한 뱃살을 확인할 수 있었다. 하지만 그건 잘 먹어서 배가 부른 사람의 뱃살이 아니었다. 새뮤얼은 언제인가 텔레비전에서 기아에 허덕이는 불쌍한 사람들을 본 적이 있었기 때문에, 그때 기억으로 만성 영양실조가 복부를 그런 식으로 부르게 한다는 것을 알고 있었다. 이 남자는 전형적인 영양실조 상태였지만, 자신이 취할 수 있는 양 이상의 음식을 먹고 있었다. 사내는 반쯤 먹다 만 닭다리를 한쪽으로 치워 놓고, 비록 우중충한 회색 빛깔이지만 육즙이 뚝뚝 떨어지는 스테이크를 씹어 먹기 시작했다. 접시 하나가 비워지면 새로운 접시가 또 하나 나타났고, 그런 식으로 테이블 위에는 빈 접시라고는 단 하나도 찾아볼 수 없었다.

사내가 새뮤얼을 발견했지만, 그래도 그는 먹는 것을 멈추지 않았다.

"저리 꺼져." 사내가 말했다. "여긴 먹을 게 충분하지 않아."

"우리 먹을 것도 빠듯해." 그의 왼편에 앉은 여자가 작은 생선알을 삽으로 퍼넣듯 목구멍에 쑤셔 넣고 커다란 나무 숟가락으로는 캐비어를 떠먹으면서 말했다. 그녀는 화려하게 장식된 야회복을 입고 있었으며,

머리에는 크리스털로 장식된 하얀색 가발을 쓰고 있었다. "그리고 너, 넌 초대받지도 않은 것 같은데."

"그걸 어떻게 아세요?" 새뮤얼이 물었다.

"네가 초대를 받았다면 너를 위한 의자가 있었을 텐데, 네 의자가 없는 걸로 봐서 넌 초대받지 못한 게지. 자, 저리 가라. 식사 중에 사람들을 방해해서는 안 된다는 것을 모르지는 않겠지? 입안에 음식이 가득인데, 계속해서 내 입을 열게 만들고 있잖아. 그건 무례한 짓이지."

"저 여자가 흘리고 있잖아." 여자의 맞은편에 앉아 있던 큰 키의 대머리 남자가 말했다. "캐비어를 원하지 않으면 내가 먹을게."

대머리 남자가 그릇을 향해 손을 뻗자 여자가 숟가락으로 사내의 손을 세게 내려쳤다.

"네 것이나 먹어!" 여자가 소리쳤다.

"근데 음식에서 아무런 향도 나지 않잖아요." 새뮤얼이 혼잣말에 가깝게 말했다.

"향이 없지." 턱시도를 입은 남자가 말했다. "맛도 없고, 질감도 없고, 색깔도 없지만 그래도 난 배가 고파. 늘 배가 고프다고." 그는 스테이크 접시를 광이 날 정도로 깨끗하게 비우더니 다음 접시로 이동해 양손으로 젤리와 스펀지케이크와 커스터드 소스를 퍼먹기 시작했다. "난 너무 배가 고파. 너도 먹어치울 수 있어. 네 개도."

수세기에 걸쳐, 아주 오랜 시간 동안 같은 테이블에 앉아 음식을 먹어대던 턱시도 사내가 처음으로 먹는 것을 중단하고 생각에 잠겼다. 사내가 새뮤얼을 쳐다보는 눈빛에는 새로운 식욕이 담겨 있었다. 방금 푸줏간 주인에게서 막 잡은 돼지를 건네받은 요리사가 어떻게 하면 최적의 크기로 요 돼지를 잘라서 요리할 수 있을까를 고민하는 눈빛이었다. 사내 옆의 여자도 시선을 새뮤얼에게로 돌렸다. 그녀의 입이 벌어지면서 혀에서 캐비어가 흘러 떨어졌다. 큰 키의 대머리 사내가 생선 머리를 한 쪽으로 치우면서 날카로운 칼을 손에 쥐었다.

"제대로 된 음식이잖아." 사내가 속삭였다. "신선한 음식이다."

사내의 말은 바로 옆 나이든 남자의 귀에 들어갔고, 이빨 하나 없이 잇몸 뼈로 겨우 고기를 씹는 쭈글쭈글한 할머니의 귀에도 들어가고, 왕자와 공주처럼 차려입은 아이들의 귀에도 들어가면서 물 흐르듯 저 멀리까지 연회장의 모든 굶주린 손님에게 전달되었다.

"신선한 고기, 신선한 고기, 신선한 고기……."

새뮤얼은 보즈웰을 안고 테이블에서 물러났다.

턱시도를 입은 사내가 의자에 손을 짚고 일어서려고 했다. 하지만 일어설 수가 없었다. 의자를 움직이려고 했지만, 의자는 단단히 고정이라도 된 것처럼 꿈쩍도 하지 않았다. 사내가 새뮤얼을 향해 손을 뻗어도 봤지만, 손이 전혀 닿지 않았다. 날카로운 칼을 든 큰 키의 대머리 사내는 분노로 울부짖으면서 허공에다 칼질을 해댔지만, 새뮤얼에게 해를 입힐 만큼 가까운 거리는 아니었다.

가발을 쓴 여자는 조금 교활한 면모를 보였다. "이리 오렴, 꼬마야." 그녀가 회색 초콜릿 조각을 손에 쥐고 속삭였다. "내가 너를 저 사람들에게서 보호해줄게. 나에게도 한때는 너만 한 아이가 있었거든. 난 아이들한테는 절대 해를 끼치지 않아."

하지만 새뮤얼은 바보가 아니었다. 새뮤얼은 보즈웰을 꼭 껴안고 여자의 사정거리에서 멀찌감치 벗어났다.

"그럼 네 개라도 우리한테 넘겨." 턱시도를 입은 남자가 말했다. "개가 아주 맛있다는 소리를 들었거든."

모든 테이블에서 사람들이 저마다 목소리를 내며 일어섰다. 협박, 약속, 회유, 뇌물 등 새뮤얼과 보즈웰을 붙잡을 수 있는 모든 수단이 동원되었다. 하지만 새뮤얼은 결코 그들과 눈조차 마주치지 않고 계속해서 뒤로 도망쳤다. 눈만 마주쳐도 그들이 의자 감옥을 탈출해서 쫓아오지 않을까 두려웠기 때문이다. 한 명씩 포기하는 자들이 생겨나면서 그들은 이내 멋들어진, 하지만 맛이라고는 전혀 없는 음식에 다시 코를 박고 먹어대기 시작했다. 오직 가발을 쓴 여자만이 계속해서 새뮤얼을 쳐다보며 같은 말을 반복해서 외쳐대고 있을 뿐이었다. "나에게도 한때는 너만 한 아이가 있었어." 새뮤얼이 다시 언덕의 정상에 올라서서 뒤를 돌아봤을 때, 그제야 가발을 쓴 여자도 캐비어를 먹으며 다시 연회에 합류했다.

＊ ＊ ＊

새뮤얼과 보즈웰은 계속해서 움직였다. 그들은 거대한 목마가 불타는 것을 보았다. 목마 주위에는 그리스 전사들이 우울함에 빠져 앉아 있었다. 새뮤얼은 조심스럽게 그들에게 접근했다. 하지만 전사들은 전혀 움직이지 않았고 말을 붙여보아도 대답은 돌아오지 않았다.

"원하는 게 뭐냐, 꼬마야?" 목소리가 들려서 고개를 돌려 보니 모래 속에서 한 여자가 나타났다. 처음에는 머리, 그다음은 몸통, 마지막으로 드레스에 묻은 모래를 털어내며 양손이 나타나더니 곧 전신이 드러났다. 새뮤얼은 여자를 좀 더 자세히 살펴보았다. 그제야 여자가 단순히 모래 속에서 등장한 게 아니라, 여자 자체가 모래라는 사실을 깨달았다. 옷이라고 해봤자 단지 다른 질감과 색조의 모래일 뿐, 전신이 각양각색의 모래로 이루어진 생명체였다. 오직 단 하나, 양쪽 눈만은 모래로 이루어지지 않았다. 눈은 불타는 듯한 짙은 빨강이었다. 새뮤얼이 보고 있는 것은 악마였다.

"이게…… 음, 트로이의 목마잖아요, 그렇죠?"

"그렇지."

"그리고 이 사람들은 성 안으로 들어가기 위해 이 목마를 이용했고요."

"그랬지. 다른 군인들과 떨어져 앉아 있는 저 남자가 바로 오디세우스지." 여자는 남자의 이름을 조심스럽게 말했다. "목마는 저 남자의 생각이었지."

"근데 왜 저 사람들이 여기 있는 거죠?"

"왜냐하면 저건 기만적인 행동이었으니까. 정직하지 못한, 진실을 매도한 행동이었으니까."

"하지만 기발한 생각이었잖아요."

"거짓말이 기발할 수도 있겠지만, 그래도 거짓말은 거짓말이야."

"하지만 사랑과 전쟁에 있어서만은 모든 게 공평하다고 사람들이 그러잖아요. 어디선가 그런 말을 들은 것 같아요."

"사람들이?" 그 '사람들'이라는 게 누군데?

"저도 몰라요. 그냥 사람들이겠죠."

"그건 승자들의 말이지 패자들의 말은 아냐. 힘 있는 자들의 말이지 무력한 자들의 말은 아니지. '모든 것은 공평하다', '결과가 수단을 정당화한다'. 이게 네가 믿는 것이냐?"

"모르겠어요."

"사랑하는 존재가 있느냐? 여자 아이나 뭐 그런?"

"좋아하는 여자 아이가 있어요."

"그 애의 관심을 얻기 위해서 거짓말을 할 수 있겠니?"

"아뇨, 그렇게는 생각 안 해요."

"그렇게 생각 안 한다?"

"네, 그러면 안 되죠."

"그렇다면 누군가가 너를 모함하기 위한 목적으로 그 애에게 너에 대해 거짓말을 한다면, 그게 공평하다고 생각하는 것이냐?"

"아뇨, 당연히 공평하지 않죠."

"다른 의미에서 스포츠 역시 전쟁이다, 라는 말을 들어본 적 있니?"

"들어보지는 못했지만 맞는 말인 것 같아요."

"넌 게임을 할 때 부정행위를 하니?"

"아뇨."

"어째서?"

"옳지 않으니까요. 그런 짓은……."

"공평하지 않다?"

"그래요, 공평하지 않아요."

"그럼 사랑에 있어서는 모든 것이 공평하지 않네. 그러면 전쟁에 있어서도 모든 게 공평하지는 않겠구나."

"그렇겠네요." 새뮤얼은 혼란에 빠졌다. 그는 그리스 군인들을 쳐다보았다. 하지만 자신과 악마의 대화에 관심을 기울이는 사람은 아무도 없었다. "그래도 너무 가혹한 형벌인 것 같아요." 새뮤얼이 말했다.

"그렇기야 하지." 다소 유감이 묻어나는 목소리로 악마가 말했다.

"누구 결정이었죠?" 새뮤얼이 물었다. "누가 저 군인들을 이곳으로 끌고 온 거죠?"

“그들 스스로 결정한 거란다.” 악마가 말했다. “그들이 결정했지. 자,
이제 떠나거라, 꼬마야. 저들의 우울함은 전염성이 아주 강하단다.”

그녀의 눈에서 모래 알갱이가 눈물의 형태를 갖추더니 뺨을 타고 흘
러내렸다. 악마는 땅속으로 다시 꺼져 들어갔고, 새뮤얼과 보즈웰은 불
타는 목마를 뒤로 하고 그들의 여정을 계속했다.

XX
새뮤얼과 보즈웰이
대장장이를 만나다

지옥의 황량한 풍경이 불현듯 변하기 시작했다. 하지만 좋은 쪽으로
의 변화는 아니었다. 지금은 다른 세계, 즉 새뮤얼의 세계에서 온 물체
들이 들판에 점점이 박히는 또 다른 장관이 연출되고 있었다. 갑옷, 녹
슬고 아무도 타지 못하는 제1차 세계대전 당시의 독일산 복엽비행기, 프
로펠러로 균형을 잡고 완전히 곧추 서 있는 잠수함과 새뮤얼이 봤던 것
중에 가장 크고 긴 라이플총 들이 있었는데, 한 번 다 둘러보려면 족히
한 시간 이상은 걸릴 듯한 그 라이플총은 수백, 수천만 개의 도화선이
달린 소총을 모아 만든 거대한 조각 작품이었다. 새뮤얼은 조각 작품을
면밀히 살펴보았다. 라이플총은 마치 쇠로 만들어진 뱀처럼 살아 움직
이는 듯했고, 여전히 하늘을 향해 불을 뿜을 수 있는 강력한 무기였다.

그때 덩치 큰 남자가 버려진 탱크 뒤에서 나타났다. 그는 지저분한 검
은색 작업복을 입고 얼굴에는 용접 마스크를 쓰고 있었고, 오른손에는
하얀색 불꽃을 뿜는 용접봉을 들고 있었다. 불꽃을 끄고 용접 마스크를
벗자 남자의 얼굴이 드러났다. 얼굴에는 덥수룩하게 수염이 나 있었고,

너무도 오랜 시간 동안 용접을 했는지라 두 눈은 용접봉에서 나오던 똑같은 하얀색 불꽃으로 빛나고 있었다.

"넌 누구냐?" 남자가 말했다. 굵고 낮은 음성이었지만, 그렇다고 적의가 배어 있는 음성은 아니었다.

"제 이름은 새뮤얼 존슨이고요, 얘는 보즈웰이에요."

하얀색 눈이 조그만 닥스훈트 강아지에 꽂혔다.

"개구나." 남자가 말했다. "정말 오랜만에 개를 보는구나."

그는 장갑을 낀 손을 뻗었다. 보즈웰이 겁을 먹고 피했지만, 사내의 손이 너무 재빨랐다. 사내는 두 손으로 보즈웰을 잡고, 놀랍도록 따뜻한 손길로 쓰다듬기 시작했다.

"어이구, 이 녀석." 남자가 말했다. "정말 착한 녀석이구나."

남자는 보즈웰을 놓아주었다. 사내의 급작스러운 접촉에 깜짝 놀랐던 보즈웰이 어쩐지 안도하는 듯한 모습이었다.

"나도 개를 길렀었지." 남자가 말했다. "사내라면 개를 길러야 하지."

"아저씨 이름이 뭐예요?" 새뮤얼이 물었다.

"나도 한때는 이름이 있었지만, 지금은 잊어버렸단다. 쓸데가 전혀 없었거든. 이곳에 오는 사람이라고는 아무도 없었으니까. 그냥 대장장이라고 불러라. 쇠를 다루는 일을 하지. 그게 내 형벌이란다."

"여기가 어디예요?" 새뮤얼이 물었다.

"여기는 쓰레기장이자 폐품 처리장이란다. 절대 만들어지지 말았어야 할 물건들로 이루어진 고물 집적소지. 이리 와서 봐라."

새뮤얼과 보즈웰은 대장장이를 따라서 수시로 변화하는 총을 지나고 끝없이 줄지어 서 있는 전투기와 장갑차 대열도 지났다. 그리고 거대한 분화구에 이르렀는데, 분화구 안에는 놀랍게도 칼이나 기관총, 소총, 탱크부터 심지어는 전투함이나 항공모함까지 위해를 가할 수 있는 모든 무기로 꽉꽉 채워져 있었다. 거대한 라이플총처럼 분화구의 내용물 역시 시시각각으로 채워지고 있어서, 온갖 쇳덩어리가 삐걱거리고 털커덕거리고 철커덕대는 소리가 났다.

"저것들은 왜 여기 있는 거죠?" 새뮤얼이 물었다.

"생명을 앗아갔기 때문이지. 여기가 저들이 속한 곳이란다."

"그럼 아저씨는 왜 여기 있는 건데요?"

"내가 저 무기들을 만들었고, 순수한 사람들을 향해 사용하라고 손에 쥐여줬고, 그리고 아무런 신경도 쓰지 않았으니까. 이제 내가 저것들을 부수는 거란다."

"거대한 라이플총은 어떻게 해요? 지금도 계속해서 몸집을 불리고 있잖아요."

"알려줘서 고맙구나." 대장장이가 말했다. "내가 아무리 열심히 일한들, 내가 무수히 많은 무기를 부숴버린들, 저 라이플총은 계속해서 크기를 불려나가지. 내가 저 무기를 창안하는 데 이바지한 셈이야. 나는 그 기억들을 절대 잊을 수 없는 벌을 받았단다."

"유감이네요." 새뮤얼이 말했다. "아저씨는 나쁜 사람처럼 보이지 않는데요."

"그래, 내 생각에도 난 나쁜 사람이 아니었어." 대장장이가 말했다. "아니면 그건 그냥 내 생각이던가. 그나저나 넌 여기 무슨 일로 왔니?"

새뮤얼은 여전히 자신의 상황에 대해 솔직하게 얘기하는 것을 삼가고 있었다. 특히나 올드 램과 조우한 이후에 더욱 그랬지만, 그래도 이 대장장이는 왠지 믿음이 갔다.

"저는 여기 끌려왔어요. 여자인데, 애버너시 부인이라는 악마가 저를 처벌하기를 원하거든요."

대장장이가 활짝 웃었다. "네가 바로 그 소년이구나. 심지어 이런 곳에 사는 나 같은 존재도 너에 대해서는 들어봤단다." 그는 앞주머니를 뒤져 신문 조각을 하나 꺼내 새뮤얼에게 건넸다. 지옥일보에서 오래 전에 스크랩한 조각이었는데, 새뮤얼 존슨의 얼굴이 큼지막한 두 단어 밑에 박혀 있었다.

우리의 적!

관련 기사를 작성한 P. 보드킨 기자는 지옥문을 통한 탈출 시도가 있었으며, 새뮤얼 존슨이라는 소년과 지옥문을 뚫고 잘못된 방향으로 차를 몰고 돌진한 신원미상의 인물 때문에 지상 침공이 실패로 돌아갔다고 전하고 있었다. 새뮤얼은 기사가 다소 불공평하게 일방적으로 한쪽의 이야기만 전하고 있다는 생각이 들었지만, 아니면 혹시 완전 정반대로 곤란한 입장에 처하게 된 지옥일보 기자가 지상 침공을 위해 지옥의 군대를 내려보낸 일은 결코 좋지 않은 생각이었다고 주장하는 것일 수도 있다고 생각했다.

"애버너시 부인이 너를 찾고 있는 것 같은데." 대장장이가 말했다.

"저도 그렇게 생각해요." 새뮤얼이 말했다.

"만약 그 여자가 이쪽으로 온다면, 난 아무것도 말하지 않을 거야. 나는 믿어도 된단다."

"고맙습니다." 새뮤얼이 말했다. "하지만 전 집에 가고 싶어요. 근데 방법을 모르겠어요."

마지막 말을 하면서 새뮤얼은 목이 메었다. 두 눈이 뜨거워지면서 눈물이 나올 것 같았지만 꾹 참았다. 대장장이는 사려 깊게 잠시 새뮤얼에게서 시선을 돌렸다. 잠시 후 새뮤얼이 감정을 추스르는 것 같아 보이자, 대장장이는 다시 소년을 쳐다보았다.

"내 생각에는 애버너시 부인이 널 이리 데려왔으니, 네가 집으로 갈 수 있는 방법도 그 여자는 알고 있지 않을까 싶구나."

"하지만 애버너시 부인은 절 집에 돌려보내고 싶어 하지 않잖아요." 새뮤얼이 말했다. "그녀는 절 죽이고 싶어 해요."

"어쨌든 애버너시 부인이 널 이곳으로 끌고 오는 데 사용했던 그 힘이면 확실히 널 다시 되돌려 보낼 수 있을 거다."

"그럼 부인을 만나야 한단 말인가요?"

"네가 먼저 그녀를 찾든가, 아니면 그녀의 눈에 띄는 수밖에 없지. 그러고 나서 넌 너 자신을 구하기 위한 현명한 지혜를 발휘해야 할 것이야."

"하지만 전 그냥 꼬마에 불과하잖아요. 애버너시 부인은 악마이고요."

"네가 벌써 한 번 무찔렀던 악마니까 다시 무찌르는 것도 가능할 거야."

"하지만 그때는 도움을 많이 받았다고요." 새뮤얼이 말했다. "그때는……."

새뮤얼은 거의 너드의 이름을 말할 뻔했지만, 마지막 순간에 가까스로 참아냈다. 대장장이가 자신을 신뢰한다는 것이 반드시 그가 너드까지 전적으로 신뢰한다고 보장할 수는 없었기 때문이다.

"그때는 너드의 도움을 받았었지." 대장장이가 말했다. 새뮤얼은 충격을 숨길 수 없었다.

"그걸 어떻게 알았어요?"

"나도 그 녀석을 도와줬기 때문이지. 너드의 차를 본 적이 있는데, 고 장이 났기에 내가 너드와 그의 하인인 웜우드를 도와 차를 고쳐줬단다. 그 후 녀석들이 차를 위장해야 한다고 강력하게 주장하길래 내가 그것 도 해줬지. 차를 꼭 바위로 변장시켜야 한다고 해서 좀 찝찝하긴 했어. 사실 아직도 난 왜 그랬어야 했는지 이해가 안 되지만, 너드 그 녀석은 참말로 이상한 놈이잖아. 난 그런 녀석이 좋았지."

"너드는 제 친구예요." 새뮤얼이 말했다. "내가 여기 있는 것을 너드가 안다면, 저를 도와줄 수 있을 거예요."

"아, 너드는 네가 여기 있는 것을 알고 있단다." 대장장이가 말했다.

"어떻게요?"

"너드는 널 느낄 수가 있어." 대장장이는 살아 있었을 때 자신의 심장 이 뛰던 바로 그 가슴 부위를 다소 이상한 방식으로 툭툭 쳤다. "너도 너 드를 느낄 수 있는 거냐?"

새뮤얼은 눈을 감고 깊은 생각에 빠져들었다. 머릿속에 너드의 모습 을 떠올렸고, 너드와 처음 만났을 때 자신의 침실에서 나눴던 얘기를 기 억해보았다. 너드가 그렇게나 좋아했던 젤리 빈의 향취에 대해 생각했 고, 너드가 친구라고 부를 수 있는 사람을 단 한 명도 만나보지 못했다 고 한 말을 듣고 놀라던 순간을 떠올려봤다. 새뮤얼은 너드를 향한 자신 의 가슴을 펼쳐 보였다. 그러자 갑자기 너드의 모습이 보이기 시작했다. 너드 옆에는 웜우드라고 불리는 족제비처럼 이상하게 생긴 녀석이 붙어 있었고, 너드의 두 손은 최근까지도 새뮤얼 아빠의 가장 큰 자랑거리였 던 애스턴 마틴의 운전대를 잡고 있었다.

그리고 갑자기 그림이 바뀌면서 너드와 웜우드가 서 있는 곳이 보이 기 시작…….

잠깐만, 저거 아이스크림 트럭인가?

새뮤얼은 너드를 소리쳐 불렀다. 목이 터져라, 가슴이 미어져라 너드를 불렀다. 남아 있는 모든 희망을 담아 너드를 불렀다. 한때 자신의 친구였던, 자동차를 좋아하는 너드를 모든 신뢰를 담아 외쳐 불렀다.

새뮤얼이 소리쳐 부르자 너드가 대답했다.

XXI

너드, 전직 다섯 신의 재앙이었다가 지금은 완전히 변해서 참 많이 착해지고 성실해진 악마. 너드는 악마가 운이 나쁘면 도대체 어디까지 나빠질 수 있을지가 참으로 궁금했다. 첫 번째로, 그는 웜우드와 함께 황무지로 추방당했다. 그곳에서 그들은 참으로 오랜 시간동안 서로에 대해 알아가면서, 그들이 가지지 못했던 것들을 마냥 염원하며 보냈다. 완전무결하게 단조롭기 짝이 없는 영겁의 시간이었다. 그 단조로움을 깨는 것이라고는 참으로 이상하고도 불쾌한 냄새를 발산하는 웜우드의 신체 능력 정도밖에 없었다. 너드의 재미라고 해봤자, 그따위 불쾌한 냄새에 대한 답례로 웜우드의 머리통을 세게 한 대 내려치는 게 다였다. 그러고 나서 너드는 빗속에서 그렇게나 오랫동안 기다릴 때는 한 대도 오지 않던 버스가, 막상 올 때는 여러 대가 함께 우르르 몰려오는 방식으로, 자기 스스로가 우주 시공간의 구멍을 적어도 네 번 정도 빠르게 왕복 통과하는 아픔을 느꼈다. 육신이 쭈욱 늘려졌다가, 진공청소기에 빨리거나 트럭에 치이거나 혹은 하수구로 직접 낙하하는 순간처럼 가장 불쾌한 방식으로 다시 압축되었다가, 대마왕의 지상 침공 계획을 망쳤다는 이유로 지옥의 군대의 분노를 강제로 마주하는 듯한 느낌이 들었다. 게다가 더한 것은, 버르장머리 없는 난쟁이 네 명과 근시 아이스크림 판매상에 둘러싸여서, 지금 현재 악의를 잔뜩 드러내며 자신을 쳐다보고 있는 경찰관 두 명을 상대해야 한다는 사실이었다.

이건 공평하지 않다고 너드는 생각했다. 자기가 원했던 것은 사탕 몇 개에 아이스크림 정도를 얻을 수 있는 조용한 삶이었을 뿐이라며.

필 순경은 익숙한 솜씨로 경찰 노트를 꺼내 들고 연필심을 한번 핥아 준 다음 받아 적을 준비를 했다.

"준비됐습니다, 경사님." 필 순경이 말했다.

"다음의 혐의로 당신을 기소한다." 로언 경사가 말했다. "체포 불응, 예배당 습격 후 범죄 현장 도주, 경찰 차량 훼손."

"그건 제가 안 그랬는데요." 너드가 말했다.

"너 때문에 차에 냄새가 다 뱄잖아." 로언 경사가 말했다.

"하수구에 빠졌는데 어떡해요 그럼."

"어쨌든 그때 이후로 우리 차에서 향기라고는 완전히 사라졌어. 여기 필 순경은 정기적으로 구토까지 하잖아."

"게다가 내 유니폼에도 악취가 나게 만들었잖아." 필 순경이 말했다. "그따위 냄새나는 유니폼을 입었다가는 내 권위가 말도 아니게 될 거라고."

너드는 필 순경의 권위를 떨어뜨리는 가장 주요한 요인은 바로 필 순경 자신이라는 말이 목구멍까지 올라왔지만 그냥 삼켰다. 이미 충분히 말썽을 일으켰기 때문이었다.

"또 뭐가 있지, 필 순경?" 로언 경사가 물었다.

"이민법 위반이요?" 필 순경이 넌지시 대답했다.

"맞아. 무단 입국. 적법한 비자 없이 대영제국에 들어왔지, 여권 미지참 상태로 대영제국에 들어왔지. 넌 불법 체류자라고."

"전 체류자가 아니라고요." 너드가 잘못을 지적하며 말했다. "전 악마인데요."

"그거나 이거나. 어쨌든 넌 불법 이민을 했어."

"제가 무슨 이민을 했다고요?" 너드가 말했다. "전 제 의지에 반해서 가게 된 거라고요."

"전부 법정에서 판사한테 얘기하면 되겠네." 로언 경사가 말했다. "자, 지금부터가 진짜 재밌는 부분이지. 사유지 무단 침입에 개인 소유의 차량 절도, 무면허 운전, 무보험 운전, 과속에 경찰 차량 절도까지. 이 정도면 쉽게 풀려나기는 힘들 거라고, 친구. 아주 오랫동안 들어가 있을 텐데, 네가 석방될 즈음이면 아마 우린 다른 행성에서 살고 있을걸."

너드는 팔짱을 꼈다. 휘파람을 불면서 뾰족한 턱을 긁었다가, 손가락으로 턱을 톡톡 쳤다. 이 모든 행동을 해석해보면 다음과 같았다. '음, 잘 생각해보자. 지금 당신이 말한 그 모든 것에서 난 기필코 치명적인 실수를 찾아내고야 말겠어.'

"이거 이런 점을 지적하게 돼서 유감입니다만, 당신들이 이곳 지옥에 관할권이 있는지 모르겠습니다. 비들컴이야 당연하겠죠. 하지만 여기 지옥은? 그렇게는 생각되지 않습니다만."

"걸렸어요, 경사님." 졸리가 찬물을 확 끼얹듯 즐겁게 끼어들며 얘기했다. "올드 문페이스는 질이 별로 좋지 않은 교도소 출입 변호사예요."

"조용히 해!" 필 순경이 말했다. "너희들은 이미 너희들 죄만으로도 충분하거든."

"우우." 도지가 야유를 보냈다. "거기에 '아이스크림 트럭 절도'만 더하면 우린 모두 종신형이겠군."

"잘 들어." 로언 경사가 뒷전의 난쟁이 그리스 희극 코러스[31]는 무시하고 너드를 향해 손가락을 흔들며 말했다. "대답해야 할 것이 아주 많을 테니 경찰서로 가서 설명하는 게 어떨까 싶은데."

"나도 정말로 그렇게 하고 싶다고요." 너드가 말했다. "하지만 불행하게도 나도 당신들과 마찬가지로 여기 지옥에서 오도 가도 못하게 된 신세이기도 하고, 게다가 그보다 더 심각한 문제가 있기도 하고요."

"문제라면 어떤?"

"당신들이 여기 지옥의 유일한 사람이 아니라는."

"그게 무슨 소리야? 누가 또 여기 있는데?"

"새뮤얼 존슨과 그의 강아지."

로언 경사가 눈살을 찌푸렸다. 그의 머릿속에서 톱니바퀴가 돌아가는 소리가 들리는 듯했다. 로언 경사는 지옥문이 닫히고 난 후 가장 먼저

---

31 고대 그리스 연극에서는 열두 명에서 스물네 명에 달하는 배우들이 상연 중인 연극에 대해 논평하면서 직접 극에 참여하기도 했는데, 이들을 '코러스'라고 불렀다. 정말 할 일 없이 따분해 미치겠어서 당신의 부모님을 기쁘게(여기서 기쁘게란 아주 짜증나게 하는 것을 의미함) 해 드리고 싶다면, 엄마와 아빠를 집 안 구석구석 따라다니면서 그들의 오고 가는 모든 행동을 언급하는 그리스 코러스 일인극을 만들어보는 것은 어떨까? 이렇게 말이다. "엄마가 지금 냉장고에서 우유를 꺼냈습니다. 엄마가 우유를 컵에 따릅니다. 다시 우유를 냉장고에 넣습니다. 엄마가 그런 이상한 짓은 좀 그만둘 수 없겠냐고 말합니다." 또는 "아빠가 욕실에 들어갑니다. 아빠가 바지를 벗습니다. 아빠가 신문을 바스락거립니다. 아빠가 나한테 저리 가지 않으면 앞으로 용돈은 꿈도 꾸지 말라고 말합니다." 보장하건대, 길고 긴 겨울이 아주 빨리 지나는 것을 실감할 수 있을 것이다.

현장에 도착한 사람 중 하나였지만, 그 역시 무슨 일이 발생했었는지 그 전모를 모르기는 마찬가지였다. 그가 아는 것은 단지 새뮤얼이 도둑맞은 애스턴 마틴을 탄 누군가의 도움을 받아 가까스로 지구를 구했다는 것 정도였다.

근데 누가 그리도 용감무쌍하게 애스턴 마틴을 몰고 돌진해서 지옥문을 붕괴시켰을까.

로언 경사는 앞으로 몇 발자국 나서서 움직이는 바위를 살펴보았다. 경사는 보다 면밀히 바위의 바퀴를 살피고, 위장한 차량의 실내를 들여다보았다.

"필 순경, 경찰 수첩 아직 안 집어넣었지?" 로언 경사가 물었다.

"물론입니다, 경사님."

"여기 너드 씨에 대한 기소 항목을 적은 그 페이지 있지?"

"네, 경사님. 판사님이 직접 읽으셔야 할 경우까지 감안해서 아주 깔끔하게, 정자체로 받아 적었습니다."

"찢어서 던져버려. 이분은 좋은 분이시네."

"하지만……."

"하지만은 없어. 하라는 대로 그냥 해."

명령이라 해도 과연 그 명령을 따라야 하는지에 대한 합리적인 의심을 동반하며 잠시 머뭇거리던 필 순경은 로언 경사가 시키는 대로 했다. 그는 그 페이지를 잘게 찢어서 조각낸 다음 바닥에 던져버렸다.

"무단 투기." 필 순경의 배꼽 높이 즈음에서 쾌활한 목소리가 들렸다. "벌금이 50파운드지."

"조용히 해." 필 순경이 말했다.

"이거 사과의 말씀을 드려야겠습니다, 선생님." 로언 경사가 말했다.

"아닙니다." 너드가 말했다. "당신이 말한 그 모든 짓, 아니 대부분을 제가 한 게 맞는데요, 뭘."

"그 부분에 대해서는 충분히 만회가 되었다고 봅니다. 어쨌든, 그 새뮤얼 존슨 얘기는 뭡니까?"

그리하여 너드는 최선을 다해 새뮤얼이 어떻게 지옥에 나타나게 되었는지와 새뮤얼을 포함해서 경찰관, 난쟁이들, 아이스크림맨 댄까지 지옥에 끌려오게 된 원인이 애버너시 부인이라고 확신이 가는 경위 등을 자세히 설명했다.

"그럼 이제부터 우리가 무얼 해야 할까요?" 로언 경사가 말했다.

"새뮤얼을 찾고 지옥문의 위치를 발견한 다음 모두 집으로 돌아가도록 해야죠." 너드가 말했다.

"지옥문이 있다고 확신하고 계시군요."

"분명히 있을 겁니다. 이곳에서도 법칙은 적용됩니다. 그 지옥문은 틀림없이 애버너시 부인 가까운 곳에 있을 것입니다. 그런데 한 가지 질문이 있습니다."

"뭐죠?" 로언 경사가 말했다.

"이 끔찍한 음악 소리는 뭡니까?"

"아, 그것은 「창가에 놓인 강아지는 얼마인가요?」라는 노래입니다." 필 순경이 우울한 표정을 지으며 말했다.

"왈왈." 앵그리가 말했다. 완전히 반사적으로 나온 소리였다(앵그리는 파블로프의 난쟁이였다).[32]

"제가 말씀드리죠." 댄이 말했다. "엔진이 작동되는 한 저 노래는 끌 수 없고, 그렇다고 엔진을 끄게 되면 차가 멈춰버려서 여기 고립되지는 않을까 두려운 거죠."

댄이 말하고 있을 때 웜우드가 밴 차량의 문을 열어 계기판 아래를 살펴보더니 뭔가를 만지작거렸다. 그리고 그 즉시, 음악이 멈췄다.

"감사합니다!" 필 순경이 말했다. "감사합니다, 감사합니다, 정말로 감사합니다요. 당신 생김새가 꼭 쥐 같지만 않고, 이상한 냄새가 나지 않고, 어쩐지 전염성이 아주 강한 질병의 보균자라는 의심만 가지 않았어도 내 서슴없이 당신을 안아줬을 거예요."

"평생 들어본 말 중 가장 자상한 소리였소." 웜우드가 대답했다. 웜우드는 훌쩍거리며 한 손으로 눈물을 닦았다.

"다행이군요." 로언 경사가 말했다. "자, 이제 새뮤얼은 어디에 있죠?"

너드가 자신의 왼편을 가리켰다. "제 생각에는 저쪽 어딘가에 있는 것 같습니다."

"그렇다면 저쪽 어딘가가 이제 우리가 가야 할 방향이군요. 앞장서시죠, 선생님."

너드와 웜우드가 애스턴 마틴 바위로 되돌아갔고, 경찰관과 난쟁이들은 댄과 함께 아이스크림 트럭으로 기어 올라갔다.

"여, 다시 그 노래 제목이 뭐랬지?" 도지가 말했다. 그리고 즉시 왈왈 소리가 튀어나왔다. 필 순경의 기분 따위는 안중에도 없는 난쟁이들이

---

32 이반 파블로프(1849~1936)는 종이 울리면 먹이를 준다는 신호체계를 개에게 학습시킨 러시아 과학자로서, 가끔은 그 개들에게 전기 충격도 가한 동물학대범이기도 했다. 그는 문득 개가 먹이를 주지 않았는데도, 단순히 종소리를 듣거나 또는 전기 충격만 받아도 침을 분비한다는 사실을 발견했다. 이것이 바로 그 유명한 파블로프의 '고전적 조건형성'이다. 하지만 당신은 다음과 같은 상황에 대해서도 궁금증을 가져야 할 것이다. 만약 개들이 전기 충격을 받고 종소리를 들었는데도 결과적으로는 음식이 나오지 않는 것에 대단히 짜증이 나서 자신들의 불행을 파블로프에게 표현한다면 어떻게 될지에 대해서 말이다. 이것이 바로 그 유명한 '개물림'이다.

208

었다.

너드가 애스턴 마틴에 시동을 걸고 아이스크림 트럭을 쌩하고 지나쳐 갔다. 조금 있다 경찰관과 난쟁이들 그리고 댄이 탄 아이스크림 트럭이 덜거덕거리며 뒤를 따랐다.

웜우드가 너드의 팔을 툭툭 쳤다.

"보세요, 제가 트럭에서 뭘 발견했게요?" 웜우드가 말했다.

웜우드의 손에는 젤리 빈이 가득 든 봉지가 들려 있었다.

"내가 이런 말을 했다고 다른 사람들한테 떠들어대면 그 즉시 난 모든 걸 부인할 거야." 너드가 말했다. "웜우드, 넌 정말 경이로운 녀석이야!"

XXII
포기하지 않는 한
희망은 언제나 존재함을
알게 되다

이 황량한 곳에 도착한 이래 처음으로 새뮤얼의 얼굴에 미소가 보였다. 새뮤얼이 대장장이에게 고개를 돌리며 말했다. "아저씨 얘기가 맞았어요! 너드가 제 소리를 들었어요. 저도 너드가 어디에 있는지 알겠다고요!"

순간 새뮤얼을 축하해줄 줄 알았던 대장장이가 갑자기 새뮤얼과 보즈웰을 잡아채더니, 근처에 덩그러니 놓여 있던 러시아제 T-34 탱크 뒤로 던져버렸다. 새뮤얼은 올드 램의 경우에서처럼 자신이 또 대장장이를 잘못 판단했고, 이렇게 또 배신을 당하는구나 생각했다. 그러나 대장장이는 새뮤얼에게 다가와서 그대로 조용히 있으라고 속삭였다. 새뮤얼의 시야에 하늘에서 움직이는 물체의 모습이 들어왔다. 그것의 날개는 요동치고 있었으며, 날카로운 눈으로는 땅 아래를 샅샅이 뒤지는 중이었다. 동시에 갑자기 대지가 흔들리기 시작했고, 요란한 말발굽 소리가 가까워지며 "안녕, 대장장이"라고 말하는 묵직한 저음의 목소리가 들려왔다.

새뮤얼은 탱크의 측면에서, 보즈웰이 짖지 못하도록 입을 막고 그 장면을 지켜보고 있었다. 대장장이 어깨 너머로 커다란 검은 말 한 마리가 보였다. 대장장이보다 다섯 배 이상은 커 보였고, 박쥐와 같은 날개를 달고 있었으며, 황금을 녹여 그대로 해골에 박아 넣은 듯한 눈알을 지니고 있었다. 굴레를 씌운 입에서는 검붉은 피가 뚝뚝 떨어지고 있었으며, 육중한 말발굽이 땅에 부딪힐 때마다 불꽃이 튀었다. 말 위에는 핏기 없는 뿔이 두개골을 그대로 뚫고 양쪽으로 돌출된 두상을 지닌 악마가 앉아 있었다. 거대한 황소의 것보다 큰, 저런 커다란 뿔이 달린 머리통을 과연 양어깨가 지탱할 수 있을지 의심스러웠다. 어둡고 진한 검은색 머리카락이 어깨까지 늘어져 있었고 피부는 매우 창백했으며, 위트와 지성까지 내재된 듯한 밝게 빛나는 두 눈은 그의 용모에 담긴 잔혹함을 더욱 무시무시하게 보이게 만들었다. 그는 붉은색과 황금색이 어우러진 갑옷을 입고 있었고, 목에는 붉은 망토를 둘렀으며, 거대한 매머드의 상아 목걸이를 하고 있었다. 등 뒤로 날리는 망토는 바람 한 점 없는 날씨에도 자체적인 생명력을 보유한 듯, 독자적인 판단에 따라 누군가를 휘감아 질식시켜 죽일 수 있는 무기로도 보였다. 안장에는 장도(長刀), 철퇴, 가문의 문양이 박힌 구부러진 칼날의 단도와 같은 각종 무기가 실려 있었다.

"공작님을 뵈옵니다." 대장장이가 말했다. "그토록 저명하신 분을 이리 직접 뵐 줄은 미처 예상치 못했습니다."

검은 말이 대장장이 앞에서 일어서면서 육중한 발굽을 대장장이의 머리 위로 들어 올렸다. 아비고르 공작이 고삐를 잡아당기지 않았다면 대장장이의 머리통이 그 자리에서 부숴져 버릴 수도 있는 상황이었다. 하지만 대장장이는 움찔하는 기색조차 보이지 않았다. 대장장이를 겁먹게 만들려는 시도가 소용이 없었음을 느낀 아비고르 공작은 다시 한 번 고삐를 잡아당겨 검은 말의 앞발굽이 지면에 안착토록 했다.

"내가 너의 성격을 잘 알지 못했다면 네 목소리에 조롱이 담겨 있다고 오해했을 수도 있겠구나." 아비고르 공작이 말했다.

"어떻게 감히 그런 행동을 상상이나 하겠습니까, 주인님."

"아니지, 넌 그러고도 남을 놈이야. 이제껏 내 무기를 만들어주면서 겨우 인내하고 있는 거지. 너의 인내심을 똑바로 사용하도록 해라."

대장장이는 수치스럽다는 듯 머리를 숙였다. "당신이 제게 그 모든 무기를 만들라 명하셨습니다. 명을 받들지 않으면 더한 고통을 가할 거라 위협하시면서요. 그렇지 않았다면 제가 왜 그 일을 했겠습니까?"

"내게 저항했던 그때의 기억이 아직도 생생하다. 내 판단이 맞는다면, 그 용기는 네 발가락을 잘라버리겠다고 했던 위협과 함께 완전히 사라진 것으로 아는데."

대장장이가 이를 악물었다. 새뮤얼은 멀리서도 그의 분노를 느낄 수 있었다. 아비고르 공작에 대한 두려움과는 별개로 대장장이는 최대한 공격 본능을 억제하고 있었다. 아비고르 공작은 고삐를 느슨하게 풀면서 양팔을 크게 벌려 공격에 대비하는 자세를 취했다. 하지만 대장장이는 미끼를 물지 않았고, 아비고르 공작은 다시 한 번 고삐를 잡아당겼다.

"대단한 집중력으로 고통을 잘 참아내고 있구나." 아비고르 공작이 말했다. "그럼 내가 좀 도와줘볼까? 대장장이 네가 나한테 그 어떤 정보라도 숨기고 있다고 판단되면, 내 기꺼이 도움을 줄 수 있을 텐데 말이야."

대장장이가 고개를 들며 말했다. "무슨 말씀을 하시는지 모르겠습니다."

"소년을 찾고 있다. 무단침입자다. 이곳을 자유롭게 활보해서는 안 되는 인물인데, 그 소년이 이 부근 어딘가에 있다는 확신이 든다."

"소년은 전혀 본 적이 없습니다. 지난번 공작님의 방문 이래로는 아무도 이곳을 찾는 이가 없었습니다."

"내 너를 그토록 오랜 시간 얼굴 한번 보지 않고 버려두었다니 가슴이 아프구나."

"당신께 거짓은 고하지 않겠습니다. 공작님께서는 단지 무기가 필요할 때만 저를 찾으셨습니다. 그런 도구를 만드는 일은 이제는 참으로 고통스럽습니다. 그래서 여기서 끝낼까 합니다. 이제는 제 과거의 삶처럼 힘 있는 권력자에게 기쁨을 안겨주고픈 열망이 제겐 조금도 남아 있지 않습니다."

"유감이구나, 참으로 비참한 삶이로구나. 하지만 그렇게 해서는 네가 그토록 원하는 것을 되찾을 수야 없지."

"그토록 원하는 것이라뇨?" 아비고르 공작이 결국 말하고자 하는 바는 이것이었으리라 직감하고 대장장이가 물었다.

"너의 과거 말이다." 아비고르 공작이 말했다. "넌 과거에 네가 한 행위에 대한 형벌을 받고 있는 중이다. 과오를 보상한다는 게 그리 쉬운 일인 줄 아느냐? 그렇게만 되면 지옥은 텅 비어버릴 것이다."

"그게 그렇게까지 나쁜 것인가요, 주인님?"

"악마들에게는 좋지 않지. 굴욕감을 안겨줄 너 같은 자들이 없었다면 우리의 존재감은 상당히 지루했겠지."

아비고르 공작이 모래 위에 널려 있는 무기와 여러 도구를 쳐다보았다. "그럼에도 불구하고 너희들은 계속해서 뭔가를 만들어내지." 아비고르 공작이 말했다. "모든 기술은 하나로 집중된다. 너희 같은 자들을 파괴하는 것. 가끔 진짜 악마들이 이미 지구를 지배하고 있다는 생각이 들곤 하지."

"저희는 저희의 기술을 다른 곳에도 씁니다." 대장장이가 말했다. "질병을 치료하고, 인류를 돕고, 사람들을 보호합니다."

"지금도 그럴까? 너는 어떤 기술에 가치를 부여하지? 누군가를 돕겠다는 의지? 아니면 존재하는 모든 것을 쓸어버릴 수 있는 능력?"

대장장이는 고개를 숙였다. 아비고르 공작의 눈을 똑바로 마주 볼 수 없었다. 대장장이가 고개를 숙였을 때, 모래 위에 새뮤얼과 보즈웰의 흔적이 보였다. 그는 살짝 자리를 바꿔 몸으로 흔적을 가린 채 천천히 아비고르 공작에게서 물러섰다. 그러면서 발로 흔적을 지울 생각이었다.

"뒤로 물러서는구나." 아비고르 공작이 말했다. "내가 그렇게 두려운가?"

"당연한 말씀을 하시옵니까, 주인님."

아비고르 공작은 긴 손톱으로 머리 위의 뿔을 툭툭 쳤다.

"난 대장장이 너의 말을 신뢰할 수 없다. 너는 네 자신을 증오하는 것만큼이나 나에 대한 증오심 역시 강렬하다. 너의 두려움이 진실이라고는 생각하지 않는다. 나에 대한 너의 충성심 역시 믿지 않는다. 넌 참 특이한 사내이다. 하지만 그런 특이함이 너의 재능을 형성했다는 것 역시 잘 알고 있다. 어쨌든 소년의 흔적이라고는 전혀 보지 못했다 이거군?"

"그러하옵니다." 대장장이가 말했다. 강아지 발자국과 사람 신발 자국은 이미 아비고르 공작의 시야에서 완전히 사라졌다. 새뮤얼은 대장장이의 목소리가 변했음을 알아챘다. 그는 더 이상 악마 아비고르 공작을 '주인님'이라 칭하지 않았다.

"하지만 만약 본다면 내게 고하겠느냐? 난 늘 너의 충성심을 의심해 왔다. 지옥에서의 너의 최후가 어떨지 궁금하다. 네게 아직은 불이 붙지 않았지만 여전히 도화선을 달고 있는 일말의 선함, 한 가닥의 양심이 남아 있을까 두렵다. 흔히 희망이라고 부르는 것 말이다."

"희망 따위는 없습니다. 제 과거의 삶에 던져두고 왔습니다."

아비고르 공작은 몸을 앞으로 숙였다. 입술을 살짝 벌리며, 완벽하게 하얀 송곳니를 드러내 보였다.

"하지만 무기를 향한 너의 재능은 놓고 오지 않았지. 전쟁이 다가오고 있다. 네가 잊힌 존재라고 생각하겠지만, 전투가 시작되면 모두들 너의 존재를 재인식하게 될 것이다. 나의 적수들이 너의 재능을 탐하고자 너를 찾을 것이다. 그렇게 되면 넌 어떤 행동을 취할 것이냐?"

"일거에 거절하겠습니다."

"그렇게 하겠다고? 힘들 거라고 본다. 그들이 고통을 가하고 고문을 자행하는 능력은 나와 대동소이하다. 나만큼은 아니지만, 거의 비등하지. 네가 나에게 충성을 맹세했다 해도, 너의 충성심은 그러한 고통을 감내할 만큼 단단하지 않다. 그리하여 난 너의 고통을 끝내주는 차원에서라도 어쩔 수 없이 나를 배반할 수밖에 없는 너의 짐을 덜어주고자 한다. 그것이 나의 지혜와 나의 자비를 동시에 증명하는 바가 될 것이다."

아비고르 공작이 장도를 꺼내들었고, 단 한 번의 칼질로 대장장이의 목을 베어버렸다. 아비고르 공작의 칼이 올라갔다 내려치기를 반복하면서 대장장이의 육신은 몇 조각으로 잘려 땅에 내동댕이쳐졌다. 하지만 대장장이의 눈은 여전히 깜빡거렸고, 그의 손도 아직 움직이고 있었다. 손가락은 다리가 여럿 달린 곤충처럼 흙먼지 속을 기고 있었다. 상처에서는 피 한 방울 나지 않았지만, 대장장이의 얼굴은 고통으로 일그러졌다. 아비고르 공작이 자신의 작품을 감상하고 있는 동안에 하늘에서 내려온 악마가 대장장이의 손을 집어 들고 다시 하늘로 날아갔다.

"누군가가 너를 재구성하는 일이 있어도 양손 없이는 아무것도 할 수 없을 것이다. 잘 가거라, 대장장이. 다시 만나는 일은 이제 없을 것이다."

그 말을 마지막으로 남긴 채, 아비고르 공작은 박차를 가하고 길을 떠났다. 전속력으로 달리던 검은 말은 날개를 펼치고 하늘을 향해 솟구쳐 오르더니 그 길로 구름 속으로 사라졌다.

은신처에서 나온 새뮤얼은 대장장이의 사지가 나뒹굴고 있는 곳으로 가보았다.

"제가 있는 곳을 말할 수도 있었잖아요." 심하게 상처 입은 대장장이의 머리를 쓰다듬으며 새뮤얼이 말했다. "제가 있는 곳을 말했으면 그가 아저씨를 살려둘 수도 있었잖아요. 미안해요, 정말 미안해요."

"그러지 마라." 대장장이가 말했다. "난 괜찮단다."

그 말을 하는 순간 대장장이의 표정이 변했다. 다소 어리둥절해하는 것처럼 보였지만, 그의 얼굴은 마치 천천히 떠오르는 태양에 반사라도 된 것처럼 호박빛으로 부드럽게 물들어갔다.

"하나도 아프지 않단다." 대장장이가 말했다. "고통은 이미 다 사라졌거든." 대장장이가 새뮤얼을 보고 미소를 지었다. "난 너를 배신하지 않았단다. 이제야 내 과오를 씻게 된 것 같구나. 이제 평화가 느껴진단다."

대장장이의 난도질당한 불쌍한 육신이 서서히 그 생명력을 다하고 있었고, 새뮤얼과 보즈웰은 또다시 홀로 남았다.

애스턴 마틴과 아이스크림 트럭은 수십 마일씩이나 뻗어 있는, 역겨운 악취를 풍기는 숲의 늪지대에 자생하는 거대한 초록색 독버섯 아래

216

숨어 있었다. 너드와 웜우드는 경찰관, 난쟁이들과 함께 악마들이 머리 위로 지나쳐 날아가는 것을 지켜봤다. 가끔씩 어떤 놈들은 지상에 뭔가 그들의 관심을 끄는 게 있어서 면밀히 조사해야겠다는 판단이 들었는지 선회를 해서 하강을 했다, 다시 하늘 위로 올라가는 행동을 하곤 했다. 그때 검은색 거대한 말 한 마리가 그들 머리 위로 구름을 뚫고 쏜살같이 날아갔다. 말 위에 탄 기수는 악마들에게 갖은 재촉을 했는데, 그 소리가 어찌나 큰지 아래에서 지켜보는 우리 친구들까지도 전부 알아들을 수 있을 정도였다.

"소년을 찾아라!" 그가 외쳤다. "소년을 내게로 데려와라!"

"저놈 생긴 게 맘에 안 들어." 졸리가 말했다.

"난 전부 다 생긴 게 맘에 안 들어." 도지가 말했다.

"근데, 말 위에 타고 있는 저 거인은 누구야?" 앵그리가 너드에게 물었다.

"아비고르 공작." 너드가 말했다. 뭔가 혼란스러워하는 목소리였다. 이건 아니었다. 너드는 아비고르 공작과 그의 수하들이 새뮤얼을 찾는 이유를 추측해보려 노력했다. 새뮤얼을 지옥으로 데리고 올 수 있었던 자는 애버너시 부인뿐이고, 아비고르 공작과 애버너시 부인은 철저한 원수 사이이다. 아비고르 공작이 애버너시 부인에게 도움을 베풀 리 만무했다. 하지만 지금 아비고르 공작은 수하들을 풀어 애버너시 부인이 그 누구보다도 증오해 마지않는 인간을 찾고 있었다. 생각할 수 있는 이유는 단 한 가지뿐이었다. 아비고르 공작 역시 어떤 목적으로 새뮤얼을 원하고 있는 것이었다.

"저놈은 누구 편이지?" 로언 경사가 물었다.

"자기 편이죠." 너드가 말했다. "저자가 지금 새뮤얼을 찾고 있어요."

"왜?"

"아마도 그가 새뮤얼을 차지하면 애버너시 부인이 차지하지 못하게 되니까. 새뮤얼은 애버너시 부인이 권좌로 돌아가는 방법이고, 아비고르 공작은 그걸 원하지 않으니까요. 아비고르 공작은 지배를 원합니다. 제 생각에 아비고르 공작은 대마왕을 제거할 방법을 찾기만 한다면 서슴없이 대마왕을 없애버릴 인물입니다. 하지만 그게 불가능함을 알고 있으니까 이인자라도 되고 싶어 하는 것이죠. 자신의 야망을 달성하려면 애버너시 부인이 사라져주는 과정이 필요합니다. 그 말인즉, 그녀가 대마왕의 재신임을 받을 수 있는 모든 희망을 제거해야 한다는 뜻이고, 애버너시 부인의 단 하나의 희망이 바로 새뮤얼을 대마왕에게 바치는 것이죠."

로언 경사는 너드를 경외의 눈빛으로 바라보았다.

"언제 저렇게 똑똑해졌을까?"

"생각했던 것만큼 내가 똑똑하지 않다는 사실을 깨달았을 때죠." 너드가 대답했다. "모두 움직여야 합니다. 새뮤얼이 인근에 있어요. 확실히 알 수 있습니다."

하지만 너드가 말을 하는 그 순간에도 새뮤얼의 존재는 점점 희미해져만 갔다. 너드는 소년의 영혼이 약해지기 시작했음을 느꼈다. 뭔가가 대단히 잘못되었다. 너드는 새뮤얼이 포기하지 않고 계속해서 나아가기를 기도했다.

조금만 더 버텨, 새뮤얼……. 너드가 생각을 모았다. 조금만 더 기다려……

* * *

새뮤얼과 보즈웰은 무기의 분화구를 떠났다. 대장장이의 용기를 영원히 기억하리라. 멀리 언덕이 보였다. 새뮤얼은 그 방향으로 나아가기로 결정했다. 어쩌면 그곳에서 자신과 보즈웰이 몸을 숨길 곳을 찾을 수 있을지도 모른다고 생각했다. 지금 이곳은 너무 노출된 평지라서 공격을 받으면 꼼짝없이 당할 수밖에 없었다. 하지만 너무도 피곤했다. 한 발을 딛고 다른 발을 끌며 겨우 발걸음을 옮겼다. 게다가 다리를 절기 시작한 보즈웰을 안고 가야 했다. 코는 타는 듯 따가웠고, 유황이 섞인 유독가스 때문에 숨쉬기가 매우 힘들었다. 집으로 돌아가는 유일한 희망이 만나기 그토록 꺼려했던 바로 그 여자에게 달려 있다는 것을 생각하니 정신이 혼미해지며 머리가 자꾸 땅으로 떨어졌다. 새뮤얼은 대장장이의 논리를 이해하기는 했지만 정말이지 애버너시 부인을 다시는 마주 대하고 싶지 않았다. 공평한 게 하나도 없었다. 그따위 바보 같은 지옥문은 보지도 말았어야 했다. 지구 따위를 뭣 하러 구했을까. 너드는 또 왜 만났단 말인가.

아냐. 새뮤얼은 고개를 저었다. 그런 생각이 도대체 어디서 나왔단 말인가? 그건 진심이 아니었다. 너드는 그의 친구이다. 친구를 두고 어떻게 그런 생각을 할 수 있단 말인가? 하지만 너드가 그의 친구라면, 그는 도대체 어디에 있단 말인가? 새뮤얼이 그토록 불러댔지만 너드는 아직 오지 않고 있었다. 아마도 너드 역시 나머지 다른 사람들처럼 신경을 쓰지 않고 있을지도 모른다. 심지어는 아빠도 날 버렸다. 엄마는 사태를 막아보고자 하는 어떠한 노력도 하지 않았다. 부모조차도 전혀 그들이 마땅히 해야 할 행동을 중요하게 생각하지 않는데, 이 짓을 계속한다는 게 무슨 의미가 있단 말인가?

새뮤얼이 걸음을 멈추었다. 자신의 앞길에 엄청난 크기의 공허가 놓여 있는 것 같았다. 검게 펼쳐진 공허. 하지만 실제로는 전혀 검은색이 아닌 공허. 왜냐하면 적어도 검다는 건 지금처럼 투명인 공허가 아닌 뭐라도 있다는 것이기 때문이다.[33] 새뮤얼과 보즈웰이 지금 들여다보고 있는 시공간의 구멍은 존재하지 않음의 대표 유물격으로, 다중우주가 창조되기 전에도 흔적조차 존재하지 않았다. 그 구멍을 들여다보고 있으면 새뮤얼은 너무도 가슴이 아파왔다. 길이도, 넓이도, 깊이도 없는 구멍이었기 때문이다. 중력이 있는 것도 아니었고, 통과할 수 있는 에너지가 존재하는 것도 아니었다. 새뮤얼과 보즈웰이 보고 있는 것은 단지 현재 차원과 이 우주의 끝이 아니라 모든 우주의 시작과 끝이었다. 그리하여 그 구멍을 들여다보면 거대한 슬픔이 그들을 덮치고, 정신이 혼미해지며, 계속 나아가려는 의지가 무너지는 것 같았다. 제아무리 똑똑한 소년과 영특하고 충성심이 강한 강아지라 해도 순수 공허의 음침함은 절대 마주치지 말았어야 했다. 천천히 새뮤얼은 구멍 속으로 빠져 들어갔다. 보즈웰도 옆에 있었다. 그들은 함께 절대 암흑의 공허를 바라보았다. 그리고 공허도 그들을 맞이하기 시작했다.

------

33 우리가 색깔을 본다고 할 때, 실제로 우리가 보고 있는 것은 빛이 우리의 눈에 부딪히며 만들어내는 주파수와 파장이다. 빛의 단위인 광자는 우리가 보는 색깔이 분홍색인지 혹은 파랑색인지 그도 아니면 늪지대나 교복에서나 볼 수 있는 이상한 갈색인지를 구분할 수 있게 해주는 물질을 남긴다. 원자 없이는 광자도 있을 수 없고, 그렇다면 색이라는 것도 있을 수 없게 된다. 심지어 검정색마저도. 비록 우리의 눈은 공허를 검정색으로 보지만 말이다. 실존주의로 알려진 철학의 한 유파가 있다. 인생은 거대한 무(無)로서, 우리는 모두 크나큰 슬픔의 상태에 있다고 주장하는 학문이다. 놀라운 일도 아니지만, 실존주의자들은 실제로 생일파티에 그다지 많이 초대받지 못한다.

XXIII
애버너시 부인이 이성을 잃고
그 유명한 분을 다시 만나게 되다

애버너시 부인이 경악하며 소리를 질렀다. 심지어 왓처조차 그 소리와 강도에 주춤하며 물러설 수밖에 없었다.

"너드?" 애버너시 부인이 비명을 질렀다. "너드? 지금 그 천치, 얼간이에 악마라고 부르기도 민망한 그 너드가 이 모든 일에 책임이 있다고 말하는 것이냐? 하지만 내가 추방해버리지 않았느냐? 내가 그 녀석을 얼빠진 하인놈이랑 묶어서 더 이상 걸리적거리지 못하게 황무지로 추방해버리지 않았느냐고? 어떻게 그 녀석이……? 어떻게 그런……? 도대체 어떻게……?"

애버너시 부인이 말을 잇지 못할 정도로 충격을 받은 것은 아마도 평생 처음 있는 일이었을 것이다. 너드라고? 하지만 그놈은 진짜 하찮고 별것도 아닌 놈 아닌가? 어떻게 그렇게 크나큰 판단착오를 할 수 있었단 말인가? 애버너시 부인은 하마터면 너드에 대한 감탄의 말을 내뱉을 뻔했다. 그 녀석이 해낸 일, 그 녀석이 저지한 그 계획의 규모는 정말 상상할 수도 없을 만큼 대단한 수준이었기 때문이다.

"내 나중에 너드를 처리할 것이다." 잠시 동안이나마 애버너시 부인의 최우선 과제가 되었던, 그 모든 일에 너드가 개입되어 있었다는 왓처의 보고는 다시 뒷전이 되었다. 그녀가 올드 램이 인근에 새뮤얼을 붙잡아 두고 있다는 사실을 알게 되었기 때문이다. "지금은 새뮤얼 존슨이 우리의 최우선 과제이다. 넌 나에게 곧바로 왔었어야 했다, 왓처. 난 네게 매우 실망했다."

만약 왓처가 여타의 악마들과 마찬가지 수준의 지적 능력을 갖고 있었다면 이 말의 불공평함에 항의하며 자신의 억울함을 호소하려 들었겠지만, 왓처는 다른 이유 때문에라도 침묵을 지키는 쪽을 택했다. 어찌 됐든 애버너시 부인은 여러 가지 면에서 무신경했으며, 자신의 외모를 가꾸는 데 너무 관심이 많았고, 심지어는 왓처가 자기에게 반기를 들지는 않을까 의심에 의심을 거듭하는 괜한 예민함까지 보이고 있었기 때문이다. 왓처가 올드 램의 전갈을 애버너시 부인에게 전달하기까지 그렇게 오랜 시간이 걸린 것은 전적으로 왓처의 잘못만은 아니었다. 하지만 왓처는 변명 따위는 하지 말자는 주의였고, 설령 그렇게 했더라도 애버너시 부인은 들으려고도 하지 않았을 것이다. 그런 생각을 했다는 이유만으로 이미 불평불만 가득한 악마 취급을 받았을 것이 분명했다.

애버너시 부인이 발길을 돌렸고, 왓처가 뒤를 따랐다. 그녀의 처소 뒤편은 돌마당이었는데, 그곳에는 안장이 올려진 거대한 바실리스크[34]가 서 있었다. 애버너시 부인이 안장에 오르자 바실리스크는 쉭쉭거리는 소리를 내며 자신의 주인을 반겼다. 애버너시 부인이 부츠에 달린 뼈로 박차를 가했고, 바실리스크는 애버너시 부인을 태우고 목적지인 구부러진 나무들의 숲을 향해 달렸다. 하늘에서는 왓처가 그림자를 드리우며 애버너시 부인을 따르고 있었다.

새뮤얼은 더 이상 엄마에 대해 화도 나지 않았다. 사실은 이제 엄마가 어떻게 생겼는지조차 기억나지 않았다. 한때 그에게도 엄마가 있었지만, 그는 이제 마음속으로 엄마의 모습을 그려볼 수 없었다. 마찬가지로 아빠의 모습 역시 흐릿하기만 했다. 하지만 그건 문제가 되지 않았다. 아무것도 문제가 되지 않았다. 공허가 새뮤얼을 집어삼키면서, 모든 감정과 기억을 비워버리고 새뮤얼을 겉껍질만 남은, 속이 빈 존재로 만들어버렸다. 새뮤얼 옆에는 보즈웰이 낑낑대며 주인의 손을 핥느라 애쓰고 있었다. 하지만 새뮤얼의 팔힘이 빠지면서 안겨 있던 강아지가 아래로 떨어졌다. 아래를 쳐다보며 새뮤얼은 강아지의 이름을 기억해내려 애썼다. 보…… 뭐였던 것 같은데.

그리고 이젠 새뮤얼의 눈에 남아 있던 불빛마저 사그라져 가기 시작했다.

애버너시 부인의 바실리스크는 구부러진 나무들의 숲 끝에 위치한 폐허가 된 올드 램의 집에서 멈췄다. 부인은 혹시라도 돌무더기 속에서 새뮤얼 존슨을 찾을 수 있을까 싶어 수색을 시작했다. 하지만 소년의 흔

---

34 신화에서 바실리스크는 특유의 왕관 문양 때문에 '뱀의 왕'으로 알려져 있다. 바실리스크는 바라보기만 해도 죽음에 이른다거나, 독성을 가진 숨결에 닿으면 숨이 막혀버리고, 울음소리만으로 상대방을 해하는 등의 능력을 지닌다고 알려져 있다. 심지어는 군인이 바실리스크를 창으로 찌르면, 바실리스크의 독이 창을 타고 올라와 손으로 스며들어 그 사람을 죽인다는 말까지 있을 정도이다. 두꺼비나 뱀의 알에서 태어난 수탉이 바실리스크를 낳는다는 풍설도 존재한다. 아마도 이런 유언비어 때문에 닭이 먼저냐 달걀이 먼저냐 식의 다양한 질문이 생겨났는지도 모른다. 실제로 과학자들은 달걀 껍질에서 발견되는 특정한 단백질이 닭 내부에서만 생산이 가능하다는 이유로, 어떤 형태든지 닭이 먼저 생겨났다는 믿음을 갖고 있다고 한다. 알겠는가, 그렇다면 첫 달걀을 낳은 닭은 아마도 정말 깜짝 놀랐을 것이다. "꽥, 꽥…… 끄엑, 꽥 꽥! 여보, 여보! 지금 내 밑으로 뭐가 떨어졌는지 당신은 믿지 못할 거예요! 꽥, 꽥!"

적도, 올드 램의 흔적도 찾을 수 없었다. 애버너시 부인은 땅바닥을 샅샅이 조사했다. 그레이트 오크의 육중한 몸체가 남긴 자국을 확인한 후, 그제야 애버너시 부인은 무슨 일이 일어났는지 알 수 있었다. 애버너시 부인이 왓처를 이끌고 숲 속으로 들어섰다. 공포에 질린 나무들이 몸을 사리며 길을 비켜섰고, 바실리스크를 탄 애버너시 부인은 순식간에 그레이트 오크 앞에 다가갔다. 겁에 질린 작은 나무 신도들과는 달리 위대한 교주인 그레이트 오크는 애버너시 부인 앞에서도 전혀 동요됨이 없었다. 오히려 애버너시 부인이 복잡하고 추하게 꼬인 뿌리와 뒤틀린 줄기를 지닌 거대한 나무를 경계하는 것처럼 보였다. 애버너시 부인이 잔혹한 짓을 수도 없이 일삼는 인간의 탈을 쓴 악마라면, 그레이트 오크는 강하고 위험하지만 동시에 오랜 연륜에서 비롯된 자애로움을 지닌 존재이기도 했다. 그레이트 오크에게서 인간미를 느낄 수 있는 이유는 바로 그런 것 때문이었다.

물론 그레이트 오크 역시 수천 년 동안이나 이어진 불행하면서도 기형적인 성장 때문에 정신이 온전하다고는 볼 수 없었다. 광기는 가히 그레이트 오크를 쉽게 예측할 수 없는 존재로 만들었고, 애버너시 부인 역시 그레이트 오크가 자신을 충분히 제압하고도 남을 만큼의 능력자임을 잘 알고 있었다. 그레이트 오크가 작정하기만 하면, 일그러진 고통에 대한 복수로 그 거대한 뿌리를 이용해 자신을 칭칭 감아 양껏 가지고 놀다 죽일 수도 있음을 잘 알고 있었던 것이다. 애버너시 부인은 더 이상 대마왕님의 보호를 받지 못하는 작금의 상황이 대단히 취약한 상태임을 잘 알고 있었다. 그렇기 때문에 그 어느 때보다도 왓처가 자신의 곁을 지키고 있다는 게 기쁜 것도 사실이었다.

"정말 오랜만에 여기에 발을 딛는구려." 그레이트 오크가 말했다. "그

때도 환영받지 못했으니, 당연히 지금도 환영받지 못할 것이다.”

“올드 램한테 무슨 짓을 한 거냐?”

“응당 치러야 할 대가를 치르게 한 것일 뿐.” 그레이트 오크가 말했다. 그레이트 오크의 입 아래 몸통이 마치 세로로 난 상처처럼 벌렁벌렁거렸다. 그 커다란 구멍 안에서 넝쿨에 묶여 매달려 있는 올드 램의 모습이 보였다. 조여드는 나뭇가지가 살을 뚫고 들어올 때마다 고통스러워하는 올드 램의 신음소리가 들렸다.

“올드 램과 함께 소년이 한 명 있었다.” 애버너시 부인이 말했다.

“소년?” 그레이트 오크가 말했다. “난 소년은 못 봤다.”

애버너시 부인의 귀에 주변 나무들의 비웃음 소리가 들렸다.

“거짓말하지 마라. 네가 소년을 데리고 있느냐?”

“여기에 소년은 없다.” 그레이트 오크가 외쳤고, 애버너시 부인은 그레이트 오크가 진실을 말하고 있음을 알 수 있었다.

“그럼 올드 램을 놔주거라.” 애버너시 부인이 말했다.

“이렇게 재밌게 가지고 놀고 있는데 내가 왜 그래야 하지?”

“그와 얘기해야만 한다. 네가 그렇게 고통을 가하고 있으면 얘기를 할 수 없지 않으냐?”

넝쿨이 풀리고 뿌리와 줄기가 떨어져 나가면서 올드 램이 포박에서 풀려났다. 나무 틈에서 굴러떨어진 올드 램이 애버너시 부인 앞에 내동댕이쳐졌다.

“고맙습니다.” 앞발굽으로 애버너시 부인의 발을 짚고 일어서며 올드 램이 말했다. “고맙습니다, 참으로 친절하십니다. 정말 감사합니다.”

“소년……” 애버너시 부인이 말했다. “소년에 대해 말해보아라.”

“올드 램이 부인께 바치고자 녀석을 데리고 있었습니다. 소년과 강아지 둘 다요. 소년은 잠을 자고 있었고, 올드 램을 대단히 신뢰하고 있었습니다요. 그때 갑자기 그레이트 오크가 나타나더니 올드 램의 집을 완전히 쳐부숴놓았고, 소년은 그 사이에 용케 도망치고 말았습니다. 소년이 무너진 돌무더기 틈을 기어서 도망치는 것을 올드 램은 똑똑히 보았습니다요. 하지만 올드 램이 할 수 있는 일은 아무것도 없었습니다. 전부 그레이트 오크의 잘못입니다. 저자를 벌해야 합니다. 저자를 벌해주십시오!"

애버너시 부인이 그레이트 오크에게 고개를 돌렸다.

"이게 모두 사실인가?"

그레이트 오크가 삐걱삐걱 바스락대는 소리를 냈다. "올드 램이 우리에게 위해를 가했다. 벌을 받아야 할 자는 올드 램이다. 그 소년이 애버너시 부인 당신 것인지 몰랐다. 그건…… 그냥 나의 실수였다."

그레이트 오크가 마치 두 팔로 애원하는 듯한 몸짓으로 애버너시 부인을 향해 가장 큰 두 개의 가지를 뻗쳤고, 그 끝에서 칼날만큼이나 날카로운 작은 가지들이 튀어나와 애버너시 부인을 그어버렸다. 땅에서 솟구쳐 나온 뿌리는 애버너시 부인의 발목을 칭칭 감았다. 왓처가 애버너시 부인을 잡고서 하늘로 날아 피하려 했지만, 주위를 둘러싼 나무들이 일제히 가지와 잎을 펼쳐대면서 왓처가 날아오를 공간을 봉쇄해버렸다. 애버너시 부인의 바실리스크가 독을 내뿜었다. 줄기와 뿌리가 순간적으로 썩어들었지만, 나무들의 수가 워낙 많았다. 바실리스크 주위의 나무 넝쿨들이 이내 바실리스크의 입을 묶어서 봉해버렸고, 그레이트 오크는 진흙과 오물을 사용해서 바실리스크의 눈을 막았다. 바라보기만 해도 죽음에 이를 수 있는 바실리스크의 눈은 맹독이나 다름없었기 때문이다. 그 모든 상황이 벌어지는 동안 올드 램은 머리를 두 발굽 사이에 박고 양 특유의 "매애" 하는 소리를 반복해서 질러대며 공포에 벌벌 떨고 있었다.

애버너시 부인의 등에서 여섯 개의 촉수가 솟구쳐 나왔다. 촉수의 끝에는 날카로운 부리가 달려 있어서 나뭇가지를 부러뜨리고 뿌리를 물어 댔다. 하지만 그레이트 오크는 너무나 강했고, 현재 사정권에 들어온 애버너시 부인의 명줄을 끊어버리겠다는 의지도 너무나 강했다. 얼마 지나지 않아 애버너시 부인과 왓처는 그레이트 오크의 위력 앞에서 저항을 멈추었다. 왓처는 두 팔이 묶인 채로 못 박혀 있었고, 애버너시 부인은 허리 아래를 나무뿌리가 완전히 칭칭 동여맨 판국이었다.

"그레이트 오크에게 고개를 숙이라." 늙은 나무가 말했다. "와서 우리에게 합류토록 해라."

애버너시 부인의 두 눈이 하얗게 빛을 발하기 시작했다. 그녀는 입을 열어서 혀를 말았다. 애버너시 부인의 이빨 사이로 푸른색 불꽃이 보였다. 애버너시 부인은 깊은 숨을 몰아쉰 후 힘껏 내뱉었다. 그녀의 입에서 불꽃이 발사되었고, 무서운 기세의 불꽃이 그레이트 오크의 심장을 강타했다. 그레이트 오크는 고통에 몸부림쳤고, 나뭇가지와 뿌리에 묶여 있던 왓처와 애버너시 부인이 풀려났다. 왓처는 애버너시 부인을 데리고 하늘 높이 올라 숲을 벗어났다. 그레이트 오크는 푸른색 불똥을 튀기며 고통스러워했고, 작은 나무들은 불길 속에서 절규했다. 바실리스크는 혼자서 빠져나와 나무들 사이로 도망쳤고, 올드 램은 바실리스크를 바짝 뒤따랐다. 그렇게 올드 램이 뒤도 돌아보지 않고 도망쳐 도달한 곳은 바로 폐허가 된 자신의 집이었고, 그곳에서는 애버너시 부인이 그를 기다리고 있었다.

"소년은," 애버너시 부인이 말했다. "소년은 어느 방향으로 갔느냐?"

올드 램이 자신의 오른편을 가리켰다. "꼬마는 저기 저 바위 뒤에 숨어 있었습니다. 그게 올드 램이 본 소년의 마지막 모습이었습니다. 하지만 그렇게 멀리 간 것 같지는 않습니다. 이 낯선 땅에서 그런 꼬마가 개까지 안고 어디를 가겠습니까. 올드 램이 부인과 함께 가겠습니다. 부인이 소년을 찾도록 올드 램이 돕겠습니다. 올드 램은 이제 이곳이 지긋지긋합니다."

올드 램은 푸른색 불꽃으로 이글거리는 숲을 뒤돌아보며 몸서리쳤다.

"게다가 그레이트 오크가 몸을 회복하면, 다시 이 올드 램을 공격할 것입니다요." 올드 램이 속삭였다.

애버너시 부인은 바실리스크를 향해 성큼성큼 걸어가서 안장 위에 올라탔다. 그때 애버너시 부인의 눈에 하늘을 선회하는 창백한 얼굴의 악마 둘이 보였다. 숲에서 일어난 화재에 이끌려온 아비고르 공작의 수하임이 틀림없었다.

"원한다면 그렇게 하도록 해라." 애버너시 부인이 말했다. "하지만 누군가 소년에 대해 물을 때, 모든 것을 부인하도록 해라. 그렇게 하지 않으면 내 기필코 널 꽁꽁 묶어서 그레이트 오크가 맘껏 요리할 수 있도록 던져주고 말 터이니."

올드 램은 고개를 끄덕이며 다시 한 번 감사하다는 말을 전했다. 애버너시 부인과 왓처는 아비고르 공작의 악마들이 숲 속으로 하강할 때를 기다렸다가 재빨리 출발했다. 얼마 지나지 않아 바실리스크가 새뮤얼과 보즈웰의 발자국을 찾아냈다.

이제 그들은 새뮤얼이 근처에 있다는 사실을 알게 되었다.

XXIV

만약 존재하기나 한다면
악보다 더 악한 것은 무엇인지
숙고해보다

악보다 더 안 좋은 것이 있다면 그것은 무(無)이다. 적어도 악은 제아무리 부패했다 한들 형태, 소리, 목적을 지니고 있다. 아마도 어떤 선(善)은 악에서 기원했을 수도 있다. 약자를 상대로 하는 끔찍한 폭력은 많은 사람의 본능을 깨워서 다시는 그런 행위가 반복되지 않도록 방지하는 역할을 수행하기도 한다. 어떻게 해서 그런 일이 일어났는가, 왜 사람들은 그런 행위를 저지르는가 등의 인식적인 자각보다 모름지기 감정이 우선한다. 또한 악은 대장장이의 경우에서처럼, 악 본연의 유혹에 굴복할 가능성을 내포하고 있다. 희망의 적은 악이 아니다. 희망의 적은 무이다.

새뮤얼의 생명력이 점차 빠져나가는 것을 느낀 너드는 새뮤얼의 위치를 알 수 있는 능력도 조금씩 약해져갔다. 이 암울하고 끔찍한 지옥에서 그런 자아의 상실을 야기하는—사랑하고 증오했던 모든 것, 과거의 모습과 미래의 희망 같은 개인의 모든 것을 앗아가 버리는—곳은 단 한 곳

뿐이었다. 바로 '보이드', 즉 공허였다. 그곳은 심지어는 대마왕도 두려워하는 영원한 부재의 공간이었다. 너드가 액셀을 격하게 밟으며 속도를 줄이지 못하는 것도 그 때문이었다. 난쟁이들과 경찰관 그리고 급속하게 양이 줄어만 가는 아이스크림을 실은 트럭은 계속해서 저 멀리 뒤처졌다. 하지만 너드가 새뮤얼에게 가까이 다가가면 갈수록, 새뮤얼 영혼 속에 있는 불빛은 약해져만 갔다. 꼭 더 이상 불을 밝히지 못하고 꺼지려는 찰나의 촛불을 손으로 감싸 산소를 불어 넣는 것처럼, 마지막 생명력을 살려야 한다는 느낌이 들었다. 새뮤얼이 계속해서 보이드 속으로 빨려 들어간다면, 결국 새뮤얼을 잃게 될 것이고, 그 누구도 다시는 그를 꺼내올 수 없다는 것을 너드는 잘 알고 있었다. 새뮤얼과 보즈웰은 한때 그들의 영혼이 존재했던 곳에서(아무도 말해주지 않았을지 모르지만, 동물들에게도 영혼이라는 게 있다) 살과 뼈로 된 동상 같은 것이 되고 말 것이다. 그렇게 오랜 시간을 보내고, 시공간이 분리된 상태로 있다가 그들이 다시 만나게 될 때, 그때는 애버너시 부인의 복수의 시간이 될 것이다. 너드는 자신의 친구가 혼돈의 상태에 있는 지옥의 희생양이 되는 꼴을 보고 싶지 않았다.

빨리 더 빨리 너드는 액셀을 밟았다. 웜우드가 그의 팔에 손을 가져다 대면서 경고를 하자 그제야 겨우 속도를 줄였다. 그들이 도달한 곳은 바퀴 아래로 날카롭고 위험천만한 돌이 깔린 곳이었다. 타이어가 펑크 난다거나 그보다 더한 일, 다시 말해 엔진이 파열된다거나 차축이 나가기라도 한다면 새뮤얼과 보즈웰을 구하는 것은 불가능한 일이 될지도 몰랐다. 어쩔 수 없이 너드는 속도를 줄일 수밖에 없었다. 그 와중에 그들의 머리 위 높은 곳에서는 보이지 않는 눈이 그들의 진로를 살핀 후 누군가에게 보고하고 있었다.

＊＊＊

새뮤얼은 거의 정지된 상태였다. 눈은 깜빡거리지 않았고, 입술은 열리지 않았으며, 숨만 겨우 쉬고 있는 정도였다. 누군가가 그런 새뮤얼을 봤다면, 그저 가까스로 움직이는 물체 정도로 인식했을 것이다. 새뮤얼은 자신을 이루고 있는 모든 것, 즉 기억, 생각, 현명함과 독창성까지 모두 빠져나가는 걸 느꼈다. 하지만 그의 오른손은 보즈웰을 쓰다듬고 있었고, 보즈웰은 그에 대한 응답으로 꼬리를 흔들어대고 있었다. 만약 보즈웰이 없었더라면 새뮤얼은 이미 존재하기를 멈추고 어둠의 바다 끝에서나 볼 수 있는 껍데기뿐인 소년이 되었을 것이고, 만약 새뮤얼이 없었더라면 보즈웰은 박제된 동물처럼 말라 죽었을 것이다. 하지만 아이가 동물을 사랑하고, 동물이 그 사랑을 받아들인다면, 그들 사이에는 언제나 교감이 존재하게 된다. 그들의 정신이 서로 얽히게 되고, 그럴 일이야 없겠지만 만약 보이드 자체에도 감정이라는 게 있다면, 소년과 개의 합작 방어를 무너뜨리기는 결코 쉽지 않을 거라는 걸 깨닫게 될 것이다. 새뮤얼과 보즈웰의 내부에는 서로를 보호할 수 있는 최고의 방어벽이 구축되어 있었다. 하지만 홍수에 기어이 무너지고 마는 댐처럼 그들의 방어벽도 조만간 붕괴되어 침수될 지경에 이르렀다. 보즈웰을 쓰다듬는 새뮤얼의 손길이 점점 느려지기 시작했고, 보즈웰이 꼬리를 흔드는 속도와 횟수도 점차 줄어들었다. 그리고 그들의 가슴속에 결코 끝나지 않는 밤이 찾아온 것처럼 새뮤얼과 보즈웰의 눈빛에 어둠이 어리기 시작했다.

그렇게 얼마의 시간이 지났던가. 어깨를 흔드는 누군가의 손길에 새뮤얼은 어둠 속에서 가만히 눈을 떴다. 보즈웰 역시 조심스럽게 일어났다. 보즈웰의 귀에 칭찬의 말이 들려왔다.

"착하지, 잘했다. 정말 용감한 강아지이구나."

새뮤얼은 누군가가 자꾸 이름을 부르는 소리를 들었다. 그 목소리는 계속해서 누군가의 이름을 부르고 또 불렀다. 그리고 잠시 후 새뮤얼은 깨달았다. 그 목소리는 다름 아닌 자신의 이름을 부르는 소리라는 것을.

새뮤얼은 고개를 들어 소리가 나는 방향을 바라보았다. 난쟁이 네 명과 경찰관 두 명이 서 있었고, 하얀색 옷을 입은 남자가 그에게 아이스크림을 건넸다. 새뮤얼은 작업복을 입고 머리가 벗겨져 꼭 쥐같이 생긴 누군가가 보즈웰을 안고 있는 것을 보았고, 보즈웰은 연신 그의 얼굴을 핥고 있었다.

그리고 너드를 보았다. 새뮤얼은 친구의 가슴에 머리를 파묻고, 이 끔찍한 장소에 도착한 이래 처음으로 기꺼이 울음을 터뜨렸다.

올드 램도 뒤이어 숲을 떠났다. 그는 가는 길 내내 투덜거리고, 중얼중얼 불평을 뱉어댔다. 어쩌다 자기가 이 모양 이 꼴이 됐는가가 주요 소재였다. 가끔은 당신의 친절한 행위가 어떤 유형의 사람들에게는 최악의 행동으로 작용될 때도 있다. 결국 그 사람이 당신에게 그만큼의 빚을 지게 된다는 게 그 이유이다. 애버너시 부인은 추후 어떤 일이 닥칠지 모르기 때문에 올드 램을 비상용 타이어 정도로 생각하고 그가 자신의 유배지를 떠나는 것을 허락했던 것이다. 하지만 올드 램은 그 이상을 원했다. 그는 영향력을 행사하기를 원했고, 다른 이들이 자신의 가치를 알아봐주기를 원했다. 올드 램은 힘을 원했다. 하지만 그는 이렇게 황폐지를 정처 없이 헤매는 시련을 겪고 있었다. 지금이 예전보다 더 끔찍한 상황이라는 생각이 들기 시작했다. 예전에는 머리 위에 지붕이 있었고,

온기를 만들 연료도 있었지만 지금은 뭐란 말인가? 지붕도 연료도 없고 매서운 추위만이 뼛속을 파고들고 있을 뿐이었다. 이게 전부 애버너시 부인 때문이었다.

"애버너시 부인은 올드 램을 싫어해." 올드 램이 또 중얼대기 시작했다. "올드 램이 가치가 없다고 생각해. 하지만 올드 램은 그렇지 않아. 올드 램은 한때 아주 잘나갔었지. 지금이라고 다시 잘나가지 못할 이유가 뭐가 있겠어. 하지만 아무도 기회를 주지 않잖아. 올드 램은 마땅히 그 기회를 받을 자격이 있어. 불쌍한 올드 램! 버림받은 불쌍한 올드 램!"

그런 씁쓸한 기운이 올드 램을 감싼 탓에 이 돌연변이 양은 날개 달린 말이 자기 앞에 나타난 줄도 몰랐다. 하늘을 날던 악마들이 조용히 올드 램 뒤에 내려왔다. 말은 콧구멍을 식식거리며 바람을 뿜어댔고, 올드 램이 고개를 들어보니 아비고르 공작이 자신을 내려다보고 있었다.

"집에서 아주 멀어졌구나, 올드 램." 아비고르 공작이 말했다. "넌 유배 중이어서 숲의 일정 구역 이상을 벗어나면 안 되는 것 아니었던가?"

"그랬지만 애버너시 부인이 이제 절 풀어주었습니다."

"그래? 부인이 왜 그랬지?"

자신이 풀려나게 된 이유에 대해서 절대 함구하라는 애버너시 부인의 명령이 떠올라 올드 램은 아무 말도 하지 않았다. 하지만 아비고르 공작은 무자비한 만큼 머리 회전도 빠른 자였다. 그는 올드 램에 대해 많은 것을 알고 있었고, 이 지옥에서 저주받은 예의 모든 자들처럼 올드 램의 취약점도 바로 허영심이라는 것을 잘 알고 있었다. 아비고르 공작이 올드 램을 위협하고 고문을 가한들, 올드 램은 그냥 이 악물고 그 고통을 참으면 그만이었다. 올드 램이 비천한 신세일지 몰라도 그에게는 자긍심이 있었다. 그렇더라도. 올드 램을 다룰 더 쉬운 방법이 있었다.

"좋다. 그건 됐다." 아비고르 공작이 말했다. "근데 그토록 긴 긴 유배 생활이 끝났는데도 그다지 기뻐하는 목소리가 아니구나. 애버너시 부인이 베푼 너그러우면서도 관대한 자비에 크나큰 감사의 마음을 보여야 하는 게 지당한 일일 터인데?"

아비고르 공작은 올드 램이 온몸을 비틀며 고통과 시기와 분노의 판토마임을 연출하는 모습을 지켜보았다.

"감사요?" 올드 램이 말했다. "뭐에 대한 감사죠? 부인은 아무 수고도 안 했고, 올드 램에게 남은 건 아무것도 없는걸요. 올드 램은 부인을 도우려 했던 것뿐입니다. 올드 램은 그 일에 대해 아무 잘못도……."

올드 램이 하려던 말을 멈췄다. 애버너시 부인이 소년에 대해 한마디도 뻥긋하지 말라고 했지만 부인은 여기 없었다. 여기 있는 것은 아비고르 공작인데, 자기가 왜 그래야 하는지 의문이 들었다. 아비고르 공작의 출현이 자기에게는 뭔가 이득이 될지도 모를 일이라고 올드 램은 생각했다.

"계속해봐라." 아비고르 공작이 말했다.

"올드 램은 오랫동안 혼자였습니다." 올드 램이 신중하게 입을 열었다. "올드 램은 주군을 찾고 있습니다. 올드 램은 충직한 신하가 될 수 있습니다."

"내게는 이미 필요한 수 이상의 수하들이 있다. 내 신하가 되고자 한다면 넌 내게 그들이 주지 못하는 다른 무엇인가를 내놓아야 한다."

올드 램의 노란색 눈에 교활한 기색이 번뜩였다.

"애버너시 부인이 아무 말도 하지 말라고 했습니다만, 올드 램은 이제 그 약속을 지키기 어려울 것 같습니다."

"약속이란 깨어지기 위해 생겨나는 것이다." 아비고르 공작이 말했다.

"특히나 위협에 기반한 약속은 더더욱."

"올드 램이 애버너시 부인에게 충성을 맹세할 이유 따위는 없습니다."

"그럴 이유 따위는 없지. 대체 왜 너를 유배시킨 자를 옹호해야 한다는 말이냐? 정작 중요한 잘못은 애버너시 부인이 한 거지 네가 한 게 아니다. 자, 그렇다면 너의 충성을 무엇으로 증명할 계획인 것이냐?"

"소식을 하나 전해 드리죠." 올드 램이 말했다. "인간 아이의 소식입니다."

애버너시 부인의 바실리스크가 도착한 곳은 보이드의 끝이었다. 순간적으로 재빨리 애버너시 부인은 바실리스크의 머리를 공허에서 멀어지도록 돌렸다. 그곳을 너무 오래 들여다보면 안 되기 때문이었다. 심지어 왓처조차도 흔적을 조사하는 동안 계속해서 머리를 땅에 고정시킨 채 돌아다녔다. 왓처의 말이 애버너시 부인의 머릿속에서 메아리쳤다. 부인은 왓처의 생각을 들을 수 있었다.

'소년과 그의 강아지입니다. 그들이 여기 있었습니다. 다른 자들이 와서 그들을 데리고 갔습니다.'

"다른 자들이라고?" 애버너시 부인이 말했다. "다른 자들 누구?"

왓처가 땅에서 냄새를 맡았다.

'너드. 그리고 인간들. 인간 일곱입니다.'

"추적할 수 있겠느냐?"

'가능합니다만, 아주 빠르게 움직이고 있습니다.'

애버너시 부인이 순식간에 이동했다. 왓처가 따라오는지도 확인하지 않았다. 애버너시 부인은 왓처가 그 붉은색 이마를 찡그리며 따라 움직이지 않았다는 것을 알지 못했다. 이 모든 것이 잘못되었다고 왓처는 생각했다. 모든 게 주체할 수 없이 소용돌이치고 있었다. 대마왕은 제정신이 아니었고, 애버너시 부인 역시 조금씩 광기에 빠져들고 있음이 분명했다. 뭔가 조치를 취해야 했다. 너무도 오랜 시간 종소리가 들리지 않았다. 종이 다시 울려야 할 시간이 다가오고 있었다.

한번 풀린 올드 램의 혀는 모든 비밀을 낱낱이 털어놓고 있었다. 올드 램은 아비고르 공작에게 소년에 대해 말했다. 그레이트 오크의 공격이 있었고, 애버너시 부인이 등장했다고 낱낱이 고해 바쳤다. 소년이 숨어 있는 것을 자신이 어떻게 볼 수 있었는지 이야기했고, 소년이 향했으리라 확신하는 방향을 말했다. 올드 램이 한마디 한마디 털어놓을 때마다 아비고르 공작의 표정이 분노로 일그러졌다.

"대장장이가 거짓말을 했군." 아비고르 공작이 말했다. "대장장이도 소년을 보았는데 나한테 말하지 않았어."

아비고르 공작은 악마들에게 대장장이의 잔해를 하나도 남김없이 전부 가져오라고 명했다. 형벌의 강도를 높일 계획이었다. 아비고르 공작은 무엇보다 우선적으로 대장장이의 손을 으깨버려서 다시는 그 손을 사용할 수 없도록 할 심산이었다. 하지만 대장장이의 손이 담겨 있던 자루가 텅 비어 있었다. 새뮤얼의 흔적을 찾기 위해 하늘을 선회하던 두 번째 악마가 아비고르 공작에게 조심스레 다가와서 대장장이가 사라졌다고 보고했다. 무기의 분화구를 철저히 살펴봤으나 대장장이의 흔적을 찾을 수 없었다고 보고했다. 게다가 공기 중에 대단히 독특한 냄새가 있었다고도 보고했다. 선, 품위, 인간미 따위의 냄새. 악마는 대장장이가 영원히 사라져버린 것 같다고 말했다. 대장장이의 영혼이 이 지옥에 존재하지 않는 것 같다고 말했다.

아비고르 공작은 분노를 억눌렀다. 그는 항상 대장장이에게서 뭔가가 잘못된 것을 느꼈다. 희망이니 체면이니 하는 진작 사라졌어야 했을 것들이 여전히 존재하고 있다는 느낌. 하지만 그런 것들 따위가 대장장이를 구원하리라고는 상상조차 하지 못했다. 대장장이는 단지 회한으로만 가득 찬 존재가 아니었다. 그의 영혼은 진심으로 뉘우치고 있었다. 심지어 그에게는 고통이 끝나리라는 일말의 희망도 없었다. 왜냐하면 그는 영원히 지옥에서 살게 될 천벌을 받았다고 강력하게 믿고 있었기 때문이다. 어쩌면 그의 회개가 충분하지 않았을 수도 있다. 그리하여 희생이 요구될 수도 있었다. 하지만 무기 제조상에 불과했던 대장장이가 새뮤얼 존슨을 만나고 그 소년을 위해 자신을 희생하면서 진정한 회개를 하게 된 것이다. 새뮤얼 존슨은 선량한 영혼이었고, 그런 선량한 영혼만이 이런 곳에서 살아남을 수 있었다. 살아남아 다른 영혼의 생명을 건강하게 유지시켜주는 선한 영혼이 새뮤얼 존슨이었다. 소년은 애버너시 부인이 알고 있는 것보다 훨씬 더 위험한 존재였다. 지옥은 소년의 존재만으로도 오염될 수 있었다. 새뮤얼 존슨을 눈에 보이지 않는 곳에 가둬두어야만 한다. 새뮤얼 존슨을 죽일 수는 없다. 인간은 지옥에서는 죽지 않는다. 어떤 것도 지옥에서는 죽지 않는다. 지옥은 끝없는 고통을 안겨주는 곳이다. 끝없는 고통에는 죽음이 필요하지 않다.

아비고르 공작의 머리 위로 그림자가 드리웠고, 그의 악마 중 하나가 공작 옆에 내려앉았다. 악마는 보이드로 이어지는 석조 도로를 관찰하던 중 두 개의 움직이는 물체 안에 소년과 강아지가 안전하게 타고 있는 것을 확인했고, 그들의 예상 경로를 완전히 파악한 후 보고하기 위해 날아왔다고 말했다.

"서둘러라!" 아비고르 공작이 외쳤다. "일어나라, 모두 일어나라! 소년을 붙잡아서 내게로 데려와라."

악마들이 까마귀떼처럼 소리를 내며 하늘로 날아올랐다. 아비고르 공작 역시 악마들을 따라 하늘로 올라가려는 순간, 올드 램이 아비고르 공작이 타고 있던 말의 고삐를 붙잡았다.

"올드 램은 어쩌라고요? 올드 램은 모든 것을 말했습니다. 올드 램에게 보상을 내려주셔야죠?"

아비고르 공작의 말이 바닥을 치고 일어서더니, 번쩍 앞다리를 들어서 올드 램의 머리를 찼다. 올드 램이 큰 대자로 땅바닥에 뻗었다.

"내 어찌 너 같은 한심한 놈을 신뢰할 수 있겠느냐? 또 다른 주군에게 달라붙기 위해 이미 충성을 맹세했던 주군과의 약속을 그따위로 깨버리다니." 아비고르 공작이 말했다. "배신자에게는 단 하나의 보상만이 있을 뿐이다."

아비고르 공작이 하늘을 향해 손가락을 들어 올렸고, 올드 램은 잠시 자신의 세계가 암흑으로 변한 것처럼 느껴졌다. 잠시 후 눈을 떴을 때 올드 램은 영원히 녹지 않는 얼음이 펼쳐져 있는, 친구와 가족, 왕과 주군에 대한 배신자나 반역자들이 갇힌다는 코시투스 호수의 빙벽에 달랑 머리의 뿔만 내놓은 채로 갇히는 신세가 되었다.

올드 램의 이가 따닥따닥 소리를 내며 맞부딪치기 시작했다. 올드 램이 가장 싫어하는 게 추위였다.

XXV

웜우드는 살면서 절대로 보지 못할 것이라고 생각했던 장면이 여럿 있었다. 예를 들어, 당신을 갈가리 찢어발겨 버리기는 결코 원치 않는다는 따위의 협박을 하는 나무, 고통과 해를 끼친다거나 성가시게 해서 폐를 끼치는 대신, 얘기하는 것을 좋아라 하고 따뜻한 포옹을 해주는 악마 따위가 그렇다. 하지만 그 목록에서 무엇보다도 상위에 있는 것은, 지옥을 제외한 다른 장소보다도 더 상위에 있는 것은 바로 진심으로 긍정적인 감정을 보여주는 너드의 모습이었다. 그렇지만 너드와 새뮤얼이 서로 껴안는 것을 봤을 때, 인간세계에서의 마지막 만남 이후 그들에게 벌어졌던 일들에 대해 재잘대며 수다를 떨기 시작하는 것을 들었을 때, 그리고 눈에서 쏟아져 나와 얼굴을 타고 흘러 턱에서 떨어지는 너드의 격한 눈물을 보았을 때, 웜우드는 생각했다. 너드가 저렇게 기쁨에 겨워 눈물을 흘리는 게 가능하다면, 그 어떤 곳에서도 불가능한 일은 없을 것이라고.

"이거 눈에 뭐가 들어갔나." 새뮤얼과 너드의 재회를 보며 졸리가 말했다. 졸리는 코를 조금 훌쩍거렸다.

"대단히 감동적이군." 앵그리가 소매로 코를 훔치면서 말했다. 틀림없이 그 옷은 세탁 한 번 하지 않았을 것이고, 과거에도 똑같은 방식으로 수도 없이 코를 풀었을 것이다.

"사람들이 행복해하는 모습을 보면 난 항상 아이스크림이 먹고 싶어지지." 도지가 말했다. "진짜로!"

"딘짜롱." 멈블스가 말했다. 아마도 동의한다는 말인 것 같았다.

그들은 기대를 품고 댄, 아이스크림맨 댄을 바라보았다. 댄은 난쟁이들에게 빈 아이스크림콘을 흔들어댔다.

"더 이상 아이스크림은 없어." 댄이 말했다. "너희들이 다 먹어버렸잖아. 그게 가능할 거라고 생각하지 않았는데, 세상에, 너희들이 해버렸어. 이 괴물 같은 놈들아!"

"그렇다면야." 도지가 말했다. "이제부터는 아이스크림 없이 행복해져야 하겠군. 하지만 도저히 같은 행복이라 할 수는 없을 거라고."

그는 다시 너드와 새뮤얼에게로 시선을 돌렸다.

"자, 이리들 오라고." 로언 경사가 다정하게 말했다. "구경은 이제 그만들 하지."

권유가 있어서였던 것도 있지만, 그 누가 아니라고 해도 난쟁이들 역시 감상적인 작은 사나이들이었던지라, 그들은 조용히 고개를 돌렸다.

새뮤얼과 너드는 잠시 함께 걸었다. 보즈웰은 행복하게 그들 곁을 총총거리며 따랐다. 그들은 방금 나눴던 얘기에 대해 더 자세하게 얘기해보자며 평평한 돌 위에 자리를 잡고 앉았다.

“그래서 넌 지금까지 계속 숨어 지냈던 거야?” 새뮤얼이 물었다.

“그렇지. 도망치고 숨고 또 도망치고.” 너드가 말했다. “애버너시 부인이 내가 지옥문을 붕괴시킨 장본인이라는 사실을 아는지는 모르겠어. 물론 차에 대해서는 알지만, 그게 나인지는 모르는 것 같아. 그래서 웜우드가 차를 바위로 위장하자는 아이디어를 낸 거야.”

새뮤얼은 위장한 채로 서 있는 애스턴 마틴을 바라보았다. 외양은 영락없는 바위였다. 하지만 자세히 들여다보면, 얇은 금속판을 두들겨서 바위와 똑 닮게 색을 칠한 후 붙였고, 창에는 금속판 대신 얇은 거즈를 대서 전후좌우의 시야를 확보했다. 실제로 그 바위가 움직이는 것만 보지 않는다면, 웜우드의 아이디어는 정말 기발한 축에 속하는 것이었다. 하지만…… 여기는 지옥이 아닌가 하고 새뮤얼은 생각했다. 어쩌면 이곳 지옥에는 연약하고 스스로 보호할 수 없는 작은 바위를 다이아몬드 이빨로 잘게 씹어 먹는 움직이는 바위가 땅속 깊은 저 어딘가에 실제로 존재할지도 모를 일이었다.

“근데, 나를 어떻게 찾은 거야?” 새뮤얼이 물었다. “내 말은, 지옥은 정말 광대한 곳이잖아.”

“지옥은 무한하다는 말을 하잖아. 그게 아니면 무한과 거의 차이가 없거나. 만약 지옥이 무한하지 않다면, 아무도 그 끝을 찾지 못하는 일 따위는 없었겠지.[35] 그리고 네가 만약 보이드 속에 빠진다면, 그건…….”

새뮤얼은 그 어둠 속에서 거의 죽을 뻔했었다는 생각을 하니 몸서리가 쳐졌다. 그는 아직도 몸속 깊은 곳에서 보이드의 냉기를 느낄 수 있었고, 그 냉기의 기억에서 완전하게 회복될 수 있을지 확신하지 못하고 있었다.

“어쨌든.” 너드가 말했다. “난 네가 여기 도착한 순간부터 널 느낄 수 있었어. 내 안에는 너와 연결된 무언가가 늘 존재하거든. 어떻게, 왜 그 런지는 나도 몰라. 하지만 그 점에 대해서는 대단히 고맙게 생각해.”

“넌 종종 내 꿈속에 나타나곤 했어.” 새뮤얼이 말했다. “우리는 참 많 은 얘기를 주고받았지.”

“넌 내 안에 있어.” 너드가 말했다. “우리가 같은 얘기를 하고 있는지 도 모르겠네, 이거.”

대화를 얼마 더 이어가지도 못했는데, 걱정스러운 표정의 웜우드가 다가왔다. 뒤에는 필 순경이 서 있었다. 웜우드가 무엇인가를 말하려고 했는데, 너드가 손을 들어 그를 멈추었다.

“새뮤얼, 네게 정식으로 소개할게. 여기는 내 친구이자 동료인 웜우드 야.”

---

35 무한은 일반적으로 생각하는 것보다 훨씬 더 설명하기 곤란하고 까다로운 명제이다. 무 한에 대한 가장 흥미로운 이론적 증명이자, 그와 연계된 문제이자 역설을 제시한 사람은 데 이비드 힐버트이며, 그가 제시한 이론이 바로 ‘힐버트의 호텔’이다. 힐버트의 호텔은 항상 꽉 차 있지만, 새로운 손님이 도착하면 호텔 측에서는 항상 새 방을 내어줄 수 있다. 왜냐하 면 그 호텔은 무한대의 방을 가진 무한 호텔이기 때문이다. 다시 말해, 새로운 손님이 도착 하면 호텔 측에서는 1호실을 새 손님에게 내주고, 1호실의 손님을 2호실로, 2호실의 손님을 3호실로, 그렇게 무한대까지 옮기면 된다. 만약 호텔에 있는 사람 수만큼의 손님이 한꺼번 에 오면 어떻게 될까? 이 경우에도 방법은 간단하다. 이미 호텔방에 들어가 있는 투숙객들 에게 자기 방 번호의 두 배에 해당하는 번호의 방으로 옮기라고 안내 방송을 하면 된다. 즉, 1호실의 손님은 2호실로, 2호실의 손님은 4호실로, 3호실의 손님은 6호실로 이렇게 계속 옮 기게 되면, 기존 투숙객들 수만큼 홀수 번호 방들이 비워지게 된다. 여기에 새로 온 손님들 을 투숙시키면 된다. 하지만 불행하게도, 힐버트의 호텔은 현실 세계에서는 존재할 수 없다. 우주의 원자 개수는 무한이 아니라 단지 12×10의 78승 개에 불과하기 때문에, 무한대의 크 기를 지닌 호텔을 만들 수가 없기 때문이다. 그래도 어쨌든 당신은 그런 호텔에는 결코 묵 고 싶지 않을 것이다. 룸서비스를 하나 시켜도 방까지 도착하는 데 끝도 없는 시간이 걸리 고, 매번 음식은 싸늘하게 식어서 오고, 혹시라도 열쇠를 분실할 경우에는 안내 데스크까지 돌아가는 길이 참으로 지겹고 따분한 일이 될 테니까.

너드한테 숱한 이름으로 불려봤지만, 단 한 번도 '친구'라는 말은 들어본 적이 없었던 웜우드는 마치 보이지 않는 벽에 부딪히기라도 한 것처럼 잠시 동안 그 자리에 멈춰 있었다. 웜우드의 얼굴이 붉어지면서 환환 미소가 떠올랐다.

"안녕, 웜우드." 새뮤얼이 말했다. "드디어 만나게 돼서 기뻐."

"나도 그래요, 새뮤얼 씨."

"그냥 '새뮤얼'이라고 불러. 차에서는 내가 아무 말도 없이 너무 조용했지? 원래는 그렇지 않은데."

"미안해할 필요 없어." 웜우드가 말했다.

새뮤얼은 손을 뻗어서 웜우드와 악수를 나눴다. 그리고 악수 후에 손을 거뒀을 때, 새뮤얼은 손을 바지나 땅 아니면 다른 사람 옷 같은 데에 닦지 않았다. 웜우드에게 그런 일은 생전 처음 있는 일이었다. 필 순경이 손가락으로 하늘을 가리키며 헛기침을 한 번 했다. 그제야 웜우드는 강풍에 촛불이 꺼지듯 맹렬한 속도로 다시 현실로 돌아왔다.

"그렇지, 계속 움직여야 하지." 웜우드가 말했다. "필 순경님이 구름 아래에서 뭔가가 돌아다니는 것 같다고 했어. 아마도 감시당하고 있는 것 같아."

모두들 고개를 들어 하늘을 쳐다보았다. 구름이 이전보다 훨씬 더 어두침침해지고 크게 뭉쳐 있었다. 천둥소리는 갈수록 커졌으며, 번개는 훨씬 더 밝게 번쩍였다.

"폭풍이 몰려올 거야." 너드가 말했다. "어디 몸을 피할 곳을 찾아야 해."

그들이 다시 한 번 하늘을 올려다보았을 때, 날개 달린 물체가 구름을 뚫고 내려와 허공을 맴돌았다. 처음에는 그저 가늘고 긴 몸체의 괴물 같아 보였지만, 조금 더 자세히 보니 끝이 양 갈래로 갈라진 꼬리와 박쥐 같은 날개를 달고, 머리에는 뿔이 나 있는 괴물이었다. 새뮤얼은 괴물이 자기들에게 관심을 두고 있음을 알 수 있었다. 괴물은 몇 번 그렇게 허공을 선회하더니 다시 구름 속으로 사라졌다.

"저기." 필 순경이 말했다. "마지막으로 봤을 때, 저런 게 두 마리가 있었어."

너드는 인상을 찌푸렸다. 필 순경의 말이 맞는다면, 한 놈은 자기들을 쫓고 다른 한 놈은 보고를 하고 있다는 의미가 되니까. 그렇다면 문제는 이것이었다. 보고를 받는 자는 누구인가?

그들이 서 있는 곳은 불그무레한 색깔의 언덕이었다. 새뮤얼과 보즈웰이 보이드와 맞닥뜨렸던 것도 바로 이런 언덕에서였다. 언덕은 유독성 안개가 짙게 깔린 습지대와 구분되어 있었다. 너드는 이런 언덕에 구멍이나 동굴이 많다는 것을 알고 있었다. 지금은 지옥의 그 어느 곳에서보다도 정말 죽은 듯이 얌전하게 어딘가에 몸을 숨겨야 할 때였다. 하물며 하늘 높이서 바라보면 여전히 보이드의 존재를 확인할 수 있는 이런 지역에서라면 두말할 필요도 없었다. 심지어 지옥의 원주민들조차도 절대로 섣불리 움직이지 않을 시기였다.

"저기 어딘가에 몸을 숨길 장소가 있을 거예요." 너드가 말했다. "몸을 숨긴 후에, 그다음 행보에 대해 계획을 세워보자고요."

그들은 모두 각자의 차량 안으로 들어갔고, 너드가 먼저 언덕 쪽으로 방향을 잡은 후 악취가 고약한 늪지대를 조심스럽게 통과해 갔다. 너드는 진행 방향을 두 눈으로 확인해야 했기에 어쩔 수 없이 창문을 내린 채로 운전했는데, 그 때문에 냄새가 장난이 아니었다. 그때 늪에서 눈알을 들고 있는 손이 하나 불쑥 튀어나왔다.

“뭐야, 거트루드?” 무언가의 목소리가 새뮤얼의 귀에 들려왔다.

“나이젤, 웬 두 녀석이 다른 두 사람과 또 다른 작은 친구들을 데리고 우리 정원을 운전해서 지나가고 있어요.”

두 번째 눈알이 늪에서 튀어나왔다.

“이것들이! 어떻게 그런 무례한 짓을?”

“미안해.” 새뮤얼이 말했다. “이게 너희들 정원인 줄 몰랐어. 엉망으로 만들지 않도록 할게.”

“여긴 늪이잖아.” 새뮤얼이 속삭이듯 말했다. “여길 망친다고 해봤자 더 이상 망가질 게 뭐가 있겠어?”

“다 들었어!” 나이젤이 말했다. 또 다른 손이 늪에서 튀어나오더니 스스로를 주먹으로 만들어 너드의 차를 향해 돌진했다. “내 그 이유를 똑똑히 알려주지. 타인의 소유물을 제멋대로 망치고, 그가 애써 가꾼 원예 작품을 모욕해? 도대체 어떻게 그런 생각을 할 수 있는 거지, 거트루드? 정말 구역질이 다 나네.” 손 두 개가 동시에 쏙 하고 늪 속으로 사라졌다.

“내가 그랬잖아요, 나이젤.” 거트루드가 아이스크림 트럭이 안개를 뚫고 나오는 것을 보고 말했다. “봐요, 또 다른 놈이 있어요. 조그만 친구들로 꽉 차 있다고 내가 그랬잖아요. 이거 멋진걸요!”

난쟁이들이 아이스크림 트럭의 서비스 창문으로 고개를 내밀며 무슨 일인가 하고 쳐다보았다.

“저런 것은 맨날 볼 수 없지.” 졸리가 말했다.

“당연하지.” 앵그리가 말했다. “보통 연인들은 이런 말을 하지. ‘자기야, 나한테서 절대 눈을 떼지 말아줘’. 근데 내가 저기서 본 저것들은, 눈을 떼고 말고 할 것도 없이 아예 손에 달고 있어.”

"떨어뜨리지 않게 조심해요, 여보." 도지가 킥킥거리며 장난을 쳤다. "그보다 더 소중한 것은 절대 없거든요."

거트루드는 난쟁이들에 대한 자신의 의견을 수정했다. "어쩜 저렇게까지 무례할 수가 있을까!" 남편의 눈알이 옆에 나타나자마자 그녀가 말했다. 손들은 막대기니 방망이니 그도 아니면 뻣뻣한 루바브(마디풀과의 여러해살이풀) 따위를 휘두르고 있었다.

"그자들에게서 떨어져, 여보." 나이젤이 말했다. "아주 흔한 상것들이야. 저놈들이 어떤 놈들인지 당신은 상상도 못할 거야."

"흔한?" 앵그리가 말했다. "우리가 흔한 놈들일지는 몰라도, 우리에게도 불쾌해할 권리 정도는 있지."

"이런 건방진 놈!" 나이젤이 외쳤다. "날강도! 깡패! 당장 내 땅에서 나가!"

"싫지롱!" 앵그리가 혀를 쭉 빼고, 손을 귀 뒤로 팔랑거리면서 놀려 댔다.

새뮤얼 일행은 늪을 뒤로 하고 단단한 땅에 올랐다. 난쟁이들은 아주 신이 나 있었고, 필 순경과 로언 경사까지도 난쟁이들이 거트루드와 나이젤과 주고받는 설전에 대단히 즐거워하는 표정이었다.

"정말 대단한 말발이었어." 졸리가 말했다.

"오는 길에 다시 한번 상대해줘야겠어." 도지가 말했다. "난 저 녀석들이 맘에 들어. 안 그래, 졸리?"

하지만 졸리는 도지의 말을 듣고 있지 않았다. 대신 그는 공기 중의 어떤 냄새를 맡고 있었다.

"이 냄새 맡아져?" 졸리가 말했다.

"늪 냄새 아냐?" 앵그리가 말했다.

“아니, 이건 다른 거야.”

“나 때문이야.” 도지가 말했다. “내가 아이스크림을 너무 먹어댔나 봐.”

“아니, 그게 아냐.” 졸리가 말했다. “이건…….”

모두가 코를 킁킁거렸다.

“설마!” 앵그리가 말했다. “설마 그럴 리가!”

“꿈을 꾸고 있는 건 아니겠지?” 도지가 말했다.

“이건…….” 너무도 감격에 겨워 말도 나오지 않는 졸리가 겨우 입을 열었다. “이건…….”

“맥주공장이다!” 멈블스가 말했다.

모두가 멈블스를 쳐다보았다. 심지어는 운전대를 잡고 있던 댄까지 고개를 돌려 그를 쳐다보았다.

“제대로 말을 했잖아.” 졸리가 말했다.

“알아.” 멈블스가 말했다. “이건 아주 중요한 사건이잖아.”

그렇다. 그건 아주 중요한 사건이었다.

XXVI
진정으로 끔찍한
그 무엇의 맛을 재창조하는
어려움에 대해 알게 되다

우리는 이미 인간세계의 생활에 노출된 애버너시 부인이 얼마나 많이 바뀌었는지를 보았다. 그건 너드의 경우에서도 마찬가지였다. 너드는 과거에는 그 어떤 종류의 악마도 아니었다. 하지만 그는 이제 스피드광 악마가 되었다.

인간세계로의 탐험은 다양한 방식으로 지옥의 다른 생명체들에게도 변화를 안겨주었다. 오싹한 천공 상어떼[36]는 럭비에 매료되어서 시도 때도 없이 럭비를 즐기게 되었다. 하지만 계속해서 럭비공을 물어뜯어 버리기 때문에 썩 잘하는 편은 못되었다. 몇 마리의 구울(신화에 나오는 사람 시체를 먹는 악귀)은 인간의 잔인한 폭력을 피해 비들컴 제과점으로 피신했다가 초콜릿 만들기의 달인이 되기도 했다. 지금은 그때보다 훨씬 더 눈에 띄게 뚱뚱해져서, 전혀 위협적이지 않게 보이는 얼굴이 되었다고 한다. 그리고 몇 명의 임프는 상점에 들어가 텔레비전에서 하는 제인 오스틴의 시대극을 잠깐 봤다가, 보닛을 쓰고 18세기 남편을 찾겠다고 돌아다니곤 했다.

그러나 침공의 실패에 따른 가장 떠들썩하고 심각했던 일은 두 마리의 흑멧돼지 악마인 샨과 가드가 감쪽같이 사라져버렸으며, 그리하여 갈탄을 지옥의 깊은 불구덩이에 집어넣는 두 자루의 삽이 함께 사라진 일이었다. 그래도 시간이 흐르고 세월이 지나가면서 지옥이라는 곳이 누가 급여를 지불하는 곳도 아니고, 지옥의 불구덩이가 가까운 시간 안에 꺼질 리도 천부당만부당한 일이므로, 어디 더 좋은 일자리를 찾아 어딘가에 잘 있겠거니 하고 악마들은 샨과 가드를 잊었다.

지옥문이 열리기 전에 샨과 가드는 재미도 없고 보람도 없는 삶을 살았다. 배고픔이나 목마름 따위도 전혀 경험해보지 못했으므로 먹거나 마실 일도 없었다. 가끔씩 샨과 가드는 바위가 얼마나 단단한지 시험해보고자 무작정 아무 바위나 골라 갉아먹곤 했고, 또한 다른 악마들의 팔다리가 얼마나 빨리 자랄지가 궁금해서 조그만 악마들을 깨물어 뜯곤 했다. 지옥에서는 원래 심심하면 그렇게 놀 거리를 스스로 만들어내야 하는 법이다.

---

36 '오싹한(shiver) 천공 상어떼'라니 얼마나 사랑스러운 집합명사 표현인가. 정말 적절하지 않은가? 비슷한 예로 '철썩대는(smack) 해파리떼'라는 표현도 있다. 정확히 해파리를 내동댕이칠 때 날 법한 그런 소리를 연상시키지 않는가? '라운지(lounge) 도마뱀'이라는 표현도 있다. 술집에서 잘난 척이나 하면서 어슬렁대는 놈을 표현할 때 쓰는 말이다. '올빼미 의회(parliament)'라는 표현도 있는데, 이 표현은 다소 논란의 여지가 있을 수 있다. 올빼미들은 실제로 대부분의 정치인들보다 똑똑하기 때문에, '의회'라는 단어를 덜 모욕적인 방식으로 사용할 수 있을지도 모르기 때문이다. '불친절한(unkindness) 까마귀'는, 영리하지만 뒤에서 다른 새들에 대한 얘기를 떠드는 까마귀를 일컫는다. '꾸중하는(scold) 어치'는 불친절한 까마귀들에게 불평하는 어치들을 말하고, '탐정(sleuth) 곰'이라는 표현은 특유의 뛰어난 수렵 기술 때문에 무언가를 아주 잘 찾아내는 곰을 말할 때 사용된다. 단 '곰 세 마리'는 예외이다. 그 녀석들은 자기 집을 턴 놈을 상대하기에는 이제 너무 나이가 들었기 때문이다.

하지만 샨과 가드는 인간세계에 잠깐 다녀오고 나서 신세계의 가능성에 대한 시야가 열렸고, 미각이 생겨났다. 지상 침공 당시 샨과 가드가 밤을 지새웠던 곳이 바로 비들컴 마을의 술집 '피그 앤드 패럿'이었고, 그곳에서는 당시까지만 해도 시험용 버전이었던 스피깃스 올드 피큐리어의 샘플 시음이 있었다. 이미 그 위력에 대해서는 다 얘기했지만, 제아무리 지옥의 용암에 바위를 적셔 먹는 미각의 소유자라고 해도, 스피깃스는 절대로 만만히 볼 만한 술이 아니었다. 그저 샘플을 간단히 맛보는 것만으로도 인생이 바뀔 수 있었다. 시력과 소화 작용의 변경사항을 포함하여 샨과 가드는 지금도 그때 그 스피깃스를 마신 행동이 그들의 삶을 180도 바꾸는 경험이었다고 확신하고 있었다. 샨과 가드는 오직 단 하나의 목표만을 간직한 채 지옥으로 돌아왔다. 이 훌륭한 맥주를 그대로 재현하는 방법을 찾아서 영겁의 시간 동안 오직 그것만 마셔대며 사는 그런 삶을 살리라. 그리하여 그들은 하던 일을 그만두고 동굴에 은거해서, 피그 앤드 패럿에서 주구장창 맥주만 마셔대며 시간을 보내던 놈들에게서 전해들은 양조 기술을 바탕으로 스피깃스 재현을 향한 연구에 연구를 거듭하게 된 것이었다.

하지만 안타깝게도 샨과 가드는 스피깃스 올드 피큐리어의 독특하고 고유한 맛을 복제한다는 것이 생각했던 것보다 훨씬 더 어렵다는 사실을 깨달았다. 초기에 계속되는 시음으로 그들의 내장 기관에 큰 혼란이 찾아들면서, 스피깃스를 세 잔 이상 마시면 혀와 코의 감각이 회복되는데 상당한 시간이 걸리는 상태에 이르렀다. 그리하여 그들은 그들이 만드는 여러 가지 술을 시음하는 테이스터를 고용하기로 결정했다. 테이스터의 이름은 브록으로, 조그마하고 둥글둥글한 몸매에 온몸이 퍼런, 천성은 착한 악마였다. 다리도 두 개, 팔도 두 개, 입은 하나, 눈은 세 개가 달렸고, 무엇보다도 불행한 사건이 발생했을 경우 즉각적으로 스스로를 재건할 수 있는 대단히 요긴한 능력을 지니고 있었다. 이제 불행한 사건이 발생해서 브록의 능력이 진정으로 인정받는 일만 남은 것이다.

샨과 가드의 동굴 안은 튜브, 병, 물통과 밀, 귀리, 보리처럼 보이는 잡초투성이였다. 스피깃스의 독특한 맛에 가능한 한 근접하려는 의도에서, 샨과 가드는 여러 종류의 산, 세 가지 종류의 진흙, 여러 가지 염료와 부식제, 모래, 기름, 지방산 그리고 다양한 종류의 오줌을 모았다.[37] 주조된 모든 음료는 적절한 절차에 맞춰 브록이 시음하도록 했다. 샨과 가드는 운명의 핼러윈 밤에 피그 앤드 패럿에서 미친 과학자 복장을 한 사람들이 석판에 신중하게 적어놓은 스피깃스의 증상이 나타나는지를 꼼꼼하게 체크했다. 석판에 적혀 있던 내용은 다음과 같다.

증상 1: 계속되는 딸꾹질. 그 후 한 줄기 연기 속으로 사라진다.

증상 2: 의자에서 굴러떨어진다. 꼭 죽은 것처럼 보인다.

증상 3: 눈알이 하나 빠진다.

증상 4: 눈알이 두 개 다 빠진다.

---

37 맥주에 오줌을 첨가하는 방식이 역겹다고 생각하는 사람들을 위하여, 맥주에 향을 내고 맛을 좋게 하기 위해 실제로 맥주에 오줌을 첨가한다는 뜻의 동사인 lant가 있다는 사실을 말하고자 한다. 또한 이 단어에는 그냥 오래된 오줌이 아닌 숙성된 오줌이라는 뜻도 있다. 이상하게 생각할지도 모르지만, 고대에는 이 단어가 페이스트리에 바르는 글레이즈의 의미로 사용되기도 했다("이 번빵의 맛이 좀 이상해." "오줌이 너무 많이 들어간 것 아냐?" "아니, 너무 적어! 다 떨어진 건가? 그렇다면 내가 도움을 줄 수 있는데……"). 그리고 그중에서도 가장 이상한 용례는 사람들의 입 냄새를 좋게 유지시켜준다는 뜻이다. 오줌을 첨가해서 입 냄새를 좋게 한다고 하면, 도대체 사람들의 입 냄새가 얼마나 나쁘다는 말인가? 정말이지 알고 싶지도 않다.

증상 5: 하늘을 날 수 있다고 주장한다. 직접 시도해본다. 실패한다.

증상 6: 다시 하늘을 날 수 있다고 주장한다. 직접 시도해보고 성공한다. 가드는 빗자루로 천장에 있는 항목을 삭제한다.

증상 7: 용서해달라고 막 빈다. 고소하겠다고 협박한다. 잠이 든다.

증상 8: 녹색으로 변한다. 불현듯 격렬하게 아파하기 시작한다. 다시 죽은 것처럼 보인다.

증상 9: 여태껏 살아온 중에 제일 최악을 말해본다. 정말 죽어버렸으면 싶다고 말한다. 용서해달라고 막 빈다.

증상 10: 혓바닥에 불이 난다. 가드가 시도해봤다. 피험자의 혀에 실제로 불이 붙었다.

기타 등등. 아울러 샨과 가드는 실패한 항목 옆에는 우울한 기분으로 크게 ×자를 표시했다. 하지만 지금 샨과 가드는 19번째 항목에 아주 큰 기대를 걸고 있었다. 이번 것은 정말 맥주 같았다. 아주 근사한 거품이 떠 있었으며, 색깔은 짙고 풍부한 레드였다. 심지어 냄새까지도 이 정도면 누군가가 내 머리에 총을 들이대지 않아도 충분히 마실 수 있을 만큼 썩 괜찮은 향기를 풍겼다.

샨과 가드는 돌로 만든 맥주잔을 브록에게 건넸고, 브록이 조심스럽게 그 안에 든 것을 마실 준비를 했다. 브록은 이제 거의 전문가 수준이었다. 그는 킁킁대며 코로 냄새를 맡더니 만족스러운 듯 고개를 끄덕였다.

"이건 전혀 구린 냄새가 안 나는데." 브록이 말했다.

샨과 가드도 고개를 끄덕였다. 브록이 한 모금을 들이켰고, 잠시 입안에서 음미한 후, 곧바로 목구멍으로 넘겼다.

"음, 이건 정말 아주 팬……"

브록이 폭발했고, 산산이 조각난 신체 일부가 벽이나 주변의 양조 도구, 심지어는 샨과 가드에게까지 튀어서 달라붙었다. 그들은 몸에 묻은 브록을 떼어내면서 동시에 마룻바닥에 널려 있던 브록의 잔해가 재결합하는 장면을 지켜봤다. 결합이 얼추 완료되었고, 브록은 이제 다시는 절대로 방심하지 않겠다는 표정으로 발치의 돌에서 연기를 피워내고 있는 액체를 바라보았다.

"좀 더 개선이 필요할 것 같은데." 브록이 말했다.

샨은 마룻바닥에 쭈그려 앉아 머리를 감싸 쥐었다. 그 많은 노력을 기울였는데도 스피깃스 올드 피큐리어의 만족스러운 모방품은 고사하고, 겨우 마실 수 있는 맥주조차도 만들지 못했다. 이런 식으로는 결코 성공할 수 없을 것이다. 결코. 19번 항목의 알코올이 석조 테이블 아래 놓여 있었고, 가드가 그 잔을 들어 바닥에 있는 구멍에 쏟아부으려고 할 때 난쟁이 하나가 동굴 안으로 들어왔다. 그 뒤로 난쟁이 세 명이 연이어 샨과 가드의 맥주공장을 침탈하듯 들어왔다.

"좋았어, 친구들!" 졸리가 두 손을 싹싹 비비며 거만한 표정으로 말했다. "너희들의 술과 과자는 내가 접수하겠다."

"나도 접수하겠다." 앵그리가 말했다.

"나도." 도지가 말했다.

"응데." 술이 발견되기 전 상태로 되돌아간 멈블스가 말했다.

샨과 가드는 뭐가 뭔지 모르겠다는 표정이었다. 동굴 안에 이게 다 웬 난쟁이들인가 하는 의문은 차치하고, 이놈들이 이 위험한 물건을 진짜로 마시겠다고 하니 어안이 벙벙할 수밖에.

"나라면 안 그러겠는데." 브록이 말했다. "톡 쏘는 맛이 좀 강하거든."

졸리는 가드가 19번 항목이 담긴 잔을 던져버리려 하는 것을 보았다.

"안 돼, 안 돼! 버리지 마!" 졸리가 말했다. "그냥 이리 줘!"

졸리가 가드에게 다가가서 잔을 빼앗았다. 가드는 어안이 벙벙한 채서 있는 것 말고는 할 게 없었다. 저런 짓을 하는 난쟁이들이 실제로 존재한다는 것이 말이나 되는지, 혹시 자신이 술을 만들면서 독성 연기에 너무 많이 노출된 건 아닌지 의심이 들었다. 어쨌든 이 난쟁이들이 자기에게 말을 하고 있고, 손에 쥐고 있던 잔까지 빼앗겼으니, 이런 난쟁이들이 실제로 존재하는 것은 사실인 것 같고, 그렇다면 이거 자신이 꽤 오랫동안 자리에 누워 있어야 할 판국이구나 싶었다.

"그런 식으로는 절대 돈을 벌지 못한다고." 졸리가 말했다. "잘못됐으면 다시 통에 부어버리면 되잖아. 아무도 눈치채지 못할 거라고."

졸리가 잔에 코를 대고 킁킁거렸다.

"잠깐만……." 졸리가 난쟁이들에게 말했다. "이거 스피깃스잖아. 근데 우리가 알고 있던 것과는 다른데."

졸리가 한잔 쭉 들이키더니 입안에서 한참을 굴린 후, 마침내 목구멍 속으로 19번 항목을 삼켜 넣었다. 샨과 가드는 그 즉시 몸을 웅크리고 머리를 숨겼으며, 브록은 바위 뒤로 숨었다. 난쟁이들의 파편을 몸에 뒤집어쓸지도 모르는 위기일발의 상황이었기 때문이다.

하지만 아무 일도 일어나지 않았다. 졸리는 그냥 트림을 하고 나서 이렇게 말할 뿐이었다. "도수가 좀 약하고, 음…… 불쾌한 느낌이 영 없는데."

졸리는 잔을 다른 난쟁이들에게도 건넸다. 다들 한 모금씩 마셨다.

"죽은 물고기 맛도 좀 나고." 앵그리가 말했다.

"아, 그건 너한테서 나는 거겠지." 졸리가 말했다. "저것에 대해선 불만 없어."

"이거 휘발유야?" 도지가 말했다.

"디젤인데." 졸리가 말했다. "미세하긴 하지만 디젤이 섞여 있네."

"디젱". 멈블스가 말했다.

난쟁이 세 명이 멈블스를 바라보았다.

"멈블스 말이 맞을 거야." 앵그리가 말했다.

"그래." 졸리가 말했다. "멈블스가 미각 하나는 신과 동급이지."

"내가 도움을 줄 수 있을 것 같아." 도지가 말했다. 그는 호주머니를 뒤져서 너무 오래돼 앤티크 장식품으로 분류해도 무방할 정도의 썩은 사과를 꺼내 잔 속에 퐁당 빠뜨린 후 손가락으로 휙휙 저었다.

"이제 다시 마셔봐." 도지가 말했다. 손가락에서 연기가 나는 것 정도야 스피깃스라면 문제될 것도 없다는 표정이었다.

졸리가 다시 시음했다. 잠시 동안 졸리는 아무것도 볼 수 없었다. 마치 아주 높은 곳에서 떨어진 피아노에 머리통을 맞기라도 한 것처럼 머리가 아파왔다. 너무도 불안정해 보여서, 양조 도구에 기대지 않았더라면 그대로 넘어졌을지도 모를 일이었다. 천천히, 아주 천천히 졸리의 시력이 되돌아왔고, 그제야 졸리는 안정을 되찾았다.

"훌륭해!" 졸리가 외쳤다. "완전 훌륭해!"

졸리의 어깨 너머로 샨과 가드가 놀라는 모습이 보였다.

"그냥 썩은 과일이 좀 필요했던 거였어." 졸리가 설명을 시작했다. "보통 사과가 최고지만, 그래도 딸기를 이길 수야 없지. 고약하게 썩을수록 더 훌륭한 맛을 내긴 하지만 어쨌든 그건 개인의 취향에 따라 다른 거니까."

졸리가 샨에게 잔을 건넸고, 샨은 한 모금 들이킨 후 잔을 다시 가드에게 건넸다. 순간적으로 움찔하고 놀란 샨과 가드는 서로에게 팔을 뻗어 격정적으로 포옹했다.

"휘바 휘바." 가드가 말했다.

"휘바 휘바." 샨도 말했다.

샨과 가드는 서로 부둥켜안고 웃었으며, 난쟁이들은 가만히 그들을 지켜보았다.

"저게 바로 스피깃스의 맛이지." 앵그리가 말했다.

"아주 특별한 순간이지." 도지가 말했다.

"뭔가 내면의 자신이 살아나는 듯한 저 특별한 순간……." 졸리가 말했다. "그건 바로 마술, 마술이지."

XXVII
참으로 놀라운 고백을
듣게 되다

새뮤얼과 너드 그리고 웜우드는 동굴 입구에 앉아 산성비가 내리는 것을 지켜보고 있었다. 보즈웰은 그들 옆에서 편안하게 잠을 자고 있었다. 산성비는 진짜 산(酸)이었다. 동전을 하나 던져보았더니 공기 중에 희미하게 타는 냄새를 발산하며 땅바닥에 철벅하고 떨어졌다. 그들은 힘겹게 애스턴 마틴과 아이스크림 트럭을 피신처로 이동시켜 놨고, 너드는 이제 당분간은 안심이라는 생각이 들었다. 산성비가 몰아치는 폭풍우 속에서는 사냥을 당할 일도, 공중에서 감시를 받을 일도 없었다. 아무리 악마들이라도 불필요한 고통을 감수하지는 않는다. 적어도 자초해서 고통받을 이유는 없지 않은가.

"비가 멈추면 그땐 어떻게 하지?" 새뮤얼이 말했다. "언제까지 숨어만 있을 수는 없는 거잖아."

"우린 어딘가에 지옥문이 있다는 것을 알고 있고, 어떻게 된 일인지는 모르지만 애버너시 부인이 통제권을 가지고 있어." 너드가 말했다. "그것만 찾으면 널 돌려보낼 수 있어."

순간 근심 어린 표정이 너드의 얼굴에 나타났고, 새뮤얼 역시 같은 감
정을 느꼈다. 둘은 같은 생각을 하고 있었다. 헤어졌다가 그 모든 난관
을 뚫고 다시 이렇게 만났는데, 또다시 헤어져서는 안 된다는 생각. 물
론 새뮤얼은 절박하게 집으로 돌아가길 원했고, 너드 역시 반드시 새뮤
얼을 안전한 장소로 데려다 주고 싶었지만, 그런 식으로 서로를 갈망하
는 건 그 둘에게 모두 불행을 안겨줄 것이라는 걸 의미했다. 그런 말을
차마 입 밖으로 내뱉지는 않았지만, 새뮤얼과 너드는 서로의 그런 심정
을 잘 이해하고 있었다.

어찌된 일인지 웜우드 역시 둘의 심정을 알고 있었다. 새뮤얼과 그의
주인인 너드가, 다시 시공간과 다차원에 의해 분리될지라도 서로를 언
제고 볼 수 있는 최상의 시나리오를 원하고 있음을. 웜우드가 헛기침을
한 후 조용히 입을 열었다.

"무례하게 굴려는 건 아니지만, 저 난쟁이 녀석들을 안 보면 속이 후
련하겠어요. 세상에 저런 잠재적인 말썽꾼들도 없죠."

새뮤얼과 너드는 웜우드가 무슨 말을 하려는지 알았다.

"잠재적인 게 아니지, 웜우드." 너드가 말했다. "저 난쟁이들은 현재진
행형 말썽꾼들이야. 태어날 때부터 잠재적이라는 뜻과는 거리가 멀었을
거야."

그사이에 난쟁이들은 샨과 가드가 댄의 아이스크림 트럭에서 가져온
냉동 과일을 첨가해서 새로 주조한 19번 맥주를 신나게 마셔대고 있었
다. 아이스크림과 초콜릿이 거의 다 떨어진 지금 같은 상황에서 아이스
크림 사업을 재개하는 것은 힘들겠다고 판단한 댄도 술자리에 합류해
서 이미 거나하게 취해 있었다. 심지어는 필 순경마저도 로언 경사의 허
락을 받고 파티에 합류한 상태였고, 로언 경사는 자기들의 그 모든 범죄

행위는 전부 이놈의 사회 탓이라는 졸리의 주장을 열심히 듣다가, 과연 졸리의 말에도 일리가 있어 보이는 게, 이놈의 사회가 진작 난쟁이들을 감옥에 집어넣지 않았기 때문에 얘네들이 이렇게 활개치고 다니는 것일 수도 있다고 생각했다.

앵그리는 필 순경에게 소매치기의 복잡한 기술을 정보 제공이라는 명목하에 열심히 시연하고 있었다만, 정작 그 이유는 앵그리가 거나하게 술이 들어간 필 순경의 수갑을 훔치려다 발각되었기 때문이다.

"근데, 정말 전 어쩔 수 없다고요." 앵그리가 짐짓 진지한 표정으로 말했다. "이렇게 태어난 것을 어떻게 하라고요. 저희 엄마가 그랬는데, 병원에서 저를 낳아서 집으로 데려왔을 때, 기저귀 속에 청진기 한 개와 체온계 두 개가 들어 있었대요. 전 못 훔치는 게 없어요. 일종의 축복이라면 축복이죠."

"옛날에 나도 도둑질한 적이 있어." 갑자기 필 순경이 고백했다.

도지와 멈블스 옆에서 얘기를 주워듣고 있던 앵그리가 깜짝 놀란 표정을 지었다.

"정말요?" 도지가 말했다.

필 순경은 천천히 고개를 끄덕였다. 그의 두 뺨은 부끄러움에 붉게 달아올랐는데, 그것은 또한 그의 피부에 튄 19번 맥주 때문이기도 했다.

"네 살 때였어." 필 순경이 말했다. "유치원에 다닐 때, 짝 이름이 브리오니 앤드루스였는데, 쉬는 시간이면 우린 항상 쿠키를 두 개씩 먹었지. 어느 날, 나는 내 쿠키를 다 먹었는데 그 애 쿠키가 하나 남아 있는 거야. 그래서……."

필 순경이 한 손으로 눈을 감싼 채 울먹였다. 앵그리가 등을 두들기며 터져 나오려는 웃음을 간신히 참아냈다.

"그냥 울어버려요." 앵그리가 말했다. "고백하는 건 정신 건강에 좋아요."

어쩐지 필 순경은 강하게 울컥하는 게 느껴졌다.

"그래서……."

"얘기가 어디로 갈지 알 것 같아." 도지가 말했다.

"응게루." 멈블스가 말했다.

"그래서……."

"이거 아주 조마조마한데." 앵그리가 말했다.

"내가 그 애 쿠키를 훔쳤어!" 필 순경이 외쳤다.

"안 돼!" 놀란 척하는 데 거의 성공한 도지가 외쳤다.

"계속하세요." 전혀 놀라는 척하지 않은 앵그리가 말했다.

"완전 상습범이었군요." 졸리가 필 순경을 놀리는 유쾌한 파티에 합류했다. "여자 아이의 쿠키를 훔쳤다고요? 정말 저열한 짓이잖아요."

"부정직한 행위." 도지가 말했다.

"비열한 행동." 앵그리가 말했다.

"교활한 짓." 졸리가 말했다.

"알아, 알아." 필 순경이 말했다. "더 끔찍했던 건 내가 훔치고도 그 애가 잃어버린 척 행동했다는 거야. 그걸 찾는다고 파티까지 열어줬거든."

"오, 이런 위선자!" 앵그리가 말했다. 하지만 이번 건 진짜로 유년 시절 필 순경의 범죄자적인 교활함을 증명하는 행위라고 생각해서였다.

필 순경은 얼굴을 가렸던 손을 뗐고, 그의 눈은 광신도의 그것처럼 빛이 났다. "하지만 그날 집에 돌아왔을 때, 난 다시는 그런 불법적인 행동, 쿠키와 관련된 나쁜 짓 뭐 그런 건 절대 하지 않겠다고 맹세했지. 이미 그날부터 난 정신적으로는 법을 준수하기로 서약한 경찰관이 된 셈이었어. 난 법 집행관 밥 필이었고, 학교 운동장의 부정행위자들은 내가 다 가가기만 해도 벌벌 떨었지.”

난쟁이들 사이에서 한동안 침묵이 흐른 후에, 드디어 졸리가 입을 열었다.

“정말 또라이 같은 짓을 하고 다녔군요.”

필 순경이 졸리를 째려보았다. 턱이 잠시 부르르 떨리더니, 순경이 주먹을 불끈 쥐었다. 잠시 동안, 공기 중에 살기가 등등했다.

“그래, 나 또라이였어!” 필 순경이 목이 터져라 외쳤다. 얼마나 소리가 컸던지 동굴 지붕의 먼지가 우수수 떨어져 맥주 안에 쏟아졌는데, 그 때문에 맥주 맛이 조금 더 좋아졌다.

다시 동굴 입구에서는, 과일맛 사탕을 먹고 있는 웜우드가 너드와 새뮤얼, 그리고 뒤이어 합류한 로언 경사와 함께 현 상황에 대해 얘기를 나누고 있었다.

“차가 많이 손상되었고요,” 웜우드가 말했다. “아이스크림 트럭은 오래 가지 못할 것 같아요. 게다가 기름도 거의 다 떨어져 가고. 새로운 연료를 합성하려면 시간이 걸릴 것 같네요.”

“좋은 소식은 없어?” 너드가 말했다.

“젤리 빈은 남아 있어요.”

“그걸로 차가 움직일 수 있을까?”

“아뇨.”

“그럼 그렇게 좋은 소식은 아니네.”

“그렇죠.” 웜우드가 대답했다. “그렇게 좋은 소식은 아니죠. 아, 봐요, 비가 그치고 있어요.” 웜우드가 인상을 찌푸렸다. “이것도 역시 좋은 소식은 아니겠죠?"

너드가 피곤하다는 듯 눈을 문지르며 말했다. "맞아, 좋은 소식은 아니지."

얼마 안 있어 하늘이 다시 적대적이고 필사적인 눈들로 채워졌다. 적들은 새뮤얼과 친구들이 그 지역 어딘가에 있다는 것을 알고 있었고, 비가 그치면 그들을 쫓게 될 것이었다. 그들은 무기도 없었고, 희망도 없었다. 버티면 버틸수록 더 힘든 시간만이 계속될 뿐이었다. 새뮤얼을 찾는 것은 보다 희망적인 것이었어야 했다. 어쨌거나 너드는 그 오랜 시간을 친구와 다시 만나기를 고대해오지 않았던가. 하지만 이제 새뮤얼은 여기에 있는데, 너드는 그가 떠나기를 바라고 있었다. 무엇을 바라든 신중하게 생각하자고 너드는 다짐했다. 새뮤얼이 지옥으로 끌려오는 방식으로 만나서 얘기를 나누게 되는 것 따위는 조금도 그가 바라던 것이 아니었다. 난쟁이들과 필 순경이 그의 곁으로 왔다. 그렇게 그들은 빗줄기가 약해지는 것을 바라보았다. 얼마 후 비는 완전히 멈추었다.

"우리에게 기회가 왔어요." 너드가 모두에게 말했다. "비가 멈추면 잠시 동안은 어둠과 정적이 유지될 거예요. 지옥에서는 원래 그래요. 번개도 치지 않을 거예요. 우리는 눈에 띄지 않고 우리 길을 갈 수 있을 거예요."

"그 계획이라는 게 우리가 그 여자, 아니 악마, 하여튼 뭐가 됐든 그 여자를 찾고, 그러면 그 여자가 우리를 집에 보내준다 이거지?" 앵그리가 말했다.

"아니면 네가 그 여자를 찾아내면, 그 여자가 널 갈가리 찢어발길 테니까 넌 집에 가는 것 따위는 생각하고 말고 할 것도 없겠지." 너드가 말했다. "어떻게 하느냐에 달려 있지."

“뭘 어떻게 해?”

“그녀가 널 발견하는 즉시 얼마나 빨리 달릴 수 있느냐에 달려 있단 의미야.”

“그건 전혀 계획처럼 들리지 않는데.” 졸리가 말했다. “게다가 우린 다리가 좀 짧잖아. 우리가 속도와는 거리가 좀 먼 체형이라서.”

“참 안타깝네.” 너드가 말했다. “이런 경우에는 속도가 최고의 무기인데.”

“근데 당신도 그렇게 잘 달릴 것으로 보이지는 않는데?” 앵그리가 말했다. “큰 부츠에, 배는 빵빵하니 튀어나왔고. 애버너시 부인인가가 당신을 쫓아오면, 그보다 더 빨리 달리기는 쉽지 않아 보인다 이 말이지.”

“내가 부인보다 빨리 달릴 필요는 없지.” 너드가 합리적으로 말했다. “난 단지 너희들보다 빨리 달리면 돼.”

XXVIII
모든 게 죄다
끔찍하게만 돌아가다

　새뮤얼이 소용돌이치는 구름을 걱정스러운 눈빛으로 바라보고 있었고, 다른 일행들은 본격적인 출발을 위한 준비에 착수했다. 하지만 다들 그간의 고생과 피로 때문인지, 이전만큼 힘차게 움직이는 기색은 아니었다. 하늘의 구름 속에서는 띄엄띄엄 흐릿하게 번뜩이는 감시자들의 노란 눈을 확인할 수 있었고, 궂은 날씨와 함께 펼쳐진 지옥의 장대한 풍광은 결코 아름답다고 할 수 없었다. 고즈넉한 평화를 가장한 모습 속에 일촉즉발의 위기를 숨기고 있는 것 같았다. 정면에 펼쳐진 암벽지대는 떨어지면 곧바로 늪지대로 빠지게 되는 위험천만한 지형이었다. 그리고 이전과 마찬가지로 역한 냄새의 안개가 습지 가득 펼쳐져 있었다. 새뮤얼은 차를 타고 이동하면서, 안개가 하늘에 있는 감시자들의 시선으로부터 자기들을 가려주리라 확신했다.

　새뮤얼은 엄마를 생각했다. 아마도 자신을 걱정하고 있을 것이다. 이곳에 도착한 이후부터 모든 시간 감각을 잃어버렸다. 하지만 적어도 하루는 지났을 것이다. 어쩌면 그보다 더 지났을 수도 있다. 이곳에서는 시간이 다르게 흐른다. 사실 시간이라는 게 존재하는지도 잘 모르겠다. 새뮤얼은 이런 가정을 해봤다. 만약 영원이라는 게 있다면, 그 앞에서 분이니 시간이니 몇 날 며칠이니 하는 것들은 아무런 의미도 없을 것이라고. 하지만 새뮤얼에게는 그 모든 시간이 의미가 있었다. 그 시간은 자신을 사랑했던 모든 사람과 헤어져 보낸 시간이기 때문이었다. 엄마, 친구들, 어쩌면 아빠까지도 포함해서. 그나마 위안이 되는 것은 너드가 여기 함께 있다는 사실이었다.

옆에서 보즈웰이 잠시 낑낑대더니 다리를 펴고 일어나서 킁킁거렸다. 귀를 쫑긋 세운 보즈웰은 어쩐지 불안해하는 모습이었다.

"왜 그래, 보즈웰?" 새뮤얼이 보즈웰에게 말을 건네는 순간, 갑자기 커다란 그림자가 새뮤얼을 덮쳤다. 왓처가 입을 막는 바람에 저항하는 소리 한번 내지 못한 채, 새뮤얼은 왓처의 힘찬 날갯짓과 함께 허공으로 끌려 올라갔다. 너드와 일행은 뒤늦게 무슨 일이 일어났는지 알아차렸지만, 이미 새뮤얼은 왓처에게 붙잡혀 구름 속으로 사라져버린 후였다. 보즈웰이 큰소리로 짓고 튼튼한 뒷다리로 뛰어 오르며, 그들을 쫓아 언덕을 내려갔다. 꼭 저 거대하고 붉은 생명체를 쓰러뜨리기라도 할 기세였다.

하지만 새뮤얼은 사라졌다. 보즈웰이 필사적으로 쫓으며 구해보고자 애를 썼는데도 새뮤얼은 사라져버렸다. 너드가 달려와서 이 조그맣고 불쌍한 강아지가 길을 잃거나 혹시라도 괴물들한테 먹혀버리는 불상사가 발생하지 않도록 조심스레 안아 올렸다.

저 멀리에 험준한 산봉우리가 우뚝 솟아 있었다. 너드의 눈에 무엇인가가 보였다. 바실리스크 위에 앉아서 자신을 바라보고 있는 누군가의 모습을 본 것 같았다. 그리고 들었다. 마치 바로 옆에서 나는 소리처럼 애버너시 부인의 목소리를 똑똑히 들었다.

"내 곧 너를 데리러 갈 것이다, 너드. 너의 쓸데없는 참견을 결코 잊지 않았다. 우선 지금은 네 친구를 데리고 간 것만으로 충분하다. 그리고 조만간 내 주군께 그 녀석을 바칠 것이다. 그러고 나서 너를 다시 찾겠다."

하지만 너드는 애버너시 부인의 위협이나 자신의 안위 따위는 조금도 신경 쓰지 않았다. 너드가 신경 쓴 것은 오직 새뮤얼의 안위와 그를 어떻게 구출할 것인가 하는 것뿐이었다.

* * *

왓처는 하늘 높이 날았다. 왓처는 튼튼한 두 발로 새뮤얼을 잡았고, 새뮤얼도 왓처를 꼭 붙들었다. 괴물이 자신을 잡고 있다는 두려움보다 그 높이에서 떨어진다는 두려움이 더 컸기 때문이다. 괴물의 피부는 유황과 화산재 냄새가 섞여 있었으며, 다치고 아물고를 반복한 오래되고 깊은 상처투성이였다. 새뮤얼은 괴생물체의 의식을 느꼈다. 자기에 대해 조사하고, 끊임없이 자기를 알고자 하며, 자기의 강점과 약점을 탐구하려는 자세가 느껴졌다. 하지만 뭔가 이상한 점이 있었다. 지옥의 기준에서 봐도 이 생물체는 대단히 독특하고 고독한 존재인 듯 보였다. 새뮤얼은 이 괴물이 자신과는 완전히 다른, 심지어 지옥의 그 어떤 생명체와도 완전히 다른 별개의 독립체라고 판단했다.

아니, 잠깐만. 꼭 그렇지는 않았다. 이 괴물은 또 다른 자와 동맹인 것 같은데…….

일순간 새뮤얼은 대마왕의 모습을 얼핏 보았다. 지옥 최고 악마 근저의 기운과 가증스러움, 광기가 처음으로 느껴졌다. 너무도 강렬하고 두려운 기분이 몰려왔다. 곧바로 새뮤얼 내부에서는 소년의 순수성을 보호하기 위한 자체 방어막이 쳐졌다. 마치 새뮤얼의 의지력에 충격을 받기라도 한듯 괴생물체의 비행 리듬에 순간적으로 동요가 찾아왔다. 왓처가 새뮤얼을 더욱더 단단하게 움켜잡는 과정에서 새뮤얼의 자세가 흐트러졌고, 그 바람에 그는 그들이 날아온 방향을 바라볼 수 있게 되었다. 몇 조각의 구름이 시야를 가리긴 했지만, 절벽과 습지와 산과 들을 똑똑히 볼 수 있었다. 그리고 그 언덕길, 왓처에게 잡혀서 하늘 위로 끌려가는 자신을 쫓아 보즈웰이 필사적으로 달려 내려왔던 그 언덕길이 두 눈에 들어왔다.

그때 쇠약하고 수척해 보이는 무언가가 구름 위에서 나타났다. 피부 속으로 갈비뼈가 선명하게 보였으며, 배는 홀쭉하게 들어가 있었다. 머리는 완전히 벗겨진 상태였고, 귀는 기다랗고 뾰족했으며, 쪼개지고 갈라진 수많은 이빨이 입술 밖으로 돌출되어 있었다. 허공에 잠시 정지해 있던 괴생물체는 왓처를 보고 짐짓 놀란 표정을 짓더니, 자세를 바꿔 새뮤얼을 쫓아오기 시작했다. 유령 같은 분위기에 박쥐 모양을 한 그 악마는 새뮤얼보다 조금 더 커 보였다. 날개는 팔에 달라붙어 있었고, 날카로운 발톱을 지니고 있었다. 새뮤얼과 눈이 마주친 악마가 발톱을 쫙 펴고, 먹이를 향해 달려드는 매처럼 빠른 속도로 하강하기 시작했다.

새뮤얼은 고함을 지르고 왓처의 등을 두들기며 위험신호를 보냈다. 왓처는 본능적으로 오른쪽 방향으로 몸을 돌려 그 조그만 악마의 공격적인 발톱을 거의 스치듯 피했다. 하마터면 새뮤얼 역시 악마의 발톱에 얼굴이 찢길 뻔한 아찔한 순간이었다. 왓처는 새뮤얼이 자기의 왼쪽 팔 아래만 잡을 수 있도록 자세를 고쳐 잡았다. 새뮤얼은 이러다 떨어지는 게 아닌가 걱정이 들기 시작했다. 그는 온 힘을 다해 왓처의 딱딱한 피부를 파고들 듯 움켜잡았고, 두 다리로는 왓처의 허리를 꽉 붙들어 매달렸다.

악마가 마치 동료를 호출하는 듯한 괴성을 반복해서 지르더니 아래쪽에서 다시 공격을 가해왔다. 왓처가 오른팔을 크게 휘둘렀고, 왓처의 강한 갈퀴손에 맞은 악마는 배에 구멍이 뚫렸다. 피는 나오지 않았지만 악마는 날갯짓을 멈추고, 대공사격을 받은 전투기가 추락하듯 비명을 지르며 구름을 뚫고 저 멀리 아래로 사라졌다.

악마가 두 마리 더 나타났고, 이번에는 둘이서 동시에 공격을 가하기 시작했다. 한 마리가 왓처의 머리를 향해 돌진하며 시선을 흐트러뜨렸고, 또 한 마리는 새뮤얼을 빼앗아 가려 했다. 하지만 왓처는 새뮤얼을 꽉 잡고 절대 놓지 않았다. 왓처는 여유가 있는 오른팔로 첫 번째 악마의 눈을 찢고 목을 부러뜨려서 집어던져 버렸고, 두 번째 악마는 단 한 번의 날카로운 발톱 공격으로 머리를 동강 내버렸다. 악마들의 공격이 종료됐고, 왓처와 새뮤얼은 다시 하늘에 둘만 남게 되었다. 악마들이 공격하는 동안 계속해서 눈을 감고 있었던 새뮤얼은 물론이고 공격에 정신이 팔렸던 왓처 역시, 세 번째 악마가 구름 위에서 그 모든 것을 지켜보다가 아비고르 공작에게 보고하기 위해 사라졌다는 사실을 눈치채지 못했다.

XXIX
드디어 지옥의 병력이
움직이다

애버너시 부인의 바실리스크는 최근의 소나기 여파로 뜨거워진 증기 구름 속에서 길을 잃은 후, 따뜻해진 돌을 가로질러 어슬렁어슬렁 걸었다. 대기에는 나무나 식물은 물론이고 살과 뼈마저 부식시킨 산성비의 냄새가 여전히 남아 있었지만, 이 끔찍한 지옥에서조차도 생명력은 다시 제 모습을 드러내고 있었다. 새카맣게 그슬린 커다란 잡초와 수풀이 조금씩 본연의 갈색 잎을 드러내기 시작했고, 폭우를 피해 신속하게 도망치지 못했던 어린 악마들의 팔다리, 발가락, 머리가 조금씩 다시 자라기 시작했다. 산성비 때문이었는지는 몰라도, 그중 몇몇 악마에게는 추후 닥칠 수도 있는 사고에 대한 대비 차원으로 여분의 손가락과 발가락이 생겨나기도 했다. 악마들은 땅속 구멍이나 수풀 사이에서 애버너시 부인이 지나가는 것을 지켜보았다. 부인의 얼굴은 승리의 기쁨으로 가득 차 있었으며, 눈은 깊고 차가운 푸른색으로 빛나고 있었다. 모두가 애버너시 부인을 아는 것은 아니었다. 왜냐하면 지옥의 어느 곳, 원시의 삶을 사는 악마들은 대마왕의 처소를 산속 요새 깊숙한 곳이라고만 알고 있을 뿐 정확한 위치를 알지 못하거나, 대마왕이 거느리는 공작이나 장군들 역시, 이들에게는 이야기 속 인물들일 뿐이기 때문이다. 하지만 그들조차도 이 의문에 가득 찬 인물이 엄청난 힘을 지닌 자이며, 가능한 모든 수를 써서 피해야 할 자임을 직감했다.

그렇게 애버너시 부인은 그 장소를 떠났고, 땅굴과 수풀 속의 악마들은 얼마 안 가 바로 부인의 존재를 잊어버렸다. 그들에게는 산성비가 또 언제 내릴 것인가, 이제 막 새로 생겨난 머리통으로 무엇을 할 수 있을 것인가와 같은 당면한 과제가 더 중요했기 때문이다.

애버너시 부인은 주위 악마들의 그 어떤 움직임도 알아채지 못했다. 그녀는 오로지 자신의 머리 위 하늘의 결투에만 온 신경을 집중하고 있었다. 그렇다고 애버너시 부인이 왓처의 전투능력을 의심한 것은 결코 아니었다. 사정거리 안의 적들을 왓처가 놓칠 리 만무했다. 물론 애버너시 부인도 왓처가 하늘에서 새뮤얼을 놓쳐 대마왕에게 바칠 큰 선물이 사라지는 비극이 발생할까 걱정했던 순간은 있었다. 만약 소년이 몇 킬로미터가 넘는 높이에서 딱딱한 바위 위로 떨어지기라도 한다면, 대마왕님께 보여드릴 것이 별로 없게 될 것이기 때문이었다. 설령 새뮤얼의 의식이 남아 있더라도, 인간이 악마처럼 쉽사리 재조립되리라는 확신도 들지 않았고, 다량의 피와 산산조각 난 뼈와 너저분하게 찢긴 피부로는 즉각 정체를 알아보기 힘들 것이었다. 그런 경우라면 아마도 큰 유리병에 뼈와 살을 추슬러 담은 후 '새뮤얼 존슨'이라는 이름표를 붙여서 대마왕에게 가져가는 수밖에 없을 것이다. 하지만 그래서야 복수라 할 수 있겠는가 싶은 생각이 들었다. 그건 온전한 소년을 잡아 주군의 면전에 무릎을 꿇게 한 후, 본질적인 공포와 두려움을 직접 느끼도록 하는 것과는 천지 차이일 것이라고 애버너시 부인은 생각했다.

하지만 그녀가 새뮤얼 존슨이 굴욕당하는 광경을 머릿속에 자유롭게 그려본다 해도, 아비고르 공작이 자꾸 신경 쓰이는 것은 어쩔 수 없었다. 아비고르 공작은 항상 애버너시 부인의 자리를 호시탐탐 노렸다. 지상 침공 실패 이후 아비고르 공작이 애버너시 부인의 반대편으로 급변한 것만 봐도 짐작 가능했다. 구아레스 공작이나 보림 공작 같은 자들은 원래는 애버너시 부인의 측근이었다가 그날 이후 아비고르 공작에게 붙은 부류였고, 그러한 이유 때문에라도 애버너시 부인은 아비고르 공작에 대한 증오로 쓰라린 속을 한참 동안 진정시켜야 했다. 애버너시 부인은 대마왕의 왼팔 자리를 되찾기만 하면 그 즉시 제거해버릴 자들의 명단을 생각하며 흐뭇한 웃음을 지었다. 그러나 그것도 잠시, 이내 그보다 더욱 급한 과제를 머릿속에 떠올리며 집중을 하고자 마음을 다잡았다.

애버너시 부인에 대항하는 아비고르 공작은 크나큰 모험수를 두고 있었다. 애버너시 부인이 대마왕의 명에 따라 유배를 당한 신세이긴 했지만, 그렇다고 해서 어떤 형이 내려진 것도 아닌지라, 엄밀하게 따지면 지옥의 군대 총사령관직은 여전히 애버너시 부인의 것이었다. 그렇다면 아비고르 공작의 행위는 근본적으로 반역에 해당한다. 하지만 애버너시 부인이 아비고르 공작의 유죄를 증명하려면 필요충분조건이 선결되어야 했다. 아비고르 공작이 아직은 애버너시 부인의 직위를 직접적으로 위협하는 그 어떤 행동도 하지 않았기 때문이다.

그렇다 해도, 아비고르 공작이 새뮤얼 존슨에게 손을 내민다 한들 공작이 새뮤얼과의 연합을 통해 무엇을 할 수 있겠는가? 애버너시 부인의 계획처럼, 공작 또한 새뮤얼 존슨을 대마왕에게 바치는 특별한 선물로 이용할 수도 있다. 하지만 그렇게 한다면 그가 어떤 방법을 이용해서 새뮤얼 존슨을 지옥으로 나포해왔는지 설명해야 하는 꽤나 곤혹스러운 과정을 겪어야 할 것이다. 아비고르 공작은 이제는 다른 게임을 하고 있었다. 애버너시 부인은 오직 단면만을 보고 있을 뿐이었다. 부관 오지무스가 바로 아비고르 공작의 편에 서 있었다. 만약 크루포드의 말을 그대로 믿는다면, 오지무스는 대마왕의 깊어만 가는 근심을 방치하고 악화시켜서 그의 지위를 약화시킬 의도를 가지고 있다. 그리고 거의 불가능한 일처럼 보이지만, 아비고르 공작의 진짜 목적은 단순히 애버너시 부인의 자리를 빼앗는 것이 아니었다. 그의 최종 목적은 대마왕의 자리를 차지해서, 미친 왕을 대신해 지옥의 지배자로 군림하는 것이었다. 그리고 이미 수많은 공작이 이 계획에 동참하고 있는바, 그들이 아비고르 공작의 최종 목적에 대해서까지는 알지 못하더라도, 그의 입장에서는 어찌 됐든 끝까지 밀어붙여볼 수밖에 없는 상황이었다. 만약 지금 상황에서 계획이 중단되고 대마왕이 제정신을 회복해서 반란의 미세한 흔적이라도 발견하게 된다면(대마왕이 흔적을 발견할 가능성은 거의 확실하다. 애버너시 부인이 말하지 않더라도, 대마왕의 형벌로부터 제 몸을 지키고자 하는 자들의 밀고가 이어질 게 뻔하기 때문이다), 아비고르 공작과 그 계획에 참여했던 모든 공모자는 코시투스 호수의 빙벽에 영원히 갇히게 될 게 틀림없었다. 아비고르 공작은 거사를 되돌리기에는 너무 멀리 왔다. 공작은 대마왕의 증세가 호전되지 않고, 애버너시 부인의 계획이 실패한다는 데에 모든 패를 거는 도박을 하고 있는 것이었다. 그 두 가지가 모두 새뮤얼 존슨과 연관되어 있었다. 그의 적수인 애버너시 부인이 새뮤얼을 쇠사슬로 묶어 대마왕에게 바치면 대마왕의 정신이 돌아오게 되고, 공작의 계획은 수포로 돌아간다. 반면에, 공작이 새뮤얼 존슨을 자신의 손아귀에 쥐고서 모든 접근을 차단하면, 대마왕의 근심 걱정은 깊어만 갈 것이고, 애버너시 부인은 절망에 빠지게 될 것이다.

지금은 아주 예민한 시간이다. 소년은 지금 애버너시 부인 손에 있고, 대마왕이 있는 절망의 산으로 소년을 데려가기 전까지 아비고르 공작에게 뺏기지 않기 위해 그녀는 모든 수단을 총동원할 것이다. 아비고르의 악마들이 왓처를 공격한 것은 시작에 불과하다. 그보다 더한 공격이 곧 뒤따를 것이다.

애버너시 부인의 의심이 사실임을 보여주려는 듯, 전방의 땅이 갈라지면서 누런 외관에, 눈이 없고 코를 벌룩거리는 끔찍하게 생긴 괴물이 튀어나왔다. 버로워였다. 하반신은 벌레 같았고, 상반신은 꼭 쥐의 얼굴을 가진 남자 같았다. 징그럽게 생긴 다리가 수백 개 달려 있었는데, 맨 앞과 마지막 다리에만 갈고리처럼 생긴 발톱이 몸에서 툭 튀어나와 있는 형태였다. 이들은 보통 땅속에서 살다가 정말 꼭 필요할 때만 위험을 무릅쓰고 땅 위로 나오고, 동료들과 집단을 이뤄 이동하면서 정보를 모으고 서로 공유하는 습성을 지닌 것으로 알려져 있다. 또한 이들은 눈이 보이지는 않지만 미각과 후각이 뛰어나고, 발소리의 진동으로 땅 위 다른 생명체의 존재를 인식하는 것으로 알려져 있다. 이 뛰어난 능력을 지닌 버로워들이 애버너시 부인에게 충성을 맹세하고 있었다. 애버너시 부인이 간혹 그녀의 적을 버로워들에게 던져줘서, 그들이 이 불행한 생명체를 땅속으로 끌고 들어가 파티를 즐길 수 있도록 배려해주었기 때문이다.

“부인, 새로운 소식입니다.” 버로워가 말했다. “군단이 모이고 있습니다. 우리는 그들이 속삭이는 소리를 들을 수 있습니다. 그들은 소년에 대해 얘기합니다. 부인의 처소를 포위해서 소년을 탈취한 후, 부인을 대마왕님에 대한 반역 음모죄로 처벌할 계획을 세우고 있습니다.”

"처벌한다고?" 애버너시 부인이 말했다. 그녀는 그들의 뻔뻔스러움을 도저히 참을 수 없었다.

"그렇습니다. 부인께서는 참석도 하지 않은 재판에서 아비고르 공작이 지정한 판사들이 판결을 내렸습니다. 익명으로 진행된 재판에서 부인께서는 반역죄로 유죄 선고를 받으셨습니다. 지옥과 인간세계를 연결하는 문을 열어 지구를 자기 멋대로 정복하고, 그곳에 대마왕님에 반하는 왕국을 세울 음모를 꾸몄다는 것입니다. 부인을 체포한 후, 코시투스 호수의 가장 은밀하고 가장 깊숙한 곳에 투옥할 계획이라고 합니다."

애버너시 부인이 몸을 떨었다. 아비고르 공작과 그의 공모자들이 이토록 재빠르게 움직였다는 게 믿기지 않았다.

"내게 남은 시간이 얼마나 되느냐?" 부인이 물었다.

"조금밖에 없습니다. 아직까지는 전 병력이 약속된 장소로 집결하지 않았지만, 네 개 군단은 이미 부인의 처소를 확보하기 위해 이동했다고 합니다."

"어느 군단이냐?"

"듀시아스 공작과 페로스 공작의 군단 각 두 개씩입니다."

"우리 동맹군은 어디 있느냐? 지옥의 군대는 무엇을 하고 있지?"

"부인의 명령만을 기다리고 있습니다."

"전 병력에 폐허의 언덕에 집결하라는 명을 하달하고, 아직까지도 지지를 보내지 않는 공작들에게 말을 전하도록 하라. 소년은 내 보호 아래 있으니, 이제 누구 편에 서야 할지를 결정해야 할 때라고. 충성을 맹세하는 자에게는 크나큰 상이 내려질 것이고, 배신을 내보이는 자는 절대 용서받을 수 없을 것이라고."

"알겠습니다. 처소로 접근하는 병력은 어떻게 할까요?"

애버너시 부인이 잠시 생각에 잠겼다.

"모두 잡아서 양껏 먹도록 해라." 부인이 말했다.

애버너시 부인이 바실리스크를 타고 떠났고, 버로워는 신선한 고기를 먹을 수 있다는 생각에 입맛을 쩝쩝 다시고 있었다.

XXX
왓처의 슬픔이 느껴지다

아비고르 공작의 명을 받은 스파이 악마가 몰래 왓처를 따라서 드디어 애버너시 부인의 궁이 시야에 들어오는 지점까지 접근했고, 주군인 아비고르 공작에게 보고하기 위한 거점을 마련한 후 대기모드로 들어갔다. 하지만 왓처는 미행의 존재를 모두 알고 있었다. 스파이가 궁을 떠나자마자, 왓처는 구름을 이용해 몸을 숨긴 채로 방향을 틀어 폐허의 언덕에 있는 고원으로 향했다. 그곳에서 왓처는 새뮤얼을 땅에 내려놓고, 그의 가슴에 발을 올려 새뮤얼이 도망칠 수 없도록 했다. 왓처는 애버너시 부인의 군대가 속속들이 집결하는 것을 바라보았다. 땅 밑에서 그리고 동굴에서 악마들이 하나둘씩 튀어나왔고, 어떤 놈들은 하늘에서 내려오기도, 또 어떤 놈들은 검고 눅눅한 기름웅덩이 속에서 기어 나오기도 했다. 악마들은 재에서, 모래에서, 눈에서, 혹은 물의 분자나 공기 중의 보이지 않는 원자에서부터 변형을 시작해 모습을 갖춰나가기 시작했다. 뿔 달린 악마, 날개 달린 괴물, 지느러미를 갖춘 악마 등등. 어떤 악마는 눈에 익은, 또 어떤 악마는 형태라 말하기조차 힘든 모습이었다. 불과 바위로 된 악마, 물과 얼음으로 된 악마, 이빨과 발톱으로 이루어진 악마 그리고 정신과 에너지로만 이루어진 악마도 있었다. 그 모든 악마가 애버너시 부인의 부름을 받고 한 자리에 모인 것이다.

충성심에서 모인 악마, 두려움에 휩싸여 강제로 나오게 된 악마, 혹은 그냥 단순히 지겨워서 나온 악마까지 모두 이 전투의 결과에 도박을 걸고 있는 셈이었다. 최악의 경우에 그들이 패배하게 되더라도, 적어도 이 지옥살이의 지겨움은 깨뜨릴 수 있었다. 번개가 치는 듯한 섬광에 날카로운 창끝이 번쩍이고, 톱니 모양의 칼을 비롯한 수천수만 개의 살상 병기가 모였다. 왓처는 시선을 오른쪽으로 돌렸다. 저 멀리서 거대한 말발굽 소리와 함께 불을 뿜으며 애버너시 부인을 지원하기 위해 선출된 공작들의 군단이 도착한 것이다.

왓처의 눈은 여전히 평원 저 멀리를 바라보고 있었다. 듀시아스 공작과 페로스 공작의 네 개 군단이 쩍쩍 금이 간 평원길을 결의에 찬 움직임으로 행군하고 있는 게 눈에 들어왔다. 아주 오래 전, 하늘이 만들어지고 땅이 생성되던 때 독성 물질이 가득한 거대 호수가 있었던 곳, 험준한 산등선을 따라 극도로 불쾌한 냄새를 풍기는 강물이 흘렀던 곳이다. 대마왕은 그곳의 강물을 모두 코시투스 호수를 만드는 데 사용했고, 그 후 평원은 영원히 말라버려 지금은 오직 흙먼지만 휘날리는, 저 깊숙한 아래까지 이어지는 위험천만한 크레바스투성이의 땅이 되었다.

군단 병력들은 위태위태한 평원길을 조심스럽게 진군하고 있었다. 악마 군단은 제각각 묵직하면서도 날카로운 검을 들고, 엄청난 무게의 갑옷으로 중무장한 채 오로지 도보로만 행군을 계속하고 있었다. 칼날의 앞부분은 코르크 스크루처럼 만들어져서 적의 복부를 찌른 후 칼날을 잡아 빼면 내부 장기가 그대로 뽑혀 상대방에게 극심한 고통을 안겨주도록 고안되었다. 제아무리 악마라고 해도 이런 심각한 부상을 입는다면 회복하기까지 꽤 격렬한 고통이 따를 것임은 두말할 필요도 없었다. 악마들은 허리에 단도나 장갑, 헬멧 등을 매달고 있었고, 육중한 갑옷의 쇳조각이 서로 부딪치며 만들어내는 소리는 흡사 갑옷 자체를 하나의 무기로 연상케 했다.

군단 전체를 보자면, 눈부시고 투명한 광택에 뼈와 내장이 속속들이 들여다보이는 살가죽을 가진 말 위에는 소위 중위급 장교들이 타고 있었다. 장교급답게 갑옷이 더욱 화려하게 장식되어 있었고 무기 역시 보석이 박혀 번쩍거렸지만, 전투에서 적에게 치명적인 중상을 가하기에는 다소 위력이 떨어져 보이기도 했다. 차갑고 매서운 바람에 수많은 깃발이 휘날리고 있었다. 붉은색, 황금색 그리고 녹색의 문장이 그려진 페로스가(家)와 보림가의 깃발. 하지만 그 모든 깃발 위로 대마왕을 상대하는 불의 손이 그려진 엄청나게 큰 깃발 하나가 위세를 떨치며 펄럭이고 있었다. 아비고르가의 깃발이었다. 대마왕의 군대를 상징하는 뿔 달린 대마왕의 머리가 그려진 깃발은 눈을 씻고 봐도 찾을 수 없었다. 공작들은 그들의 충성심을 공공연하게 깃발에 담았지만, 그들이 선택한 최우선적인 충성의 대상은 이제 더 이상 대마왕이 아니었다. 그들의 성공과 출세를 보장해줄 새로운 대상은 아비고르 공작이었다.

가장 먼저 위협을 감지한 것은 말들이었다. 눈과 입을 통해 내부의 붉은 불꽃이 드러날 정도로 말들이 크게 울부짖으며 앞다리를 허공에 들어 올리는 바람에 안장 위에 앉아 있던 악마들이 땅으로 떨어질 뻔했다. 열아홉 살의 나이로 보림가의 군단에 지원하여 지금은 군단의 부사령관을 맡고 있는 론위의 눈에 작은 파문이 일었다. 순간적으로 론위는 목소리를 높여 명령을 내렸다. 하지만 그 명령은 수하들에게 전달되지 못했다. 땅이 크게 갈라지면서 론위와 말을 집어삼켜 버렸고, 갈라진 땅은 군단 최선봉 대열 앞쪽의 커다란 크레바스로 이어지며 그들 앞에 천 길 낭떠러지가 등장한 것이다. 크레바스의 벌어진 틈에서는 유독성 녹색 가스가 분출되었고, 가장자리가 심하게 요동치면서 수십 명의 악마가 땅속으로 빨려 들어갔다. 그 광경을 두 눈으로 지켜본 악마들은 위험을 감지하고 뒤로 물러서려 했지만, 이미 꾸역꾸역 밀려들기 시작한 다른 악마 병력에 막혀 움직이지 못하는 상태에서 더욱더 많은 악마가 땅속으로 빨려 들어갔다. 군단의 지휘관들이 정렬을 정비할 것을 외치며 전방의 군사들을 후퇴시키려 했지만, 이미 두려움에 사로잡힌 말들이 몸을 크게 흔들며 안장 위의 악마들을 떨어뜨리기 시작했고, 겁에 질린 병력은 땅이 더욱더 큰 소리로 요동치며 갈라지자 그야말로 혼비백산했다.

그 순간 땅속의 괴생물체가 공격을 감행했다. 끈적거리는 유독성 비늘로 덮인 거대한 촉수가 땅속에서 튀어나와 악마들을 휘감고 어둠 속으로 끌고 가기 시작했다. 한 입에 성인 머리통 정도는 충분히 집어삼키고도 남을 거대한 크기의 붉은색 곤충들이 얼굴을 씰룩거리며 악마들을 먹어치웠다. 악마들은 아무리 단단한 칼을 사용해도 거대한 곤충의 단단한 껍질을 뚫지 못했고, 공격을 막아주리라 기대했던 갑옷은 곤충의 강력한 이빨을 방어해내지 못했다. 뿐만 아니라 지하 깊숙한 곳에서 똬리를 틀고 있던 벌레들이 거대한 이빨을 드러내며 튀어나와 병력을 휩쓸어버렸고, 방금 전까지만 해도 군단 병력들의 움직임으로 가득 찼던 평원은 악마들의 절단된 사지와 피와 살점, 뼈와 부러진 이빨이 난무하는 흉측한 붉은 피의 강으로 변해 있었다.

한편, 페로스 공작의 정예 병력은 크레바스 끝의 단단한 지면을 찾아 가까스로 죽음의 전장을 탈출해서, 마치 화산 분화구처럼 높이 솟구쳐 있는 언덕의 둘레길을 힘겹게 돌파해 호숫가에 도달했다. 그 순간 흙먼지 속에서 깔끔하면서도 둥근 구멍을 만들며 버로워들이 땅에서부터 솟구쳐 나왔고, 오랜만에 제대로 포식하게 된 이들은 맹렬하면서도 난폭한 기세로 악마들의 목과 팔다리를 물어뜯기 시작했다. 그렇게 오랜 세월 끝없이 건조한 상태로 흙먼지에 덮여 있던 호수는 악마들의 검붉은 피로 채색되어 갔다.

왓처는 상당히 멀리 떨어진 거리에서도 이 모든 것을 똑똑히 보았다. 이 정도의 물리적 충돌이면 지옥 그 자체를 갈가리 찢어놓고도 남을 수준이었다. 하지만 왓처는 이 전쟁이 어떻게 진행될지 확신하지 못했다. 여전히 대기를 진동시키고 있는 대마왕의 울부짖음이 언제 멈출지 가늠할 수 없었기 때문이다. 왕이 미쳤을 때, 수하들이 해야 할 일은 무엇이란 말인가?[38] 대마왕의 이인자, 삼인자, 오른팔, 왼팔 등의 권력과 지위를 차지하기 위해 내부에서 치열한 다툼이 벌어지는 것은 불가피한 일일지도 모른다. 하지만 아비고르 공작이 만들어낸 위협은 그러한 무질서를 뛰어넘는다. 아비고르 공작은 주군인 대마왕을 향한 반역의 장을 활짝 열어젖힌 것이다.

여전히 아래쪽 평원에서는 애버너시 부인의 깃발 아래 모인 악마의 수가 급격하게 늘고 있었다. 26군단 병력을 이끌고 있는 아임 대공작, 36군단 병력을 이끌고 도착한 지옥의 왕자 아이페로 공작, 지옥의 군대 지도자 중 한 명인 아자젤 공작 등이 그레이트 록에 진형을 갖추고 대마왕의 깃발을 펼쳤다.

왓처의 다리 아래에 놓인 새뮤얼은 속속들이 집결하는 병력을 공포와 경이의 눈으로 바라보고 있었다. 왓처가 붉은 하늘에 떠 있는 여덟 개의 어두운 행성 같은 검은 눈으로 새뮤얼을 쳐다보았다. 왓처는 평원 아래에 몰려들고 있는 그 어떤 생명체보다도 무섭고 막강한 존재였지만, 새뮤얼은 지지 않고 고개를 뻣뻣이 들어 저항의 몸짓을 표현했다.

"뭘 기다리는데?" 새뮤얼이 말했다. "무슨 계획을 세우고 있든 어서 시작해보라고."

무엇인가 말소리가 들리는 것 같았지만 곤충 턱처럼 생긴 왓처의 턱은 전혀 움직이지 않았다. 하지만 새뮤얼은 왓처가 말하고 있음을 알 수 있었다.

'우린 기다린다.'

"누구를 기다려?"

'애버너시 부인.'

새뮤얼은 한껏 목청을 높이며 끌어올렸던 용기가 일순간에 사라지는 걸 느꼈다. 바람 빠진 풍선처럼 몸 안의 기가 빠져나가며, 모든 기운이

---

38 대부분의 경우에 부하들은 누군가가 문제를 일으키는 왕을 죽일 때까지 그저 참고 기다리는 것 말고는 할 게 없다. 예를 들어, 자신이 총애해 마지않는 애마 인시타투스가 로마의 집정관이 되어야 한다고 주장하기도 했던 로마 황제 칼리굴라(AD 12~41)는 서른 차례나 칼에 찔려 죽음을 맞이했다. 또한 스웨덴 왕 에릭 14세(1533~1577)는 비소가 첨가된 완두콩 수프를 먹고 목숨을 잃었다. 실제로 상당수의 왕이 과연 제정신이었었는지가 의심스러운 역사가 숱한 관계로, 어쩌면 왕족에게 있어서 광기는 영원히 끝나지 않을 문제인지도 모른다. 좀 덜 알려진 정신 나간 왕족으로 프랑스의 찰스 6세(1368~1422)가 있다. '미치광이 찰스'로 역사에 남은 이 정신병자는 자신의 몸이 유리로 만들어졌다고 믿었고, 그 때문에 혹 몸이 깨져버리기라도 할까 싶어 옷에 쇠막대를 붙이고 다녔고, 목욕이나 옷 갈아입는 것을 5개월씩 거부하기도 했다고 전해진다. 또한 마상(馬上) 창 시합에서 여러 번씩이나 대형 해머로 머리를 얻어맞고 미쳐버렸다고 알려진 프랑스의 왕 루이 9세의 아들인 클레르몽의 로버트(1256~1318)는 어쩌면 완전히 반대로 이미 정신이 나가서 마상 창 시합에 여러 번씩이나 출전해 대형 해머로 머리를 얻어맞았는지도 모른다.

사라지는 기분이 들었다. 애버너시 부인의 분노를 피할 수 있을 것이라고 생각했다니, 너드가 자신을 구해줄 것이라고 생각했다니, 그 얼마나 미련한 생각이었나 싶었다. 애버너시 부인과 끔찍하기 짝이 없는 혐오스러운 생명체들이 그 어딘가의 구멍을 통해서 인간세계로 온 그 순간부터 자신은 이미 저주받은 몸이었다는 생각이 들었다.

'이 모든 게, 너 때문이다.' 왓처의 기이한 음성이 들렸다. '이 모든 게, 바로 꼬마 네 탓이다.'

"내가 시작한 게 아냐." 새뮤얼이 말했다. "애버너시 부인이 사람들을 죽인 게 내 탓은 아니잖아. 인간세계를 침공해달라고 요청한 적도 없어. 난 그저 핼러윈 때 과자를 안 주면 장난칠 거라고 소리치고 다닌 게 다라고."

'하지만 보아라. 군대가 모여들고 있다. 과거에 충성을 맹세했던 자들은 다 사라져버리고, 이제는 충성을 가장한 가식만이 판치고 있다. 과거의 적이 사라졌고, 새로운 적이 등장했다. 그리고 나의 주군은 눈물만 흘리고 있을 뿐이다. 종소리가 울려 퍼져야 한다. 다른 선택이란 있을 수 없다.'

"너의 주군?" 새뮤얼이 왓처의 목소리 톤에서 이상한 낌새를 알아채고 말했다. 사랑은 사랑이지만, 일그러지고 뒤틀려서 사랑이라고 부르기 힘든 그런 사랑을 입에 담는 느낌이었다. "넌 애버너시 부인을 섬기는 것 아니었나? 게다가 무슨 종을 울려야 한다는 말이야?"

왓처는 대답하지 않았고, 대마왕의 실체를 흐릿하게나마 기억하고 있던 새뮤얼은 왓처가 충성심 문제로 갈등을 겪고 있음을 눈치챘다.

"그러니까 넌 다른 악마를 모시고, 애버너시 부인도 섬긴다, 이거군?"

'그렇다고도 아니라고도 할 수 있다.'

"결정을 내려야 하는 거 아닌가?"

'아마도.'

"근데 그 울부짖는 소리는 다 뭐야?" 새뮤얼이 말했다. "그 모든 게 대마왕이 울부짖는 소리라는 거야?"

'그러하다.'

"왜 울부짖는 거야?"

'왜냐하면 대마왕님은 이 모든 영겁의 세월을 견뎌낸 후, 드디어 지옥을 벗어날 기회를 엿보았다. 그 모든 기다림과 역경을 극복하고 희망이 눈앞에 다가오는 듯했지만, 희망은 사라졌고, 그 희망에 굴복했던 자신을 증오하며 울부짖는 것이다. 다른 이들의 희망을 없애기 위해 존재했던 자신이, 제 안의 희망을 파괴할 수 없었던 것이다. 그렇게 대마왕님은 미쳐갔고, 울부짖음만이 남은 것이다.'

"이거 유감이라고 말하기도 곤란한걸." 새뮤얼이 머릿속에 떼를 쓰며 울부짖는 아이를 떠올리며 말했다. 왓처가 머리를 돌렸고, 새뮤얼은 저 괴물이 혹시나 자신의 생각을 읽지는 않았는지 살짝 두려운 생각이 들었다. 하지만 그런 것 같지는 않았다.

"근데 구름 속의 저 악마들은 왜 우리를 공격하는 건데?"

'그들은 모두 아비고르 공작의 수하들이다. 아비고르 공작은 애버너시 부인이 너를 차지하는 것을 원치 않는다.'

"왜 원치 않는 거야?"

'애버너시 부인은 널 대마왕님에게 바쳐서 그의 정신을 온전하게 만든 후, 자신의 공과를 인정받고 싶어 한다. 대마왕님이 너를 복수의 대상으로 삼는 것으로 자기를 용서하게 될 것이라는 시나리오이지. 하지만 아비고르 공작은 그 계획을 방해해서 자신이 애버너시 부인의 자리

를 차지하고, 궁극에는……'

왓처가 불현듯 말을 중단했다. 자신의 가장 두려운 생각을 입 밖에 내고 싶지 않았던 것이다.

"그럼 아비고르 공작에게 가면, 공작이 나를 집으로 가게 해주겠네?" 새뮤얼이 희망에 가득 차서 말했다.

'아니, 아비고르 공작은 널 절대 암흑 속에 가둘 것이다. 지옥에는 죽음이란 존재하지 않는바, 넌 영원히 그곳에 머물게 될 것이다.'

"이런." 새뮤얼이 말했다. "그러면 넌? 네가 원하는 것은 뭐야?"

'난 단지 나의 주군이 울부짖음에서 벗어나면 그만이다. 그 때문에 난 애버너시 부인이 널 대마왕님에게 바치기를 원하는 것이다.'

그렇게 새뮤얼의 희망이 서서히 사라지기 시작했다.

XXXI

명령을 내리는 자의 책임과

명령을 받는 자의 위험에 대해

배우게 되다

아비고르 공작이 철갑 장갑을 낀 주먹으로 뼈로 된 탁자를 내리쳐서 산산조각을 냈고, 거기서 나온 몇몇 해골이 폭력을 규탄한다느니, 요즘 악마들은 앤티크 제품을 보는 안목이 없다느니, 뼈가 무슨 나무에서 자라는 것인 줄 아느니 하며 계속해서 투덜댔다. 성난 눈빛의 아비고르 공작이 바닥에 떨어져서 데구루루 구르며 연신 불평불만을 늘어놓던 해골을 하나 집어 들자, 분위기가 심상치 않음을 눈치챈 해골이 태도를 바꾸며 말했다.

"제 실수였습니다요. 손상 부위 따위는 조금도 신경 쓰지 마세요."

아비고르 공작이 해골을 쥔 손아귀에 힘을 주었다. "잠깐만요, 그러면……." 해골의 말이 채 끝나기도 전에 아비고르 공작은 쥐고 있던 해골을 짓이겨 먼지로 만들어버렸다.

아비고르 공작은 평소에는 금속 표면에 이미지로만 존재하다가 전투 시 튀어나와 적을 제압하는 뱀으로 장식된 막강한 성능의 전투복 차림을 하고 있었다. 또한 그가 어깨에 두른 망토는 착용자의 기분에 따라 부풀어 올라 적의 기선을 제압하는 기능을 갖추고 있었다.

"군단 네 개!" 아비고르 공작이 외쳤다. "우리는 군단을 네 개나 잃었다!"

아비고르 공작 앞에는 수척해진 모습의 페로스 공작과 보림 공작이 있었다. 뚱뚱하고 물러 보이는 두 공작은 야심이 많고 남을 음해하기를 좋아했지만, 방해가 되는 장애물을 사정없이 처단해버리는 잔혹한 성정은 다소 부족한 악마에 속했다. 페로스 공작은 뭐랄까 꼭 너무 뜨거운 열에 노출되어 흐무러져 버린 거대한 양초 같았다. 얼굴은 거의 다 녹아서 피부가 몇 겹으로 머리뼈에 그냥 붙어 있는 모양이었고, 그 때문에 귀니, 코니, 광대뼈니 하는 얼굴의 구성요소가 전부 사라지고, 누군가가 한 쌍의 녹색 눈만을 살가죽에 회반죽으로 붙여 놓은 것 같은 모습이었다. 반면에 보림 공작은 풍성한 갈색 턱수염과 무성한 눈썹을 가지고 있었고, 그의 머리를 자르겠다는 지옥의 그 어떤 이발사들도 전부 다 물리친 것은 아닐까 싶게 전혀 다듬어지지 않은 머리카락의 소유자였다. 어쩌면 그 머리카락 어딘가에 가위 네 개와 빗 몇 개가 숨겨져 있고, 또 어쩌면 그 숨겨진 물건을 찾기 위해 파견된 조그마한 임프 몇 녀석쯤이 그 사이를 거닐고 있을지도 모를 일이었다.

공작들의 갑옷은 아비고르 공작의 갑옷보다 훨씬 더 화려했지만 실용성은 떨어졌다. 페로스 공작과 보림 공작은 전장에서의 전투는 일반 병사들이 수행하고, 자기들은 지휘계통을 맡는 것이라고 생각했기 때문이다. 공작들은 승리를 가져오라 명하고 전리품을 나눠주는 역할, 일반 사병들은 전투의 영광을 누리고, 온전하게 손발이 붙어 있다면, 자신들의 공적에 대해 피 묻은 손으로 축배를 들고 찬양하는 역할을 맡는 것이라고 믿었다. 그리하여 아비고르 공작의 갑옷이 아름답기는 하지만 전투의 흔적과 상처로 범벅이 되어 있는 반면, 페로스 공작과 보림 공작의 갑옷은 깃털과 리본, 각양각색의 메달과 조각 장식으로 치장되어 있었다. 우습게도 그 조각 장식은 전혀 뚱뚱하지도 않고 산발도 아닌 페로스 공작과 보림 공작이 전장에서 적을 완파하는, 전혀 있을 법하지도 않고 고개를 끄덕거리기도 힘든 모습을 묘사한 거짓투성이 조각 장식이었다.

"공작 전하를 뵈옵니다." 상황 판단을 할 정도의 머리는 되지만, 그렇다고 요령껏 곤란한 상황을 빠져나갈 머리까지는 안 되는 보림 공작이 말했다. "우리는 공작 전하의 명령을 따랐습니다. 애버너시 부인을 기습하기 위해 마른 눈물의 호수를 건너라고 명하셨던 분은 공작님이십니다."

철갑 장갑을 낀 아비고르 공작은 두 손을 비벼 마지막 남은 뼛가루를 털어냈다. 돌로 된 바닥에 떨어진 뼛가루와 조각이 서서히 움직이더니 한곳으로 뭉쳐 조금씩 다시 원래의 해골 모양을 갖춰나가기 시작했다.

"아우!" 해골이 말했다.

"그래서, 그게 지금 내 잘못이었다고 말하는 것인가?" 아비고르 공작이 부드럽게 물었다.

"아뇨, 천부당만부……" 해골이 대답하려 하자 아비고르 공작의 철갑 부츠가 해골을 짓밟아버렸고, 해골은 다시 조각조각 박살나는 신세가 되었다.

"당연히 아닙니다." 보림 공작이 말했다. "제가 어찌 그런 무례한 말을 할 수 있겠습니까?"

"그렇다면 누구의 실수였다는 말인가?"

"제, 제 실수였습니다." 이미 엎질러진 물을 그러모아 보기라도 하겠다는 듯한 절박한 심정으로 보림 공작이 말했다.

"그리고 저의 실수이기도 합니다." 가만히 입을 닫고 있어도 좋았을 것을, 머리가 너무 안 돌아가는 페로스 공작이 거들었다.

"자네 두 공작이 그리 자신의 실수를 인정하니 진정 대단히 고귀한 자세이군." 아비고르 공작이 말했다.

아비고르 공작이 손가락을 까닥하자, 그 즉시 여덟 명의 친위대 악마가 들어와 보림 공작과 페로스 공작을 둘러쌌다. 그들은 황금으로 장식된 검은색 철갑을 온몸에 두르고 있었고, 생명체의 흔적이라고는 투구 틈새로 보이는 붉은색 두 눈밖에 없었다.

"저들을 지하 감옥에 가두고, 열쇠는 없애버려라. 지금 즉시 수행할 것을 명한다." 아비고르 공작이 말했다.

보림 공작과 페로스 공작은 저항 한번 못해보고 방에서 끌려 나갔다. 아비고르 공작은 뒷짐을 지고 눈을 지그시 감았다. 공작의 머리 위로는 대성당처럼 아치형의 천장이 있었고, 천장을 따라 물결치듯 넘실대는 불길이 바닥에서 새어 나온 불기둥과 어우러져 온 벽을 하얗고 노랗게 물들였다. 얼핏 보면 방 전체가 불로 뒤덮인 것처럼 보였다. 이곳이 바로 아비고르 공작의 핵심 거처이자, 가장 은밀한 내사가 진행되는 곳이었다. 그 옆 애버너시 부인 처소는 아주 보잘것없어 보였다. 그러나 부와 권력을 과시하는 호사스러운 장식처럼 천박하고 쓸모없는 것도 없다는 것이 평소 아비고르 공작의 소신이었다.

아비고르 공작은 애버너시 부인을 기습하여 소년을 생포하는 작전에 보림 공작과 페로스 공작을 투입했던 것을 크게 후회했다. 그들은 누군가의 허를 찌르는 용도로 써먹기에는 너무도 어리석기 짝이 없는 천치였다. 아비고르 공작의 딜레마가 바로 그것이었다. 그에게 동조한 주변 공작들은 이미 한 번 반역에 발을 내딛은 자들이었다. 만약 좀 더 영리한 축에 속하는 자, 예를 들어 구아레스 공작을 애버너시 부인 공격 작전에 투입했다면, 그가 애버너시 부인과 독자적인 연합을 공모한다거나, 명을 어기고 소년을 개인적인 용도로 체포할 수도 있는 일이었다. 그래서 결정된 자가 보림 공작과 페로스 공작이었다. 그들은 능력에 문제가 있을지언정, 적어도 충성심에서는 걱정할 바가 없었기 때문이다. 어찌 됐든 군단 네 개를 잃은 상황에서 자기 과오는 전혀 없다고 주장할 만큼 아비고르 공작이 어리석지는 않았지만, 그래도 그렇게 쉽사리 자신의 실수를 드러내 보일 수는 없었다. 지도자가 단 한 번이라도 자기의 실수를 만천하에 인정하면, 그를 따르는 추종자들은 실패할 확률이 적은 다른 지도자를 찾을 게 뻔하기 때문이었다.

동쪽 문이 열리면서 오지무스가 들어왔다. 아비고르 공작이 오지무스에게 얼굴을 돌리지도 않고 말했다. "너도 나를 비난하고자 왔는가, 오지무스?"

"아닙니다." 오지무스가 말했다. "공작님들과 나누신 대화를 모두 들었습니다. 어찌 제가 그들과 함께 여생을 보낼 위험천만한 말을 입에 담겠습니까?"

"그간 자기 보존 능력을 충분히 잘 연마하였구나." 아비고르 공작이 말했다. "여전히 애버너시 부인에게는 생각보다 훨씬 영리한 면이 있고, 그녀의 동맹 역시 모두 부인을 등진 것은 아니었다."

"맞설 만한 가치가 있는 적수입니다."

"존중이라도 받아 마땅하다는 의미인가?"

"적을 존중하는 것 역시 현명한 처사입니다만, 그렇다고 애버너시 부인에 대한 존중이 주인님을 향한 존중을 뛰어넘는다는 것은 어불성설이옵니다."

아비고르 공작은 웃음을 터뜨렸지만 즐거움이 묻어나는 웃음은 결코 아니었다.

"뱀의 세 치 혀를 지니고 있구나, 오지무스. 내 그 입에서 나온 말은 단 한마디도 신뢰할 수 없을 것 같구나. 소년에 대한 소식을 가져왔느냐?"

"소년은 지금 왓처와 함께 있습니다. 애버너시 부인이 돌아오기만을 기다리고 있는 중입죠."

"애버너시 부인은 지금 어디에 있느냐?"

"공작 전하께서 알고 계시리라 사료되옵니다만."

"내가 보낸 추적꾼들을 용케 모두 피했거나, 아니면 그들이 죄다 당했을지도 모를 일. 내 그들에게서 아무 전갈도 받지 못했느니라."

오지무스는 전전긍긍했다. 지금 입에 담고자 하는 질문이 아비고르 공작을 진노케 할 위험성을 안고 있었기 때문이다.

"이런 말씀을 올려서 죄송하옵니다만, 모든 것이 제대로 공작 전하의 통제하에 있는 것 아니었습니까?"

오지무스는 팽팽한 긴장감을 느꼈다. 후방의 문이 여전히 활짝 열려 있었고, 아비고르 공작이 마음만 먹으면 공작의 처소에서 절망의 산으로 이어지는 미로와 같은 곳으로 자신을 내쳐버릴 수도 있는 상황이었다. 그렇게 되면 보림 공작이나 페로스 공작이 당한 것과 진배없게 될 것이었다. 하지만 아비고르 공작은 오지무스를 단호하게 내치는 대신, 대단히 사려 깊게 대답을 이어갔다.

"소년이 아직 대마왕에게 건네지지 않은 한, 승리가 내 손아귀에서 달아났다고 할 수 없다. 아임 공작과 아이페로스 공작이 애버너시 부인에게 충성을 맹세한 상황에서도, 우리 군단 병력이 여전히 두 배 가량 숫자적으로 그들을 압도한다. 일대일로 맞서 싸운다고 할 때, 그들이 우리를 제압할 수 있는 방법은 없다."

"폐허의 언덕 기슭에 병사들이 속속 집결하고 있습니다." 오지무스가 말했다. "애버너시 부인의 부름을 들은 악마들이 산더미같이 불어나고 있는 형국입니다."

"열등한 종족들에 불과하다." 아비고르 공작이 말했다. "전혀 훈련도 안 된, 오합지졸에 불과한 병력일 뿐이다."

"하지만 숫자가 계속 늘어나고 있습니다."

잠시 동안 아비고르 공작이 고민에 휩싸이는 듯 보였다. "애버너시 부인이 어떻게 나올 것 같은가, 오지무스?"

"소년을 보호하는 데 병력을 집중시켜서, 소년을 나포한 상태로 절망의 산을 향해 진군할 것으로 보입니다."

"그렇다면 애버너시 부인이 절망의 산에 닿지 못하도록 수를 써야겠구나. 가라, 오지무스. 가서 너의 주군에게 독이 담긴 그 세 치 혀를 계속해서 나불거려라. 대마왕이 광기의 어둠에서 깨어나지 못하도록 만들어라. 내가 지옥을 지배하게 될 때, 내 친히 대마왕을 돌봐주도록 할 터이니."

오지무스는 고개를 숙여 충성의 인사를 하고 방을 떠났다. 그의 뒤로 육중한 문이 천천히 소리 없이 닫혔다. 오지무스가 사라지고 아비고르 공작이 손가락을 다시 딸깍 튕기자, 친위대 대장이 들어왔다.

"공작들에게 절망의 산 입구에 모든 병력을 집결시키라고 전하라." 아비고르 공작이 말했다. "전쟁 준비에 임하라고 전하라!"

XXXII

새뮤얼과 애버너시 부인이

다시 만나지만

재회의 기쁨을 누리는 자는

오직 하나이다

　애버너시 부인의 바실리스크는 기둥에 묶여 있었다. 갈라진 비늘 사이로 피부는 타액 범벅이 되어 있었고, 눈은 피곤에 절어 게슴츠레했다. 애버너시 부인과 바실리스크는 오는 길에 수많은 장애물을 만났지만, 애버너시 부인은 그 모든 장애물을 경이로운 실력으로 격파했다. 아비고르 공작의 다섯 스파이 악마도 그 장애물 중 하나인데, 이제 그들은 바실리스크의 안장에 머리만 대롱대롱 매달린 채 자신들에게 닥친 이 모든 불행에 있어 누가 가장 책임이 큰지 서로 다투고 있었다. 애버너시 부인은 이들에게 전혀 관심을 두지 않았다. 부인의 관심은 오로지 작지만 완벽한 형태의 궁 앞에 놓여 있는 거대한 우리 안의 소년에게만 집중되어 있었다.

　새뮤얼은 한쪽에 금이 간 안경을 통해 조심스럽게 애버너시 부인을 쳐다보았다. 애버너시 부인이 곧 도착할 것이 확실해졌을 때, 새뮤얼은 왓처에게서 벗어나고자 헛되이 몸부림쳤고, 그때 안경을 살짝 망가뜨린 것이다. 다중우주를 통틀어 그 어떤 창조물보다도 자신을 증오하는 여자와 얼굴을 마주 대하면서, 새뮤얼은 이 여자에게도 분명히 약점이 있을 것이라는 희망을 품고 그녀를 더욱 자세히 들여다보았다. 솔직히 말해서, 애버너시 부인의 상태는 그리 좋아 보이지 않았다. 피부 아래 모습이 괴물에 다름 아니라는 현실을 폭로하기라도 하듯 얼굴 형태를 유지하게 해주었던 실밥이 하나둘씩 풀려나가기 시작했고, 얼굴은 색을 잃어가고 있었으며, 마치 빵에 피어난 곰팡이처럼 얼굴 곳곳에는 녹색 피부조각을 덧댄 상태였다. 옷은 더럽고 여기저기가 찢겼으며, 머리는 헝클어진 채 뭉텅이씩 들러붙어 있었다. 애버너시 부인은 손톱을 깨물며 새뮤얼 주위를 초조하게 돌았다. 깨문 손톱이 떨어져 나가자 다소 놀란 듯했다.

"잘 지냈느냐, 새뮤얼?" 애버너시 부인이 마침내 입을 열었다.

"더할 나위 없이 잘 지냈죠." 새뮤얼이 대답했다. "결국 여기 지옥에 당신과 함께 있게 됐잖아요."

"네 잘못이다. 쓸데없이 참견하지 말라고 내가 경고하지 않았느냐?"

"누군들 하고 싶어서 참견한 줄 알아요? 당신이 저를 죽이라고 악마들을 보냈잖아요."

"그들이 결국 실패하고 말았다는 것도 아주 불만족스럽지. 요즘은 쓸만한 악마들을 찾기가 쉽지 않아. 그래서 내가 몸소 널 이곳 지옥으로 데리고 오려고 했던 것이지. 근데 봐라, 정말 여기 이렇게 있네. 내가 비들컴 마을로 돌아가서 너를 죽이려 들었다면, 생각해봐라, 그 모든 번잡스러운 것들을. 아마도 네 집은 지금쯤 불에 타서 잿더미가 되었을 것이다."

"유감이네요, 원했던 대로 안 돼서." 새뮤얼이 말했다.

"빈정대지 마라, 새뮤얼. 빈정댐이란 가장 저능한 형태의 위트일 뿐이다.[39] 이렇게 널 손아귀에 넣고 나니, 너에 대해 새삼스럽게 생각해보게 되는구나. 그간 난 수많은 세월을 너에 대한 분노를 쌓으며 살아왔다. 네게 어떤 공포와 형벌을 가할까만 계획하고 고민하다 보니, 네가 단지 어려움이 닥치면 운이나 바랄 수밖에 없는 작은 소년, 하지만 이제는 그 운마저 다 소진해버린 꼬마에 불과하다는 사실을 잊고 있었구나. 하지만 네가 나에게 끼친 숱한 고난과 고통 그리고 굴욕은 잊을 수 없지."

"그래서 당신 모습이 그렇게 망가지고 있는 것이군요."

애버너시 부인은 손톱이 완전히 빠져버린 집게손가락을 쳐다보았다.

"어느 정도는." 부인이 말했다. "내 주군에게서 내쳐지고 나서, 나는 햇빛을 보지 못하는 나무였고, 물 한 모금 받아먹지 못하는 꽃이었으며, 우유 한 모금 마실 수 없는 고양이에……."

애버너시 부인은 지금 자신이 사용하고 있는 비유가 지옥 최고의 악마를 표현하는 데 적절한 단어가 아니라는 사실을 깨달았는지 말을 멈췄다. 꽃이라고? 고양이라고? 애버너시 부인은 스스로 생각하는 것보다 훨씬 더 심각한 상태였다.

그녀는 명령을 기다리는 수많은 악마를 향해 손을 뻗었다.

"이 모든 게 다 너 때문이다." 애버너시 부인이 말했다. "너 때문에 군대가 저리 행군을 하는 것이고, 악마와 악마가 맞서고, 공작이 같은 공

---

39 빈정댐이 낮은 수준의 위트라고 말하는 사람들이 주로 그들 스스로 빈정대다 다른 사람에게 발각되는 경우가 많다. 빈정대는 것이 낮은 수준의 위트라고? 오, 그런 말을 하는 당신도 이미…….

작에게 등을 돌리게 된 것이다. 난 네 안전을 지키기 위해 네 개 군단의
전멸을 명했다. 지금껏 지옥에 이런 분쟁이나 혼란은 없었다. 이게 전부
괜스레 남의 일에 참견하기 좋아하는 꼬마와 그따위 자동차로 내 분노
에서 벗어날 수 있다고 믿은 악마 녀석 때문에 발생한 일이다."

새뮤얼은 놀라는 표정을 감추지 못했다.

"오, 이제야 내 말이 좀 들리는 모양이지?" 애버너시 부인이 자못 고
소하다는 듯 말했다. "설마 내가 네 친구라는, 소위 다섯 신의 재앙 너드
를 모를 거라고 생각하지는 않았겠지?"

"너드는 더 이상 자기 자신을 그렇게 부르지 않아요." 새뮤얼이 말했
다. "그냥 너드예요. 당신과 달리 제 친구는 자신을 크게 부풀려서 생각
하는 착각 따위는 하지 않거든요." 새뮤얼은 엄마가 브로우버시 여사를
두고 표현했던 문장을 사용했다. 브로우버시 여사는 비들컴 마을 거의
모든 자치회 회장직을 맡고 있었으며, 마을 주민 위에 독재자처럼 군림
하는 인물이었다. 마침 그 표현을 적재적소에 사용할 수 있게 되어서 새
뮤얼은 어쩐지 흡족한 느낌이었다.

"착각이라고?" 애버너시 부인이 말했다. "아니, 난 착각은 하지 않는
다. 한때 난 위대한 반열에 속했지만, 그 후에는 굴욕을 면치 못했지. 하
지만 나는 다시 그 자리로 올라갈 것이다. 내 말 똑똑히 들어라. 넌 날
다시 적절한 위치로 되돌릴 뜻깊은 선물이 될 것이다. 네 친구 너드는
너를 대마왕님께 갖다 바친 후, 내 친히 사냥해줄 것이다. 네 운명이 그
러하듯 너드 역시 고문을 받을 것이다. 그중에서도 가장 잔혹한 고문은
역시 너와 너드가 다시는 서로의 눈을 마주치지 못하게 되는 상황이겠
지. 넌 영원히 너드를 그리워하며 살게 될 것이고, 너드 역시 너의 그리
움을 생각하며 영원토록 울고불고 눈물만 흘리며 살게 될 것이다."

애버너시 부인이 쇠창살 쪽으로 몸을 기울이더니 새뮤얼에게 속삭였다. "게다가 넌 내가 너의 썩어빠진 쪼그만 강아지에게 무슨 짓을 할지 상상조차 하지 못할 것이다. 하지만 네가 어디에 있든, 네 강아지가 울부짖는 비명소리를 언제나 들을 수 있도록 하는 배려는 잊지 않을 것이다."

애버너시 부인이 등을 돌려 군대를 지켜보던 벼랑 끝으로 걸어갔다. 부인이 오른손을 들어 올린 후 입을 열었다.

"들어라!" 절벽 아래 집결한 지옥의 군대가 모두 침묵을 유지하며 애버너시 부인에게 집중했다. "승리의 순간이 다가왔다. 지상 침공을 실패하게 만들어 우리를 고통의 나락에 빠뜨렸던 그 꼬마 새뮤얼이 내 수중에 있다. 우리는 소년을 대마왕님께 데리고 갈 것이다. 그리고 거미에게 군침 도는 파리를 안겨주듯 소년을 대마왕님께 바칠 것이다. 우리의 어둠의 제왕께서는 슬픔에서 깨어나실 것이고, 나에게 충성을 맹세했던 자들은 모두 보상을 받을 것이다. 하지만 내게 등을 돌리고 마찬가지로 대마왕님께 반역의 죄를 범한 자들은 영원토록 반복되는 형벌에 처해질 것이다."

악마들은 하나 되어 우렁찬 찬양의 목소리를 높였고, 창과 방패와 검은 빛을 받아 번쩍이며 들썩거렸다.

"하지만 그 전에 우리는 적을 격파해야만 한다." 애버너시 부인이 계속해서 말을 이었다. "그들은 이미 절망의 산 입구에 모여들고 있고, 그들의 헛된 야망과 우리의 주군이신 대마왕님의 순수한 악성이 비견되기라도 하는 듯, 지옥의 새로운 질서를 창조하려 들고 있다. 그들을 이끌고 있는 자는 반역자 아비고르 공작이다. 우리가 승리를 달성할 경우, 아비고르 공작은 끝나지 않는 고통에 처해질 것이다. 보아라, 우리의 포획물이다!"

왓처가 하늘 높이 날아올랐고, 그의 날카로운 발톱이 새뮤얼이 들어 있는 새장을 움켜잡고 있었다. 황금색 창살로 빛나는 감옥이 공중으로 치솟았다가, 갑자기 악마들이 모여 있는 곳을 스치듯 날아갔다. 증오로 가득 찬 악마들의 수백수천 개의 억세고 날카로운 칼과 창이 새뮤얼을 향해 허공을 찔러댔다. 그들에게 새장 안의 소년을 찢어발기는 행위는 대마왕님의 근심걱정을 모두 덜어줄 수도 있는 일이나 마찬가지였다. 새뮤얼은 용이나 뱀을 타고 있는 악마, 두꺼비나 거미 또는 살아 있는 화석을 타고 있는 악마 등 각양각색의 악마를 보았다. 거대한 전투 병기도 보였다. 투석기와 대포, 엄청난 크기의 날카로운 징이 박혀 있는 마차까지. 그리고 또한 새뮤얼은 보았다. 어린 악마들의 혼란스러운 눈빛에서부터 나이 든 악마들이 공작 가문의 문장이 새겨진 깃발 아래 충성을 가장하고 집결해 있는 그 모든 광경을.

마침내 새뮤얼은 어떤 화물용 운반 마차에 내려앉게 되었고, 그곳에서는 이미 애버너시 부인이 그를 기다리고 있었다. 부인은 검은 천으로 새장을 완전히 덮어 그에게 위대한 암흑을 안겨줄 것을 명했고, 천이 덮여올 때 새뮤얼이 마지막으로 본 것은 이빨을 드러내놓고 의기양양하게 웃는 애버너시 부인의 모습이었다.

왓처가 부리를 높이 치켜 올리며 악마들을 다시 독려했다. 정규 병력을 선두에 두고 뒤편으로는 비정규 병력의 악마들이 몰려들면서, 마치 거대한 뱀과 같은 악마의 물결이 절망의 산을 향해 진군하기 시작했다. 애버너시 부인을 위한 새로운 탈 것이 준비되었다. 말과 뱀의 이종교배로 탄생한 거대한 생명체로서, 그것은 굴레가 씌워진 뱀의 머리 위에 안장이 올려진 채로 병력의 최전방에 서 있었다. 애버너시 부인은 심지어 레이스 장식이 달린 푸른색 옷으로 갈아입기까지 했다. 천이 덧씌워진 새장을 실은 마차는 애버너시 공작을 위해 다른 공작들이 엄선해서 보낸 정규 병력에 둘러싸여 있었다. 그들은 모두 노란색 데이지 꽃으로 장식한 여성용 핸드백을 들고 있었다.

'특이하군.' 왓처는 생각했다. '어울리긴 하지만 어쨌든 참으로 특이하군.'

XXXIII
제3의 힘이
전투에 개입하다

새뮤얼을 태운 마차는 나무를 베어 대충 모양을 다듬은 바퀴를 달고, 비포장도로라고 부르기도 민망한 거친 길을 따라 좌우로 심하게 흔들리며 굴러가고 있었다. 반복된 충격으로 새장 안의 새뮤얼은 몸 전체가 멍투성이가 되었고, 더 이상 부딪치지 않기 위해 쇠창살을 꽉 부여잡았다. 새장을 덮은 천은 아주 두텁기는 했지만, 번개가 친다거나 할 때면 새뮤얼의 실루엣이 비쳤다. 새뮤얼은 천에 난 구멍을 통해 겨우 한 조각의 작은 빛을 확인할 수 있을 뿐이었다. 마차가 평탄한 길로 접어들었고, 새뮤얼은 창살을 잡은 채로 바닥에 무릎을 꿇고 거의 기다시피 앉아 있었다.

둘러싼 무리에 의해 창살 감옥이 들어 올려지자, 새뮤얼은 황량한 평원 너머를 엿볼 수 있었다. 전방에는 절망의 산이 솟아 있었다. 지평선에 존재하는 그 어떤 것보다 규모가 압도적인 절망의 산은 그 둘레를 가늠하기조차 힘들었고, 산꼭대기는 구름을 뚫고 솟구쳐 있어 높이 역시 도무지 짐작할 길이 없었다. 산기슭 쪽에 입구로 보이는 그것은 절망의 산 전체에 비하면 다소 작아 보였지만, 실제로는 성인 남자 수백 명이 서로 어깨를 걸고 서 있기에 충분할 정도로 거대했다. 새뮤얼은 이전에도 그 입구를 본 적이 있었다. 대마왕이 그곳을 통해 잠깐 모습을 드러내 인간세계에 대한 침공이 꼭 성공하리라 말했던 모습이 기억났다. 그 기억으로 새뮤얼에게는 잊고 있었던 대마왕의 모습이 떠올랐다. 다중우주가 생겨난 이래로 가장 두려운 존재이자 복수의 화신, 순수한 악의 본질, 사랑이나 연민, 자비와는 털끝만 한 연관도 없는 생명체의 모습이.

두려움에 사로잡히긴 했어도 새뮤얼은 약해지지는 않았다. 용감한 척하는 것과 실제로 용감한 것은 완전히 다른 것이다. 전자가 겁쟁이라고 낙인찍히는 게 두렵기 때문에, 혹은 자신의 권위가 떨어지는 것이 염려되어 그저 배포 있게 행동하는 것이라면, 후자는 자신의 행동에 대한 아무런 목격자도 증언자도 없는 상황에서도 실제로 용기 있게 행동하는 것이다. 후자가 바로 진정한 용기이자 강인한 정신력, 기질이다. 자아의 본질을 발현한다는 것은 바로 그러한 용기를 보여주는 것이다. 새뮤얼은 비록 새장 속에서 웅크리고 있는 신세였지만, 천천히 몸을 움직여 보았다. 자신의 운명이 정해진 만큼, 새뮤얼의 얼굴은 침착해 보였고 그의 영혼은 평화로움에 젖어 있었다. 새뮤얼이 잘못한 것은 아무것도 없었다. 새뮤얼은 친구들과 엄마, 마을과 지구를 보호하기 위해 자신이 옳다고 믿었던 행동을 했을 뿐이었다. 새뮤얼은 앞으로 다가올 불공평한 상황에 대해서 푸념을 늘어놓지도 않았다. 그래봤자 아무 쓸모도 없다는 것을, 자신의 고통만 더 심해질 뿐이라는 것을 잘 알고 있었기 때문이다.

만약 애버너시 부인에게 영혼이라는 것이 있어서 사물에 대한 고찰이 가능하다면, 혹은 그녀의 자만심과 권력과 복수를 향한 열망이 그녀의 통찰력을 흐리게 하지만 않는다면, 애버너시 부인은 자신이 새뮤얼 존슨을 증오하는 것이 아니라 두려워하고 있음을 깨닫게 될 것이다. 새 뮤얼에게는 애버너시 부인이 손댈 수 없는 궁극적인 의미에서의 선함이 나, 그간의 짧은 인생에서 경험했던, 그 어떤 것에도 오염되지 않는 고 귀함 같은 것이 있었다. 새뮤얼 존슨도 사람인지라, 그에게도 누구나 피 해갈 수 없는 결점이나 약점이 있었다. 새뮤얼 역시 질투하고, 슬퍼하거 나 화도 내고, 이기심을 보이기도 한다. 하지만 그의 내면에는 인간애라 는 강점이 환하게 빛나고 있어서, 언제든지 받아들일 마음만 있다면 인 간애라는 그 빛이 우리를 환하게 비추게 되는 것이다. 애버너시 부인이 간과한 점이 바로 그것이었다. 애버너시 부인이나 대마왕이 그에게 그 어떤 처벌을 가할지라도, 그들은 결코 새뮤얼 존슨을 이길 수 없다. 아 무리 어둡고 음습한 곳에 새뮤얼 존슨을 던져놓는다 해도, 새뮤얼의 영 혼은 계속해서 빛을 낼 것이다.

새뮤얼을 태운 마차가 경사진 언덕길을 오르기 시작했고, 꼭대기에 도달했을 때 그는 숨이 턱 막히는 것 같았다. 새뮤얼의 눈앞에 펼쳐진 광경은 막강한 병력의 또 하나의 악마 군단이었다. 셀 수도 없을 정도로 많은 악마가 줄지어 서 있었다. 둥그렇기도 하고 직사각형 모양이기도 한 방패는 점점 더 요란한 굉음을 내며, 구름을 뚫고 여기저기서 번쩍이 는 번갯빛을 반사하고 있었다. 마치 하늘의 노한 영혼들이 분노를 발산 할 곳을 땅에서 찾으려 서로 겨루기라도 하는 듯 천둥번개가 요란스러 웠다. 중무장한 기갑부대가 자리를 이동해서 위치를 잡았다. 악마들이 타고 있는 가죽 없는 말의 두 눈이 잿더미 속 석탄처럼 불타올랐고, 강 한 힘으로 돌바닥을 내리치는 육중한 발굽의 위력은 보기만 해도 끔찍 할 정도였다.

　주요 병력 후방에는 지하 세계 괴물들이 포진하고 있었다. 외눈박이 거인인 키클롭스와 사람의 몸에 소의 머리를 한 미노타우로스, 뱀의 머리가 달린 히드라와, 평소에는 황금 가면으로 얼굴을 가리고 있다가, 명령이 떨어지면 가면을 벗어 얼굴을 보는 자들을 모두 돌로 변하게 만드는 고르곤 등이 모여 있었다. 그리고 성인 남자의 몸에 포악한 동물들의 머리가 달린 잔혹하기 이를 데 없는 괴물들도 보였다. 새뮤얼이 이러한 괴물들을 친숙하게 느끼는 것은 단순히 지상 침공 때 이들과 한 번 마주쳐서 싸웠기 때문만은 아니었다. 이들은 모두 지구의 신화와 종교에서 어둠의 영역을 구성하고 있는 괴물이었다. 아주 옛날부터 이미 악몽이나 전설, 구전동화에서 흔히 만날 수 있었던 괴물들이었기 때문이다.

　그런 괴물들과 연합 전선을 구축한 생명체들 역시 상상하기도 힘든 외형을 갖추고 있었다. 오로지 광기만이 그런 조합의 생명 창조를 가능케 했으리라. 머리가 다리에 붙은 상태로 게처럼 옆으로 걷는 생명체, 상어와 거미의 모습이 합쳐진 괴물, 두꺼비와 박쥐, 집게벌레와 개의 잡종 등 현재 지구상에 존재하는 모든 동물의 부분 부분을 거대한 통에 담아 하나로 뒤섞은 후 만들어낸 결과물 같았다.

　그리고 새뮤얼의 세계에서 볼 수 있는 존재와 조금도 유사성이 없는 생명체가 있었다. 심지어 책이나 영화에서도 보지 못한 존재였다. 단지 덩어리 상태에서 먹이를 찾아 어둠의 촉수를 조심스럽게 뻗치는 존재, 수천 개의 입이 달린 그저 둥그런 하나의 고깃덩어리에 불과한 생명체, 고통스러운 소리로만 존재하거나, 독성이 잔뜩 느껴지는 냄새로만 존재하는 독립체. 그 어떤 힘도, 그와 유사한 생명체도, 그보다 더한 괴물도 이 존재들에 맞서기는 힘들어 보였다. 그런 괴물들이 애버너시 부인을 위해 모였다. 애버너시 부인의 군대는 적의 군대에 비해 들쑥날쑥하고,

규율도 없었고, 잘 훈련된 정규 병력은 소수에 불과했다. 하지만 새뮤얼은 애버너시 부인이 존재하는 한 그 군대는 다른 어떤 군대보다 강하다고 생각했다. 전투는 강력한 힘과 전략의 싸움, 압도적인 숫자의 병력과 잘 훈련된 병력 간의 싸움이 될 것이다.

하지만 누가 승리하더라도 새뮤얼은 얻는 것 없이 오로지 잃기만 할 것이다. 양쪽 모두 새뮤얼에게 해를 가하려는 존재일 뿐이므로.

* * *

왓처가 하늘 높이 전장을 날아올랐다. 애버너시 부인과 아비고르 공작의 정찰병 악마들보다도 훨씬 높이 날아올라서 전장의 병력 그 누구도 왓처를 볼 수 없었다. 왓처의 아래에는 단지 구름과 위세 높게 솟아 있는 절망의 산 꼭대기만이 보일 뿐이었다. 왓처는 드디어 결론을 내렸다. 그냥 가만히 서서 지옥이 분열되는 것을 보고만 있을 수는 없었다. 충성을 맹세할 대상은 오직 하나였다. 단 하나의 존재에만 충성한다. 그것은 대마왕이다.

마침내 종을 울려야 할 시간이었다.

절망의 산 입구에서는 브롬튼과 에지패스트가 지옥 역사상 모든 전투를 통틀어 가장 압도적인 규모의 병력이 모인 광경을 지켜보고 있었다. 하지만 그들은 어쩐지 이미 경기 결과를 알고 있어서 애초에 관심을 가지지 않았던 축구 게임을 대하듯 살짝 지루해 보이는 표정이었다.

"저것들이 오늘은 무지 바쁘네요." 에지패스트가 말했다. 애버너시 부인의 공격으로 온몸이 갈기갈기 찢겼다고 해도 그다지 어렵지 않게 재결합이 가능한 에지패스트였지만, 여전히 찢겨 나간 손발 덩어리와 몸통의 일부 옆에 크게 손상을 입은 머리통이 휴식을 취하고 있었다. 하나 달라진 것이 있다면 브롬튼이 뜻밖에 연민의 마음이라도 들었는지 은혜를 베푼 덕분에, 맨 땅이 아닌 안락한 쿠션 위에 머리통을 놓는 신세 정도는 되었다. 에지패스트가 그냥 말하는 머리통 상태로 남아 있길 선택한 이유는, (a)애버너시 부인 사건으로 지옥에 대한 그의 세계관이 변해서, 문자 그대로 다른 각도에서 세상을 바라보고 싶었고, (b)더 이상 빨래 걱정이니, 신발 끈을 매는 수고 따위를 안 해도 돼서 좋았고, (c)실제로 개미 새끼들이 지나가는 것까지 샅샅이 살펴볼 수 있는 시야를 확보할 수 있어서 좋았기 때문이었다. 브롬튼의 입장에서도 새로운 경계병이 들어와서 귀찮고 성가시게 업무를 가르쳐줘야 하는 것보다는 오히려 이 편이 나아 보였다.

"그러게나." 브롬튼이 나뭇조각으로 이빨을 쑤시면서 말했다. "네가 저런 것을 좋아한다면야."

"뭔가 변화가 생기고 좋잖아요. 저렇게 많은 악마가 한자리에 모이다니 아주 흥미진진하고 흥분되지 않나요?"

"난 변화가 싫어." 브롬튼이 말했다. "흥미진진한 것도 싫다고." 그가 다리를 살짝 오므렸다. 뭔가 불편해 보이는 모습이었다. "있잖아, 마지막 차 한 잔은 마시지 말걸 그랬어. 나 지금 사고 치기 일보 직전이니까 한 오 분만 가게 좀 봐달라고. 후딱 가서 물 좀 빼고 올 테니까."

"어서 다녀오십쇼." 에지패스트가 말했다. "제가 다 알아서 하겠습니다요."

금방이라도 터져버릴 듯 급한 상황이었는데도, 브롬튼은 잠시 머뭇거렸다.

"알지, 이거 아주 책무가 막중한 일이라고."

"당연히 알죠."

"허락받지 못한 자는 누구도 들여서는 안 돼. 오지무스 경의 명령이니 그 누구도 들여서는 안 돼. 그림자도 내딛지 못하게 완전히 멈춰 세워야 해."

"알겠습죠."

"아무도 안 돼."

"누구도 통과할 수 없습니다." 에지패스트가 단호한 어조로 말했다.

"누구도 통과 불가. 그 누구도."

브롬튼이 발길을 뗐다가 다시 돌아왔다.

"누구도! 절대로 아무도 안 돼!"

"알겠습니다."

"좋아."

브롬튼이 터지려는 오줌보를 조여가며 살살 발을 끌며 떠났고, 에지패스트는 행복한 표정으로 휘파람을 불었다. 혼자서 경계근무를 서게 된 것은 이번이 처음이었는데, 그런 책무를 맡게 되어서 기뻐하는 얼굴이었다. 에지패스트는 좋은 경계병이었다. 낮잠으로 근무 시간을 때우지도 않았고, 항상 맡은 일에 진지한 태도를 견지했으며, 무엇보다도 경계병으로서 맡은바 임무에 행복하게 임했다. 경계병을 위해 태어났다고 해도 과언이 아니었다.

하지만 불행하게도 에지패스트에게는 몸이 없었다. 다시 말해, 몸이라고 할 수 있는 것이 아무것도 없었다.

에지패스트의 귀에 날갯짓 소리가 들리더니, 두 개의 검붉은 발이 땅에 내려앉는 게 보였다. 에지패스트는 힘닿는 데까지 눈썹을 치켜 올리고 눈살을 찌푸려서 물체를 올려다보려고 애썼다. 그런 그의 눈에 들어온 것은 다소 곤혹스럽다는 표정으로 그를 내려다보고 있는 왓처의 여덟 개의 검은 눈동자였다.

"아무도 들어갈 수 없습니다." 에지패스트가 말했다. "전하실 말씀이 있으면 남겨주시기 바랍니다."

잠깐 그렇게 할까 고민했지만, 왓처는 그냥 에지패스트를 돌아서서 절망의 산속으로 걸음을 옮겼다.

"이봐!" 에지패스트가 외쳤다. "돌아오라고. 그러면 안 되지. 여기 경계병이 있는 게 안 보여? 들어갈 수 없다고 했지! 그렇게 그냥 무시하고 지나가면 안 되지. 내 능력을 무시하나 본데, 지금 그냥 돌아온다면 아무 죄도 묻지 않을 테니까, 어서 돌아오라고. 내 말 안 들려?"

왓처의 발소리가 점점 더 멀어져갔다.

"내 말 안 들려?" 에지패스트가 계속해서 외쳤다.

침묵이 이어졌고, 다시 발걸음 소리가 들렸다. 이번에는 좀 덜 묵직한 소리였다. 가볍게 들리지만 왠지 내켜하지 않는 자의 발걸음 소리, 일터로 돌아가야 하지만 전혀 그렇게 하고 싶지 않은 자가 마지못해 걸음을 옮기는 소리였다.

"그래, 잘 들리네." 브롬튼이 말했다. "덕분에 한결 나아졌네. 손 씻는 것을 깜빡하긴 했지만 무슨 일이야 나겠어. 뭐 보고할 사항이라도 있나?"

에지패스트는 입을 열기 전에 신중하게 생각했다.

"없는데요." 그가 말했다. "전혀요."

XXXIV
참으로 교활한 위장을 만나다

전장의 반대편에는 참으로 신기하고도 놀라운 탈것들이 점점이 포진해 있었다. 전투용 마차는 강철을 두른 바퀴에 무서운 속도로 회전하며 근접한 모든 것을 잘라버리는 칼날이 달려 있었고, 몸체는 내부의 운전사와 궁수를 보호하기 위해 몇 겹의 쇠로 덮여 있었다. 제1차 세계대전에서나 등장했을 법한 원시적인 형태의 공격용 탱크에는 기름을 주유해서 화염을 방사할 수 있는 기다란 회전 포탑이 달려 있었다. 뱀이나 용, 혹은 바다 괴물처럼 생긴 무기가 다수 포진해 있었고, 악마들은 공격용 바위를 옆에 쌓아 놓고 투척기에 올라탄 채 곧 다가올 전투를 준비하고 있었다.

바위에 대해 말하자면, 아니 바위의 말씀을 옮겨본다는 게 적절한 표현일지도 모르겠다. 이미 여러 상황에서 목격했듯 나무, 구름 등 지옥에는 정말로 일반적인 상황이라면 절대로 있을 수 없는 그런 독립적인 지각을 갖춘 개체들이 다양하게 존재한다. 그런 개체들 사이에서 어떤 종류의 바위들은 아무리 지옥의 생태계[40]라고 해도 납득하기 힘든 생명력을 갖추었다. 그리하여 주거지를 이루고 옹기종기 모여 살던 바위들이, 이런 전장에 끌려 나와 투척기에 실려 하늘을 날아 어딘가에 쿵 하고 부딪쳐서 산산이 부서지는 신세가 되었다고 불평불만을 늘어놓고 있는 것이다. 물론 바위들의 투덜거림을 듣는 자는 아무도 없었다. 그저 바위에 불과한 것들이고, 누군가가 막강한 힘으로 그 바위들을 집어던지지 않는 한 움직이지 못하는 바위들이 해를 끼칠 일은 거의 없기 때문이다. 조만간 적을 향해 날아갈 이 바위들은 어쩐지 그들의 불평불만을 상대 진영에 전달하려는 것 같았다. 물론 (a)상대방 진영이 그들을 향해 날아오는 바위 세례에서 용케 살아남아야 하고, (b)그렇게 죽음의 고비를 넘기고 난 후에도 바위들의 불평불만을 들어줄 기분이 되어야 한다는 전제가 붙긴 하지만.

그리하여 애버너시 부인의 병력 맨 앞 본진을 짓누르며 달리는 눈이 네 개 달린 바위가 다른 바위들에 비해 덩치가 좀 더 크다고 해서 그걸 눈여겨보는 이는 아무도 없었다. 마찬가지로 무기라고는 달랑 전면부와 후면부의 나무 막대기 네 개가 전부이고, 밖이 겨우 보일 정도의 구멍만을 남겨두고 하얀색 천으로 차체를 덮은 전쟁 기계가 설치고 다닌다고 해서 관심을 끌 리도 만무한 일이었다. 하지만 바위 뒤에 매달려서 질주하는 네 마리의 조그마한 악마들의 흉포함은 의심의 여지가 없었다. 이마에는 뿔이 솟아 있고, 도대체 무슨 물질인지 가늠하기도 힘든 적색과 녹색이 뒤섞인 역겨운 액체로 범벅을 한 얼굴의 악마들이었다. 어떤 면

---

40 교양과 세련미를 갖춘 수많은 위대한 유기체들처럼, 바위들도 그들 고유의 음악을 만들었다. 여기에 당신만의 농담을 한번 적어보시라.

에서는 이들이 바위를 전면에서 호위하는 두 마리의 흑멧돼지 악마보다
더 끔찍해 보였다.

"지나갑니다." 졸리가 외쳤다. "뒤를 조심해." 졸리가 도지에게 말했다.
"그리고 네 얼굴에 묻은 라즈베리랑 라임 좀 그만 핥아. 변장이 발각될
수 있단 말이야."

"내 뿔 하나가 자꾸 떨어지려고 그래." 앵그리가 말했다.

"껌을 더 사용해서 잘 붙여봐." 졸리가 말했다. "여기, 내 것 써."

졸리가 입 속에서 끈적끈적한 분홍색 덩어리를 끄집어내더니 앵그리
에게 건넸고, 앵그리는 잠깐 머뭇거리다가 그걸 받아들고는 이마에 달
아 놓은 아이스크림콘 뿔을 보다 견고하게 고정시켰다.

"다 비키!" 멈블스가 격렬한 몸짓으로 D. 보드킨의 호치키스를 흔들
며 말했다.

"저놈들한테 갈겨버려!" 도지가 말했다. "저놈들 머리통을 떼어서 볼
링공으로 사용할 거야."

"이런 죄다 계집애 같은 것들 하고는!" 앵그리가 아비고르 공작의 진
영에 갖은 손짓 발짓을 동원해서 무례함을 표시하려 애쓰고 있었다. 적
어도 말을 못 알아들으면, 그게 모욕의 언사라는 것을 몸짓을 통해서라
도 알아듣기를 바라는 모양새였다.

"진정하라고, 친구." 먼지가 잔뜩 묻은 천 조각 아래에서 필 순경의 목
소리가 들려왔다. "굳이 주의를 끌 필요까지는 없잖아."

"어떤 주의를 끈다는 거지?" 앵그리가 물었다. 말이 끝나기 무섭게 그
에 대한 대답이라도 들려주겠다는 양, 검은색 화살이 귀 옆을 스치는 소
리와 함께 날아와서 아이스크림 트럭에 명중했다. "아, 이런 주의. 알았
어, 알았다고."

작은 임프 악마들이 새뮤얼이 갇혀 있는 새장이 실린 마차를 따라 천천히 걸었다. 도지와 멈블스는 종이컵을 만들어 음료수를 부은 후, 마차를 둘러싸고 있는 악마들에게 건넸다.

"쭈욱 마시라고, 친구들." 도지가 컵을 건네며 말했다. "전쟁 전에 이렇게 한잔씩 쭈욱 들이킨다는 말 못 들어보진 않았겠지?"

도지가 건넨 음료수를 마신 악마들은 잠시 후 앞이 잘 안 보이고, 균형 감각이 없어지고, 이거 뭔가 알딸딸하면서 통제가 안 되는 게 지금껏 이런 경험이 없었고, 앞으로도 이런 경험은 다시 없을 것이라는 강한 느낌이 들기 시작했다. 바로 유사 스피깃스를 마신 것이었다. 앵그리와 졸리가 마차 지붕에서 내려왔다. 멈블스는 기절한 악마들을 마대에 조용히 집어넣었고, 나머지 두 명의 난쟁이가 마대를 메고 조용히 천 아래로 숨어들었다.

애버너시 부인이 손을 들어 병력을 멈춰 세웠다. 아비고르 공작의 친위병 셋이 말을 타고 반대편에 서 있었다. 셋 중 리더이자 친위대 장교로 보이는 자의 창에 하얀색 깃발이 매달려 휘날리고 있었고, 그들은 나지막한 소리로 말을 해도 대화가 가능할 만큼 애너버시 부인과 가까운 거리에 있었다.

"아비고르 공작의 명에 따라 하달하니, 반역자 애버너시 부인은 즉시 항복할 것을 명하오." 친위대 장교가 말했다.

애버너시 부인은 저 멀리서 아비고르 공작이 붉은색 망토를 휘날리며 거대한 말 위에 앉아 있는 모습을 보았다. 항복하라고? 진심으로 하는 소리인가? 아닐 거라고 생각했다. 추후 그의 행동에 대한 심문이 있을 것을 대비해서 방패막이로 던져보는 질문일 것이라 여겨졌다. 애버너시 부인에게 항복할 기회를 주었으며, 그것으로 전쟁을 면해보려 했지만, 부인이 거절했고, 그에 대항하여 불가피하게 전쟁을 일으킬 수밖에 없었다고 말하려는 셈이었다.

"그런 이름을 가진 반역자는 아는 바 없지." 애버너시 부인이 말했다. "내 아는 반역자는 단 하나, 지옥의 절대 권력에 반기를 들고 무력을 동원한 아비고르 공작뿐이다. 만약 그가 내게 항복하고 그를 따르는 악마들에게 무기를 내려놓고 해산할 것을 명한다면, 내 약속하건대…… 아니, 사실은 아무것도 약속할 수 없다. 어쨌든 그는 저주받은 자이다. 이제 남은 문제는 반역자 아비고르 공작을 코시투스 호수에 얼마나 깊이 집어넣을 것이냐 하는 것뿐이다."

"아비고르 공작께서는 또한 소년, 새뮤얼 존슨을 건넬 것을 명하셨소." 친위대 장교가 마치 애버너시 부인의 말을 전혀 듣고 있지 않았던 것처럼 말했다. "소년은 지옥의 침입자이자 신성한 곳을 오염시키는 자이며, 우리 땅의 명백한 적이오. 아비고르 공작께서는 소년이 더 이상 지옥에 해를 끼치지 못하도록 빈틈없이, 단단히 투옥할 것을 명하셨소."

"그 또한 거절한다." 애버너시 부인이 말했다. "또 뭐 다른 게 있나?"

"있고말고." 친위대 장교가 말했다. "아비고르 공작은 당신이 두 세계를 연결하는 지옥문의 소재를 밝힐 것을 명하셨소. 우리의 주군이신 대마왕님께서는 모르시는 상태에서 허락 없이 지옥문을 열어젖히는 행위는 이 영토의 안정성을 침해한다는 판단이오."

애버너시 부인은 머릿속으로 적절한 대답을 구성하면서 잠시 동안 아무 말도 하지 않았다. 기다리다 지친 친위대 장교가 결국 입을 열었다.

"내가 보고드릴 대답이 아직 나오지 않았소. 당장 답을 내놓지 않으면 아비고르 공작의 진노가 당신을 덮칠 것이오."

"그렇다면." 애버너시 부인이 말했다. "네가 가서 전할 말은…… 아니, 신경 쓰지 마라. 네 스스로 답을 얻도록 내 도와주지."

애버너시 부인의 등에서 예의 그 치명적인 독성을 지닌 촉수가 솟구쳐 나왔다. 세 명의 친위병이 행동을 취하기도 전에 촉수가 그들을 감싸 버렸고, 겨우 몇 초 만에 친위대 병사들은 말에 올라탄 자세 그대로 말과 함께 갈기갈기 찢겨버리는 신세가 되었다. 애버너시 부인은 시체의 잔해를 뭉쳐 살가죽과 뼈, 금속으로 이루어진 공을 만든 후 아비고르 공작이 있는 방향으로 집어던졌다. 공은 구를 수 있는 곳까지 구르다, 마침내 아비고르 공작이 타고 있는 말의 앞다리에 부딪치며 멈췄다.

"거절의 뜻으로 받아들이도록 하지." 아비고르 공작이 말했다. "오히려 더욱 잘된 일이야. 즐거운 파티가 시작되겠군. 이제 대학살의 시간이 왔다."

왓처는 조용히 절망의 산을 통과하고 있었다. 지난번 애버너시 부인이 마지막으로 방문했을 때 폭소와 조롱으로 메아리쳤던 계곡은 조용하기만 했다. 동굴 속에서 애버너시 부인을 지켜보았던 악마들은 혹시라도 왓처의 주목을 끌게 될까 두려워 어둠 속으로 숨어들었다가, 왓처가 지나가고 나서야 슬며시 고개를 내밀고 나왔다. 이곳을 이렇게 걷는 게 참으로 오랜만이었지만, 왓처의 몸은 모든 곳을 기억하고 있었다. 산속의 존재는 과거의 질서를 상기시켜주었다. 왓처가 한 걸음 한 걸음 내디딜 때마다 과거의 질서를 회복하려는 기운이 점점 더 커지고 막강해지는 것 같았다.

왓처를 기다리고 있는 것은 대마왕의 부관 오지무스였다. 오지무스가 지팡이를 들어 올렸고, 왓처는 걸음을 멈췄다.

"돌아가라, 과거의 유산이여." 오지무스가 말했다. "여기에 네 자리는 없다. 네 시대는 끝났다. 새로운 힘이 등장했다."

왓처의 검은 눈이 오지무스를 쳐다보았다. 오지무스의 모습이 여덟 번이나 왓처의 눈에 반사되어 비쳤다. 오지무스는 이미 없어져버리기라도 한 듯 어둠 속에서 창백한 모습이었다.

"대마왕님은 미쳤다." 오지무스가 말했다. "대마왕님의 지력이 회복될 때까지는 다른 힘이 그 자리를 대신하게 될 것이다. 애버너시 부인은 피할 수 없는 운명에 머리를 숙여야 하고, 너는 아무도 기억하지 못하는 먼지 쌓인 곳에서 너의 저주받은 주군의 운명을 함께하게 될 것이다. 코시투스는 충분히 넓고 깊어서 너에게 딱 맞는 장소가 분명히 있을 것이다. 이래도 운명에 저항하고 싶은가, 왓처? 애버너시 부인을 향한 너의 충성을 끝내야 할 때가 왔다."

오지무스의 머리에서 왓처의 목소리가 울려 퍼졌다.

'애버너시 부인은 나의 주군이 아니다.'

오지무스의 표정에 당혹감과 의아함이 묻어났다.

'나는 다른 분을 섬긴다.'

"아비고르 공작을 말하는 것이냐? 그렇다면 공작이 너를 이용할 방법을 찾았나 보군."

'아니, 나는 다른 분을 섬긴다.'

오지무스가 인상을 찌푸렸다. "온통 수수께끼 같은 대답뿐이군. 그 긴 세월에 결국 머리가 어떻게 됐나 본데, 가거라! 너와 볼 일은 다 끝났다. 더 이상 너와 할 얘기는 없다. 너의 추락은 엄청날 것이다."

오지무스가 등을 돌려 방향을 바꾸려는 순간, 왓처가 두 손으로 오지무스의 목을 잡아 땅에서 들어 올렸다. 오지무스가 뭐라고 말하려 했지

만 목을 잡은 왓처의 손힘이 너무 세서 캑캑거리는 소리만 나올 뿐이었
다. 오지무스는 그제야 모든 것이 이해되었다. 그의 아래로 마치 화산의
중심부 같이 소용돌이치는 불구덩이가 열렸다. 그 중심은 너무도 어두
웠다. 영원히 손닿을 수 없는 암흑이었다.

'넌 우리의 주군이신 대마왕님께 해로운 영향을 끼쳤다. 넌 우리를 전
쟁 직전의 상황으로까지 몰고 왔다.'

오지무스는 머리를 흔들고, 발길질을 하고, 왓처의 팔을 할퀴어도 보
았지만 역부족이었다. 그리고 마지막 말이 들려왔다.

'너의 추락이야말로 엄청날 것이다.'

왓처가 오지무스를 잡았던 손을 풀었고, 오지무스는 끝을 알 수 없는
추락을 시작했다.

XXXV
전투가 시작되고
구조 임무가 개시되다

새뮤얼은 새장의 창살이 덜그럭거리는 소리에 귀가 번쩍 뜨였다. 성냥불이 켜지고, 악마의 모습이 눈에 들어오면서 순간 공포에 사로잡혔다. 하지만 앵그리의 이마에 붙어 있던 아이스크림콘이 또다시 떨어지고, 졸리가 손가락으로 얼굴에 묻은 '피'를 닦아 입에 넣으면서 "라즈베리 시럽, 이거 맛있는데" 하는 소리를 듣는 순간 공포는 놀라움으로 바뀌었다.

"괜찮아?" 앵그리가 말했다. "우리가 당장 널 거기서 꺼내줄게. 불빛이 이 분 정도 지속될 테니까, 그 사이에 꺼내줄게."

앵그리는 주머니에서 주섬주섬 뭔가를 꺼내더니, 자물쇠에 대고 다시 뭔가를 하기 시작했다.

"지금 무슨 일이 벌어지고 있어?" 새뮤얼이 물었다. "여기서는 잘 안 보이네."

"그게." 졸리가 첫 번째 성냥불이 꺼진 후, 두 번째 성냥불을 켜며 말했다. "그 애버너시 부인인가 하는 여자가 항복을 하고 너를 넘길 것을

요구받았는데, 그게 그다지 좋은 생각이라고 느껴지지 않았는지 부인이
적들을 찢어발겨 버렸고, 시체 조각으로 큰 공을 만들어서 그놈들이 온
곳으로 다시 돌려보냈다고. 정말 엄청난 여자야. 그런 종류 중에서 아마
최강자일 거야. 뭐 누구도 그 여자가 어떤 종류의 괴물인지 감조차 잡지
못하고 있지만. 어쨌든 내 추측으로는 조만간 엄청난 함성과 함께 살육
극이 시작될 거야. 이런 걸 바로 일촉즉발의 전쟁 위기라고 하는 거지.”

“너드는, 보즈웰은, 다른 사람들은 어떻게 됐어?”

“다들 무사해. 전부 근처에 있어.”

쇠가 크게 부딪치는 소리와 함께 새장 문이 열렸다.

“이건 뭐 자물쇠라고 할 수도 없겠군.” 앵그리가 말했다. “이런 걸 따
느니 차라리 맥주 캔을 따는 게 훨씬 도전할 만한 과제겠어.”

“그래서 계획이 뭐야?” 새뮤얼이 새장을 나오면서 물었다.

“너드 아이디어인데,” 졸리가 말했다. “정말 기발하고도 천재적이란
말이야.”

졸리가 마대를 열어 안에 누워 있는 내용물을 보여주었다.

“농담이지?” 새뮤얼이 말했다.

하지만 절대 농담이 아니었다.

아비고르 공작이 손을 들자 뿔나팔 소리가 울려 퍼졌다. 공작의 후방
에서 수천 개의 활시위가 팽팽하게 당겨지는 소리가 들렸다.

“내 명령에 공격을 개시한다.” 아비고르 공작이 외쳤고, 그와 동시에
손을 아래로 떨어뜨렸다. 그 즉시 화살이 일제히 발사되었고, 적진을 향
해 날아가는 수천 발의 화살이 일순간 하늘을 어둡게 물들였다.

“세상에.” 필 순경이 댄의 아이스크림 트럭을 덮은 천 조각 틈으로 바

같을 훔쳐보며 말했다. "너무 많은데."

하지만 화살이 공중에서 최고점을 찍고 포물선을 그리며 하강하기 시작하자 모두 화염에 휩싸였고, 애버너시 부인의 군병력 측에서는 환호성이 일었다. 말 위에 앉아 있던 문제의 여인이 손을 들어 올렸고, 손가락 끝에서 연기와 불꽃이 뿜어져 나왔다.

"저 여자가 우리 편이라 참말로 다행이야." 필 순경이 말했다.

"우리가 자기 옆에 있다는 걸 발견할 때까지만이야." 로언 경사가 말했다. "그러고 나선 전혀 다른 생각을 하게 될걸."

화살 공격이 다시 한 번 이어졌다. 이번에는 화살이 훨씬 더 많았고, 반 이상이 애버너시 부인의 방어에 막혀 타버렸지만, 악마들에게 날아와서 박힌 화살도 꽤 됐다. 그러나 악마들은 상처에 그다지 괘념치 않는 눈치였다. 대부분은 몸에 박힌 화살을 성가신 표정으로 바라볼 뿐이었다.

"뭐, 전혀 공격다운 공격을 하지 못하고 있는데." 곱사등에 검은 털과 흉측한 치아를 지닌 악마가 가슴에 박힌 화살을 뽑아내며 피를 철철 쏟아내는 모습을 지켜보며 필 순경이 말했다.

"반면에……."

아비고르 공작이 첫 번째 기갑부대에 공격 명령을 하달했고, 살가죽이 없는 말 위에 올라탄 악마들이 애버너시 부인의 군대를 향해 달려오기 시작했다. 육중한 창을 포악하게 휘두르며 공격을 감행하는 기갑부대원들은 비록 역시 반 이상이 창과 화살과 투덜대는 바위의 저항에 부딪혀 쓰러졌지만, 나머지 살아남은 병력은 믿을 수 없는 힘으로 애버너시 부인의 일진을 격파하고 방어벽에 큰 구멍을 뚫었다. 그들은 긴 창과 철퇴를 휘두르며 적에게 치명적인 상처를 입혔다.

　두 번째 기갑부대의 공격이 이어졌다. 이번에는 아비고르 공작과 친위대가 이끄는 공격이었다. 그 와중에 두 개 군단이 애버너시 부인의 군대를 포위해서 제압하려는 목적으로 측면 공격을 위한 이동을 시작했고, 애버너시 부인의 병력은 화염과 검은 구름떼 같은 화살로 그에 맞섰다. 그리고 애버너시 부인은 홀로 적진으로 걸어 들어가기 시작했다. 등에서 솟구쳐 나온 촉수가 기갑부대원들을 말 위에서 끌어내리거나, 말 위에 탄 상태로 베어버리거나 혹은 마치 벌레를 잡아 죽이듯 온몸을 짓눌러 죽였다. 고르곤들이 마침내 숨겨왔던 흉측한 얼굴을 드러냈다. 고르곤과 눈을 마주치지 않기 위해 얼굴을 피한 악마들은 그 즉시 공격에 취약점을 드러냈고, 제때 눈길을 돌리지 못하고 얼굴을 본 악마들은 그 자리에서 모두 돌로 변해버렸다. 사이크로핀 거인들은 몽둥이를 휘두르며 한 번에 열 명 이상의 악마를 날려버렸다. 양옆에 포진한 용들은 화염을 발사하며 악마들의 머리와 피부에 화상을 입혔고, 사이렌들은 마치 새떼처럼 하늘에서부터 일제히 공격을 가해왔다. 사이렌의 발톱에 공격당한 부위는 독에 중독되어 그 자리에서 바로 조직이 검게 변했다. 점점 더 치열해지는 전장에서 병력들이 바위로 위장한 애스턴 마틴과 위장 중인 아이스크림 트럭이 서 있는 곳까지 다가왔다.

　"새장을 보호하라!" 애버너시 부인이 외쳤다. 아비고르 공작의 정규 병력이 점점 더 거리를 좁혀 들어왔고, 애버너시 부인은 전투가 자신에게 불리하게 돌아가는 것처럼 느껴졌다. 두 번째 줄의 악마들이 마차를 둘러쌌다. 모두들 칼을 뽑아 들어, 날카로운 금속과 날카로운 이빨로 이루어진 누구도 뚫을 수 없는 벽을 만들었다. 오직 몇 명만이 원래의 경비대원들이 서 있는 자세가 좀 불안정하고, 도무지 집중하지 못하고 있음을 알아챘지만, 이내 공중에서 화살이 쏟아지기 시작했고, 일단은 관통상을 면하는 게 우선이었다.

　피가 솟구치고 비명이 들렸다. 하늘에서 번쩍이는 번갯불로 확인할 수 있는 지옥은 갈가리 찢기고 있는 상태였다.

XXXVI
그 누군가가
성난 얼굴로 깨어나다

맨 처음 그 소리를 들은 것은 졸리와 앵그리가 새뮤얼 구조 임무를 훌륭하게 끝마칠 수 있도록 도움을 주고, 방금 아이스크림 트럭의 안전한 뒷공간으로 돌아온 도지였다.

"방금 그 소리 들었어요?" 도지가 말했다.

"싸우는 소리밖에 안 들리는데." 필 순경이 말했다.

"아뇨, 다른 소리예요. 메아리 같기도 한데, 그 전에 메아리를 울리게 한 어떤 소리가 있었다고요."

종소리가 산의 중심부 깊은 곳에서 천천히 울려 퍼지기 시작했고, 소리는 점점 더 커졌다. 끊임없이 깊고도 거대한 울림을 일으키는 소리인지라, 그 소리를 듣는 누구라도 고통 속에서 귀를 막을 수밖에 없었다. 소리의 진동으로 땅이 흔들렸다. 지진이라도 난 것처럼 땅이 갈라졌고, 수많은 동굴이 무너졌으며, 북쪽의 얼음산에서 시작된 산사태는 코시투스 호수의 수많은 불운한 생명체를 압사시켜버렸다. 불화의 바다는 해저 수천 미터에서 시작된 지진으로 바닥이 완전히 쪼개져버렸고, 검은색 바닷물의 거대한 쓰나미가 몰려들어 척박한 해안가를 휩쓸었다. 전장에서는, 악마들이 손에 쥔 무기를 놓쳐버렸고, 놀란 말 위에서 우수수 떨어졌으며, 계속되는 공명에 귀에서는 피가 흘러나왔고, 잇몸에 붙은 이빨들이 헐거워지면서 빠지기 시작했다. 종소리는 계속해서 울려 퍼지며 절망의 산을 흔들어 깨웠다. 마치 지옥의 모든 것이 그 소리 하나로 축소되는 것 같았다. 끔찍하게 이어지는 종소리, 지옥의 가장 위급한 시기에만 울려 퍼진다는 그 종소리가 들린 것은 정말로, 정말로 오랜만의 일이었다.

갑자기 모든 것이 멈췄고, 온갖 종류와 형태의 악마들이 일제히 머리를 돌려 절망의 산을 바라보았다. 절망의 산 중심부에서 불빛이 명멸하며 무엇인가가 입구에 모습을 드러냈다. 왓처였다. 하지만 몸체는 이전보다 몇 배 이상 커져 있었고, 붉은색 피부는 마치 용광로의 불길 속에서 만들어진 것처럼 빛이 났다.

"저기를 도대체 어떻게 들어갔지?" 왓처의 그림자가 자신들 앞에 드리우자 브롬튼이 에지패스트에게 나지막한 목소리로 물었다.

"분명히 몰래 숨어들어 갔을 거예요." 에지패스트가 브롬튼과 눈을 마주치지 않으려 애쓰며 말했다.

"키가 10미터가 넘잖아! 도대체 어떻게 된 거야? 모자를 눌러 쓰고 검은 안경이라도 썼던 거야? 도대체 넌 뭐하는 경계병이야?"

그러나 왓처에 대한 모든 질문과 바뀐 왓처의 모습에 경계병과 양측 군대 그리고 애버너시 부인과 아비고르 공작이 보였던 놀라움은 다음 인물의 등장과 함께 사라져버렸다. 절망의 산에서 등장한 형체는 산 아래 악마들이 왓처를 우러러 보는 것을 무색하게 할 만큼, 왓처를 그저 작디 작은 존재로 만들어버렸다. 유황 냄새가 맹렬하게 평원을 휩쓸었고, 산 중심부의 빛이 사라졌다. 집결한 모든 병력 사이에서는 완전한 침묵이 유지되고 있었다. 심지어 난쟁이들까지도 조용했다. 현재 그들의 눈에 보이는 것에 소리도 움직임도 모두 얼어붙은 듯 보였다. 너드의 애스턴 마틴 안에서는 겁에 질린 보즈웰이 두 눈을 꼭 감은 채로 새뮤얼의 겨드랑이에 얼굴을 파묻고 있었다. 마치 앞으로 다가올 존재의 냄새라도 맡은 양, 그 냄새에서 쉽사리 지워지지 않는 그 무엇인가가 떠오르기라도 한 양.

대마왕은 몸집이 너무도 거대해서 절망의 산 입구를 통과할 때는 허리를 숙이고 지나가야 했다. 마침내 그가 몸을 똑바로 일으켜 세웠고, 모든 이들의 눈앞에 압도적으로 장엄한 형체가 모습을 드러냈다. 그 장면을 지켜보는 이들의 눈에는 뭐라 표현할 수 없는 경이로움이 새겨졌다. 지금 그들이 보고 있는 것은 단순히 가장 오래되고 가장 포악한 존재가 아니었다. 그것은 악이라는 요소 그 자체의 응결체였다. 이 존재에서 뿜어져 나오는 사악하고 잔혹한 기운이 우주와 우주에서 생성되는 모든 종류의 희망에 모조리 어두운 그림자를 드리우는 것 같았다. 대마왕은 자신의 두골에서 자라난 뼈로 만든 들쭉날쭉한 황색 왕관을 쓰고 있었다. 또한 그 거대한 풍채에 그가 아직도 인간세계에 대한 정복의 야심을 내려놓지 않았음을 보여주는 갑옷을 입고 있었다. 갑옷에는 이미 태어났거나, 아직 태어나지 않은 모든 남자, 여자의 이름이 새겨져 있었다. 대마왕은 그자들을 모두 기억해서 한 명 한 명에게 자신의 증오를 안겨주기를 원했고, 그 이름들은 지구에서 인간이 태어나고 죽기를 반복하면서 계속해서 늘어나고 있었다. 그리고 몇 개의 이름은 불로 그을려 있었는데, 자신의 행동으로 저주를 받아 대마왕과 운명을 함께하게 될 사람들의 이름이었다.

대마왕의 얼굴은 대부분의 살가죽이 오랫동안 부패해서, 얇은 가죽 같은 갈색 피부가 뼈에 붙어 있는 모양이었고, 볼은 찢어져 있어서 그 아래 근육과 뼈가 모두 훤히 보였다. 이빨은 이 열로 들쑥날쑥 나 있었고, 검은 잇몸은 병을 앓고 있는 것 같아 보였으며, 창백한 분홍색 파충류의 혀는 썩은 입술에서 날름거리고 있었다.

하지만 끔찍하게 생긴 얼굴보다 더 오싹한 냉기를 풍기는 것은 그의 눈이었다. 무한한 분노와 지독한 슬픔으로 가득 찬 대마왕의 눈에서 엿보이는 감정의 깊이는 흡사 사람의 것을 보는 듯했다. 대마왕은 그 눈을 통해 너드의 차를 들여다보았고, 새뮤얼은 드디어 왜 이자가 그렇게도 끔찍이 인간을 증오하는지를 알 수 있을 것 같았다. 인간이 자신과 너무도 흡사했기 때문이다. 가장 사악한 인간의 모습에서 자신을 보았기 때문이다. 하지만 그는 인간 안의 모든 사악함의 원천일 뿐, 인간의 위대함이나 숭고함 같은 요소는 전혀 갖추지 못했다. 그래서 인간을 더럽히고 타락시킴으로써 자신의 고통과 후회를 덜고, 또 그렇게 함으로써 스스로 그나마 견딜 만한 존재로 거듭날 수 있었던 것이다.

이제 그가 전장을 바라보고 섰고, 왓처가 그 앞에 자세를 잡았다. 마침내 대마왕이 입을 열었을 때, 모든 이들은 공포로 몸을 떨었다.

"그 누가 감히 내 영토에서 반역의 군대를 일으켰느냐? 어찌하여 악마가 악마에 대항하고 있는 것이냐?"

마치 미리 약속된 신호에 따라 움직이듯 양측 병력이 일제히 그들의 지휘관을 놔두고 뒤로 물러서기 시작했고, 그 때문에 애버너시 부인과 아비고르 공작은 군대와 떨어져 홀로 남게 되었다.

"제왕 전하." 아비고르 공작이 머리를 숙이며 말했다. "옥체 강녕하시고 뵙게 되어 영광입니다. 그간 전하의 지도가 없어서 저희는 길을 잃었고 배신을 당했습니다. 왕국을 지키기 위해서는 피치 못할 선택이었습니다. 한때 전하의 심복이었지만 이제는 타락한 유산이자 한낱 반역자에 불과한 저 여자에 맞설 수밖에 없었습니다." 아비고르 공작이 혐오스럽다는 듯 애버너시 부인을 가리켰다. 아비고르 공작은 할 말이 더 있는 것 같았지만, 대마왕이 손을 들어 아비고르 공작에게 침묵을 명하였고, 애버너시 부인을 향하여 질문을 던졌다.

"아비고르 공작이 거짓을 말하고 있는가?"

"아닙니다, 전하." 애버너시 부인이 말했다. "우리가 길을 잃었고 배신을 당했다는 말은 사실입니다만, 반역자는 제가 아닙니다. 상식적으로 생각해보십시오. 저는 전하의 깃발 아래 싸우고 있지만, 아비고르 공작은 자신의 깃발 아래 싸우고 있습니다."

"그건 설명해 드릴……" 아비고르 공작이 말하려 할 때, 검은색 살찐 파리들이 뺨에서 앵앵대다 아비고르 공작의 입속으로 들어가버렸고, 공작이 파리 한 마리를 뱉어내면, 또 다른 두 마리가 들어갔다. 그렇게 공작의 입은 계속해서 파리로 채워졌고, 이를 본 애버너시 부인은 고소하다는 듯 음흉한 미소를 짓고 있었다.

"저는 제 실수를 만회하기 위해 노력했습니다." 이제 당분간 아비고르 공작을 침묵시킬 수 있는 애버너시 부인이 말했다.

"너의 실수는 엄청났다. 역시나 엄청난 참회가 있어야 할 것이니라."

"당연합니다." 애버너시 부인이 말했다. "제가 그 아이, 그렇게 공들였던 저희의 모든 계획을 수포로 돌아가게 만든 그 아이를 잡아 왔습니다. 새뮤얼 존슨을 잡아 왔습니다!"

그녀는 마차 기사에게 손짓해 가림막이 씌워진 새장을 전장의 잘 보이는 곳으로 이동시켰다. 파리를 다 쫓아버린 아비고르 공작이 애버너시 부인을 저지하려 끼어들었다.

"거짓말입니다! 애버너시 부인이 자신의 반역을 숨기려 지옥의 깃발을 사용했기 때문에 전 그냥 저의 깃발을 사용한 것입니다. 애버너시 부인은 그냥 반역을 넘어 보다 심각한 반역을 꾀하고 있습니다. 부인은 제게서 소년을 뺏어갔습니다. 지옥문을 열 방법을 찾은 자가 바로 저입니다. 제 성에서 소년을 약탈해 간 주제에, 어떻게 뻔뻔하게 소년을 생포했다고 주장할 수 있단 말입니까?"

마차가 가까운 거리로 이동했고, 가림막 안의 포획물이 잘 보일 수 있도록 불빛이 준비되고 있었다.

"그래서 당신이 열었다는 그 지옥문은 어디에 있느냐, 아비고르 공작?" 애버너시 부인이 물었다. "우리에게 보여달라. 그 솜씨에 경탄해 마지않아줄 것이다. 대마왕님께 지옥문을 보여 드려라. 추후에 있을 또 다른 침공을 위해 그것의 잠재력을 이용할 수도 있을 것이니."

"사라져버렸소." 아비고르 공작이 더듬거리며 말했다. "지옥문을 그렇게 오랫동안 열어둘 수는 없었소. 다시 닫히기 전에 가까스로 소년만 나포해 올 수 있었을 뿐이오."

애버너시 부인이 손을 들어 올렸다.

"제가 아비고르 공작이 반역을 꾀하고 있다는 증거를 보여 드리겠습니다." 애버너시 부인이 말했다. "저는 지옥문의 위치를 알고 있습니다. 지옥문이 있는 곳은…… 바로 제 안입니다!"

애버너시 부인의 눈이 차가운 푸른색으로 빛나면서 푸른색 광선이 입속에 가득 모였다. 부인의 주변 기류가 소용돌이치면서 흙먼지 기둥을 만들었고, 애버너시 부인은 푸른 세계의 중심이 되었다. 푸른빛을 발산하는 소용돌이가 점점 더 커져감에 따라, 그녀에게 애버너시 부인의 모습과 과거 본인이었던 악마 바알의 모습이 혼재되어 나타났다. 촉수는 심하게 비틀리고, 마치 하나의 투명한 이미지가 어떤 물체를 덮어씌운 듯 늘어난 피부 아래로 거대한 머리통이 보였다. 애버너시 부인의 턱이 크게 더 크게 10미터, 20미터, 30미터 이상의 길이로 열리면서 푸른색 중심이 멀리 보이는 어두운 빛의 터널이 모습을 드러냈다.

"보십시오, 제왕님!" 애버너시 부인이 외쳤다. "지옥문입니다! 새뮤얼 존슨입니다!"

마차를 지키고 있던 악마가 검은색 가림막을 걷었고, 그 장면을 지켜보고 있던 모든 관객은 숨이 턱 하고 막힐 만큼 어안이 벙벙해지고 말았다. 가림막 안에서 드러난 것은, 지옥의 모든 악마를 향해 웃음을 짓고 있는, 댄의 아이스크림 트럭에 매달려 있던 플라스틱 마네킹 미스터 해피 휩이었다.

그리고 그 순간 맨 앞 대열에서 눈이 네 개 달린 바위가 무서운 속도로 달려 나가기 시작했고, 조잡하기 이를 데 없는 뿔로 장식된 위장 차량이 그 뒤를 바짝 따랐다. 마침내 위장한 모습이 벗겨지자, 아이스크림맨 댄이 등을 잔뜩 구부린 자세로 그가 사랑해 마지않는 아이스크림 트럭 운전대를 잡고 있고, 로언 경사와 필 순경 그리고 단호한 표정의 난쟁이들이 좀 더 속도를 내보라고 재촉하는 모습이 드러났다. 애스턴 마틴 안에서는 새뮤얼 존슨이 한쪽 팔로 보즈웰을 꽉 껴안고, 나머지 한쪽 팔은 고글을 착용한 웜우드의 어깨에 올리고 있었다.

그리고 너드의 모습도 보였다. 더 이상 얼치기 너드도, 겁쟁이 너드도, 다섯 신의 재앙 너드도 아닌, 새롭게 태어난 너드의 모습이 보였다. 지금의 너드는 정복자 너드였고, 승리의 너드였다.

또한 너드는 솔직히 겁을 잔뜩 먹은 너드이기도 했다.

애버너시 부인이 행동을 재개하기 전에 너드는 그녀의 입을 향해 차를 직진으로 몰았고, 아이스크림 트럭이 그 뒤를 빠짝 따랐다. 그렇게 그들은 지옥문을 통해 사라져버렸고, 대평원에는 애버너시 부인의 턱을 통해 「창가에 놓인 강아지는 얼마인가요?」만이 희미하게 울려 퍼지고 있을 뿐이었다.

전장에서는 두 진영의 병력이 서로의 얼굴만 쳐다보고 있었고, 그들 위에 있던 애버너시 부인과 아비고르 공작도 도대체 어떻게 된 일인지 누군가가 설명해주기를 바라는 눈치였다. 모터를 단 차량 두 대가 악마의 목구멍을 향해 돌진하다니. 최근까지도 우주간 통로 구실을 했던 목구멍이자 지금도 보통은 아닌 어떤 특별한 정도는 되는 목구멍으로 말이다. 별일도 없었다. 그저 몇 사람이 자동차 두 대에 나눠 타고 웜홀 같은 구멍으로 미끄러져 떨어진 일 말고는 별다른 일도 없었다. 하지만 고작 그 구멍, 모든 번뇌와 고통, 지옥을 양분시켜서 전쟁으로 몰고 간 그 모든 일의 원인이었던 그 구멍이 다른 곳도 아닌, 바로 지옥의 중요한 인물 안에 숨겨져 있었던 것이다.

그렇다. 애버너시 부인은 지옥문의 열쇠를 바로 자기 내부에 숨겨놓고 있었다. 하지만 새뮤얼과 너드와 그의 패거리가 이렇게 가지고 놀라고 숨겨놓았던 것은 아니다. 애버너시 부인은 어느 시점에 지옥문의 열쇠를 당당히 공표하고, 자신의 주군인 대마왕의 도움을 얻어 깨작대거나 할 것도 없이 일거에 강입자 충돌기에서 모든 힘을 끌어오려고 했다. 그런 방법으로 애버너시 부인은 지옥문을 통한 이동 방향 자체를 바꾸려고 했다. 물체를 지구에서 지옥으로 가져오는 것이 아니라, 지옥에서 지구로 가져가려는 계획이었던 것이다. 지옥의 모든 병력을 이동시킬 정도까지는 못되더라도, 그 정도면 대마왕과 자신을 인간세계로 이동시켜 그곳에 새로운 지옥을 충분히 창조할 수 있으리라 생각했던 것이다. 불행하게도 그 계획은 당분간 보류될 수밖에 없을 듯했다. 이 일로 애버너시 부인은 더욱 심한 압박을 받을 터이니.

애버너시 부인이 몸을 떨고 목을 컥컥거렸다. 마치 음식을 잘못 삼켜 식도를 잘못 건드린 것 같은, 자동차 용어로 표현하면 주행 시 요철 및 방지턱 구간 부주의로 유격이 생겼던 것이다. 애버너시 부인의 푸른빛이 더 강해지고 밝아졌으며, 평원에 모여 있었던 악마들에서부터 심지어는 대마왕까지 빛을 피하기 위해 물러서야만 했다. 너무도 밝은 빛은 푸른색에서 점점 하얀색으로 변해갔고, 애버너시 부인이 절규하자, 일순간 강한 화염과 함께 사그라지고 말았다.

지옥문이 붕괴했고, 애버너시 부인은 파열했다. 마치 모든 원자가 인근한 원자에서 일제히 분리되듯, 애버너시 부인은 내부의 또 다른 존재로 변해갔다. 변장했던 인간의 피부가 모두 떨어져 나갔고, 과거 괴물의 모습이 드러났다. 벌어져서 분리되었던 턱이 목구멍 속으로 들어갔고, 제 몸을 지키기라도 하겠다는 듯 촉수는 괴물의 몸을 감싸기 시작했다. 지옥문이 닫히고 애버너시 부인의 모든 파편이 다중우주로 흩어져 퍼질 때, 부드럽게 '퐁' 하고 터지는 소리가 들려왔다.

XXXVII

드디어
"그리고 그들은 행복하게
오래오래 잘 살았습니다"
부분으로 넘어가다

앰브로스 비어스 가에 푸른 섬광과 함께 차량 두 대가 나타났다. 유리창은 금이 너무 많이 가서 안을 확인하기 힘들고, 네 바퀴는 펑크가 났거나 볼트가 풀려서 마치 골절상을 입은 동물이 바닥에 주저앉듯 차체가 땅에 거의 닿을락 말락한 상태였다. 그리고 종잇장이 이겨지듯 완전히 난장판이 된 아이스크림 트럭 안에는 비슷하게 완전히 녹초가 된 난쟁이 네 명이 머리를 무릎에 박은 자세로 온몸이 라즈베리 시럽 범벅이 되어 앉아 있었고, 거의 녹아버린 모자를 쓴 경찰관 두 명과 머리에서 연기가 모락모락 나는 상태로 어리둥절한 표정을 한 채 멍하니 앉아 있는 아이스크림 트럭 운전사가 있었다.

"다음에는 기차를 타자고." 졸리가 아이스크림 트럭에서 비틀비틀 걸어 나오며 말했다. "이거 완전히 세탁기에 들어갔다 나온 것 같잖아."

다른 난쟁이들도 투덜거리면서 트럭을 빠져나왔다. 불꽃이 일고, 매캐한 연기가 아이스크림 트럭 밑에서 흘러나왔다. 댄은 자신의 비즈니스 동반자가 연기 속으로 사라지는 것을 애도의 눈길로 바라보았다.

"난 정말 아이스크림 장사에는 안 맞나 봐." 댄이 말했다. "그래도 보험금은 나오겠지."

졸리가 댄의 팔을 치며 말했다. "그럼 새 트럭을 사는 건 어때요?"

"그럴 수도 있지. 근데 아직은 그걸로 뭘 할지 잘 모르겠어."

"당신 같은 인재가 그런 소리를 하다니, 이거 웃음도 안 나오는군요." 졸리가 예의 신뢰를 가장한 목소리로 말했다. "근면하면서도 의욕적인 일꾼 네 명을 다종다양한 비즈니스 업무에 투입하는 것에 대해서는 어떻게 생각하시는지요?"

"그것도 괜찮지." 댄이 말했다.

"그렇죠?" 졸리가 말했다. "우리가 실제로 근면하면서도 의욕적인 일꾼 네 명을 알고 있는데, 지금 여기에는 없어요. 그러니 당분간은 우리 넷을 대신 고용하는 건 어때요?"

로언 경사와 필 순경은 너드와 웜우드, 새뮤얼과 보즈웰이 애스턴 마틴에서 빠져나오는 것을 도왔다. 지옥문을 통과할 때 문이 심하게 찌그러져서 잘 열리지 않았기 때문이다.

너드가 차 지붕을 슬프게 어루만졌다. "아마도 이 녀석이 우리를 마지막 여행에 초대한 모양이야." 웜우드가 너드의 얘기를 들으며 눈물을 훔쳤다. 웜우드는 너드를 사랑하는 만큼이나 이 차 애스턴 마틴에 대한 사랑이 커졌던 것이다. 어쩌면 그 이상이었는지도 모른다. 이 차는 지팡이로 자기를 치는 일도 없었고, 면전에 대고 심한 말을 한다거나 영원히 모래 속에 거꾸로 처박아버린다는 협박을 가하는 일도 없었기 때문이다.

"적어도 당신은 차가 있긴 한 거잖아요. 뭐, 차라고 부를 수 없을지도 모르겠지만." 필 순경이 말했다. "우린 이제 잃어버린 경찰차에 대해서 어떻게 설명해야 하죠, 경사님? 대체 우리 차는 어디로 갔을까요?"

"우리야 알 길이 없지." 로언 경사가 말했다.[41]

불타는 아이스크림 트럭 쪽에서 갑자기 무언가가 움직였다. 샨과 가드가 털에 붙은 작은 불씨를 두드려 끄며 불길 속에서 빠져나오고 있었다. "저놈들을 잊고 있었군." 앵그리가 말했다. 말하는 품새가 그들을 쇠와 플라스틱이 타는 불길 속에 버려두고 왔다는 것이 아니라, 신발끈이 풀렸군, 하는 정도 같았다.

"어디서 온 놈들이지?" 필 순경이 물었다.

---

41 지옥의 깊은 곳 어딘가에 프레드라는 이름의 거대한 투명 유동체 악마가 역시 투명한 부인 펠리시티와 투명한 아들 프레드 주니어가 있는 집에 도착했다. "어디 갔다 온 거예요?" 투명한 아내가 물었다. "당신 도대체 어떻게 된 거예요? 이놈의 지옥에서 할 일이 얼마나 많은데, 프레드는 하루 종일 나한테 떠맡겨놓고 한가롭게 산책이나 다닌다는 게 말이나 돼요? 제발 집에 붙어 있는 척이라도 좀 하면 어디가 덧나기라도 한대요?" 투명한 악마 프레드도 바로 그 점을 지적하고 싶었다. 분명히 집에 있는데도 투명해서 보이지 않으니 늘 그곳에 없는 것이나 마찬가지였다. 하지만 프레드는 지금은 그런 말을 할 때가 아님을 알았다. 펠리시티는 타깃이 전혀 보이지 않는데도 집안 물건을 타깃에 정확히 명중시키는 비범한 능력을 지니고 있었기 때문이다. 그래서 프레드는 경찰차와 밴 차량을 꺼내 보였다. 우리 아들 프레드 주니어에게 줄 선물이라고. 프레드 주니어는 예의 모든 아이들처럼 차를 집어 들고 부릉부릉 소리와 쿵 소리를 번갈아 내며 놀았다.
"우리 예쁜 아들에게 줄 선물을 가져왔죠." 프레드가 말했다.
"제 것은요?" 펠리시티가 말했다.
"당신한테는 사랑의 키스." 프레드가 말했다.
프레드는 아무것도 보이지 않는 곳에 쪽쪽대며 입맞춤을 했다.
"전 여기 있거든요, 이구 저 화상하고는……."
프레드는 한숨을 쉬었다. 투명한 채로 있는 건 정말로 힘든 일이었다. 가끔 프레드는 그들이 프레드 주니어를 만들 수 있었던 건 참으로 불가사의한 일이라고 생각했다.

"경사님과 댄과 당신이 저 앞(어느 앞, 차 앞자리?)에 있을 때 냉장고에 숨겨 왔지요." 졸리가 말했다. "미안해요. 제 말은, 지옥에다 저놈들을 내버려두고 올 수도 없는 일이었잖아요. 저 날개 달린 녀석이 동굴에서 새뮤얼을 찾아냈잖아요. 그러니 버리고 올 수가 있나요."

"우리는 악마 넷을 지구로 데려왔어." 로언 경사가 말했다. 다소 창백한 표정이었다. "이건 징계감이라고."

필 순경이 웃으며 말했다. "전 징계되고 말고 할 계급장도 없는걸요."

"알아, 넌 그냥 엄청나게 깨지고 말겠지."

"앗."

"알겠어? 이제는 웃을 일이 아니지?"

"그러게요. 이거 참말로 큰일이네요, 경사님. 지금껏 평생 겪어도 못 겪을 곤궁을 헤쳐 나왔는데. 서장님은 우리가 지옥에서 악마를 데려온 것을 절대 용인하지 않을 거예요. 죄다 이방인뿐이라고 휴가철에도 외국에 나가는 것을 싫어하시는 분인데. 우리가 한 짓을 그대로 얘기했다간 아마도 평생 교통단속이나 하고 살아야 할지도 몰라요."

로언 경사는 샨과 가드를 쳐다보았다. 그들은 털에 붙은 마지막 불꽃을 끄고, 고향집 지옥에서 가져온 마지막 술로 스스로 용기를 복돋우려 하고 있었다.

"그럼 말하지 않으면 되지." 로언 경사가 말했다.

"하지만 그들을 그냥 이렇게 놔두면 너드와 웜우드는 이리저리 헤매고 돌아다닐 거예요. 그건 옳지 않은 것 같은데요."

"그들이 방황하도록 내버려두지는 않을 거야." 로언 경사가 말했다. "필 순경, 내게 다 계획이 있네."

너드는 머리 위 푸른 하늘을 쳐다보았다. 구름이 지나고 있었고, 아름다운 석양이 호박색으로 펼쳐져 있었다. 너드는 꽃과 풀과 아이스크림 콘의 냄새를 음미했다. 기둥에 대고 등을 긁는 고양이를 보았고, 모이를 쪼아 먹는 새들을 보았다. 들뜨고 흥분되고 짜릿한 기분이 느껴졌다. 자유였다.

그리고 동시에 찾아드는 두려움. 그는 이곳에서 외딴 생명체에 불과한 악마일 뿐이었다. 사람들이 자기를 싫어하고 무서워해서 어딘가에 가둬버릴지도 모르는 일이었다. 웜우드는 어떻게 되지? 웜우드는 지옥에서도 간신히 제 몸 하나 건사할 정도밖에 못됐다. 너드가 없으면 어떻게 살아가야 할지 막막할 것이지만 너드 역시 이 인간세계에서 어떻게 생존할 수 있을지 전혀 감도 안 잡히는 상황이었다.

하지만 너드의 손을 꽉 잡아주는 또 하나의 손이 있었다. 새뮤얼이었다. 그 옆에서는 보즈웰이 꼬리를 흔들고 있었다.

"다 잘될 거야." 새뮤얼이 말했다. "이렇게 온통 탐험할 새 세상이 펼쳐져 있잖아."

온갖 사건 사고에 휘말렸던 지옥에서의 그 모든 기간은 지구의 시간으로는 겨우 세 시간에 불과했다. 새뮤얼의 엄마는 새뮤얼의 얘기를 듣고 처음에는 그저 살짝만 걱정하는 정도였는데, 무슨 일이 있었는지 자세한 설명이 이어지자 진짜로 걱정했다. 차를 한 잔 마실 시간이었다. 이번에는 존슨 부인이 직접 우유를 사러 나갔고, 새뮤얼은 목욕을 하기 위해 욕조에 몸을 담갔다. 존슨 부인이 돌아왔을 때, 욕조에는 웜우드가 들어가 있었고, 너드는 새뮤얼 아빠의 오래된 목욕 가운을 입고서 빨대로 비눗방울을 만들며 놀고 있었다.

"저 두 녀석을 이제 어떻게 하면 좋을까?" 존슨 부인이 차와 케이크를 탁자에 올려놓으며 말했다. "여기서 영원히 살 수는 없잖니. 방도 충분하지 않고."

"저한테 계획이 있어요." 새뮤얼이 말했다.

그리고 진짜 계획이 있었다.

새뮤얼은 다음 날 평소대로 학교에 갔다. 톰이나 마리아처럼 변화를 눈치챌 정도로 영리한 친구들은 새뮤얼에게 어쩐지 나이가 들어 보인다는 말을 했고, 또한 어쩐지 강해진 것 같다느니 결단력이 있어 보인다느니 하는 말도 덧붙였다. 아직 그 전날 있었던 일에 대해 아무 얘기도 꺼내지 않았는데도 말이다. 새뮤얼은 지옥에서 깨진 안경을 대신하는 예비 안경을 코에 걸치고 구내식당을 향해 성큼성큼 걷기 시작했다. 식당에는 루시 하이모어가 친구 두 명과 함께 테이블 하나에서 숙제를 끝마치고 있었다.

"안녕." 새뮤얼이 루시에게 말했다. "잠시 얘기 좀 할 수 있을까?"

루시가 고개를 끄덕였고, 그녀의 친구들은 킥킥거리며 책을 집어 들고 자리를 떴다. 루시는 새뮤얼 존슨을 처음으로 똑바로 쳐다보았다. 루시는 새뮤얼에게 친절하게 대한 적도 없었고 몇 마디 이상 친근한 대화를 나눠본 적 또한 없었다. 둘은 학급도 달라서 조회 때나 한 자리에 모일 뿐이었다. 루시는 둘이 이렇게 얼굴을 마주 대하고, 방해하는 사람 하나 없이 새뮤얼을 가만히 바라보니, 그가 어쩐지 꽤나 괜찮게 생겼다고 느껴졌다. 게다가 둘은 나이가 같은데도 새뮤얼의 눈빛에서는 슬픔과 지혜로움 같은 게 보여서 어쩐지 그가 자신보다 더 어른스러워 보이기도 했다.

"내 이름은 새뮤얼이야."

"알아."

"어제 난 우체통에게 데이트 신청을 했어. 그게 넌 줄 알았거든."

"내가 우체통처럼 보이니?"

"아냐, 그렇지 않아. 전혀 안 그래."

"그럼 흔한 실수는 아니었겠네, 그치?"

"그래."

"얘기해줘서 고마워."

"나도 그렇게 얘기해줘서 고마워."

잠시 동안 둘 사이에 침묵이 흘렀다.

"근데?" 루시가 말했다.

"그래서……" 새뮤얼이 말했다. "바쁘지 않으면 금요일에 수업 끝나고 피트네 파이 가게에 가서 파이라도 먹지 않을래?"

루시는 잠시 생각한 후에 예쁜 미소와 함께 유감의 말을 전했다.

"미안해, 금요일에는 바빠."

"아, 그렇구나." 새뮤얼이 말했다. 새뮤얼은 입술을 깨물고 뒤돌아섰다. 적어도 시도는 해봤잖아, 라고 새뮤얼은 생각했다.

"근데, 토요일은 괜찮아."

"어떻게 됐어?" 그날 늦게 복도에서 마주친 마리아가 새뮤얼에게 물었다.

"승낙했어." 새뮤얼이 말했다.

"잘됐다." 마리아는 그렇게 말하고 가버렸다. 새뮤얼은 마리아의 눈 속에서 뭔가 혼란스러워하는 감정을 읽었다.

인생에는 역경이 있을 수 있다. 사실 인생에는 꽤 자주 역경이 찾아온

다. 특히나 당신이 어리고 자신의 자리를 찾기 힘들 경우에는 더더욱 그렇다. 하지만 위안이 될 만한 말을 하자면, 결국 사람들은 대부분 자기 자리를 찾게 된다.

스피깃스 맥주, 화학 무기 & 공업용 클리닝 제품 주식회사 본사 지하 깊은 곳에서 샨과 가드가 하얀색 실험복을 입고 최신 양조 기술이 집결된 실험실을 바쁘게 돌아다니고 있었다. 실험실 옆에는 안락한 침대와 시트, 텔레비전 및 샨이 특히나 놀라운 실력을 발휘하는 게임인 핀볼 머신이 갖춰진 숙소도 마련되어 있었다. 결국 샨과 가드는 행복의 비밀 중 하나를 발견한 셈이었다. 취미로 시작한 일이, 누군가는 그것을 위해 기꺼이 돈을 지불하는 일이 되는 행복 말이다.[42] 그들이 맡은 일은 스피깃스 맥주의 새로운 브랜드를 연구, 개발하는 일이었다. 스피깃스 서머 레인 스페셜 에일, 스피깃스 젠틀 선빔, 스피깃스 스트로베리 선라이즈 라지 스페셜 등등 좀 더 순한 맥주를 찾는 점잖은 소비자를 위한 맥주를 만드는 일 따위 말이다.

또한 샨과 가드는 따로 분리된 제조 라인에서 뭐랄까, 보다 혈기 왕성한 체질들을 위한 맥주를 만드는 일에서도 중책도 맡고 있었다. 스피깃스 스페셜 피큐리어, 스피깃스 울트라 언플레전트, 그리고 그 악명 높은

---

[42] 사람들은 대부분 자신이 즐기지도 못하는 일을 직업으로 삼고서 시간을 보내다 그 일을 그만 두어도 될 만큼 충분한 돈을 모았을 때, 죽음 말고는 남아 있는 게 거의 없음을 깨닫게 된다. 그런 사람이 되지는 마라. 삶을 누리는 것과 그저 살아가는 것은 천지 차이다. 당신이 좋아하는 일을 하고, 당신이 좋아하는 일을 하는 것을 좋아해주는 누군가를 만나라. 그건 그냥 그렇게 간단한 일이다.
동시에 상당히 어려운 일이기도 하고.

스피깃스 올드 디테스터블까지. 이제 스피깃스 올드 디테스터블은 두 배 이상 두꺼운 병에, 효모가 단 한 방울도 빠져 나가지 못하도록 특수 제작된 병뚜껑을 달고 시판되고 있었다. 하지만 샨과 가드의 냉장고 중앙에는 누가 뭐래도 그들이 가장 좋아하는 오리지널 스피깃스 올드 피큐리어가 가지런하게 놓여 있었다.

결국, 완벽한 결함에는 굳이 개선이 끼어들 필요조차 없는 것이었다.

그리고 또 얼마 후, 스피깃스 본사 굴뚝에서 나오는 냄새를 멀리서나마 맡을 수 있는 곳에 위치한 훨씬 큰 규모의 지하 공간에서, 매끄럽게 윤이 나는 붉은색 스포츠카 한 대가 조종불능의 상태가 되어 엄청난 충격과 함께 벽돌로 된 벽을 들이받았다. 뒷바퀴는 떨어져 나가고, 보닛은 부서졌으며, 엔진과 차체, 운전사까지도 허공으로 솟구칠 만큼 충격이 강했다. 차량 뒷부분이 아슬아슬하게 달랑거리는 상태를 유지하다 잠시 후 쿵 하는 소리와 함께 콘크리트 바닥에 떨어졌다.

잠깐 동안 침묵이 흘렀다.

난장판이 된 금속더미 속에서 삐거덕거리는 소리가 들려왔다. 운전석 문이 열렸다. 아니 좀 더 정확하게 표현하자면, 운전석 문이 떨어져 나갔고, 충격으로 멍한 표정의 너드가 잔해 속을 비틀거리며 걸어 나왔다. 웜우드가 달려가서 그가 헬멧과 장갑을 벗는 것을 도왔다. 너드는 기다란 유리창을 머뭇거리며 올려다보았다. 그 너머에는 여러 명의 기술자와 차량 디자이너, 안전 전문가가 앉아 있었고, 모두 너드의 한마디를 기다리고 있었다. 새뮤얼 존슨이 유리창에 가까이 다가섰고, 안도의 한숨을 내쉬었다. 이 장면을 수도 없이 지켜보았지만, 그의 친구가 상처 하나 없이 말짱하게 걸어 나오는 것은 언제나 가장 기쁘면서도 놀라운 광경이었다.

"보면요," 마침내 너드가 입을 열었다. "안전벨트는 정상이고요, 브레이크만 좀 손보면 될 것 같네요."

말하지 않았는가. 사람들은 대부분, 어쩌면 몇 명의 악마들까지도 결국에는 자기 자리를 찾게 된다고.

XXXVIII
"그리고 그들은 행복하게 오래오래 잘 살았습니다"라는 말의 한계를 발견하다

힐버트 교수와 스테판 교수, 에드, 빅터 그리고 연구소의 수석 연구원들이 강입자 충돌기를 둘러싼 일련의 사건 사고에 대해 회의를 하기 위해 유럽 원자핵 공동 연구소 회의실에 모였다.

"그러니까 그 소년이 자기가 지옥으로 끌려갔었다고 말한다고요?" 스테판 교수가 말했다.

힐버트 교수가 고개를 끄덕거렸다. "애스턴 마틴, 아니 뭐 그 비슷한 쇳조각의 귀환이 그의 이야기를 입증하는 것 같습니다."

"그리고 그곳에서 난쟁이 네 명과, 경찰관 두 명, 경찰차, 아이스크림 판매원, 아이스크림 트럭이랑 있었다고요?"

힐버트 교수가 재차 고개를 끄덕거렸다.

"아이스크림 트럭이라고? 정말 아이스크림 트럭이라고 확신할 수 있나요?"

"미스터 해피 휩 아이스크림 트럭이었습니다." 힐버트 교수가 재차 확답을 주었다.

"미스터 해피 휩이라……." 스테판 교수는 이 부분이 특별히 중요하기라도 하다는 듯 반복해서 말했다.

"뭐 다른 것은 안 가져 왔나요? 그러니까, 악……."

"악마요?"

"그래요, 악마요. 혹시 악마를 데리고 온 것은 아니겠죠?"

"경찰관들, 새뮤얼 존슨, 그리고 지금은 난쟁이 네 명의 매니저를 맡고 있는 아이스크림맨 댄을 통해 확인한 바에 의하면, 이 세계에 악마의 존재는 전무하다 확답을 드릴 수 있습니다."

"난쟁이들은요?"

"그들은 아주 기분 나쁘다는 듯 행동하더군요. 사실, 잠시 동안 저희는 그 난쟁이들이 악마인 줄 알았거든요." 힐버트 교수가 말했다. "그중한 놈은 에드한테 맥주병을 던지기까지 했다니까요."

에드가 이마 위의 큰 멍을 가리켰다. "그래도 던지기 전에 안에 든 술을 싹 다 비우긴 하더라고요."

"소년에 대한 조사는요?" 스테판 교수가 말했다.

"소년의 어머니가 허락하지 않았습니다." 힐버트 교수가 말했다. "존슨 부인은 새뮤얼이 사라진 일과 관련해 강입자 충돌기를 작동시킨 우리에게도 부분적으로 책임이 있다고 생각하는 것 같습니다. 그 부분에 있어서는 아주 단호한 태도로 일관하고, 아주 강한 어조로 말했습니다."

"경찰관들은요?"

"경찰관들도 조사를 허락하지 않았습니다. 뿐만 아니라 경찰차 도난 건에 대해 우리에게 청구서를 제출하면서, 30일 안에 지불할 것을 요구했습니다."

“난쟁이들에 대한 조사는 마쳤겠죠?”

“조사를 하려고 했으나 잘 되지 않았습니다. 뭐랄까, 조사하기에는 너무 비위생적이라고만 말씀드리겠습니다.”

“그러니까 그들이 말한 것과는 상관없이, 당신의 주장은 그들이 실제로는 지옥에 있지 않았다는 말인가요?”

“그들이 어디에 있었든, 그곳이 지옥은 아니었을 겁니다.” 힐버트 교수가 말했다. “지옥은 존재하지 않습니다. 그들이 있었던 곳은 단순히 다른 세계, 다른 우주였을 것입니다. 제 생각에는 암흑 물질 우주였던 것 같습니다. 우리는 거의 근접했습니다. 아주 가까이 왔습니다. 지금은 강입자 충돌기의 전원을 내릴 때가 아닙니다. 다중우주 안에서의 우리의 위치에 대한 지식이 완전히 바뀔 수 있습니다. 그 안에서 우리가 다만 홀로 존재하는지 아닌지에 대한 해답이 내려져야 합니다. 우리에게는 우리가 공유해야 할 삶의 형태에 대한 본질을 탐구해야 할 의무가 있습니다.”

“우리가 어떻게 해야 하죠?”

“아무것도요. 아무 말도 하지 말고, 아무것도 하지 말아야 합니다. 그냥 소년의 말은 무시하고, 실험만 계속하면 됩니다.”

“만약 그들이 신문사에 제보하면 어떻게 되는 거죠?”

“그러지는 않을 겁니다.”

“꽤나 확신하는 말투인데요?”

“당연합니다. 소년의 엄마는 지금 잔뜩 겁에 질려 소년이 지금 상태를 유지하기를 원하고 있습니다. 그녀는 언론이 집 앞에 진을 치는 것을 원치 않습니다. 경찰관들도 그들이 보고 듣고 겪은 어떤 일도 발설치 못하도록 그들의 상관에게서 단단히 명을 받은 상태이고, 그 아이스크림 판매원은 그냥 보험금만 타내면 끝입니다. 그리고 난쟁이들은…… 아마 난쟁이의 말을 믿을 사람은 아무도 없을 것입니다."

스테판 교수는 여전히 우려하는 기색을 보였다.

"위험률은 어느 정도이죠?"

"최대 5퍼센트입니다."

"그 5퍼센트가 침탈의 위협과 미지 생명체의 등장과 온 행성의 잠재적인 파괴까지 다 포함한다는 거죠?"

"아마도요."

스테판 교수는 어깨를 으쓱했다. "뭐 그 정도면 괜찮군요. 누구 비스킷 먹을 사람 있나요?"

절망의 산 깊숙한 곳에서 대마왕은 곰곰이 생각에 빠져 있었다. 광기의 시간은 이제 지나갔다. 대마왕의 정신은 다시 온전히 명료해졌다.

"소년, 소년이다. 그리고 악마."

모든 악의 제왕은 자신이 내뱉고 있는 말을 믿을 수 없다는 듯 말했다. 왓처는 주인의 명령만을 기다리며 조용히 서 있었다. 그의 위에는 거대한 종, 대마왕에게 명료한 정신을 되돌려준 거대한 종이 다시 한 번 침묵을 지키고 있었다. 지옥문이 사라졌다. 애버너시 부인이 사라져버렸다. 아비고르 공작과 그의 지지자들은 얼어붙은 코시투스 호수에서의 영원한 냉동 신세를 면치 못하게 되었다. 오직 대마왕만이 남았다.

"충돌기가 여전히 작동하느냐?"

왓처가 고개를 끄덕였다.

"좋다."

왓처는 얼굴을 찌푸렸다. 지옥과 인간세계의 연결점은 더 이상 존재하지 않는다. 애버너시 부인이 통로를 만들기 위해 사용했던 힘이 무엇이었든지 간에 이제 그 힘은 부인과 함께 사라져버렸다. 강입자 충돌기에 다시 접근하는 방법을 찾으려면 시간이 필요할 것이고, 인간들 역시 이번에는 좀 더 신중하게 주의를 기울일 것이다. 왓처의 생각대로라면, 왕국은 이제 한 번 더 고립된 것이다.

이런 왓처의 생각을 읽은 대마왕이 다시 말했다.

"또 다른 왕국이 있느니라."

그가 모시는 주군만큼이나 오래 산 왓처는 그것이 무슨 말인지 금세 이해했다. 인간이 걸어왔던 세계와 나란히 존재하는 또 하나의 왕국이 있었다. 어둠의 세력들로 채워진, 대마왕만큼이나 인간을 증오하는 자들로 이루어진 왕국이었다.

그림자 왕국.

"떠날 채비를 하라."

왓처가 자리를 떴고, 대마왕은 두 눈을 감았다. 어둠 속에서 대마왕의 의식은 우주를 유영하며 자신과 같은 존재, 다른 이에게 해를 가하려는 의도를 지닌 사악한 생명체들과 접촉했다. 그리고 그들에게 한 가지 명령을 내렸다.

"원자를 찾아라. 푸른빛이 나는 원자를 찾아라. 그녀를 찾아라……."

헬즈벨

초판 1쇄 인쇄 2013년 9월 24일
초판 1쇄 발행 2013년 9월 30일

지은이 | 존 코널리
옮긴이 | 이상구
발행인 | 정상우
기획편집 | 이민정 정희정
마케팅 | 김영란
관리 | 김정숙

발행처 | 오픈하우스 @openhousebooks
출판등록 | 2007년 11월 29일 (제 13-237호)
주소 | 서울시 마포구 동교로 13길 34 (121-896)
전화 | 02-333-3705 **팩스** | 02-333-3745
홈페이지 | www.openhousebooks.com

ISBN 978-89-93824-83-4 (03840)

*잘못된 책은 구입처에서 바꾸어 드립니다.
*값은 뒤표지에 있습니다.

이 도서의 국립중앙도서관 출판시도서목록(CIP)은 서지정보유통지원시스템 홈페이지(http://seoji.nl.go.kr)와 국가자료공동목록시스템(http://www.nl.go.kr/kolisnet)에서 이용하실 수 있습니다.(CIP제어번호: CIP2013013938)